Helene von Druskowitz

Percy Bysshe Shelley

Helene von Druskowitz

Percy Bysshe Shelley

ISBN/EAN: 9783337387228

Printed in Europe, USA, Canada, Australia, Japan

Cover: Foto ©Andreas Hilbeck / pixelio.de

More available books at **www.hansebooks.com**

Percy Bysshe Shelley

von

H. Druskowitz, Dr. phil.

Berlin,

Verlag von Robert Oppenheim.

1884.

Vorwort.

Die wichtigsten Vorgänge im Leben von Percy Bysshe Shelley, so weit sie bis jetzt bekannt sind, darzustellen, seine Individualität zu begreifen und den philosophischen und ästhetischen Gehalt seiner poetischen Schöpfungen durch ausführliche Analysen derselben zu würdigen, ist die Aufgabe, welche dieses Buch zu lösen sucht. Welcher große Dichter der Neuzeit wäre in Deutschland so wenig gekannt wie Shelley? Wird seine Weltflüchtigkeit, sein excentrischer Idealismus auch stets ein Hinderungsgrund sein, daß Shelley irgendwo oder irgendwann populär werde, so ist der Umstand doch betrübend, daß er, Englands größter Lyriker, der ideale Dichterphilosoph, der freigeistigste und kühnste aller Engländer, selbst den hochgebildeten deutschen Leserklassen fast ein Fremder ist. Die Hauptschuld an diesem auffallenden Mangel an Interesse für den großen Dichter trägt jedoch der Umstand, daß unsere Literaturforscher denselben dem Publikum zu wenig vermittelt haben. Shelley ist von diesen in hohem Grade ver=

nachläſſigt worden. Es exiſtirt in Deutſchland keine einzige
größere Arbeit über ihn. Die wenigen Kenner und Ver=
ehrer Shelley's werden jedoch einräumen, daß wir ihm
eine Würdigung ſchuldig ſind, und in Denjenigen, die
ihn noch nicht kennen, wird eine ſolche vielleicht den
Wunſch erwecken, ihn kennen zu lernen.

In England ſelbſt iſt Shelley's Stellung eine ganz
andere. England iſt zur Einſicht gekommen, was es an
ihm beſeſſen und was es an ihm verbrochen hat, ja, es
wird von dem freiſinnigeren Publikum vielleicht kein an=
derer Dichter des Landes gegenwärtig derart gefeiert wie
Shelley. Es fehlt dort deshalb auch nicht an den man=
nigfachſten Schriften und Arbeiten über ſein Leben und
ſeine Werke. Was das erſtere anbelangt, ſo exiſtirt eher
Ueberfluß als Mangel an Quellen, obwohl keineswegs
alle Punkte deſſelben genügend aufgehellt ſind, da immer
noch viel Material zurückgehalten wird. Unter den eng=
liſchen Shelley=Biographien nehmen indeß zwei Schriften
eine Sonderſtellung ein, indem ſie ſich von einem Theil
der übrigen durch wiſſenſchaftliche Genauigkeit und Objek=
tivität, von dem anderen durch die größere Vollkommenheit
und Abgeſchloſſenheit des Lebensbildes, das ſie geben,
unterſcheiden; es ſind dies das vortreffliche Memoire,
welches Roſſetti ſeiner kritiſchen Ausgabe der poe=
tiſchen Werke Shelley's vorangeſtellt und das Werkchen
„Shelley", das J. A. Symonds für Morley's Collektion
der „English Men of Letters" geſchrieben hat. An dieſe
beiden Schriften hat jede neue Biographie Shelley's

anzuknüpfen. — Was die Würdigung der Werke Shelley's anbelangt, so hat sich hierum Niemand ein größeres Verdienst erworben, als der in seinem Vaterlande auch als Dichter bekannte J. Todhunter in seinem ausgezeichneten Buche: „A Study of Shelley" (London 1880). Während bei Rossetti und Symonds der Schwerpunkt in der Biographie liegt und die Werke Shelley's meist ganz kurz besprochen werden, beschränkt sich Todhunter ganz und gar auf die Würdigung der letzteren. Vorliegendes Buch versucht in gleichem Maße ein Bild von dem Menschen, wie von dem Dichter Shelley zu geben, denn in der That müssen bei ihm mehr als bei jedem anderen Dichter Leben, Denken und Schaffen im innigsten Zusammenhange betrachtet werden. Es bleibt der Kritik zu entscheiden überlassen, inwiefern dieser Versuch im Vergleich mit den Leistungen der ebengenannten Autoren selbständigen Werth besitzt.

Wien, März 1883.

H. Druskowitz.

Inhalt.

Quellen.

The Poetical and Prose Works of Percy Bysshe Shelley, edited
by Mrs. Shelley. (Moxon 1840, 1845.)

The Works of Percy Bysshe Shelley in Verse and Prose, edited
by H. B. Forman. (Reeves and Turner 1876—1880.) 8 vols.

Relics of Shelley, edited by B. Garnett. (Moxon 1862.)

Selected Letters of Percy Bysshe Shelley, edited by R. Garnett.
(Kegan Paul 1882.)

Th. Medwin, Life of Shelley. (Newby 1847.) 2 vols.

Th. S. Middleton, Shelley and his Writings. (1858.) 2 vols.

Th. S. Hogg, Life of Shelley. (Moxon 1858.) 2 vols.

Shelley Memorials, edited by Lady Shelley. (Henry S. King 1875.)
3. edition.

Leigh Hunt, Lord Byron and Some of his Contemporaries.

— Correspondence.

— Autobiography. (Smith and Elder 1878.) New edition.

Th. Moore, Life of Lord Byron.

E. J. Trelawney's Records of Shelley, Byron and the Author.
(Pickering 1878.) 2 vols.

W. M. Rossetti, Memoir of Shelley (der fritijden Ausgabe von
Shelley's poetijchen Werfen vorgebrudt).

D. F. Mac-Carthy, Shelley's Early Life. (Chatto and Windus
1877.)

J. A. Symonds, Shelley, erjdienen in der Collection der English
Men of Letters von J. Morley. (Macmillan 1881.)

Aufjäße: De Quincey, P. B. Shelley, Works I. — T. L. Pea=
cod's Artifel über Shelley) (Fraser's Magazine 1858, 1860). —
Th. Hunt, Shelley by one who knew him (Atlantic Monthly

1863). — R. Garnett, Shelley in Pall Mall (Macmillan's Magazine, Juni 1860). — W. M. Rossetti, Lectures on Shelley (University Magazine, Februar und März 1878). — R. Garnett, Shelley's Last days (Fortnightly Review, Juni 1878). — H. B. Forman, Shelley's Life near Spezzia his Death and Burials (Macmillan's Magazine, Mai 1880). — W. Hate White, Notes of Shelley's Birthplace (Macmillan's Magazine 1881).

I.

Familie und Kindheit.

Die Familie Shelley kann sich eines hohen Alters und
Ansehens und eines beträchtlichen Wohlstandes rühmen.
Ohne auf ältere, halb sagenhafte Ehren, die ihr zu
Theil wurden, eingehen zu wollen, sei nur erwähnt, daß
sie in der älteren Linie im Jahre 1611 durch eine Baronie
ausgezeichnet wurde, und im Jahre 1806 durch eine
zweite in der jüngeren Linie. Und zwar war es in der
letzteren der Großvater des Dichters, Sir Bysshe Shelley,
dem durch Vermittlung seines Freundes, des Herzogs von
Norfolk, der Baronstitel verliehen wurde.

Sir Bysshe zeigte verschiedene Züge, die wir, wenn auch
in anderer Form, bei seinem Enkel wiederfinden werden: er
war überaus energisch, ungestüm und excentrisch. Obwohl
er der Träger eines altaristokratischen Namens war, hatte er
doch sich selbst und seinen persönlichen Vorzügen Ehren,
Stellung und Reichthum zu verdanken. Er wurde 1731
zu Christ's Church in Newark (Nord-Amerika) geboren
und begann daselbst seine Laufbahn als Quacksalber[1];
als er später nach England kam, gewann er durch sein

---

[1] Thomas Medwin, Life of Shelley I, p. 2 ff.

einnehmendes Wesen Herzen und Vermögen zweier Erb=
töchter. Von seiner ersten Frau, Mary Catharine, der
Tochter eines Rev. Michell von Horsham, hatte er einen
Sohn, Namens Timotheus, und eine Tochter, von seiner
zweiten Frau, Elisabeth Jane, der Tochter eines Mr.
Sidney von Penshurst, drei Söhne und zwei Töchter.
Auch dem ältesten Sohne seiner zweiten Ehe, der den
Namen Shelley=Sidney von Penshurst führte, wurde der
Baronstitel verliehen und dessen Sohn zum Lord de l'Jsle
und Dudley ernannt. Unter den vielen Gerüchten, welche
über Sir Bysshe umliefen, ist das merkwürdigste dies,
daß er beide Erbtöchter entführt habe, nachdem er früher
in Amerika mit einer Frau vermählt gewesen sein soll,
die er gleichfalls entführt hatte und ebenso sollen zwei
seiner Töchter entführt worden sein[1] — Vorgänge, die
sich im Leben des großen Enkels von Sir Bysshe wieder=
holen sollten. Um das Bild von Sir Bysshe zu vervoll=
ständigen, sei noch erwähnt, daß er, der Aussage seines
großen Enkels zufolge, ein „vollständiger Atheist" ge=
wesen sein soll.[2] Er starb im Jahre 1815 und er, der
mit Nichts begonnen, hinterließ seiner Familie ein Ver=
mögen von 300,000 Pf. und Güter, die jährlich 20,000 Pf.

---

[1] Medwin (I, p. 7) erzählt, daß ihre Flucht durch das elende
Leben, das sie im väterlichen Hause führen mußten, veranlaßt wor=
den sei. Sir Bysshe sei im vorgerückten Alter ein Geizhals und
Despot geworden und habe, obwohl er ein Schloß erbaut (Goring
Castle), ein kleines Haus in Horsham bewohnt, in dem die größte
Dürftigkeit herrschte. Auch Th. Jefferson Hogg (Life of Shelley II,
p. 37) spricht von dem dürftigen Leben, das Sir Bysshe aus Geiz
geführt haben soll.
[2] S. W. M. Rossetti, Memoir of Shelley, p. XXXII.

abwarfen. Nach feinem Tode ging die Baronie auf Sir
Timotheus über.

Sir Timotheus, der Vater des Dichters, wurde im
September 1753 geboren. Im Jahre 1791 vermählte er
fich mit Elifabeth, einer Tochter von Charles Pilfold,
Esquire zu Effingham, einer Frau von großer Schönheit,
fanftem, liebenswürdigem und nachgiebigem Wefen, doch
ohne hervorftechende geiftige Begabung. Der ältefte Sohn
diefer Ehe war Percy Byffhe, Byffhe nach feinem wunder=
lichen Großvater, Percy nach einer entfernten Beziehung
zu dem herzoglichen Haufe von Northumberland genannt;
vier Töchter, Elifabeth, Mary, Hellen und Margaretha,
alle berühmte Schönheiten, und ein Sohn Namens John,
der im Jahre 1866 ftarb, waren die anderen Sprößlinge
der Ehe von Sir Timotheus.

Es war das Verhängniß diefes keineswegs fchlecht,
doch unbedeutend und unerquicklich gearteten Mannes,
daß er, der nur dazu berufen gewefen wäre, der Vater
eines gewöhnlichen Menfchen zu fein, der Vater eines
Percy Byffhe Shelley werden mußte. Er war ein Land=
edelmann gewöhnlichen Schlages, Anhänger alles Be=
ftehenden, alfo rechtgläubig, correct und ganz und gar in
der conventionellen Moral feines Standes befangen. Er
äußerte fich, daß er feinem Sohne niemals eine Mes=
alliance verzeihen werde, daß er aber uneheliche Kinder
deffelben, fo viel er wolle, zu verforgen bereit fei.[1] Daß
Sir Timotheus nach irgend einer Richtung geiftige
Vorzüge befeffen hätte, davon hat wohl Niemand gehört.

---

[1] Medwin I, p. 11.

Er war Mitglied des Parlamentes, ohne je eine Rolle zu spielen, und stimmte blind mit seiner Partei. Dem Maße seiner Fähigkeiten entsprach das seiner Bildung, ob= wohl ihm für den Werth des Wissens keineswegs der Sinn fehlte, vielmehr mahnte er seinen Sohn stets, so lange sich dieser auf Schule und Universität befand, seinen Studien mit Fleiß obzuliegen und Kenntnisse zu erwer= ben, nur er selbst war unfähig Kenntnisse zu sammeln, cokettirte indeß mit allerlei unverdautem Wissen, liebte es, sich auf den Schöngeist hinauszuspielen und gefiel sich darin, wie Lord Chesterfield in den Briefen an seinen Sohn, diesen „My dear boy" zu nennen. Es ist nicht zu bezweifeln, daß es Sir Timotheus nicht ungern gesehen hätte, hätte man seine Briefe überhaupt mit denjenigen seines Vorbildes verglichen; in Wahrheit konnten aber Briefe einander nicht leicht unähnlicher sein, als die be= rühmten von Lord Chesterfield und die unberühmten von Sir Timotheus. Es war dem letzteren nämlich nicht möglich, einen Gedanken festzuhalten und er kam stets vom Hundertsten ins Tausendste. Und wie er schrieb, so sprach er, sprach überdies mit lauter, kreischender Stimme, so daß er einen ebenso peinlichen wie komi= schen Eindruck machte.[1] Wir dürfen jedoch nicht ver= gessen hervorzuheben, daß er als Landwirth wohl an seinem Platze war, auch war er ein gastfreier Schloß= herr und in Haus und Familie so lange freundlich, als sein Wille geschah. Dieser Wille war aber von äußerst hartnäckiger, ja tyrannischer Art. Mit solchen Eigen=

---

[1] Hogg, Life I, p. 304.

schaften war Sir Timotheus allerdings nicht befähigt,
seinen Sohn zu begreifen und ihm Gerechtigkeit widerfahren
zu lassen. Während zwischen Sir Bysshe und seinem
Enkel eine gewisse innere Verwandtschaft vorhanden war,
konnte Sir Timotheus keinen Zug seines in Vorurtheilen
aller Art eingeengten und beschränkten Wesens in seinem
Sohne erkennen und es war sein Verhängniß, daß durch
die natürliche gegnerische Stellung, die er zu diesem
einnahm, sein Charakter sich in einem weit ungünstigeren
Lichte zeigte, als dies unter gewöhnlichen Verhältnissen
der Fall gewesen wäre. Sir Timotheus bewohnte das
anmuthig gelegene Gut Field Place bei Horsham in Sussex.

Hier wurde an jenem Tage, an welchem die Führer der
französischen Revolution in einem Hause auf dem Boule=
vard zusammentraten und beschlossen, daß die Monarchie
gestürzt und alle kirchlichen Gebäude zu öffentlichen
Zwecken verwendet werden sollten, am 4. August 1792
nämlich, Percy Bysshe Shelley, der revolutionärste aller
Dichter, geboren.

Shelley verbrachte seine Kindheit, von der wir wenig
Sicheres wissen, auf dem Landsitze seines Vaters. Als
er sechs Jahre zählte, wurde er nach· dem benachbarten
Warnham in eine Schule geschickt, die ein Geistlicher Na=
mens Edwards leitete und wo Shelley die Anfangsgründe
des Latein lernte.

Er brauchte als Kind Gedichte nur einmal zu hören,
um sie auswendig zu wissen. Sein poetisches Talent
kündigte sich sehr früh an. Die „Verses on a cat"[1]

---

[1] Forman IV, p. 313.

soll er mit acht Jahren geschrieben haben. Sie zeichnen sich durch leichten Fluß aus, verrathen aber durch die überraschende Lebenskenntniß, die sie offenbaren, durchaus nicht die Richtung, die Shelley's Phantasie später nehmen sollte. Da heißt es unter Anderm:

> „Some a living require
> And others desire
> An old fellow out of the way;
> And which is the best
> I leave to be guessed,
> For I cannot pretend to say."

Offenbarte der Knabe in seinen dichterischen Erstlings=versuchen auch nichts von den Eigenthümlichkeiten des reifen Shelley, so um so mehr in seinen Spielen und Liebhabereien.

Miß Hellen, eine Schwester des Dichters, hat uns Erinnerungen an sein frühes Lebensalter erhalten[1] — Erinnerungen voll Zauber und Poesie —, die sich je=doch, da Miß Hellen jünger war als ihr Bruder, nicht auf die Kindheit desselben, sondern etwa auf die Ferien=monate, die er als Schüler von Sion House und Eton zu Hause zubrachte, beziehen; sie dürfen jedoch an dieser Stelle erwähnt werden, da es höchst wahrscheinlich ist, daß schon das Kind die Züge des Knaben, wenn auch unvollkommen, geoffenbart habe. Der weltflüchtige Dichter der „Queen Mab", der „Witch of Atlas" zeigte, den Aufzeichnungen von Miß Hellen zufolge, sehr früh

---

[1] S. Th. J. Hogg, Life of Shelley I, p. 6 ff. Shelley Memorials, p. 3 ff.

eine überaus rege Phantasie; er trug schon damals die
Poesie in das Leben hinein und lebte mehr in einer Traum-
und Märchenwelt, als in der Wirklichkeit. So trieb der
junge Schwärmer einmal einen Stock durch die Decke eines
niedrigen Zimmers, in der Meinung, auf diesem Wege zu
einer neuen, wunderreichen Welt zu gelangen. Er erlangte
indessen nichts anderes, als eine Bestrafung. Seine
jüngeren Schwestern standen ganz unter dem Banne dieser
stets schöpferischen Phantasie. Er erzählte denselben mär-
chenhafte Geschichten, in denen ein Alchymist, „alt, grau,
mit einem langen Barte", eine große Rolle spielte. Er
wies dem alten Zauberer eine Bodenkammer von Field
Place als Wohnstätte an, ließ seine geheimnisvollen Bücher,
seine Lampe, kurz seine ganze Umgebung vor den Augen
seiner kleinen Zuhörerinnen aufsteigen und versprach ihnen,
daß sie ihn eines Tags besuchen dürften. Oftmals erzählte er ihnen auch von einer großen Schildkröte, als
deren Wohnsitz ein benachbarter Teich gedacht wurde. Shelley
sprach in späteren Jahren seinem Universitätsfreund Thomas
Jefferson Hogg von der „großen alten Schlange von Field
Place", die dreihundert Jahre in der Gegend gelebt haben
sollte, bis sie eines Tags durch die Unvorsichtigkeit des
Schloßgärtners getödtet wurde[1], und wir dürfen annehmen
— obwohl Miß Hellen nichts davon erzählt —, daß sich
Shelley schon als Kind viel mit ihr beschäftigte, und daß
seine Vorliebe für Schlangen auf diese alte Bekanntschaft zurückzuführen ist. Zuweilen hatten die Einfälle,
mit denen Shelley seine Schwestern belustigte, einen

---

[1] Life I, p. 8.

weniger unschuldigen Charakter. Sie mußten sich z. B.
auf seine Veranlassung als Geister und Dämonen ver=
kleiden, während er selbst einen Behälter mit entzündbarer
Flüssigkeit anfüllte und ihn brennend umherführte; dabei
hatte der jugendliche Phantast „eine liebenswürdige Laune
und eine komische Aber".[1] Von Hause aus von geistigen
Interessen ganz erfüllt, voll origineller absonderlicher
Gedanken, hatte er keinen Sinn für Leibesübungen und
den üblichen Knabensport. Es ist merkwürdig, daß
sich der für ihn so charakteristische lehrhafte Zug auch
schon in diesem Alter bei ihm zeigte, denn wie Miß
Hellen erzählt, sprach er einmal den Wunsch aus, ein
kleines Mädchen zu adoptiren, um dessen Erziehung zu leiten.
Sein tiefes Liebesbedürfniß offenbarte sich zu der Zeit
in einer zärtlichen Anhänglichkeit an Mutter und Schwe=
stern[2], und noch in späteren Jahren begrüßte er die Ankunft
eines Briefes von diesen mit lebhafter Freude.[3] Auch
seinen Vater liebte er im frühen Alter. Er war ein
schöner Knabe, mit tiefblauen, leuchtenden Augen, einer
feinen, schönen Gestalt und Händen „wie Modelle". Hur=
tig und flüchtig, wie den Sohn der Maja, müssen wir uns
den angehenden Weltdichter umherwandelnd denken.

Zehn Jahre alt, kam er nach der gelehrten Schule
Sion House in Brentford (Middlesex), welche Dr. Green=

---

[1] Miß Hellen erinnert sich an ein satirisches Gedicht, das
Shelley als Knabe an einen französischen Lehrer richtete, der in
dem zweifelhaften Rufe stand, diejenigen seiner Zöglinge zu begün=
stigen, die ihm Obst und Kuchen brachten. S. Hogg I, p. 14.

[2] Shelley Memorials, p. 10.

[3] Hogg I, p. 123. Vgl. id. I, p. 298.

law, ein Schotte, leitete. Dr. Greenlaw, ein rauher,
harter Mann, war nicht der Lehrer, der für den zarten
Shelley geeignet gewesen wäre, und die Zöglinge der
Schule, zum größten Theil Söhne von Kaufleuten aus
der Gegend, nicht die Kameraden, die ihm zusagen konn=
ten. Die wilden Rangen fühlten einen instinctiven Wider=
willen gegen den feinen, liebenswürdigen Knaben, sie ver=
höhnten und mißhandelten ihn.[1] So gab ihm die erste
Berührung mit der Welt schon eine harte Lehre, und die
Behandlung, die er auf der Schule erfuhr, sollte ihm zeit=
lebens von Allem, was da roh und gemein, zu Theil
werden. Was der ideale, ungewöhnliche Knabe damals
fühlte, und welchen Entschluß er faßte, sagen uns einige
Strophen des ersten Gesanges der Dichtung „Laon und
Cythna" (gewöhnlich „Die Empörung des Islam" genannt):

„Als einst der Schleier, der der Jugend Blick
Die Welt hüllt, fiel, träumt' ich von großen Thaten,
Wohl ruf' ich mir die Stunde noch zurück:
Ein Lenzesmorgen war's — die jungen Saaten
Glänzten vom Thau; da brachen Thränen vor,
Nicht wußt' ich, welchem Schmerz sie galten,
Als aus der Schule nahten meinem Ohr
Die Stimmen einer Welt voll Leid — sie hallten
Wie zu dem grimmen Streit tyrannischer Gewalten.

———————

Ich rang die Hände und blickt' um mich, doch
War niemand da, zu spotten meiner Thränen,
Die gierig der besonnte Boden sog.
Da sprach ich: „Darf die Macht ich in mir wähnen,

———————

[1] Medwin I, p. 15 ff.

Gerecht zu sein, und weis' und mild und frei,
So will ich's werden, denn zu schau'n verdrossen
Bin ich wie Stärk' und Selbstsucht ohne Scheu
Bedrücken stets." Nicht mehr die Thränen flossen,
Mein Herz ward ruhig und zum Kampf war ich entschlossen!

_____

Von jenem Tag an war ich ernst beflissen,
Mich aus verbot'nen Wissens Quell zu nähren.
Dort lernt ich nicht, was die Tyrannen wissen
Und predigen; nein, aus den geheimen Lehren
Mach einen Harnisch ich, der meinen Geist
Zum Erdenkampfe schützend hüllte.
Der Hoffnung frisches Blut von Neuem kreist
Durch meine Adern, bis mein Herz erfüllt
Gefühl der Einsamkeit und Sehnen ungestillt.

(Seybt.)[1]

Auf dieselbe innere Krisis bezieht sich Shelley auch in dem „Hymnus an die geistige Schönheit", in dem sie als das Erwachen einer Ahnung von dieser Macht bezeichnet wird, welche er später als den die Welt umspannenden Geist der Schönheit und Liebe ·faßte und fühlte.[2]

„Doch als ich brütend übersann
Des Lebens Loos mit ahnungsernsten Mienen . . . .

_____

[1] Die Uebersetzungen, nach denen wir citiren, sind: Shelley's poetische Werke, übertragen von Julius Seybt (Leipzig 1844); Shelley's ausgewählte Dichtungen, übertragen von A. Strodtmann (Hildburghausen 1866); „Der entfesselte Prometheus", übertragen von Graf A. Wickenburg (Wien 1876). Nur da, wo keine dieser Uebertragungen genügt, werden wir in der Ursprache citiren.
[2] Vgl. den Beginn des autobiographischen Theiles von „Epipsychidion".

Umfing dein Schatten plötzlich mich,
Die Hände faltend jauchzt ich brünstiglich!
Ich schwor für ewig meine Kraft zu leihn,
Dir und den deinen —."

So ging ihm schon als Knabe jene schöne Vision
auf, die der Leitstern seines Lebens war, ihn über seine
Mitmenschen hoch erhob und von ihnen isolirte.

In Sion House war Capitän Medwin, sein Vetter
und späterer Biograph, Shelley's Schulgenosse. Medwin
erzählt, daß Shelley in Sion House die klassischen Sprachen
gleichsam durch Intuition gelernt habe, da er während
des Unterrichtes entweder zum Fenster hinausschaute und
den Wolkenzug betrachtete, oder Bäume von Field Place
in seine Bücher kritzelte.[1] Obwohl er sich also nicht sonder=
lich anstrengte, scheint er doch alle andern Schüler über=
flügelt zu haben, denn seine Auffassungskraft war ebenso
ausgezeichnet, wie sein Gedächtniß, dem nichts entschwand,
was ihm einmal eingeprägt wurde. In dieser Unaufmerk=
samkeit während der Schulstunden haben wir sowohl ein
Zeichen seines unbezwingbaren Hanges zur Träumerei, als
seines Widerstandsgeistes zu sehen. Er wollte sich einem
äußern Muß niemals fügen, und bald werden wir andere
Proben dieses bei ihm so hervorstechenden Zuges zu ver=
zeichnen haben. Mit einer ungewöhnlichen Empfindsamkeit
und nervösen Erregbarkeit verhängnißvoll von der Natur
ausgestattet, neigte Shelley schon damals zum Nachtwan=
deln und wie zu Hause beschäftigte er sich auch hier viel
mit Gestalten aus dem Traum= und Fabelreiche. Ge=

---

[1] I, p. 23.

steigert wurde diese Anlage durch aufregende Lectüre.
Denn während die andern Zöglinge ihren wilden Ver=
gnügungen nachgingen, verschlang Shelley, der schon da=
mals ein unersättlicher Leser war, die romantischen Er=
zählungen, die sich in der Schulbibliothek befanden.[1] Wie
nachtheilig dieses Lesen seine Phantasie beeinflußte, sollte
sich bei seinen eigenen ersten literarischen Erzeugnissen
herausstellen.

Obwohl er in der freien Zeit die Gesellschaft der
anderen Knaben möglichst vermied und sich von ihren
Spielen fern hielt, stand er doch nicht vereinsamt, und es
scheint, daß hier zuerst sein tiefes Freundschaftsgefühl ge=
weckt wurde. Er faßte für einen andern Knaben eine
jener Zuneigungen, wie sie bei feurigen, erregbaren Naturen
der Liebe vorangehen und viele Merkmale mit dieser gemein
haben. Es ist uns eine kleine Abhandlung „Ueber die
Freundschaft"[2] von ihm erhalten, in der er jener jugend=
lichen Neigung gedenkt, und die von der ursprünglichen
Kraft und nachhaltigen Dauer der letzteren zeugt. Nach=
dem er eine Erklärung dieser Art Sympathie gegeben,
sagt er: „Ich erinnere mich, eine solche Neigung auf der
Schule kennen gelernt zu haben. Ich kann mich nicht
genau entsinnen, zu welcher Zeit es war, aber ich glaube,
es muß im Alter von eilf oder zwölf Jahren gewesen
sein. Der Gegenstand meiner Empfindungen war ein
Knabe meines Alters, von einem überaus großmüthigen,
edlen und liebenswürdigen Wesen, und die schönen, edlen

---

[1] Medwin I, p. 24. Medwin erzählt, daß Shelley besonders
eine Erzählung Namens „Zofloya, the Moor" geliebt habe.
[2] Forman, Prose W. II, p. 407 ff.

Gefühle schienen von seiner Geburt an sein Angebinde
gewesen zu sein. Es war eine unaussprechlich anziehende
Feinheit und Einfachheit in seinem Gebaren. Ich habe
seit meiner Schulzeit nicht mehr das Glück gehabt, mit
ihm zusammenzutreffen. — Der Klang seiner Stimme war
so sanft und gewinnend, daß jedes Wort mein Herz be=
wegte, und sein Pathos war so tief, daß sich, indem ich
ihm lauschte, meine Augen unwillkürlich mit Thränen
füllten. So war das Wesen, durch das ich zuerst
die heiligen Gefühle der Freundschaft kennen lernte."
Wir finden eine Erinnerung an diese schwärmerischen
Empfindungen auch in einer Notiz Shelley's über eine
antike Gruppe, Bacchus und Ampelus vorstellend, in der
er von den göttlichen Gestalten sagt, sie nehmen sich aus
„wie ein älterer und ein jüngerer Schulknabe, die auf
einer grünen Stelle ihres Spielplatzes wandeln, mit jener
innigen Freundschaft für einander, die so viel mit Liebe
gemein hat".[1]

So kamen schon viele wesentliche Züge im jugend=
lichen Alter bei Shelley zum Durchbruch: sein geistiger
Stolz, sein Hang seine eigenen Wege zu gehen, sein tiefes
Liebesbedürfniß, seine heilige Begeisterung für das Gute
und Schöne, sein glühender Haß gegen die brutale Gewalt.

Ueber seine damalige Erscheinung bemerkt Capitän Med=
win[2]: „Shelley war groß für sein Alter, schwach und fein ge=
baut und etwas engbrüstig, seine Gesichtsfarbe schön und
frisch, sein Gesicht eher länglich als oval. Seine Züge, die

---

[1] Forman, Prose W. II, p. 75; vgl. J. A. Symonds, Shelley, p. 10.
[2] I, p. 18 ff.

nicht regelmäßig schön, waren von einer reichen Fülle brau=
nen, natürlich gelockten Haares umrahmt. Der Ausdruck war
der einer außerordentlichen Liebenswürdigkeit und Unschuld.
Seine blauen Augen waren sehr groß und hervorstechend.
Sie waren zu Zeiten, wenn er im Nachsinnen verloren
war, matt und dann für äußere Dinge unempfänglich; zu
anderen Zeiten blitzten sie mit dem Feuer des Geistes.
Seine Stimme war sanft und leise, aber nicht rein, wenn
ihn etwas interessirte, harsch und unmodulirbar. Diese
Eigenthümlichkeit verlor er nie." Medwin fügt hinzu:
„Er war gewöhnlich ruhig, aber wenn er von einer
schreienden Ungerechtigkeit und Unterdrückung oder Grau=
samkeit hörte oder las, da waren die deutlichsten Merk=
zeichen von Schrecken und Entrüstung in seinem Wesen
sichtbar."

Und er, der in so früher Jugend das Unrecht so
leidenschaftlich empfand, er war dazu berufen, ein Apostel
des Humanismus, ein Kämpfer für Menschenfreiheit zu
werden und zugleich sollte er stets jene Unschuld und
Herzensreinheit bewahren, welche sein Wesen im jugend=
lichen Alter verklärten.

II.

Eton.

Im Jahre 1805, also mit dreizehn Jahren, kam Shelley nach der Schule von Eton, die damals ein Dr. Keate leitete. Der Lehrer, welchem Shelley übergeben wurde, ein Mr. Bethel, stand in dem Rufe, „einer der dümmsten Menschen der Anstalt" zu sein, und diese Anstalt war die Hölle für den reizbaren, excentrischen Knaben. Es herrschte hier die englische Schulsitte, die unter dem Namen Pennalismus bekannt ist, in ihrer starrsten Form. Da trat aber Shelley's Unabhängigkeitssinn und Gerech= tigkeitsliebe sogleich zu Tage, indem er sich weigerte, der Diener (Fag) eines älteren Schülers zu sein und kühn genug war, seine Altersgenossen gegen ihre Peiniger auf= zureizen. Die Folge war, daß er von Lehrern und Schülern mit empörender Grausamkeit behandelt wurde.[1] War es doch etwas Unerhörtes, daß Einer sich dem her= kömmlichen Zwangssystem widersetzte, und dieser junge Rebell war obendrein gar nicht einzuschüchtern. Es war Shelley von Jugend auf nicht möglich, sich einer Norm

---

[1] S. Mrs. Shelley's (der zweiten Frau des Dichters) Notiz zu Queen Mab und Memorials, p. 5.

blindlings zu unterwerfen, er frug zuerst nach ihrer Be=
rechtigung, ward ihm diese nicht klar, widersetzte er sich
auf's Aeußerste. Der Werth dieser an sich rühmlichen
geistigen Unabhängigkeit wurde freilich durch blinde Oppo=
sitionssucht geschmälert; oft widersetzte er sich einer Vor=
schrift nur deshalb, weil sie eine Vorschrift war. Hat
man von Sir Timotheus mit Recht gesagt, daß er ein
Anhänger alles Bestehenden war, nur weil es bestand,
so konnte man von seinem Sohne umgekehrt sagen, daß er
manches Bestehende verneinte, nur weil es bestand: Mrs.
Shelley in ihrer Anmerkung zu „Queen Mab" sagt:
„Shelley wolle niemals gehorchen, und diese Unfähigkeit
war der Grund zu jeder Verfolgung, die er zu erleiden
hatte, sowohl in der Schule, als in seinem späteren Leben."
Sie fügte jedoch hinzu, daß er, wenn auch nicht durch
Gewalt, so durch „Vernunft und Liebe" gelenkt werden
konnte. „Shelley war durch die natürliche Empfindsamkeit
und Klarheit seines Geistes für diese beiden Arten Führung
besonders zugänglich." Mochte sein aufgeregtes Gefühl
und sein empfindlicher Stolz in der Unterordnung unter die
Willkür eines älteren Schülers etwas Entwürdigenderes
sehen, als es in Wirklichkeit war, mochte seine Auflehnung
gegen die herrschende Schulordnung auch zu herausfordernd
sein, der weit härtere Tadel trifft seine Lehrer, die un=
fähig waren, seine edle, liebenswürdige Natur zu erkennen
und da, wo Milde und Nachsicht am Platze gewesen wären,
den Knaben durch schnöde Mißhandlungen immer unfüg=
samer machten. Aber vernünftige Erziehungsgrundsätze,
ein Eingehen auf die Individualität des Zöglings waren
den Lehrern von Eton — wie wir sehen werden, mit

Ausnahme eines einzigen — unbekannte Dinge. Doch
muß zugestanden werden, daß Shelley in eine öffentliche
Schule überhaupt nicht paßte, weil ihm eben jede Art
äußeren Druckes widerstrebte. Er widersetzte sich nicht nur
dem Zwangssysteme, sondern auch dem Lehrgange der Schule,
vernachlässigte seine Aufgaben und benutzte die für diese
bestimmte Zeit, um Plinius' Naturgeschichte zu übersetzen.
Wir zweifeln nicht, daß er seine Zeit mit dieser Beschäf=
tigung weit besser angewandt habe, seine Lehrer mußten
jedoch anderer Meinung sein. Und dann, wie hätte der
impulsive Knabe mit seinen phantastischen Einfällen, seinem
Hange zum Träumen die gehörige Sammlung zu den
Schulstunden mitbringen sollen? Trotzdem machte er auch
in Eton Fortschritte in den vorgeschriebenen Studien, da
er die Dinge eben im Fluge erfaßte und setzte, nach den
Berichten seiner Schulgenossen, Lehrer und Schüler durch
die Leichtigkeit, mit der er lateinische Verse schrieb, in
Erstaunen.[1] Seine Existenz inmitten einer Horde roher,
wilder Buben, die sein dem ihren so ungleichartiges
Wesen herausforderte, die seine Abneigung gegen ihre Ver=
gnügungen ärgerte, so daß sie ihm alle erdenklichen Streiche
spielten und alles daran setzten, ihn in Zorn zu bringen[2],
während er sich nie rächte und seinen Peinigern groß=
müthig bei ihren Aufgaben half, war im Ganzen eine
qualvolle, jedoch nicht ohne Lichtpunkte. Die jüngeren
Schulgenossen „vergötterten ihn", wie Mrs. Shelley be=

---

[1] Memor., p. 5. Vgl. W. S. Halliday bei Hogg I, p. 44.
S. Hogg I, p. 213. — S. die lateinischen Uebertragungen eng=
lischer Gedichte bei Forman, Poetical W. IV, p. 315 ff.
[2] Memor., p. 5. Rossetti, Memor., p. XXXVI.

merkt, und er schloß einige „ernſthafte Freundſchaften".
Sie fügt hinzu: „Er war ganz Leidenſchaft, leiden=
ſchaftlich in dem Widerſtande gegen die Ungerechtigkeit,
leidenſchaftlich in der Liebe."[1] Auch erzählt Hogg, daß
Shelley in Oxford wiederholt von Etoner Schulgenoſſen
beſucht wurde und viele Bücher beſaß, die er von Etonern
zum Geſchenk bekommen hatte[2], ein Beweis, daß es ihm
dort nicht an Freunden und Anhängern gefehlt haben kann.

Es ſcheint, daß er ſchon in Eton William Godwin's
„Political Justice" kennen lernte, und daß die Lectüre
dieſes Buches in ſeinem jungen Herzen jene Leidenſchaft
weckte, die er ſelbſt ſeine „Leidenſchaft, die Welt zu refor=
miren" genannt hat. Doch wiſſen wir über dieſen Punkt
nichts Beſtimmtes. Dagegen iſt es gewiß, daß in Eton ſein
kirchlicher Glaube den erſten Stoß erhielt. Ein Abſcheu
erfaßte ihn vor der religiöſen Heuchelei und er begann
einer Religion zu mißtrauen, in der er die Urheberin von
Haß und Unterdrückung ſah. Man darf wohl annehmen,
daß er ſchon damals unfähig war, die Ergebniſſe ſeines
Denkens in ſich zu verſchließen und daß er ſeinen Zwei=
feln vor den Schulgenoſſen Ausdruck verlieh. Darauf
ſcheint wenigſtens der Name „Atheiſt" hinzudeuten, der
ihm zuerſt in Eton beigelegt wurde, wiewohl Hogg vor=
giebt, von Shelley gehört zu haben, daß der Name keinen
Bezug auf ſeinen Skepticismus hatte, ſondern ein ſtehender
Spißname der Schule, wie mancher andere, war, mit dem
Unterſchiede, daß er ſeltener in Anwendung kam, da er
immer nur den Verwegenſten, die eine beſondere Verachtung

---

[1] Notiz zu „Königin Mab".   [2] Life I, p. 124.

der Autorität an den Tag legten, beigegeben wurde.[1] In diesem Zusammenhange sei erwähnt, daß Shelley in Eton auch der „verrückte Shelley" (mad Shelley) hieß und es wird erzählt, daß er auf den König und seinen Vater ge= flucht habe. Die Sache war aber im Grunde weit unschul= diger, als es den Anschein hat. Shelley hatte nach Hogg's Bericht die häßliche Gewohnheit des Fluchens von seinem Großvater und von einem Lehrer — von dem bald des Näheren die Rede sein wird — angenommen. Sir Bysshe pflegte in späteren Jahren den Vater des Dichters bei jeder Begegnung mit einer Fluth von Verwünschungen zu überschütten.[2] Es ist leicht denkbar, daß Shelley seinen Schulgenossen diesen Umstand mittheilte, worauf sie bos= haft in ihn drängten, die Flüche zu wiederholen. Ging Shelley darauf ein, so geschah es aus thörichtem Unbe= dacht. Wie wenig ernst er die Sache nahm, sagt uns wieder Hogg. Er erzählt, daß einst Schulfreunde aus Eton zu Shelley kamen, als er in Oxford studirte, und ihn baten, seine berühmten Flüche zu wiederholen. Shelley widersetzte sich anfangs, bis er endlich nachgab „und mit einer Leidenschaft und einem Nachdruck eine Reihe von Expektorationen vom Stapel ließ, die in ihrer Sinnlosig= keit einem päpstlichen Anathem glichen; der Wetterschlag ging aber bald in ein herzliches Gelächter über."[3]

Wir sehen daraus, daß Shelley, wie sehr er auch seinen Altersgenossen durch Reife des Geistes und Ernst der Gesinnung voraus war, doch auch Uebermuth und jugendliche Wildheit genug besaß.

---

[1] I, p. 136 ff.   [2] I, p. 139.   [3] I, p. 138.

Halliday in seinem interessanten Berichte hebt unter Anderm hervor, daß Shelley schon damals eine große Liebe für die Natur zeigte, daß er ihn auf ihren langen Spaziergängen in der Umgebung von Eton durch Erzählungen von Feen, Geistern und Erscheinungen fesselte, und daß sich seine Gedanken mit der Welt jenseits des Grabes beschäftigten.[1] Während ihm seine Aufgaben Nebensache waren, vertiefte er sich in Bücher, die über Magie und Zauberei handelten und ersehnte nichts mehr, als Geister beschwören zu können.[2] Mit diesen abstrusen Neigungen hing die leidenschaftliche Vorliebe zusammen, die er damals für experimentelle Physik und Chemie faßte, nachdem er sich schon in Sion House oberflächlich mit denselben beschäftigt. Das Experimentiren hatte für Shelley natürlich um so größeren Reiz, als es auf der Schule verboten war.

Vor Allem haben wir in seiner Leidenschaft für die Chemie freilich ein Anzeichen seiner philosophischen Begabung zu sehen. Es waren die großen Perspektiven, welche diese Wissenschaft eröffnet, die ihn fesselten, und Packe, ein anderer Schulgenosse Shelley's in Eton, berichtet, Shelley pflegte zu sagen, nichts hätte ihn so sehr entzückt, als die Entdeckung, daß die vier Elemente keine Elemente seien. Offenbar gewährten ihm die chemischen Apparate und Experimente an sich ein spielerisches Vergnügen, doch nicht der letzte Grund seiner Neigung für die Chemie mochte der Umstand sein, daß er sie als Mittel betrachtete, in der Magie Fortschritte zu machen und sich

---

[1] Hogg I, p. 43. [2] Hogg I, p. 33 fl.

mit Gestalten und Gewalten einer anderen Welt in Verbin=
dung zu setzen. Eines Tages fand ihn Mr. Bethel in seinem
Zimmer damit beschäftigt, „den Teufel aus einer blauen
Flamme zu treiben"[1] — in diesem Falle sprach Shelley
wohl im Scherze, aber auch dieser Scherz zeigt uns, in
welcher Gedankensphäre er sich mit Vorliebe bewegte —
und kaum war Mr. Bethel von dem verwegenen Unter=
nehmen unterrichtet, als er einen kräftigen Schlag von
einer stark geladenen Leydnerflasche empfing, der er un=
vorsichtigerweise zu nahe gekommen. Shelley mußte den
Schrecken seines Instructors natürlich schwer büßen.
Während der Ferien setzte Shelley die Experimente zu
Hause eifrig fort. Miß Hellen erzählt, daß seine Kleider
stets von Säuren besudelt waren und daß die Befürchtung
nahe lag, das Haus würde eines Tages in Flammen auf=
gehen, oder dem Experimentator, oder jemand andern durch
eine Explosion ein ernstliches Unglück widerfahren.[2] Seine
Vorliebe für die Chemie hielt geraume Zeit an. Hogg
theilt eine lange Rede mit, die Shelley bei ihrer ersten
Begegnung in Oxford über die Revolution, welche die
Chemie auf allen Gebieten des Gedankens hervorgebracht,
gehalten habe, und seine Zimmer in Oxford hatten
alle Aehnlichkeit mit chemischen Laboratorien.[3] Noch in
Keswick, wo er in den Jahren 1811 und 1812 einige
Monate lebte, beschäftigte er sich mit Experimentiren[4],
scheint aber später das Interesse daran verloren zu haben.
Doch gedenkt er seiner einstigen Liebhaberei in der Epistel

---

[1] Memorials p. 6.
[2] Hogg, Life I, p. 9.   Memorials p. 10.
[3] Hogg I, p. 69 fl.   [4] Rossetti, Memoir p. XLVI.

an Maria Gisborne (1820) und kommt in der herrlichen
Ode an die Freiheit (1820) nochmals auf den Gedanken
von der großen Förderung, welcher der Menschheit aus
der Chemie erwachsen werde, zurück.

Unter den Lehrern von Eton befand sich einer, dessen
Name von den Verehrern Shelley's stets mit Pietät wird
genannt werden, denn er war der einzige, der das Genie
und das Herz des zum Jüngling heranreifenden Knaben
erkannte. Dr. Lind stand im vorgerückten Alter, er war
Arzt seines Zeichens, ein passionirter Chemiker, frei und
mild gesinnt. Er nahm sich des unglücklichen Knaben
in väterlicher Weise an, schützte ihn möglichst vor Miß=
handlungen und förderte seine geistige Entwickelung.[1]
„Er liebte mich), sagte Shelley später, und ich werde nie=
mals unsere langen Gespräche vergessen, in denen er den
Geist wärmster Toleranz und reinster Weisheit ausstrahlte."
Er hat den alten, ehrwürdigen Freund · in der Gestalt
des Eremiten in „Laon and Cythna" und in Zonoras in
„Pince Athanase" verewigt. Als Shelley damals wäh=
rend eines Ferienaufenthaltes in Field Place erkrankte und
durch einen Diener hörte, sein Vater beabsichtige ihn in
ein Krankenhaus zu schicken, sandte er in seiner Verzweif=
lung einen Eilboten zu Dr. Lind, welch' letzterer sogleich
kam, ihn beruhigte und herstellte. Der höchst befremdende,
doch vollkommen verbürgte Umstand, daß Sir Timo=
theus beabsichtigte, seinen Sohn in ein Krankenhaus zu
schicken[2], und der, daß Shelley den Freund zu seiner Ret=

---

[1] S. Mrs. Shelley's Notiz zu „Königin Mab". Hogg 1.
p. 149 ff. Memor. p. 8 ff.
[2] S. Memorials p. 10.

tung herbeirief, beweisen, daß es schon damals zu einer beklagenswerthen Entfremdung zwischen Vater und Sohn gekommen war. Als Kind liebte Shelley seinen Vater zärtlich und als dieser einmal erkrankt war, schlich er sich besorgt in dessen Zimmer, um nach seinem Befinden zu forschen.[1] Vielleicht war es der Vergleich mit Dr. Lind, dessen mildes, tolerantes Wesen, dessen vorurtheilslose, freie Gesinnungen er liebte, welcher ihm die Augen öffnete über den Mangel an derartigen Vorzügen bei seinem Vater und ihn von diesem entfernte[2], während umgekehrt Sir Timotheus die geistige Entwickelung seines Sohnes vielleicht mit Mißtrauen zu betrachten begann und in demselben einen gefährlichen Feind seiner Anschauungen witterte. Es ist wohl denkbar, daß Shelley schon damals, wenn er zu den Ferien nach Hause kam, manche freie Aeußerung über religiöse Dinge wagte und seinen Vater dadurch reizte, während er selbst, je mehr Unduldsamkeit er zu Hause erfuhr, um so leidenschaftlicher sich nach der entgegengesetzten Richtung wandte.

Doch schwankte Shelley in jener Zeit offenbar noch zwischen Glaube und Freigeisterei. Seine ersten literarischen Veröffentlichungen, die kraß romantischen und verworrenen Novellen „Zastrozzi" und „St. Irvyne or the Rosicrucian", von denen die erste im Juni 1810, die zweite im December 1811 erschien, sind noch von einem ganz orthodoxen Geist durchdrungen, während in „St. Irvyne" schon sehr freie Anschauungen über die Ehe laut werden.

---

[1] Hogg II, p. 459. Memorials p. 18.

[2] Zu Hogg sagte Shelley später: „Ich bin diesem Manne mehr, oh! weit mehr verpflichtet, als meinem Vater."

Die Novelle „Zastrozzi"[1] wurde, obwohl sie erst 1810 erschien, schon im Frühling 1809 geschrieben.[2] Sie war
(ebenso wie „St. Irvyne") eine Frucht des Romanlesens,
dem sich Shelley in Sion House so eifrig gewidmet.
Es ist die Erzählung von einem gewissen Verezzi, der
durch die leidenschaftliche Liebe einer Matilda Contessa
di Laurentini und durch die Umtriebe eines mysteriösen,
nachtdunklen Zastrozzi, dessen Haß gegen Verezzi erst
im letzten Kapitel motivirt wird, ins Verderben geräth.
Mit Ausnahme einiger weniger beschreibender Stellen,
ist die Geschichte vollkommen werthlos. Vergebens
suchen wir nach einer Spur von seelischer Intuition
und Wirklichkeitsgefühl. Wie groß wird unser Staunen
jedoch, hören wir, daß diese Novelle nicht nur einen Verleger fand, der dem Autor ein Honorar von 40 Pfund
zahlte, sondern daß sie in den Zeitungen ernsthaft besprochen wurde — weit ernsthafter als Shelley's unsterbliche Schöpfungen. Da dieser schriftstellerische Triumph
in die Zeit fiel, da Shelley sich anschickte, Eton zu verlassen, war er in die Lage versetzt, mit dem klingenden
Theile desselben achten seiner Kameraden ein Abschieds-
bankett zu geben.

---

[1] Forman I, p. 5 ff.
[2] Seine erste größere Dichtung war nach Medwin (Life 1,
p. 53) die Novelle „Nightmare", von der uns jedoch nichts erhalten ist.

III

Erſte Liebe. — Poetiſche Verſuche.

Von Eton kehrte Shelley im Sommer 1810 nach
Field Place zurück, wo er bis Oktober dieſes Jahres ver=
blieb. Bald nach ſeiner Rückkehr traf auch ſeine Couſine,
Miß Grove, dort ein. Shelley hatte ſchon lange eine Zu=
neigung zu ihr gefaßt, die ſich nun in eine tiefe Liebe ver=
wandelte, welche auch Erwiederung fand. Beide liebten
das erſte Mal und Alles ſchien ſich zu ihrem Glücke
vereinigen zu wollen. Es iſt uns ein Brief von Seiten
eines Bruders von Miß Grove erhalten, in dem der erſtere
Spaziergänge erwähnt, welche die Liebenden in ſeiner
und Eliſabeth Shelley's Begleitung in der romantiſchen
Umgebung von Field Place in ſchönen Mondſcheinnächten
unternahmen. Mit Wohlwollen blickten die beiderſeitigen
Eltern auf dieſe Liebe, und als Miß Grove nach London
zurückkehrte, geſchah dies in Begleitung von Mrs. Shelley
und Percy. Das Niveau der Liebenden war jedoch zu
ungleich, als daß ihr Glück hätte von Dauer ſein können.
Die freigeiſtigen Gedanken gewannen in Shelley immer
mehr die Oberhand, ſeine Emancipation von conventionellen
Begriffen und Anſchauungen machte reißende Fortſchritte
und er zögerte nicht, die Geliebte in den Briefen, die er

nach ihrer Trennung an sie richtete, in die neue Gedanken=
welt blicken zu lassen, welche in ihm fröhlich aufsproß und
aufblühte.

Allein er hatte sich in ihr getäuscht. Seine Zweifel=
sucht versetzte sie· in Angst und sie zog sich zurück. Nach
den Briefen zu schließen, die Shelley in den letzten Tagen
von 1810 und in den ersten von 1811 an seinen Freund
Hogg richtete[1], war schon damals wenig Hoffnung auf
Erneuerung der alten Beziehungen vorhanden, bis die
Oxforder Affaire die letzte Aussicht vernichtete. Miß Grove
traf bald darauf eine andere Wahl.[2] Shelley's Schmerz
über diese Enttäuschung war ein tiefer und nachhaltiger.
Er konnte sich lange nicht losreißen von dem Bilde der
Geliebten, nicht daran glauben, daß sie ihm für immer
verloren sei und vergebens suchte er Halt in dem Ge=
danken zu finden, daß sie nicht das Ideal war, das er in
ihr gesucht.

Durch den Erfolg von „Zastrozzi“ war sein literarischer
Ehrgeiz geweckt worden. Er verfaßte während seines
Aufenthaltes in Field Place in Gemeinschaft mit seiner
Schwester Elisabeth — auf deren poetisches Talent er
damals noch große Stücke hielt, bis er zur Einsicht kam,

---

[1] Life I, p. 141—171. S. p. 143. 147. In einem Briefe
vom 3. Jan. 1811 sagt er (p. 156): „Sie verabscheut mich als einen
Skeptiker“, und in einem anderen vom 6. Januar (p. 159): „Sie
ist fort! Sie ist mir für immer verloren, für immer.“ Der erstere
Brief verräth auch, daß Shelley aus Verzweiflung sogar an Selbst=
mord dachte.

[2] Memorials p. 13. Sie scheint sich im August 1811 ver=
mählt zu haben. Ihr Gatte konnte in Shelley's Augen natürlich
nichts Anderes sein, als ein Erdkloß.

daß sie „eine unwürdige Genossin der Musen sei" — ein
Theaterstück, das dem Schauspieler Matthews übersandt,
von diesem aber mit der Bemerkung zurückgeschickt wurde,
„daß es nicht aufführbar sei".[1] Schon im Winter 1809/1810
hatte Shelley mit einem andern Mitarbeiter, seinem Vetter
Medwin nämlich, ein Epos, „The Wandering Jew", ver=
faßt. Es wurde zunächst an Campbell geschickt, der nur
zwei Verse gelten lassen wollte.[2] Shelley verlor den Muth
jedoch nicht und bot das Manuscript der Verlagsfirma
Ballantyne in Edinburg an, die es jedoch aus dem
Grunde ablehnte, weil der Ton der Dichtung ein zu freier
sei.[3] Sofort wurde das Manuscript dem Londoner Ver=
leger J. J. Stockdale angeboten, in dessen Hände es jedoch
niemals gelangte. Er blieb bis 1831 in Edinburg, wo
dann ein Theil in Fraser's Magazin abgedruckt wurde.
Shelley führte sich im Sommer 1810 persönlich bei Stock=
dale ein. Er hatte einen Band Gedichte bei einem Buch=
drucker in Horsham in nicht weniger als 1480 Exemplaren
drucken lassen; wie aber die Druckkosten begleichen? Er
wandte sich also an Stockdale und frug ihn, ob er den
Verlag nicht übernehmen wollte. Stockdale, von Shelley's
Persönlichkeit bezaubert, wie fast alle es wurden, die ihn
kennen lernten, willigte ein. Die Gedichte erschienen am

---

[1] Hogg I, p. 14.   [2] Medwin I, p. 55.
[3] Von culturhistorischem Werth ist eine Stelle in diesem
Briefe der Verleger Ballantyne (Forman, Prose W. III, p. 405 fl.),
wo es heißt: „Selbst Walter Scott wird jetzt von unseren spiritua=
listischen und evangelischen schottischen Magazinen und Instructoren
heftig angegriffen, indem sie ihn beschuldigen, daß er in der
„Lady of the Lake" atheistische Doktrinen (sic!) verkündet
habe."

17. September 1810 unter dem Titel „Original Poetry, by Victor and Cazire". Der letztere Name deutet wohl auf einen weiblichen Mitarbeiter, der höchst wahrscheinlich niemand anderes war, als Shelley's Schwester Elisabeth. Allein der Titel „Original Poetry" sollte sich nicht als durchweg gerechtfertigt erweisen. Die Gedichte waren schon eine Woche in Umlauf gesetzt, als Stockdale bei einer genaueren Revision derselben bemerkte, daß sich verschie= dene bekannte Verse von dem damals vielgelesenen M. G. Lewis, dem Verfasser von „The Monk" und den „Tales of Terror", eingeschlichen hatten. Er theilte die unlieb= same Entdeckung Shelley sofort mit, die Ausgabe wurde unterdrückt, und daß Stockdale gute Miene zum bösen Spiele machte und mit Shelley in gutem Einvernehmen blieb, kann als Beweis gelten, daß dieser ihn von seiner Unschuld überzeugte.[1] Ende jenes Jahres erschien die bereits erwähnte Novelle „St. Jrvyne or the Rosicrucian"[2] in Stockdale's Verlag. Diese Novelle ist, wenn möglich, noch unlesbarer, noch barocker und abenteuerlicher, als „Zastrozzi". Doch findet sich in den eingelegten Gedichten mitunter echte Poesie. In den Naturschilderungen be= kundet sich schon eine ungewöhnliche beschreibende Kraft, doch sind sie meist durch Plattheiten verdorben. Der Einfluß von William Godwin's „St. Leon" ist unverkenn= bar, obwohl Shelley selbst ihn in späteren Jahren in

---

[1] S. R. Garnett, „Shelley in Pall Mall" in Macmillan's Magazine, Juniheft 1860. Shelley soll zur Zeit, als die unglück= liche „Original Poetry" erschien, noch ein anderes Buch gedruckt haben. S. Rossetti, Memoir p: XLI.

[2] Forman V. p. 162 ff.

Abrede gestellt hat.[1]   H. B. Forman machte auf gewisse
unenglische Wortverbindungen und Redewendungen in
„Zastrozzi" und „St. Irvyne" aufmerksam und knüpft
daran, sowie an andere eigenthümliche Symptome, die Ver=
muthung, daß Shelley durch die Romane, welche er in
früher Jugend gelesen, und unter denen sich viele Ueber=
setzungen aus dem Deutschen befanden, nicht nur angeregt
worden sei, sondern daß er in naiver Weise Stellen daraus
in seine Erzählungen hinübergenommen habe.[2]

Sehr richtig bemerkt J. A. Symonds über Shelley's
früheste literarische Versuche[3]: „Shelley's früheste Ver=
suche haben für den Literaturforscher wenig Werth, aus=
genommen insofern, als sie die Psychologie des Genius
und dessen wunderliches Wachsthum veranschaulichen. In=
neren Werth haben sie so viel wie keinen, und Niemand
könnte nach ihnen die Laufbahn bestimmen, die der künf=
tige Verfasser der „Cenci" und von „Epipsychidion"
einschlagen würde. Das aber muß hervorgehoben werden,
daß die Fehler seiner großen Vorzüge, wie Hyperidealis=
mus, Hast, Incohärenz, und Mangel an Erzählungsgabe[4]
in diesen frühen Werken sich deutlich offenbaren. Aber
während die Fehler vorhanden, fehlen die Vorzüge selbst.
Eine strenge Kritik wird bei „Zastrozzi" und „St. Irvyne"
nur Grund haben, sich zu verwundern, wie aus einem

---

[1] S. den dritten Brief Shelley's an Godwin bei Hogg II,
p. 62. Zur Zeit, wo er mit Stockdale wegen der Publikation der
Novelle unterhandelte, äußerte er sich anders. S. den Brief an
Stockdale vom 19. Nov. 1810 (Forman VII, p. 335).

[2] Prose W. I., Preface p. XIII ff.   [3] p. 21.

[4] Die drei letztgenannten Fehler sind jedoch nur an Dich=
tungen wie „Queen Mab" und „Laon and Cythna" bemerkbar.

anscheinend so unfruchtbaren Keime Blumen und Früchte des Genius entspringen konnten. In diesen Produkten ist noch weniger von dem wirklichen Shelley sichtbar, als in den „Hours of Idleness" von dem wirklichen Byron."

Wir begleiten Shelley nun nach der Universität Oxford. Er kommt mit achtzehn Jahren dahin, mit brennendem Wissensdurst, mit hohen, idealen Gedanken erfüllt. Er ist sich seiner Bestimmung noch nicht klar bewußt. Er hat sich in der Poesie versucht, jedoch mit zweifelhaftem Erfolge, und es ist unwahrscheinlich, daß er sie für seinen Beruf hält. Dagegen scheint er seinen reformatorischen Beruf zu ahnen und sein scharfer, unruhiger Verstand schon eine Fessel nach der andern zu sprengen. Die Studien, mit denen er sich in Oxford beschäftigt, beschleunigen seine geistige Befreiung in überraschender Weise, und dieselbe wird die Ursache seiner ersten, herben Schicksale.

IV.

Oxford.

Im Oktober 1810 bezog Shelley die Universität Ox=
ford. Bald nach seiner Ankunft lernte er Thomas Jefferson
Hogg, den Sohn eines Edelmanns aus Nordengland,
kennen, der dazu berufen war, einer seiner intimsten Freunde
und treuesten Anhänger zu werden und der Welt das
glänzendste und gefälligste Bild einer Periode seiner merk=
würdigen und schicksalsreichen Jugend zu geben. Zwei
verschiedenartigere Persönlichkeiten, wie Shelley und Hogg,
konnten sich nicht leicht begegnen. Im Gegensatz zu
Shelley war Hogg eine eminent praktische und positive
Natur. Er wurde später ein berühmter Advocat, ließ
sich's nie beifallen, mit Staat und Kirche in Conflict zu
gerathen, hielt Philosophie für eine Abgeschmacktheit und
Poesie für Unsinn. Er war ein Lebemann, und sein
reicher Humor neigte stark zum Cynismus. H. B. Forman
bemerkt ganz richtig, daß Hogg auch Shelley's Persönlichkeit
wie ein Bonvivant beurtheilte und genoß.[1] Aber genug,
daß er die feinen Eigenthümlichkeiten, die herrlichen Züge

---

[1] „Shelley's Life near Spezzia, his Death and Burials" (Macmillan's Magazine, Mai 1880), p. 45.

dieser besonderen, unvergleichlichen Persönlichkeit zu ge=
nießen verstand.

Hogg erwähnt in der Vorrede zu seinem Werke aus=
drücklich, daß es ihm hauptsächlich darum zu thun war,
ein „gefälliges Bild" (a pleasing picture) von Shelley zu
geben und sagt uns damit, daß wir keine genaue Biographie
von ihm erwarten dürfen. Manche Partien seiner Schil=
derung haben einen mehr novellistischen, als historischen
Charakter. So die Beschreibung der Wohnung Shelley's
in Oxford, die Mittheilungen langer Reden, die er von
Shelley gehört haben will, deren Wortlaut er jedoch bei so
großer zeitlicher Entfernung — die Kapitel über Shelley's
Aufenthalt in Oxford wurden im Jahre 1832, alle anderen
um Vieles später niedergeschrieben — eben nur aus der
Phantasie, nicht aus dem Gedächtniß schöpfen konnte.
Können wir uns solche romanhafte Ausführungen
immerhin gefallen lassen, so will es uns weniger behagen,
wenn der kaustische Humorist in Hogg die Oberhand ge=
winnt, wenn er sich allerlei leichtsinnige entstellende und
verkleinernde Bemerkungen über seinen Helden erlaubt.
Sein Werk enthält jedoch auch eine große Fülle glaub=
würdiger Details; es giebt ein reicheres Bild von Shelley's
Persönlichkeit, als irgend eine andere Biographie, und zählt
außerdem zu den humorvollsten und unterhaltendsten Bü=
chern, die je geschrieben worden sind.[1]

Shelley und Hogg sahen sich das erste Mal in der
Speisehalle ihres College, in der sie neben einander zu sitzen

---

[1] Seinen Minos hat Hogg in dem unermüdlichen Shelley=
Forscher D. F. Mac=Carthy gefunden. S. dessen Werk „Shelley's
Early Life" (London 1877).

kamen. Ein Gespräch über deutsche und italienische Lite=
ratur entspann sich zwischen ihnen und wurde in Hogg's
Wohnung fortgesetzt. Hogg beschreibt den ersten Eindruck,
den er von Shelley's Erscheinung empfing, mit folgenden
Worten[1]: „Seine Gestalt war schlank und gebrechlich und
doch waren seine Beine und Glieder stark und fest. Er
war groß, krümmte sich aber derart zusammen, daß er
klein schien.[2] Seine Kleider waren fein und nach der ele=
gantesten Mode des Tages, aber sie waren zerdrückt, zer=
knittert und ungebürstet. Seine Geberden waren jäh, zu=
weilen heftig, gelegentlich ungeschickt, meist aber angenehm
und graziös; seine Gesichtsfarbe war fast weiblich, von
dem reinsten Weiß und Roth; doch war sein Antlitz von
der Sonne gebräunt und voll Sommersprossen . . . Seine
Züge, sein ganzes Gesicht und besonders sein Kopf waren
ungewöhnlich schmal, doch schien der letztere besonders
groß zu sein, weil sein Haar lang und dicht war und in
Zeiten der Geistesabwesenheit und in der Seelenpein schwerer
Gedanken (wenn ich so sagen darf) strich er es oft heftig
mit der Hand, oder ließ die Finger unbewußt ruhig durch
die Locken gleiten, so daß er eigenthümlich wild und stür=
misch aussah . . . . . Seine Züge (der Mund vielleicht
ausgenommen) waren nicht regelmäßig, doch war der Aus=
druck des Ganzen sehr wirksam. Es athmete ein Leben,

---

[1] Life I, p. 54 ff.

[2] Auch Medwin spricht von Shelley's gebückter Haltung
(Life II, p. 2). Thornton Hunt (der Sohn des bekannten Dichters
und Journalisten Leigh Hunt, welch' letzteren Shelley allen seinen
Freunden bevorzugte) sagt: „Shelley hatte eine eigenthümliche Art,
Kopf und Schultern zu halten; das Gesicht war etwas nach vorn
geneigt und die Schultern leicht gehoben."

ein Feuer, einen Enthusiasmus, eine lebendige und über=
natürliche Geisteskraft, wie ich sie bei keinem Andern ge=
gesehen habe. Und der moralische Ausdruck war nicht
weniger herrlich, als der geistige; da war eine Sanft=
heit, eine Freiheit, und vor Allem ein Ausdruck tiefer
religiöser Pietät, der die besten Werke und hauptsächlich
die Freskos der großen Meister in Florenz und Rom
charakterisirt. Ich lernte den eigenthümlichen Ausdruck
in diesen wundervollen Werken lange nachher und mit einer
Befriedigung kennen, welche einen starken Beisatz von
Kummer enthielt, da es nach dem Untergang desjenigen
war, auf dessen Antlitz ich diesen Ausdruck zuerst beobachtet."

Man betont gewöhnlich das Weibliche in Shelley's
Erscheinung. Thornton Hunt bemerkt, daß Shelley's Aus=
sehen allerdings etwas Weibliches hatte, fügt jedoch hin=
zu: „Die Umrisse seiner Züge und seines Antlitzes
hatten eine Bestimmtheit und Festigkeit, die mit einem
weiblichen Wesen durchaus unvereinbar gewesen wären;
die Contouren waren scharf und energisch . . . ." Be=
kannt ist der Ausspruch des damals berühmten Porträt=
malers Mulready, daß es nicht möglich sei, Shelley zu
malen, weil er zu schön sei, und Lieutenant Edward
Ellerfer Williams fand, Shelley sehe übernatürlich
geistvoll aus. Sein Haar wurde früh grau, doch behielt
er immer ein jugendliches Aussehen. Th. L. Peacock sagt[1],
daß die Bilder, die von Shelley in Umlauf sind, keine
richtige Vorstellung von ihm geben. Er meint, daß ein
Gemälde von Antonio Leismann in den Uffizien von

---

[1] Fraser's Magazine 1860, p. 103.

Florenz ihm am meisten ähnlich sei. · Mrs. Shelley be=
vorzugte das Porträt, welches Miß Curran in Rom von
ihrem Gatten gemalt; Lady Shelley in den „Memorials"
und H. B. Forman in seiner kritischen Ausgabe haben
dasselbe wiedergegeben. Dagegen hielt E. J. Trelawney das
Aquarell, welches Lieutenant Williams von Shelley ge=
malt, für das ähnlichste Bild und hat eine Reproduktion
desselben seinen „Records" beigegeben.

Was Hogg an Shelley peinlich berührte, war dessen
Stimme. Er nennt sie „excruciating; it was intolerably
shrill, harsh and discordant". Er bemerkt, daß diese
Stimme ihn fast verhindert hätte, mit Shelley zu ver=
kehren. Andere Zeugen stimmen insofern mit Hogg über=
ein, indem auch sie Shelley's Stimme „discordant",
„shrill" oder „penetrating" nennen. Einige Autoritäten
leugnen diese unangenehme Eigenschaft[1], oder wollen doch
nur zugeben, daß Shelley's Stimme, wenn er in Leiden=
schaft gerieth, mißtönend gewesen sei, in normaler Tonlage
aber sanft und äußerst modulirbar, und wenn Shelley
Gedichte recitirte, von wunderbarer Wirkung. Shelley
gerieth aber, besonders in jüngeren Jahren, im Gespräche,
beim Argumentiren leicht in's Feuer und seine Stimme
bewegte sich infolge dessen zumeist in Fisteltönen. Erwägen
wir, daß Hogg, wie er selbst sagt, ein sehr empfindliches
Gehör besaß, so werden wir seine Charakteristik der
Stimme Shelley's begreifen können.

Hogg spricht von verschiedenen Eigenthümlichkeiten
Shelley's, und die Glaubwürdigkeit seiner Mittheilungen

---

[1] So z. B. Miß Hellen, die Schwester des Dichters. Siehe
Hogg I, p. 25.

wird durch die ähnlich lautenden Capitän Trelawney's
verbürgt, der uns Erinnerungen an das letzte Lebensjahr
des Dichters aufbewahrt hat und zu den besten Autori=
täten zählt. Hogg sagt unter Anderm[1]: „Es gab eine
Menge auffallender Gegensätze im Charakter und Benehmen
Shelley's, und einer der bemerkenswerthesten war die
Mischung und Abwechslung von Ungeschicklichkeit und
Beweglichkeit, von Ungelenkigkeit und Grazie. Er
stolperte, wenn er über das Parquet eines Salons ging,
er überschlug sich auf einer glattgemähten Wiese, er
glitt auf unbegreifliche Weise aus, wenn er die bequeme,
mit-Teppichen belegte Stiege eines eleganten Hauses hin=
aufstieg, so daß er mit der Nase oder den Lippen auf
die höhere Stufe stieß, oder sich auf die Hände trat... Auf
der anderen Seite glitt er oft ohne Zusammenstoß durch
eine dicht gedrängte Menschenmenge, schritt mit unfehl=
barer Geschicklichkeit auf den ungangbarsten Pfaden
dahin, ging sicher und rasch auf dem steilsten und
schlüpfrigsten Wege.“

Hogg bemerkt an einer andern Stelle, daß sich Bände
anfüllen ließen mit der Aufzählung all' der Eigenthümlich=
keiten und Sonderbarkeiten, die sich an Shelley beobachten
ließen. Der Biograph Shelley's hat in der That noch
weit öfter von merkwürdigen Charakteristiken zu sprechen,
als der jedes andern großen Mannes. Shelley war ein
Gesetz, eine Welt für sich. Wir können uns in der That
nur schwer vorstellen, wie ein Wesen, das von einer anderen,
höheren Sphäre auf diese Welt gekommen zu sein schien,

[1] I, p. 86.

sich zu der Prosa des Lebens verhalten habe. Der Ein=
druck, den Shelley's Persönlichkeit hervorbrachte, muß ein
überaus merkwürdiger gewesen sein. Alle die Eigenthüm=
lichkeiten, die er offenbarte, lassen sich indessen auf einige
Grundzüge seiner körperlichen und geistigen Veranlagung
zurückführen. Da war vor Allem seine ungewöhnliche Sen=
sibilität, die sich in seiner Neigung zum Nachtwandeln,
zu Visionen und Hallucinationen, von denen er durch
sein ganzes Leben verfolgt wurde, und von denen wir
wiederholt Proben mitzutheilen haben werden, sowie in
der oft krankhaften Schärfe und Empfindlichkeit seiner
Sinne, in seiner Unregelmäßigkeit, in seiner Impulsivität
äußerte. War er auf der einen Seite überaus energisch,
so stand er auf der andern ganz unter dem Einflusse
seiner augenblicklichen Erregungen. „Er hatte seltsame Lau=
nen," bemerkt Hogg, „unbegründete Befürchtungen und
Abneigungen, thörichte Beängstigungen und panische
Schrecken u. s. w." Wer von Shelley's Leben nichts
wüßte, nur seine Dichtungen kennen würde, er müßte
aus ihnen entnehmen, daß ihr Schöpfer die ausgepräg=
testen Merkmale der Künstlernatur besaß, daß er kör=
perliche und seelische Eindrücke mit einer Schärfe em=
pfand, daß er mit einer Schnelligkeit lebte, wovon sich
normal veranlagte Menschen kaum eine Vorstellung zu
bilden vermögen. Shelley durfte sich mit Recht mit
der Mimose vergleichen, und die Worte, die er dem
Geisteskranken in „Julian und Maddalo" in den
Mund legt:

„Ich bin so wie ein Nerv, der jeglichen
Sonst unempfundenen Druck auf Erden fühlt,"

find auch nur Selbstschilderung. Ein seelischer Zug, in dem manche seiner Eigenthümlichkeiten wurzelte, war seine Kindlichkeit. Ein fernerer Zug, der seinem Leben ein so sonderbares Gepräge verlieh, war sein tiefes Bedürfniß mit der Natur zu verkehren, naturgemäß zu leben, sowie er das Wort verstand. Er liebte es, sich auf das Einfachste zu kleiden, mit völliger Gleich= giltigkeit gegen Mode und Brauch; ebenso war er in Bezug auf Speise und Trank von beispielloser Mäßig= keit und Anspruchslosigkeit, schon in Oxford lebte er wie ein Anachoret und war Brod seine Hauptnahrung. Er verwarf später den Fleischgenuß principiell und mit geringen Unterbrechungen huldigte er vom Frühling 1812 an dem Vegetarianismus.

Niemand konnte über die Sitten seiner Jugend besser urtheilen, als Hogg, und dieser bewunderte „die Rein= heit und Unschuld seines Lebens".

Früh muß in einer Biographie Shelley's von seiner schlechten Gesundheit gesprochen werden. Wir sahen, daß er schon während seiner Schulzeit einmal heftig erkrankte. Abgesehen davon, daß er während drei Jahren der Schwindsucht zu erliegen glaubte, welche ihn jedoch in räthselhafter Weise in Italien plötzlich verließ, stellte sich schon früh die Neigung zu Krampfanfällen bei ihm ein[1], die sich immer wiederholten, zeitweise mit solcher Heftig= keit, daß er sich auf dem Boden wand und an Selbst= vernichtung dachte. Wenn Lady Shelley vielleicht auch

---

[1] S. die Notizen von Mrs. Shelley's zu „Königin Mab" und „Laon und Cythna".

zu weit geht, wenn sie behauptet, daß er „niemals ge=
sund und frei von Schmerzanfällen war"[1], so waren
der Tage gewiß nur wenige, wo sein Befinden erträg=
lich sein mochte. Um körperliche Schmerzen und seelische
Erregungen zu lindern, griff er oft zu Opiaten, er=
schütterte seine Gesundheit dadurch aber noch mehr und
gefährdete durch übermäßigen Gebrauch solcher Mittel zwei=
mal sein Leben.[2] Doch machte er nicht ständigen Gebrauch
von denselben, wie De Quincey, sondern nur dann, wenn
seine Leiden besonders heftig wurden. Shelley selbst be=
hauptete Hogg gegenüber[3], daß er seine Gesundheit durch
eigenes Verschulden zerstört hätte, da er vor seiner An=
kunft in Oxford in einer Anwandlung von verliebter Ver=
zweiflung — deren Gegenstand offenbar niemand anderer
war, als Miß Grove — einmal Arsenik genommen
hätte, und auch Miß Hellen bemerkt, daß sie davon ge=
hört habe. Wir lassen es dahingestellt sein, ob Shelley
nicht, wie es bei ihm so oft vorkam, in diesem Falle Ein=
bildung und Wirklichkeit verwechselte, und ob es vom me=
dizinischen Standpunkte statthaft wäre, gesetzt, seine Be=
hauptung wäre wahr, seine körperlichen Leiden auf diese
Quelle zurückzuführen.[4]

Shelley und Hogg wurden bald intime Freunde und
verbrachten einen großen Theil von Tag und Nacht

---

[1] Memorials p. 70.
[2] Trelawney, Records of Shelley, Byron and the Author.
Preface p. IX.
[3] Life II, p. 332.
[4] Noch viel unwahrscheinlicher klingt die Erzählung, die Ur=
sache seiner Leiden betreffend, bei Th. Hunt, Atlantic Monthly
1868, p. 185.

zuſammen. Vormittags ſtudirte jeder in ſeiner Wohnung oder hörte Collegien, Nachmittags ſtreiften ſie gewöhnlich in der Umgebung von Oxford, wo ſie manches Abenteuer erlebten, Abends wurde meiſtens in Shelley's Woh= nung ein unſchuldiges Sympoſion abgehalten und dann bis ſpät in die Nacht hinein geleſen und geſprochen. Und Shelley war im Sprechen und Leſen ein Meiſter. Alle, die ihn perſönlich kannten, ſtimmten in der Bewunderung ſeiner natürlichen Beredtſamkeit überein und einige ſtellten ihn als Redner noch höher, denn als Dichter. Sprach er über ein Lieblingsthema, ſo ſtrömten ihm die Gedanken und Argumente in glücklicher Fülle zu und kamen in fließender und gewählter, bei großem Gehalte, in zünden= der und hinreißender Rede, zum Ausdruck. Widerſprach er einem Anderen, ſo geſchah es immer in maßvoller Weiſe, dabei blieb er ſtets bei der Sache und immer ernſt, wie er überhaupt meiſtens ernſt war.[1] Shelley war ein ge= radezu virtuoſer Leſer. „Nie ſah ich Augen, welche die Seiten gieriger verſchlangen, wie die ſeinen," bemerkt Hogg. Er konnte immer und überall leſen und immer und überall mit derſelben Sammlung. Sein Wiſſensdurſt war nicht zu ſtillen, er wuchs mit den Jahren und den

---

[1] Hogg ſpricht oft von der wundervollen Beredtſamkeit ſeines großen Freundes. S. auch die Notiz Mrs. Shelley's zu den Ge= dichten vom Jahre 1818. Lieutenant Williams bei Trelawney, Records I, p. 30. Trelawney ſelbſt ſagt (II, p. 7): „He left the conviction on the minds of his audience that however great he was as a Poet, he was greater as an orator." Vgl. Medwin II, p. 144. Auch Lord Byron widerſtand dem Zauber von Shelley's Beredtſamkeit nicht und wurde, wenn Shelley ſprach, ein aufmerk= ſamer Zuhörer, Trelawney I, p. 30.

Kenntnissen und es gab Zeiten, wo Shelley 16 Stunden am Tage mit Lesen verbrachte.[1]

Wie in Eton verschmähte er es auch hier, sich an den Lehrplan zu halten und trieb allerlei Privatstudien. Er setzte seine chemisch-physikalischen Uebungen fort, doch waren es in erster Linie Logik und Metaphysik, die hier sein Denken in Anspruch nahmen. Er lernte in Oxford Locke, Hume, die schottischen Philosophen und französischen Encyklopädisten kennen[2] und die wichtigste Folge dieses Studiums war, daß er alle christliche Mythologie, alle christliche Dogmatik ein für allemal über Bord warf, und keinen Rest von theologischem Glauben mehr in seinem Herzen duldete. Er war jedoch zu leidenschaftlich, damit sich seine Ueberzeugungen nicht in Fleisch und Blut bei ihm verwandelt hätten und so kam es, daß er das Christenthum nicht nur verneinte, sondern zu einem glühenden Gegner desselben wurde.

Erst später lernte er die ethischen Grundlehren des Christenthums, wie sie sich im modernen Bewußtsein spiegeln, kennen und bewundern und Niemand hat sie herrlicher verkörpert, als er. Eine andere Folge des Studiums jener Philosophengruppe war, daß er in den Materialismus verfiel. Er bemerkte in dem philosophischen Fragment „Ueber das Leben" (1815): „Die ärgerlichen Albernheiten der populären Philosophie von Geist und Materie, ihre schädlichen Folgen für die Morallehre und ihr heftiger Dogmatismus in Bezug auf die Quellen aller Dinge, hatten mich früh zum Materialismus geführt.

---

[1] Hogg I, p. 125.   [2] Hogg I, p. 99.

Der Materialismus ist ein verführerisches System für junge und oberflächliche Geister. Er verleitet seine An= hänger zum Reden und dispensirt sie vom Denken. Ich war aber unbefriedigt mit der Weltanschauung, die er hervorbringt."

Allerdings mußte sich Shelley seiner gesammten Ver= anlagung zufolge ganz anders von Plato ergriffen fühlen, den er gleichfalls in Oxford zuerst kennen lernte und es ist natürlich, daß er schließlich zu einem extremen Idealis= mus gelangte. Trotzdem geschah dieser Uebertritt vom Materialismus zum Idealismus nicht plötzlich und voll= ständig, vielmehr schwankte Shelley eine Reihe von Jahren zwischen diesen beiden Weltanschauungen und in „Königin Mab" reflectirt sich diese Unsicherheit in eigenthümlicher Weise.

Wie Hogg bekennt, waren es die französische Ueber= setzung von Mme. Dacier und eine englische dieser fran= zösischen, aus denen sie ihre erste Kenntniß Plato's schöpften und wir haben keine Ursache ihm zu mißtrauen, wenn er sagt: „Wir lasen keinen einzigen Satz auf Griechisch." Die platonische Lehre von der „Anamnesis" scheint Shelley besonders entzückt zu haben. Wenn Hogg aus Plato vorlas, stand Shelley oft auf, durchschritt das Zimmer, schüttelte die langen wilden Locken und begann feierlich mit einem geheimnißvollen Gesichtsausdruck zu phi= losophiren.[1] Wie mächtig Plato ihn anzog, sagt auch fol= gende Schilderung Hogg's: „Der Unehrerbietige vermag nicht die Ehrfurcht zu verstehen, der leichtsinnige, gleichgiltige

---

[1] I, p. 103.

Weltling vermag sich nicht den Enthusiasmus vorzustellen,
— noch kann die Zunge die mächtige Bewegung aus=
drücken, die innerlich in ihm vorging, wenn er sich das
erste Mal einem Buche näherte, von dem er glaubte, daß
es die geheimen und mystischen Philosopheme des Alter=
thums enthalte; seine Wangen glühten, seine Augen
glänzten, sein ganzer Körper erzitterte und sofort war er
in die Tiefen der Kontemplation versunken. Diese plötz=
liche und gewaltsame Absorbirung seiner seelischen Kräfte
durch den Intellect kann nur mit der augenblicklichen
Entzündung verglichen werden, welche das Auge blendet,
wenn ein Bündel trockenen Strohs oder anderen leicht
entzündbaren Stoffes in ein großes hitziges Feuer ge=
worfen wird." — Hervorragend philosophisch, war Shelley
zugleich unhistorisch angelegt. Das Studium der Geschichte
hatte auf seinem Oxforder Programme keine Stelle und
die späteren Anläufe, die er nahm, sich in Geschichte zu
vertiefen, führten zu keinem Resultate. Seine Poesie zeigt
am besten, in welchem Grade es ihm an historischem
Sinne fehlte. Auch das Studium fremder Sprachen, dem
er später mit so großem Eifer oblag, vernachlässigte er in
Oxford und vergebens suchte ihn Hogg für die hebräische
Sprache zu interessiren. Gegen Mathematik legte er, wie
die meisten Dichter, eine entschiedene Abneigung an den
Tag[1] und wahrscheinlich fehlte ihm hierfür auch alle Be=
gabung. Er nannte sich gelegentlich selbst einen „höllischen
Arithmetiker".

Ebenso wenig Interesse zeigte er für die juristischen

---

[1] Hogg I, p. 118.

Wissenschaften. Was Politik betrifft, so fühlte er für
Völkerwohl und Völkerschicksal stets das innigste Interesse;
die kleinlichen parlamentarischen Verhandlungen aber hatten
nichts Anziehendes für ihn, sowie er auf allen Gebieten das
Allgemeine im Auge hatte und die Details vernachlässigte.
Er sprach, wie Hogg versichert, mit Widerwillen von einer
parlamentarischen Laufbahn, die einzuschlagen der Herzog
von Norfolk, der Freund seines Großvaters und der
Gönner seines Vaters, ihm gerathen hatte.[1] Doch scheint
er in diesem Punkte damals noch etwas schwankend gewesen zu sein, da er Leigh Hunt, dem Herausgeber des
„Examiner“, von Oxford schrieb[2], daß er seinen Vater,
sobald er das einundzwanzigste Jahr erreicht hätte, wahrscheinlich im Parlamente ersetzen würde.

Während Shelley den Glauben an den theologischen
Gott verlor, neigte er immer mehr zur pantheistischen
Weltanschauung. In einem Briefe, den er in den Weih-
nachtsferien dieses Jahres an Hogg richtete, spricht er den
Wunsch aus: „O daß die Gottheit die Seele des Universums wäre, der Geist allgemeiner, unvergäng-
licher Liebe.“[3] Diese Stelle ist in doppelter Hinsicht
bedeutungsvoll. Denn erstens belehrt sie uns über den
Ursprung der Shelley'schen Lehre vom „Geist der Natur“
oder der „geistigen Schönheit“, die nach seiner Anschauung
die Welt durchströmt — er wünschte, die Gottheit möge
der Geist der Liebe sein, und schließlich wurde sein Wunsch

---

[1] I, p. 206. Medwin I, p. 156.

[2] Dieser Brief datirt vom 2. März 1811 und bildete das
erste Band zwischen Shelley und Hunt. S. Forman VII, p. 388.

[3] I, p. 169. Vgl. I, p. 155 u. 161.

zum Glauben an das Gewünschte, — zweitens sagt sie
uns, daß er die Liebe schon als das tiefste Weltgesetz
fühlte, sie, die das Grundgesetz seiner Natur war. Die
Briefe, die er in jenen Tagen an Hogg richtete[1], sind
für denjenigen, welcher ein Bild seiner inneren Entwicke=
lung gewinnen will, in mehr als einer Hinsicht von Be=
deutung. Außer der Neigung, eine unpersönliche Weltseele
an Stelle des persönlichen, theologischen Gottes zu setzen,
tritt überall ein ausbündiger Haß gegen Bigotterie und
Aberglauben gegen Unduldsamkeit und Selbstsucht hervor,
der sich bei Shelley bald zum Haß gegen alles Bestehende,
zur principiellen Verwerfung aller gesellschaftlichen Ein=
richtungen erweitern sollte. Er hatte einen größeren Ueber=
blick über die damalige sociale und politische Lage seines
Vaterlandes gewonnen, und diese war trostlos genug. Er
sah, daß die höchste Gewalt in den Händen der starrsten
reactionären Toryregierung lag; daß die Furcht vor den
Ausschreitungen der französischen Revolution diese Regierung
dazu führte, sich an die alten Institutionen leidenschaftlich
anzuklammern, jede freiheitliche Regung für Jacobinis=
mus zu halten und im Keime zu ersticken. Er sah, daß,
wer ein freies Wort gegen den König oder den Prinz=
regenten wagte, sich der Gefahr aussetzte, in Staats=
processen belangt und zu langer Kerkerhaft verurtheilt zu
werden, daß Regierung und Parlament eine wahre Henkers=
lust beseelte, daß religiöse Heuchelei und Intoleranz zahl=
lose Opfer forderten.[2]

---

[1] Life I, p. 141—171.
[2] S. Reinhold Pauli, Geschichte Englands seit den Friedens=
schlüssen von 1814 und 1815 (1. Theil).

Durch das Bewußtsein derartiger Verhältnisse wurde
Shelley's natürliche Neigung zu lieben und sich hinzugeben
zu einer leidenschaftlichen Liebe für die Unterdrückten, sein
angestammter instinctiver Widerwille gegen Zwang und
Unterdrückung zu einem bewußten und zum Princip des
Lebens erhobenen Haß gegen jede Form der Tyrannei;
man darf sagen, daß ihn der erste Einblick in die Ver=
hältnisse jener finsteren Zeit in die Reihen jener Geister
erhob, welche die großen, fruchtbaren Freiheitsbewegungen
in der ersten Hälfte dieses Jahrhunderts vorbereiteten, und
deren kühnster Führer er zu werden berufen war. Hogg,
der Shelley wie wenige kannte, bemerkt: „In keinem Indi=
viduum war der sittliche Sinn vielleicht mehr entwickelt
als in Shelley, in keinem Wesen war die Empfindung für
Recht und Unrecht schärfer."[1] Und an einer andern Stelle
sagt er[2]: „Ich konnte nicht mehr als zwei Principien
in ihm entdecken; das erste war eine starke unüberwind=
liche Liebe zur Freiheit, zur Freiheit im abstracten Sinne,
das zweite war eine ebenso leidenschaftliche Liebe zur
Toleranz aller Meinungen, besonders aber der religiösen
Meinungen, zur vollkommenen, ganzen, allumfassenden, un=
begrenzten Toleranz, und als eine Folge und ein Corolla=
rium des zweiten Princips fühlte er eine große Abscheu
vor jeder Art der Verfolgung, sei sie öffentlich oder privat."
Das war aber nicht Alles. Sowie ihn seine Menschen=
liebe bald zu überidealen Anschauungen über die mensch=
liche Natur führte, indem er dieselbe für ursprünglich gut,
höchst vervollkommnungsfähig und den menschlichen Willen

---

[1] I, p. 119.   [2] II, p. 458.

für frei hielt, so führte ihn sein persönliches Freiheits=
bedürfniß, das keine Schranke duldete, sowie sein· Ab=
scheu vor den socialen und politischen Verhältnissen
seiner Zeit sehr früh zu einer extremen Verurtheilung
aller gesellschaftlichen Gemeinschaft. Hielt er den Men=
schen für gut, so die Gesellschaft für schlecht. Laster und
Elend waren ihm die nothwendigen Folgen der Einschrän=
kung der individuellen Freiheit; gut und glücklich waren
die Menschen, bevor es Gewalt und Unterdrückung, Norm
und Gesetz gab, gut und glücklich sollen sie werden, wenn
einst alle gesellschaftlichen Fesseln sich lösen, das Reich
der absoluten Freiheit sich erneuert.

Es ist leicht einzusehen, daß Shelley's, durch Rousseau
und die französische Revolution angeregter Radicalismus
über das Ziel hinausschoß, daß auch eine weniger in
Vorurtheilen verknöcherte und erstarrte Gesellschaft, als
die englische, über·diesen hätte erschrecken müssen. Der frei=
sinnige Beurtheiler wird an der Kühnheit seiner Opposition
aber immer mehr zu schätzen, als zu tadeln finden. Er
wird das Ueberschüssige daran aus Zeitverhältnissen zu
begreifen suchen, er wird einsehen, daß in Epochen der
äußersten Unterdrückung und Verderbniß einzelne aus=
gezeichnete und ungestüme Geister von der Sehnsucht
nach einem Umsturz alles Bestehenden ergriffen werden
müssen, jenes herrliche Freiheitsgefühl, jene mächtige
Wahrheits= und Gerechtigkeitsliebe, jene tiefe Sympathie
für die Unterdrückten, welche die Hauptquellen des Shelley'=
schen Radicalismus sind, aber als ein seltenes Phänomen
bewundern. Ein durchaus subjectiver Geist, verwandelte
Shelley seine Empfindungen in Principien und reforma=

torische Bestrebungen. Es wäre ihm nicht möglich ge=
wesen, sich auf die eigene Vervollkommnung zu beschränken,
sich selbst zu befreien, ohne den Versuch zu machen, auch
die Anderen aus den Banden schädlicher und unwürdiger
Anschauungen und Verhältnisse zu erlösen. Es war alles
social bei ihm, und er besaß einen ausgeprägten politischen
Sinn.

Sobald sein Verständniß für die öffentlichen Ange=
legenheiten geweckt ist, sehen wir ihn all sein Denken und
Sinnen darauf richten, das allgemeine Wohl zu fördern,
die Tyrannei in jeder Form zu bekämpfen und das, was
er für wahr hält, zu einem Gemeingute zu machen. Mit
wachsamen Augen beginnt er schon in Oxford die öffent=
lichen Vorgänge zu verfolgen und große Pläne zu Gunsten
des allgemeinen Wohls und der Freiheit zu bilden.

So hatte jener Brief an Leigh Hunt hauptsächlich
den Zweck, dem letzteren mitzutheilen, daß er — Shelley —
ein Meeting berufen wolle, „ein Meeting von aufge=
klärten Mitgliedern der Gesellschaft, deren freie Principien
sie Uebeln aussetzen, die gemildert werden könnten und
eine methodische Gesellschaft zu bilden, deren Zweck es
sein soll, dem Bunde der Feinde der Freiheit Widerstand
zu leisten, der die Ursache ist, daß jedes Aussprechen einer
Meinung über polizistische Dinge den Individuen gefähr=
lich wird". Zugleich eröffnete er hier jene Reihe edel=
müthiger Verwendungen für Opfer der Regierung, die
sein ganzes Leben durchziehen. Peter Finnerty, der Heraus=
geber der Dubliner Zeitung „The Press", wurde wegen
freier Reden, die er gegen Lord Castlereagh führte, am
7. Februar 1811 in's Gefängniß geworfen. Shelley

betheiligte ſich nicht nur an der Subſcription, die für Finnerty veranſtaltet wurde, ſondern publicirte überdies zu Gunſten des Gefangenen ein Gedicht, deſſen Ertrag ſich auf 100 Pfund belief. — Der Name des Gedichtes lautete „Essay on the Existing State of Things".[1] Ein Abdruck deſſelben konnte bis jetzt nicht aufgefunden werden, doch erfahren wir aus einer irländiſchen Zeitung (The Dublin Messenger vom 7. März 1811), daß es ein „ſehr ſchönes Gedicht" geweſen ſei. Iſt das Urtheil des iriſchen Journaliſten unparteiiſch, müßten wir um ſo mehr bedauern, das Gedicht nicht zu beſitzen.

Shelley producirte in Oxford wenig Poetiſches; er war von ſeinen philoſophiſchen Studien völlig ausgefüllt. Dennoch feierte er in der erſten Zeit ſeines Univerſitäts= lebens in Gemeinſchaft mit Hogg einen ſchriftſtelleriſchen Triumph, der ſie beide ſelbſt in Staunen und mehr noch in Heiterkeit verſetzte. Hogg fand Shelley eines Tags mit der Reviſion einiger Gedichte revolutionären, tyrannen= feindlichen Inhaltes beſchäftigt, die Shelley erklärte, ver= öffentlichen zu wollen. Hogg las ſie und tadelte Ver= ſchiedenes daran. Auf die Frage Shelley's, ob er glaube, daß ſie werth ſeien gedruckt zu werden, ſchlug Hogg vor, ihnen einen burlesken Charakter zu geben und veränderte da und dort ein Wort. Shelley gefiel dieſer Einfall und bald waren alle erdenklichen Albernheiten in die Gedichte hineingetragen. Nun überlegten die Freunde, unter welchem Namen die Quibbles ſich veröffentlichen ließen. Sie einem berühmten, zeitgenöſſiſchen Dichter

---

[1] Mac-Carthy a. a. O. p. 89, 100, 255.

unterschieben? Sie geriethen auf einen besseren Einfall.
Margarethe Nicholson, eine Wäscherin, hatte im Jahre
1786 auf Georg III. mit einem Küchenmesser ein Attentat
verübt; sie war wie geschaffen, als Verfasser der aufrüh=
rerischen Gedichte zu fungiren. Noch fristete die Missethäterin
hinter den Wällen von Bedlam ein elendes Dasein, es war
nur ein Akt der Menschlichkeit, sie sterben zu lassen und so
sollten die Gedichte, als ihre posthumen Fragmente, heraus=
gegeben von ihrem bewundernden Neffen, John Fitz Victor,
erscheinen. Die Veröffentlichung wäre aber dennoch unter=
blieben, hätte nicht ein Buchdrucker großen Gefallen an
den Gedichten gefunden und den Druck auf eigene Kosten
veranstaltet. Das Büchlein erschien in prächtiger Aus=
stattung und obwohl es sehr schmächtig war, wurde das
Exemplar für den aristokratischen Preis von einer halben
Krone verkauft. Ganz Oxford war voll von den Ab=
geschmacktheiten, die „für eine Probe scharfen Urtheils,
feinen und wählerischen poetischen Gefühls und eines er=
lesenen Geschmackes" gehalten wurden".[1]

Die nächste Veröffentlichung Shelley's, die in Oxford
Aufsehen erregte, sollte für ihn, als auch für Hogg
weniger heitere Folgen haben.

Shelley hatte von seinem Freunde Dr. Lind in Eton
die altmodische Gewohnheit angenommen, sich an Per=
sonen, die ihm fremd waren, brieflich mit wissenschaftlichen
und philosophischen Fragen zu wenden und hatte mit der Zeit
einen großen Kreis von Correspondenten gewonnen. Wir

---

[1] S. Hogg I, p. 261—268. Die Fragmente sind abgedruckt
bei Forman IV, p. 339 ff.

sahen vorhin, daß sein theologischer Glaube durch das Stu=
dium von Locke, Hume und der französischen Materialisten
den Todesstoß erhielt. Eine solche Erfahrung konnte ein
Shelley nicht in sich verschließen, er hoffte die Welt von
der Wahrheit derselben überzeugen zu können, und zweifelte
im jugendlichen Ungestüm nicht, daß sie nur ausgesprochen
zu werden brauche, um in allen Geistern zu zünden. Er
schrieb deshalb ein Schriftchen, in dem er die Beweise,
die zu Gunsten der Existenz eines Weltschöpfers ange=
führt worden sind, im Anschluß an Hume u. A. einer
Prüfung unterwirft, deren Ergebniß ist, daß jene Be=
weise nicht stichhaltig sind und die mit einem Q. E. D.
schließt. Das Schriftchen war „The Necessity of
Atheism". Er ließ es außerhalb Oxfords anonym
drucken und sandte an verschiedene Personen, bei denen
er philosophische Bildung voraussetzte, Abdrücke mit
Begleitbriefen, in denen er seine Unfähigkeit bekannte,
das Resultat des Schriftchens zu widerlegen und bat,
ihn hierin zu unterstützen.[1] Die Einwendungen der Be=
rathfragten fielen kläglich genug aus und dienten nur
dazu, ihn in seinen Anschauungen zu bestärken. Die
kleine Abhandlung, die lange verschollen war, ist nun im
ersten Bande von Forman's Ausgabe der Shelley'schen
Prosawerke zu lesen. Die lange Notiz zu den Worten
„Es ist kein Gott" in „Königin Mab" wiederholt nicht
nur den Gedankengang des Schriftchens, sondern zum

---

[1] Daß Shelley seine Flugschrift an den hohen Rath der Bischöfe
gesandt habe, wie einige Biographen behaupten, scheint eine Fabel zu
sein. Hogg, der in Bezug auf diese Pamphlet=Angelegenheit als die
erste Autorität betrachtet werden muß, spricht nicht davon.

4*

größten Theil auch die Worte desselben. Am 9. Februar wurde das Pamphlet in „The Oxford University and City Herald" angekündigt: es sollte nicht nur in Privatkreisen verbreitet werden, es war auch käuflich.[1]

Ein Professor (eines andern College), der die Flugschrift zufällig gelesen, bezeichnete Shelley als den muthmaßlichen Autor dem Rector seines College. Shelley wurde am 25. März 1811 in das Senatszimmer be= schieden, wo ihm der Rector im Beisein zweier Professoren das Schriftchen mit der Frage entgegenhielt, ob er sich als Verfasser desselben bekenne. Shelley erwiederte, wes= halb man die Frage an ihn richte? Der Rector wieder= holte seine Worte einfach, als Shelley jedoch die Antwort verweigerte, wurde ihm verkündet, daß er ausgewiesen sei und spätestens am nächsten Morgen Oxford zu ver= lassen habe. Zugleich wurde ihm ein Schriftstück einge= händigt — der formelle Urtheilsspruch versehen mit dem Siegel der Universität.

Allerdings konnten die Professoren, als Vertreter einer Hochschule, die nur christliche Anschauungen duldete, den Umstand, daß ein Schüler eine Schrift über „die Nothwendigkeit des Atheismus" veröffentlichte, nicht un= berücksichtigt lassen. Der härteste Tadel trifft sie aber wegen der brutalen Uebereilung, mit der sie vorgingen. Sie hätten bei humaner Gesinnung erst versuchen müssen, Shelley zu bestimmen, das Schriftchen zurückzuziehen, und dieser hätte sich, wenn man ihn milde gemahnt, ihm vor= gestellt hätte, daß er als Schüler der Universität nicht

---

[1] Forman V, p. 312. Mac-Carthy p. 108.

berechgt sei, atheiſtiſchen Lehren öffentlich Ausdruck zu geben, ohne Zweifel gefügt. Doch weit entfernt, sein edles Weſen zu würdigen, waren ſie froh, eine Gelegen= heit gefunden zu haben, den excentriſchen Jüngling, der gern ſeine eigenen Wege ging, entfernen zu können. Das Roheſte und Feigſte aber war, daß ſie ihn, ſowie auch Hogg, der gleichfalls relegirt wurde, da er ſich in ſchöner männlicher Freundſchaft zum Vertheidiger Shelley's auf= geworfen, nöthigten, ſchon am nächſten Morgen das Feld zu räumen. Hogg bemerkt, daß dieſe „precipitate violence", dieſer „indecent outrage" von dem betreffenden College und nicht von der Univerſität herrührte, und fügt hinzu: „Die Uebelthäter ſchienen zu befürchten, daß das Unrecht, wenn wir noch etwas länger blieben, wieder gut gemacht würde." Am Morgen des 26. März verließen die Freunde Oxford, um ſich nach London zu begeben.[1]

Weil Shelley ſeinen Ueberzeugungen Worte verliehen, wurde er wie ein Verbrecher behandelt und aus dem Orte verſtoßen, an dem er ſich ſo wohl gefühlt. Obwohl nicht zu leugnen iſt, daß ſeine Freiheits= und Wahrheitsliebe, wie wir ſchon einmal bemerkten, ſtark mit blinder Oppoſitions= ſucht verſetzt war, ſo trieb ihn zur Abfaſſung und Ver= öffentlichung jenes Schriftchens nichts anderes als ehr= liche Wahrheitsliebe, und Wahrheitsliebe, wenn ſie nur die echte iſt, werden wir in jeder Geſtalt anerkennen müſſen. Anſtatt daß Shelley befürchtet hätte, die Flug= ſchrift könnte ihn mit den Häuptern der Univerſität in Conflict bringen, glaubte er vielmehr vor Allem, dieſe zu

---

[1] S. Hogg I, p. 269—286.

Partnern seiner Gedanken zu machen. Er mochte deshalb
nicht wenig erstaunt sein, als das Resultat ein so ganz
anderes war, aber würde er anders gehandelt haben,
wenn er die Folgen geahnt hätte? Würde er es nicht
verschmäht haben, der Schüler so unduldsam gesinnter
Männer zu sein? Dennoch empfand er sein Schicksal
schmerzlich, denn es hatte die schwersten und nachtheilig=
sten Folgen für ihn. Hatte er sich in Oxford auch nicht
an den vorgeschriebenen Lehrgang gehalten, so hatte er
sich um so eifriger mit Privatstudien beschäftigt und
war im Begriff, einen größern Ueberblick über die Ge=
biete der Philosophie zu gewinnen und sich zu reiferen
Anschauungen zu erheben. Die Veränderung der Situation
brachte ihn für lange Zeit aus dem Gleichgewicht. Das
stille, fleißige Studienleben, die Gesellschaft des congenialen
Freundes hatte ihn mit tiefer Befriedigung erfüllt, das
erste mußte er mit dem Lärm von London vertauschen,
der Freund sollte bald von ihm scheiden. Auf eine Wie=
dervereinigung mit Harriet Grove war nun für immer
jede Hoffnung geschwunden; der entrüstete Vater —
dessen herrischer Sinn nun recht eclatant hervortrat —
knüpfte Versöhnung und Unterstützung an Bedingungen,
auf die er nicht eingehen konnte, ohne sich selbst verachten
zu müssen; die Folge war, daß ihm die Rückkehr nach
Field Place verboten wurde und daß er bald von allen
Subsistenzmitteln entblößt war. Mrs. Mary Shelley sagt
die tiefgefühlten Worte: „Mit schwacher Gesundheit und
einem gebrechlichen Körper, von den reinsten Sitten, voll
von hingebender Großmuth und Güte für Alle, glühend
vor Eifer, Kenntnisse zu erringen, entschlossen Recht zu thun,

um den Preis jedes persönlichen Opfers, brennend vor
Verlangen nach Liebe und Sympathie, wurde er wie ein
Verworfener behandelt, wie ein Verbrecher ausgestoßen."[1]
So theuer büßte er seine exaltirte Wahrheitsliebe, doch
diese zugleich gab ihm die Kraft, sich über sein persönliches
Mißgeschick zu erheben.

Wie wenig er im Grunde zu der Zeit, als er die Be=
weise für die Existenz eines Weltschöpfers widerlegte,
Atheist war, sagt die Briefstelle, die wir vorhin citir=
ten. Während er den persönlichen Gott der Theologen
verneinte, bekannte er sich immer begeisterungsvoller zu
einer alle Dinge durchdringenden Macht, von der er später
zu einem noch tieferen Weltprincip gelangen sollte, und
wenn er sich gleichwohl selbst einen Atheisten nannte, so
geschah dies, wie er in seinem Todesjahre zu Capitän Tre=
lawney sagte, um seinen „Abscheu vor dem Aberglauben"
auszudrücken. War er zur Zeit des Oxforder Verfalls
in theoretischer Hinsicht schon zu einer vollkommenen Ver=
neinung der christlichen Religion gelangt, so scheint ihn
ein frommes Gefühl für gewisse kirchliche Akte noch nicht
ganz verlassen zu haben, wenn wir nach seinen Briefen
aus jener Zeit urtheilen dürfen[2], doch mochte auch dieses
bald genug schwinden.

---

[1] Notiz zu „Königin Mab".
[2] S. den Brief vom 24. April 1811 bei Hogg I, p. 345.

V

Erster Aufenthalt in London und erste Ehe.

Bald nach ihrer Ankunft in London mietheten sich
die Freunde in Poland Street ein — der Name der
Straße erinnerte Shelley an „Thaddäus von Warschau und
Freiheit" — wo Hogg vor Ablauf eines Monates Shelley
allein zurückließ, um sich seiner Studien wegen nach
York zu begeben. Shelley scheint nach dem Oxforder
Vorfall hingegen keine bestimmten Pläne für die Zu=
kunft gefaßt zu haben. Ihr Wohnzimmer, das bemalte
Tapeten — damals eine Seltenheit — schmückten, ge=
wann sofort Shelley's ganzes Herz, so daß er beschloß,
„für immer" hier zu wohnen. Er gab sich neuen Ein=
drücken mit solcher Leidenschaft hin, daß er gewöhnlich
meinte, sie würden ihn „für immer" befriedigen, und doch
war Niemand unbeständiger, Niemand plötzlicher in seinen
Entschlüssen und Handlungen, als er. Das, was ihm
allein „immer" zusagte, das war der immerwährende
Wechsel, und Hogg bemerkt, daß es eine Maxime Shelley's
war, sich in steter Hast zu befinden. Er sah in London
auch seinen Vater, ohne daß es zu einer Verständigung
zwischen ihnen gekommen wäre. Dieser stellte ihm Ver=

föhnung und fernere Unterstützung unter der Bedingung in Aussicht, daß er auf den Umgang mit Hogg verzichte und sich unter die Leitung einer Persönlichkeit stelle, die er, Sir Timotheus, für ihn erwählen würde[1], mit anderen Worten, daß er seine Ueberzeugungen verleugne, seine geistigen Errungenschaften aufgebe und sich den banalen Begriffen seines Vaters anbequeme. Da zeigte sich aber, daß Shelley seine Ueberzeugungen das Heiligste waren.

Er verweigerte seinem Vater den Gehorsam, obgleich er die Folgen dieser Weigerung kannte, und wir werden ihn von nun an immer bereit finden, seinen Ueberzeugungen jedes persönliche Opfer zu bringen.

So sehen wir die Kluft zwischen Vater und Sohn immer mehr sich erweitern, bis der Bruch ein vollständiger wurde. Obwohl ja feststeht, daß die schnöde Unduldsamkeit des Vaters, dem es möglich war, jene so grausame Alternative zu stellen, die Hauptschuld an diesem unerquicklichen Verhältnisse trug, so dürfen wir doch nicht verschweigen, daß auch die Rolle, die der Sohn dem Vater gegenüber spielte, keine schöne war. Daß er ihm seine Anschauungen nicht zum Opfer brachte, das werden wir nur anerkennen und loben müssen; daß er eine immer größere Abneigung gegen ihn fühlte, darüber können wir nicht mit ihm rechten, allein daß er alle und jede Pietät gegen ihn bei Seite setzte, sich im Gespräche und in Briefen ungeziemende Bemerkungen über

---

[1] S. den Brief, in dem er Percy seinen Entschluß mittheilt bei Hogg I, p. 313.

ihn erlaubte[1], das war seiner wenig würdig, und es ist
dies der einzige Fall, daß er seiner liebenswürdigen Natur
zuwiderhandelte. Man kann sich diese unschöne Aversion
nur aus dem ausbündigen Hasse erklären, den Shelley
gegen jene verstockte und bornirte Unduldsamkeit fühlte,
deren Vertreter sein Vater war. Er sah in ihm, wie
später in Lord Eldon oder Lord Castlereagh, schließlich
nur mehr das Princip, das er bekämpfte. Dagegen war
er vollkommen schuldlos, wenn er, der stets der Märtyrer
seiner aufgeregten, hallucinatorischen Phantasie war, in
seinem Vater einen Tyrannen und Verfolger erblickte, und
wir werden später einige erbauliche Proben solcher Hirn=
gespinnste zu verzeichnen haben. Das Verhältniß zwischen
Shelley und seinem Vater erinnert stark an das zwischen
Giacomo Leopardi und dem seinen. Hier und dort stehen
sich der freie, emancipirte Adlergeist und der in Vorurtheilen
jeder Art erstarrte Anhänger alles Bestehenden gegenüber,
hier und dort herrscht eine erbitterte Feindschaft, die
zwischen Leopardi und seinem Vater nur weniger markant
zum Ausdruck kam.

Gar bald zog die Sorge, und zwar in ihrer häß=
lichsten Gestalt, in das Zimmer in Poland Street ein,
dessen Tapeten der Gegenstand von Shelley's Bewunderung
waren. Seine einzige Hülfsquelle war zu jener Zeit das
Taschengeld seiner jüngeren Schwestern, die sich in einer
Erziehungsanstalt zu Clapham befanden. Oftmals besuchte
er sie dort und gerieth, wie eine derselben, Miß Hellen,

---

[1] Er nannte ihn old boy, old buk u. s. w. S. Hogg I,
p. 385 u. 392.

erzählt, in helle Wuth, wenn er grausame Strafen über sie verhängt sah, wie wenn sie eine weiße Marke um den Hals tragen mußten oder gar ein eisernes Halsband.[1] Diese Besuche sollten jedoch verhängnißvoll für ihn werden. Unter den Schülerinnen der Anstalt befand sich die sechzehnjährige Harriet Westbrook, ein Mädchen von bestechendem Aeußern und liebenswürdigem, heiterem Naturell, für die Shelley bald eine brüderliche Neigung faßte. Ihre erste Bekanntschaft hatte er jedoch schon früher gemacht, und zwar zwischen dem 18. Dezember 1810 und dem 11. Januar 1811.[2]

Miß Hellen Shelley bemerkt über Harriet Westbrook: „Sie war ein schönes Mädchen, mit einem Teint, der damals ungewöhnlich war — rosenroth und weiß — mit Haaren, wie der Traum eines Dichters und der Gegenstand von Bysshe's besonderer Bewunderung." Sie war das schönste Mädchen der Anstalt, und bei einer Fête champêtre mußte sie die Rolle der Venus darstellen. Ihr Vater war in früheren Jahren Gastwirth gewesen, hatte sich aber damals schon von den Geschäften zurückgezogen und führte

---

[1] Hogg I, p. 17. Es war nicht das erste Mal, daß er damals nach Clapham kam. Schon früher hatte er die Schwestern mit andern Mitgliedern der Familie, darunter Miß Harriet Grove, besucht. Er war damals noch ein „wilder Knabe", so daß Miß Grove's Hülfe in Anspruch genommen werden mußte, um ihn zu bändigen. Er verschüttete den Portwein, den die gastfreie Vorsteherin vorzusetzen pflegte, und trieb sonst noch allerlei Unfug. So Miß Hellen bei Hogg I, p. 18.

[2] S. Garnett, „Shelley in Pall Mall" (Macmillan's Magazine, Juni 1860); die Briefe an Stockdale vom 18. Dezember 1810 und 11. Januar 1811 bei Forman VII, p. 336.

seiner äußeren Erscheinung wegen den Spitznamen „Jew Westbrook". Die Familie, zu der noch eine zweite Tochter, Namens Eliza, die doppelt so alt war als Harriet[1], ge= hörte, wohnte in London, und bald sahen sich Shelley und Harriet in Clapham, bald im Hause des Vaters der letzteren. Die Besuche des künftigen Baronets und Erben eines großen Vermögens — an die letztere Eigen= schaft zu glauben, erforderte bei Shelley's damaligen Ver= mögensumständen einige Anstrengung der Phantasie — wurden von der Familie Westbrook als Ehre und Aus= zeichnung empfunden. Die Schwestern erwiederten Shelley's Besuche wohl auch, und die Freundschaft zwischen ihnen wurde bald eine so innige, daß Eliza, als Harriet eines Nachts erkrankte, Shelley holen ließ und dieser Harriet nach ihrer Genesung nach Clapham begleitete. Shelley war damals auch der älteren Schwester zugethan, im Laufe der Jahre änderte sich dies jedoch.

Shelley zögerte nicht, seine neuen Freundinnen in seine Ideen von Toleranz und seinen scheinbaren Atheis= mus einzuweihen. Der letztere machte auch Harriet West= brook anfangs erbeben, sowie er Harriet Grove erbeben gemacht. Sie schrieb später einer Freundin, Miß Hitchener: „Sie können sich vorstellen, mit welchem Entsetzen ich das erste Mal hörte, daß Percy ein Atheist sei."[2] Um so besser verstand sie seine Expectorationen gegen die Unterdrückung und lauschte mit Spannung seinen glühenden Schilderungen von der Tyrannei in Haus und Schule. Hatte sie doch

---

[1] Harriet soll ihren Namen mit zwei t geschrieben haben. S. Medwin I, p. 373.

[2] S. Mac-Carthy p. 255.

selbst unter dieser doppelten Tyrannei zu leiden, obwohl
nie klar geworden ist, worin dieselbe zu jener Zeit be=
standen haben sollte. Es war wohl mehr eine krankhafte
Empfindungsweise, als ein wirklicher Druck, der von
Außen auf sie ausgeübt worden wäre, was sie unglücklich
machte. Gewiß ist, daß sie sich unglücklich fühlte, und
daß sich das sechzehnjährige Mädchen mit Selbstmord=
gedanken trug, die sie freilich niemals, selbst in der glück=
lichsten Zeit ihres Lebens nicht, verlassen sollten. Ohne
Zweifel fühlte sich Shelley nur um so herzlicher zu ihr
hingezogen, als er sie unglücklich wußte, doch war er frei
von tieferer Zuneigung, während Harriet nur zu bald eine
leidenschaftliche Liebe für den hinreißenden Jüngling faßte.

Während dieses Aufenthaltes in London feierte Shelley
einen Triumph als Redner. Er gerieth in einen Club,
der von Radicalen gebildet war, und hielt dort eine so
gute Rede, daß man ihm, als er das Lokal verließ, un=
gestüm nachdrängte, um zu erfahren, wer er sei und ihn
für den Club zu gewinnen. Er gab aber, um den Um=
sturzmännern zu entrinnen, falschen Namen und falsche
Adresse an.[1]

Im Sommer wechselte Shelley sehr häufig seinen
Aufenthalt. Im Mai 1811 kam durch die Vermittlung
einiger Anverwandter eine Art Aussöhnung zwischen ihm
und seinem Vater zu Stande, die jedoch bald einer neuen,
heftigen Erbitterung weichen sollte. Zunächst ließ sich
Sir Thimotheus herbei, dem Sohne ein Einkommen von

---

[1] S. Brief von J. G. (John Grove) an H. S. (Hellen
Shelley) bei Hogg I. p. 332.

200 Pfund auszuwerfen und · erlaubte ihm, nach Field
Place zu Besuch zu kommen. Diese Aenderung seiner
Lage hatte für den Bedürfnißlosen wenig Bedeutung. Er
schreibt in jener Zeit an Hogg[1]: „Was ist Geld für mich?
Was liegt daran, wenn ich keine eleganten Kleider besitze?
Ich habe einen langen, schäbigen Rock, und denjenigen,
deren gute Meinung mein Glück ausmacht, werde ich des=
halb oder wegen anderer Folgen der Armuth nicht besser,
noch schlimmer scheinen. Fünfzig Pfund im Jahre wäre
vollständig genug." Wie viele Philosophen besaßen eine
solche Anspruchslosigkeit? Wie viele gab es wohl, die so
fühlten, wie dieser Jüngling von vornehmer Geburt, der
in Reichthum und Ueberfluß aufgewachsen war? Mitte
Mai finden wir ihn in Field Place, von wo aus er seine
Oheime Capitän Pilfold in Cuckfield und John Grove
bei Rhayabr in Nord=Wales besuchte.

Damals scheint Shelley Miß Felicia Browne, der
späteren Mrs. Hemans, die schon durch ihre ersten im
jugendlichen Alter geschriebenen Gedichte die öffentliche
Aufmerksamkeit auf sich gezogen hatte, brieflich seine Be=
wunderung ausgedrückt zu haben, ohne daß er sie persönlich
gekannt hätte. Miß Browne antwortete ihrem Bewunderer
aber nicht in einer Weise, die ihn zur Fortsetzung der
Correspondenz aufgemuntert hätte. Er war über ihre
Undankbarkeit offenbar heftig entrüstet, denn er nennt
Miß Browne in einem Briefe, den er Hogg von Rhayabr
schrieb, eine „Tigerin".[2] Sein Gemüthszustand war

---

[1] I, p. 365.
[2] Life I, p. 390. Vgl. Miß Hellen's Bericht bei Hogg I,
p. 15. Medwin I, p. 84.

kein glücklicher, es war ein solcher, wo Abwechslung und
nicht Ruhe wohlthut. Er fand weder in seinen Gedanken
noch in seinen Empfindungen einen Halt. Er schreibt
an Hogg von Field Place[1]: „Die Ideen sprießen hier
in Einsamkeit auf; sie gehen durch einen ebenso ein=
samen Geist; unbemerkte, trübselige Erinnerungen führen
sie herbei, noch trübseligere Ahnungen veranlassen ihr
Schwinden, um anderen Platz zu machen." Lebhaft be=
schäftigte ihn der Plan einer Heirath zwischen Hogg und
Elisabeth, seiner ältesten Schwester, der jedoch einzig und
allein sein Gedanke gewesen zu sein scheint. Harriet Grove
lebte noch in seinem Herzen, obwohl er philosophirt: „Ich
liebte ein Wesen, ein Ideal meines Geistes, das keine
Wirklichkeit hatte. Ich gab diesem Bild von Vollkommen=
heit, Gestalt, ich übertrug diese erdichteten Vorzüge auf eine
Idee, welche ein Name vorstellte; das Wesen, das dieser
Namen bezeichnete, war aber in keiner Weise dessen würdig."
Den traurigen Gedanken, den er hier ausspricht, werden
wir oft in seiner Poesie wiederfinden. Aber auch Harriet
Westbrook beschäftigte ihn und schließlich weit mehr als
Harriet Grove. Nicht daß seine Sympathie in Liebe über=
gegangen wäre, er schreibt Hogg ausdrücklich[2]: „I am not
in love", aber edles Mitgefühl und exaltirte Ritterlichkeit,
sie waren die Gründe, weshalb sein Verhältniß zu Harriet
mit einem Male einen ernsthafteren Charakter annahm.

Hogg hat unmittelbar nach dem Briefe, dem wir
soeben ein Geständniß entnahmen, einen andern ohne
Datum mit dem Poststempel Rhayadr abgedruckt. Hier

---

[1] I, p. 402.   [2] Hogg I, p. 387.

sagt Shelley[1]: „Ich werde gewiß nach York kommen,
Harriet Westbrook aber wird entscheiden, ob jetzt oder in
drei Wochen. Ihr Vater hat sie auf das Schrecklichste
gequält, um sie zu zwingen, in die Schule zu gehen. Sie
frug mich um Rath: Widerstand war die Antwort und
zur selben Zeit suchte ich vergebens Mr. Westbrook zu be=
sänftigen. Infolge meines Rathes hat sie sich unter
meinen Schutz gestellt. Ich gehe Montag nach London.
Welch' eine schmeichelhafte Auszeichnung! Ich denke an
zehntausend Dinge zugleich. Was habe ich ihr erwiedert?
Ich erkläre, es war ganz scherzhaft gemeint. Ich rieth ihr
zu widerstehen. Sie schrieb, daß Widerstand nutzlos wäre,
aber daß sie mit mir fliehen wolle und stellte sich unter
meinen Schutz. Wir werden 200 Pfund im Jahre haben;
finden wir, daß dies zu wenig sei, dann, denke ich, müssen
wir von der Liebe leben! Dankbarkeit und Bewunderung,
Alles will, daß ich sie immer lieben soll." Was nun
folgte, hat Shelley später Miß Hitchener, einer Freundin,
brieflich gestanden und indem wir seine Darstellung wieder=
holen,[2] geben wir ein vollständiges Bild all' der Vorfälle
und Ereignisse, welche die Präliminarien seiner ersten
Ehe waren. „Ich kam nach London. Ich war erschrocken
über die Veränderung, die ich an ihrem Aussehen be=
merkte. Halb errieth ich die Ursache; sie hatte eine heftige
Neigung zu mir gefaßt und befürchtete, daß ich ihre Nei=
gung nicht erwiedere. Vorurtheil machte die Erklärung
peinlich. Es war unmöglich diese zu vermeiden, da sie mir

---

[1] I, p. 388.
[2] W. M. Rossetti theilt die betreffende Stelle jenes Briefes im
University Magazine 1878, Februarheft, p. 142 mit.

sehr zugethan war. Ich versprach, mein Schicksal mit dem ihren zu verbinden. Ich blieb einige Tage in London, bis sie wieder Muth gewonnen hatte. Auf ihre Bitte hatte ich versprochen, wieder nach London zu kommen. Ihre Angehörigen zwangen sie, in die Schule zurück= zukehren, wo Bosheit und Uebermuth gegen sie jede Stunde zunahmen. Sie schrieb mir. Ich kam nach London. Ich schlug ihr die Ehe vor und sie ging darauf ein." Heimlich verließ Harriet das väterliche Haus, heimlich wurde die Trauung vollzogen.

Man hat diese That Shelley's oft als Argument be= nutzt, um gehässige Angriffe auf seinen Charakter zu machen, während sie, wie wir bemerkten, nur ein Akt exaltirter Ritterlichkeit war. Was Shelley zu dem entscheidenden Schritte trieb, war hauptsächlich das Mitleid, welches er mit dem unglücklichen Mädchen fühlte, zu dem sich, wie er selbst gesteht, das Gefühl der Dankbarkeit für ihr schmeichel= haftes Vertrauen gesellte. Sie liebte Shelley, er fühlte nicht mehr als eine herzliche Zuneigung für sie. Daß Harriet, als sie Shelley so stürmisch herbeirief, reelle Gründe hatte, den Schulbesuch zu scheuen, zu welchem ihr Vater sie zwingen wollte, geht nicht nur aus Shelley's Briefe an Miß Hitchener, sondern auch aus einem Briefe Shelley's an Hogg[1] hervor, in dem er von der allgemeinen Verachtung spricht, in welcher Harriet in der Schule lebte, zugleich aber auf ein Unrecht anspielt, das auf ihrer Seite lag. Worin dies Unrecht bestand, und weshalb Harriet in der Schule verachtet wurde, ist jedoch nicht klar. Genug,

---

[1] I, p. 400 ff.

Shelley erblickte in ihr ein Opfer der Tyrannei und zögerte nicht, ihr hülfreich die Hand zu bieten, sie vor ferneren Verfolgungen zu schützen, indem er sie zu seiner Frau machte. Und in so schönerem Lichte erscheint uns sein Vorgehen, — das freilich die Kritik des praktischen Verstandes und des gesellschaftlichen Vorurtheils nicht bestehen kann —, erwägen wir, daß die Ehe schon damals der Gegenstand seines Schreckens und Abscheus war, wie aus den Briefen, die er in jener Zeit an Hogg richtete, zur Genüge hervorgeht, weil er in ihr eines der schlimmsten Hemmnisse der individuellen Freiheit erblickte.[1]

Es bedurfte von Seiten Hogg's vieler Ueberredungs= kunst, um Shelley zu bestimmen, im praktischen Falle gegen seine Neigung und gegen seine Ueberzeugung zu handeln. Die Triebfedern, die Shelley hauptsächlich zu dieser Selbst= überwindung führten, waren edle Ritterlichkeit und zarte Rücksicht. In einem Briefe an Hogg vom 15. August 1811 sagt er: „Die Bande der Liebe und Ehre sind ohne Zweifel von hinreichender Stärke, um verwandte Seelen zu verknüpfen — sie sind gewiß unlösbar, außer durch die brutale Einmischung der Gewalt; sie sind zart und genügend. Aber die äußere Unzweckmäßigkeit derselben und was schlimmer ist, das unverhältnißmäßige Opfer,

---

[1] In einem Briefe vom Mai sagt er (I, p. 367): „Yet mar- riage, Godwin says, is hateful, detestable. A kind of ineffable, sickening disgust seizes my mind when I think of this most despotic, most unrequired fetter which prejudice has forged to confine its energies." In einem Briefe vom 9. August 1811 (I, p. 412) äußert er sich: „I could not endure the bare idea of marriage, even if I had no arguments in favour of my dislike, but I think that I have."

welches die Frau zu bringen hat — diesen Gründen, die
Du in einer augenblicklich überzeugenden Weise vorgebracht,
kann ich nicht widerstehen."[1]

Shelley und Harriet begaben sich von London über
York nach Edinburg, wo sie sich trauen ließen. Das
schrecklichste sociale Vergehen, welches es in den Augen von
Sir Timotheus gab, war geschehen, sein Sohn hatte
eine Mesalliance begangen. Jede Verbindung wurde ab=
geschnitten, jede Unterstützung hörte auf, und wäre Capitän
Pilfold, Shelley's Oheim, nicht großmüthig gewesen[2], es
ist zweifelhaft, was aus dem jungen Paare geworden wäre.
Denn der alte Westbrook folgte für's Erste Sir Timo=
theus' Beispiel: er spielte den beleidigten Vater und knöpfte
die Taschen zu. Erst später entschloß er sich, dem jungen
Paare ein Einkommen von 200 Pfd. auszusetzen und Sir
Timotheus that das Gleiche aus dem allerdings sehr ver=
nünftigen Grunde, weil er vermeiden wollte, daß sein
Sohn Andere belästige, obwohl die Gelder nie regel=
mäßig einliefen.

Trotz der pecuniären Klemme, in welcher es sich be=
fand, installirte sich das junge Paar (Mann und Frau zähl=
ten zusammen 35 Jahre) in Edinburg in einer trefflichen
Pension. Bald kam auch Hogg aus York und wurde
mit Jubel empfangen. Man lebte nun hier sechs Wochen
fröhlich zusammen und Hogg hat den Aufenthalt mit köst=

---

[1] I, p. 417. Vgl. das, was Rossetti aus dem unedirten
Briefe, aus dem wir oben eine Stelle citirt haben, an demselben
Orte mittheilt. S. Shelley's dritten Brief an Godwin bei Hogg II,
p. 63 ff. und den an Sir Lawrence bei Forman VII, p. 346.
[2] S. Medwin I, p. 167.

lichem Humor geschildert.[1] Wir empfangen durch seine
Erzählung den Eindruck, daß sowohl Shelley als Harriet
damals glücklich waren, obwohl letztere mitunter zu ihren
Selbstmordgedanken zurückkehrte, ein Umstand, der beson=
ders hervorgehoben werden muß. Hogg sagt[2]: „In der
ersten Zeit unserer Bekanntschaft frug mich die gute Har=
riet: ‚Wie denken Sie über den Selbstmord?‘ Sie sprach
oft von ihrem Vorsatz, sich früher oder später das Leben
zu nehmen und meist in ruhiger, entschiedener Weise. Sie
sprach vor Fremden mit Heiterkeit von Selbstmördern
und einmal hörte ich sie bei Tische ihre Empfindungen,
Meinungen und Anschauungen über den Selbstmord mit
weitschweifigem Ernst entwickeln.“

Shelley befand sich häufig auf der Jagd nach Büchern,
die er an jedem Aufenthaltsort in großer Zahl sammelte,
und die einzige schriftstellerische Arbeit, mit der er sich hier
beschäftigte, war die Uebersetzung einer Abhandlung von
Buffon. Harriet ihrerseits verdolmetschte eine morali=
sirende Erzählung von Mme. Cottin und lernte unter
Shelley’s Leitung Latein. Sie war nicht nur wohlerzogen,
sondern für ihr Alter ungewöhnlich kenntnißreich und be=
lesen. Für moralisirende Lectüre hatte sie eine entschiedene
Vorliebe. Ihre Leidenschaft war das Vorlesen, das that sie
halbe Tage lang, ohne zu ermüden, machte dabei nur kurze
Unterbrechungen und hörte niemals aus eigenem Antriebe
auf. Sie las auffallend gut, sehr correct mit einer kla=
ren, deutlichen, angenehmen Stimme und oft mit Em=
phase. Shelley verfiel während dieser nimmerendenden

[1] I, p. 437 ff.   [2] II, p. 7.

Vorlesungen zuweilen ungalanterweise in Schlaf und „sein unschuldiger Schlummer gab ernstliches Aergerniß, seine Trägheit wurde strenge gerügt und er wurde als unaufmerksamer Wicht gebrandmarkt". Nachdem sie sechs Wochen in fröhlicher Gemeinschaft verlebt, mußte Hogg nach York zurückkehren, wo er in der Kanzlei eines Notars arbeitete. Shelley wollte sich von dem Freunde nicht trennen und entschloß sich, ihn mit Harriet zu begleiten. Sie machten die Reise im Postwagen, während Harriet einen nun längst verschollenen Roman der Holcraft vorlas. Die Ankunft in York war wenig erquicklich und gleichsam prophetisch für den Aufenthalt. Sie fanden die bestellten Zimmer nicht frei und da Shelley sich dagegen sträubte, im Gasthaus zu übernachten, waren sie gezwungen, im Zwielicht bei rieselndem Regen Wohnung zu suchen und mietheten sich schließlich schlecht genug ein. Schon am andern Morgen reiste Shelley nach London, Harriet der Obhut Hogg's überlassend, um von seinem Vater eine Unterstützung zu verlangen, allein vergebens. Erst zu Beginn des Jahres 1812 entschloß sich Sir Timotheus, die Pension von 200 Pfund zu erneuern.

Als Shelley nach York zurückkehrte, fand er die gestrenge Eliza, Harriet's ältere Schwester, in seinem Hause und zwar schon als unbeschränkte Beherrscherin desselben. Harriet blickte zu ihr wie zu einer Mutter empor und verehrte sie als die Quintessenz aller Vollkommenheit. Der sarkastische Hogg theilte diese Verehrung nicht. Ihm war berichtet worden, Eliza sei „schön, ausnehmend schön, ihre Gestalt sei elegant und voll Grazie; ihr Gesicht liebenswürdig, schwarz und hell ihr Auge; kohlschwarz und glänzend

ihr Haar" u. s. w. Wie anders der Eindruck, als er sie
mit eigenen Augen sah. „Sie war älter, als ich ge=
glaubt, und sah älter aus als sie war. Das liebens=
würdige Gesicht war von Blatternarben zerrissen und
todtenbleich, wie solche markirte und narbige Gesichter ge=
wöhnlich sind, so weiß in der That wie eine Masse ge=
kochten Reises, doch von grauer Farbe, wie Reis im
schmutzigen Wasser gekocht. Die Augen waren schwarz
aber matt und ohne Ausdruck, das Haar schwarz, glän=
zend, aber grob" u. s. w. Nach Hogg's Darstellung ver=
scheuchte ihre Anwesenheit alle Lust und Heiterkeit aus
dem jungen Heim. Sie duldete weder, daß Harriet vor=
las, noch daß man scherzte, noch daß man spazieren ging.
Hatte früher niemand von Harriet's Nerven gesprochen,
so war nun kaum von etwas Anderm die Rede und be=
ständig mahnte Eliza, dieselben zu schonen. Um ihren Mah=
nungen aber noch größeren Nachdruck zu geben, als sie es
durch die Macht ihrer eigenen Persönlichkeit konnte, berief
sie sich auf eine noch höhere Autorität. „Was würde
Miß Warne sagen?" lautete die Frage, auf die es keine
Antwort gab. Wie viel in dieser Schilderung auch Ueber=
treibung sein mag, so steht doch fest, daß Eliza gouver=
nantenhaft und despotisch auftrat, und daß ihre Gegen=
wart für Shelley und Harriet vom größten Nachtheil war.
Nützte sie ihnen zeitweise auch durch ihre haushälterische
Sparsamkeit, so beeinflußte sie Harriet doch in ungünstiger
Weise und Shelley empfand ihre Nähe von allem Anfang
an als einen schweren Druck. Sie war eine der Haupt=
ursachen, daß sich Shelley in wenigen Jahren seinem
Hause entfremdete.

Im November 1811 verließ Shelley mit Harriet und
Eliza York ganz plötzlich, ohne Hogg vorher von seiner
Absicht verständigt zu haben. Mac-Carthy, Hogg's
schonungsloser Gegner, behauptet, daß der Grund
dieser plötzlichen Abreise in Vertraulichkeiten zu suchen
sei, die sich Hogg gegen Harriet erlaubt habe. Doch läßt
sich diese Anklage nicht mit genügenden Gründen unterstützen und spricht gegen ihre Berechtigung vor Allem der
Umstand, daß Shelley im besten Einvernehmen mit Hogg
blieb und daß der letztere bei einem späteren gemein-
samen Aufenthalt in London wieder Shelley's Haus-
freund wurde.

Die Reisenden wandten sich zunächst nach den Seen
von Cumberland. Was Shelley nach diesem Orte zog,
waren vor Allem die Hoffnung, hier billig leben zu können,
worin er sich jedoch täuschte, ferner die berühmte Schönheit der Gegend, die dort ansässigen Löwen der Literatur
und wahrscheinlich die Nähe des Herzogs von Norfolk,
der in Greystock wohnte. Der Herzog zeigte große Theilnahme für Shelley, er veranlaßte seine Agenten für ihn
Sorge zu tragen und bat die Gutsbesitzer der Gegend,
sich des Enkels seines Freundes anzunehmen.[1] Besonders
freundlich erwies sich Shelley ein Mr. Calvert von Greta
Bank, ein specieller Freund des Herzogs und ein Mann
von großer geistiger Bedeutung. Er verschaffte Shelley
eine billige Wohnung und war ihm in jeder Hinsicht be-
hülflich.[2] Shelley wohnte eine halbe Meile von Keswick

---

[1] De Quincey Works V, p. 17. Medwin I, p. 171.
[2] R. Garnett, Shelley's Letters, p. 11.

entfernt. Von den Seen war er besonders entzückt. Von
den See=Dichtern lernte er nur Robert Southey, den
nachmaligen Hofpoeten, kennen, und zwar im Hause von
Mr. Calvert. Coleridge, der ihm unter Allen das meiste
Verständniß und Wohlwollen entgegengebracht hätte, war
abwesend, ein Umstand, den er nachträglich selbst lebhaft
bedauerte. Der unzugängliche Wordsworth hätte von dem
damals noch ganz unbekannten Shelley, auch wenn er ihm
begegnet wäre, sicherlich keine Notiz genommen. De Quin=
cey, der in Grasmere, vierzehn Meilen von Keswick ent=
fernt, wohnte, sagte nachträglich von Shelley, obgleich er
ihn nicht gesehen, nur von ihm gehört hatte, „daß er einer
feinen und zarten Blume glich, deren Haupt durch die
Ueberlast von Regentropfen gebeugt ist." [1] Doch gehört
De Quincey's Aufsatz über Shelley zu dem Unbedeutend=
sten, was über diesen geschrieben worden ist. Von Ro=
bert Southey, der, wie bemerkt, der einzige unter den
Lakisten war, mit dem Shelley persönlichen Umgang hatte,
scheint er jedoch keine sonderlich liebenswürdige Behand=
lung erfahren zu haben. Hogg behauptet, daß Southey
Shelley wie einen jungen Springinsfeld behandelt habe [2] und
Coleridge hebt die „Unfreundlichkeit" (harshness) hervor,
mit welcher der nachmalige Hofpoet Shelley entgegen=
gekommen sei. Gleichwohl verkehrten beide während des letz=
teren Aufenthalt zu Keswick viel mit einander. Shelley
fühlte für Southey als Dichter und Menschen zuerst eine
gewisse Verehrung, obwohl er bald merkte, daß sie wenig
Gedanken mit einander gemein hatten. In einem Briefe an

---

[1] a. a. O. p. 17.   [2] II, p. 44.

Miß Hitchener (eine Dame, von der wir später Näheres hören werden und mit der Shelley, ohne sie zu kennen, schon vor seiner Verheirathung in briefliche Verbindung getreten zu sein scheint) sagt er[1]: „Obwohl Southey kein Mann von großer Denkkraft ist, ist er doch ein großer Mann. Er hat all das Eigenthümliche eines Dichters; große Beredtsamkeit, doch beharrt er hartnäckig bei seinen Meinungen, die am allerwenigsten durch Gründe er= schüttert werden können. Er ist ein Mann von Tugend. Er wird niemals seinen Gedanken zuwiderhandeln, seine Anschauungen befinden sich in Uebereinstimmung mit seinen Handlungen." Allein wie schnell änderte er seine Meinung! Bald darauf schrieb er: „Er ist nicht der große Mann, für den ich ihn zuerst gehalten habe."[2] Eben da= mals begann der Verfasser von „Wat Tylor", Georg III. zu schmeicheln und Shelley hatte von nun an nur mehr Verachtung für den Mann, den er geschätzt, als er ihn noch nicht näher gekannt. Für Southey's Dichtungen scheint er indessen immer eine gewisse Sympathie bewahrt zu haben.

Shelley hatte nie die Absicht gehabt, sich lange Zeit in der Nähe von Keswick aufzuhalten. Er hoffte, dort billig leben zu können, fand sich aber in seinen Erwartungen getäuscht. Er beauftragte Medwin deshalb bald nach seiner Ankunft, in Sussex ein Haus, „welches London näher wäre als Horsham"[3], für ihn zu suchen. Er befand

---

[1] R. Garnett, Shelley's Letters, p. 11. Der Brief datirt vom 26. Dezember 1811.

[2] Mac-Carthy p. 135. [3] Life I, p. 168.

sich damals, einem Briefe zufolge, den er am 30. Novem=
ber gleichfalls an Medwin schrieb, in der größten finan=
ziellen Bedrängniß.[1] Wir ersehen aus diesem Briefe auch,
daß Harriet's Vater die Familie keineswegs regelmäßig
unterstützte und nur geringe Summen schickte. Shelley
opferte seine letzte Guinee, um dem Herzog von Norfolk
in Greystock einen Besuch abzustatten, da der Herzog
Shelley's junge Frau kennen zu lernen wünschte. Sie wur=
den auf das Freundlichste aufgenommen und Alle, besonders
die Damen, waren von dem Empfange entzückt. Vergebens
bemühte sich der Herzog zu jener Zeit, eine Versöhnung
zwischen Shelley und seinem Vater herbeizuführen. So
arm und hülflos Shelley damals auch war, so verschmähte
er es doch, seine Lage auf Kosten seiner Principien zu
verbessern. Er hörte, daß sein Vater und Großvater be=
absichtigten, ihm ein großes Einkommen auszusetzen, im
Falle er das Versprechen leisten wollte, seine Güter der=
einst an seinen ältesten Sohn, und in Ermangelung eines
solchen, an seinen Bruder vererben zu wollen. Er aber
war entrüstet über diese Zumuthung. Wir bekommen einen
hohen Begriff von seiner Ueberzeugungstreue und seinem
gesunden Gerechtigkeitsgefühl, wenn er in einem Briefe an
Miß Hitchener ausruft[2]: „Glauben sie (d. h. sein Vater
und Großvater) daß sie mich auf solche Weise bestechen
und zu einer so gemeinen und nutzlosen Handlung verleiten

---

[1] I, p. 375. Er sagt hier: „Wir sind gegenwärtig so arm,
daß wir jeden Tag Gefahr laufen, von dem Nothwendigen entblößt
zu sein."

[2] Garnett, Shelley's Letters, p. 8 ff.

könne, daß ich meinen Principien wegen jährlicher 2000
Pfund untreu werde? Daß das Wohlwollen, welches ich
dadurch erhandeln, oder das Uebelwollen, das ich dadurch
überwinden würde, mich für den Verlust an Selbstachtung,
an bewußter Rechtlichkeit entschädigen könnte? Woher
nehmen sie den Muth, mir einen so rohen und beleidigen=
den Antrag zu machen? Wer von ihnen mit solch' einem
Ansinnen unter meine Augen tritt —, unter die Augen
irgend eines ehrlichen Menschen — kann er etwas
Anderes werden, als der Gegenstand seiner Verachtung?
Ich soll 120,000 Pfund, mit denen ich Arbeit gebe, die
ich verschenken, zu wohlthätigen Zwecken anwenden kann,
an Jemanden, den ich nicht kenne, vererben, der mög=
licherweise, anstatt ein Wohlthäter der Menschheit zu sein,
ihr Fluch ist, oder das zu den schlechtesten Zwecken ver=
wendet, was die wirklichen Erben der mir durch Zufall
zugekommenen Güter in ein höchst nützliches Mittel, um
Wohlthaten zu üben, verwandeln könnten! Nein! Das
werden Sie nicht von mir argwöhnen!" Zugleich ist
dieser Brief ein Beweis, in welchem Grade sich Shelley
schon damals von der herkömmlichen Anschauungsweise
befreit hatte, wie scharf er über Dinge des praktischen
Lebens nachdachte. An Stelle des Egoismus und Vor=
urtheils, die sonst in der Regel die Triebfeder des mensch=
lichen Handelns sind, traten bei ihm Wohlwollen und die
Kritik der Vernunft. Zuweilen trat die letztere aber vor
dem ersteren zurück. So äußerte Shelley nach dem Or=
forder Vorfall den Wunsch, seinen jüngeren Schwestern
sein Erbe gegen ein Einkommen von 100 Pfd. abzutreten,
möglicherweise aus Dankbarkeit dafür, daß die gutherzigen

Mädchen ihn einige Zeit mit ihrem Taschengelde unter=
stützt hatten.[1]

Ein wichtiges Ereigniß, das in die Zeit seines Aufent=
haltes in Keswick fällt, war der Beginn der Correspondenz
zwischen ihm und dem ausgezeichneten Publicisten William
Godwin, dem Verfasser des philosophischen Werkes „Political Justice" und des socialistischen Romans „Caleb
Williams". Schon in Eton scheint Shelley das erstere
Werk kennen gelernt, und kein zweites wie dieses in
so hohem Grade die Entwickelung seiner Anschauungen
und reformatorischen Bestrebungen beeinflußt zu haben.
Er äußerte sich später, daß er weder richtig empfunden,
noch richtig gedacht habe, bevor er dies Buch kennen
gelernt, und die Begeisterung für dasselbe begleitete ihn
durch's Leben. Er stand in Keswick allein, ohne Freund,
der ihn verstand, ohne Führer auf dem ungeebneten
Lebenswege. Mit dem ihm eigenen Vertrauen und Un=
gestüm wandte er sich also an William Godwin und bat
ihn, sein Rathgeber und Führer zu sein. Sein erster
Brief an Godwin datirt vom 3. Januar 1812.[2] Shelley
charakterisirt sich hier selbst mit den Worten: „Ich bin
jung, ich glühe für Menschenliebe und Wahrheit; glauben
Sie nicht, daß dies Geständniß Eitelkeit sei; ich bin über=
zeugt, daß diese keine Stelle hat in meinem Selbstporträt."
Und in demselben Briefe heißt es: „Wenn die Sehnsucht
nach dem allgemeinen Wohl einen Anspruch auf Ihre
Bevorzugung hat, so kann ich sagen, ich besitze diese Sehn=

---

[1] S. den Brief vom 18. April 1811 bei Hogg I, p. 343.
[2] Die Briefe, die Shelley von Keswick an Godwin richtete,
finden sich bei Hogg II, p. 50 ff.

sucht.\ Derartige Versicherungen mußten auf Godwin, der
Shelley nicht persönlich kannte, den Eindruck überschwäng=
licher Phrasen machen, und sie hatten schon einige Zeit
correspondirt, als er Shelley einmal brieflich frug, was
an seinen philanthropischen Schwärmereien Wahres sei.[1]
Shelley ließ seinem ersten Briefe rasch einen zweiten (vom
10. Januar datirend) folgen, in welchem er Godwin ein Bild
von seinem Lebensgange und seinen Schicksalen giebt, nicht
ohne daß die Phantasie ihm einige schlimme Streiche
spielte. So unfähig Shelley einer bewußten Entstellung
der Wahrheit gewesen wäre[2], so machtlos war er den
Hallucinationen seiner Einbildungskraft gegenüber, die sich
mit solcher Ueberzeugungskraft einstellten, daß ihn kein
Zweifel über ihre sachliche Wahrheit befiel, sei es, daß
ein wirklicher Vorfall falsche Proportionen in seiner
Vorstellung annahm, oder daß ein Gedanke ganz und
gar freies Spiel seiner Phantasie war. So haben wir
keinen Grund, seiner Behauptung zu glauben, daß er
zweimal aus Eton ausgewiesen worden sei, weil er die
Thesen von „Political Justice" unter seinen Kameraden ver=
breiten wollte, und es war vielleicht nur ein Nachzittern
dieses Hirngespinnstes, wenn er einige Jahre später dem
Romandichter Thomas Peacock erzählte, daß er Eton des=
halb verlassen mußte, weil einem Knaben, der ihn
verfolgte, um ihn zu schlagen, ein Federmesser durch die
Hand gestoßen habe.[3] Ebenso wenig glaubwürdig scheint

---

[1] S. Hogg II, p. 143.   [2] Vgl. Hogg II, p. 68.
[3] Fraser's Magazine 1858, p. 647. Peacock schenkte dieser
Mittheilung Shelley's keinen Glauben. Indessen hat Thornton

eine andere Mittheilung, die er Godwin in jenem Briefe
macht, wenn er sagt, daß sein Vater ihn durch Armuth
habe zwingen wollen, in ein indisches Regiment einzutreten,
um die „Nothwendigkeit des Atheismus" gerichtlich verfolgen
und ihn enterben zu können.[1] Diese unwillkürliche Fiction
ist aber charakteristisch für die Empfindungen, mit welchen
Shelley zu jener Zeit an seinen Vater dachte. Seine Ab=
neigungen verzerrten ihren Gegenstand ebenso ungemessen,
wie seine Sympathien den ihren idealisirten. Beschäftigte
er sich mit seinem Vater, so begann sein Gehirn wilde
Blasen zu werfen, die abenteuerlichsten Vorstellungen von
Tyrannei und Verfolgung zu bilden, welche ihn mit solcher
Gewalt ergriffen, daß er an sie glauben mußte.

Aus diesem ungewöhnlichen Phantasieleben, aus dieser
nervösen Denkweise müssen wir uns auch die Uebertrei=
bungen erklären, welche er sich in jüngeren Jahren in seinen
Briefen zuweilen zu Schulden kommen ließ. So ist es
eine Uebertreibung, wenn er z. B. Godwin später aus
Nord=Wales schreibt, daß sein Leben vor seiner Heirath mit
Harriet eine Reihe von Krankheiten gewesen sei[2], vielmehr
war sein Gesundheitszustand in jüngeren Jahren ein ver=
hältnißmäßig guter. Komisch ist es, wenn sich seine un=
bezähmbare Phantasie mitunter herausnimmt, auch die
Gesetze der Natur zu ändern[3], und vielleicht war es auch

Hunt von anderer Seite eine ähnlich lautende Geschichte gehört. S.
Atlantic Monthly, Februar 1863, p. 92.
   [1] S. Hogg II, p. 57.   [2] Hogg II, p. 127.
   [3] So sagt er in einem Briefe aus Lynmouth, daß Myrthen
sich an dem Hause, das er bewohne, „emporwinden" (twine)
(s. Hogg II, p. 137.)

nur &n Zeichen seiner nervösen geistigen Veranlagung,
wenn sein Gedächtniß in jüngeren Jahren mitunter
unzuverlässig war. So sagt er in seinem dritten
Briefe an Godwin, daß er bis dann keinen Lehrer oder
Berather gehabt, von dessen Mahnungen und Winken
er sich nicht abgestoßen gefühlt habe, und er hatte doch
Dr. Lind gehabt, dessen Lehre und Rath ihn mit Be=
geisterung erfüllten, und an den er sich stets mit Liebe
und Dankbarkeit erinnerte, wenn er sich seiner erinnerte.
Doch wie verhielt sich Godwin zu Shelley's rührenden
Bitten? Er konnte ihnen nicht widerstehen und übernahm
die Stelle eines Mentors. Schon einmal hatte die Ge=
wohnheit, welche Shelley von seinem ehrwürdigen Freunde
Dr. Lind angenommen, seinem Leben eine bedeutungsvolle
Wendung gegeben, und so sollte es auch in diesem Falle
sein. Godwin sollte bald genug Anlaß finden, von dem
Rechte, welches Shelley selbst ihm eingeräumt hatte, nämlich
sein Berather und Mahner zu sein, Gebrauch zu machen,
ohne für's Erste Erfolg zu haben. Shelley arbeitete
damals, wie er Godwin in seinem zweiten Briefe mit=
theilte, an einem Werke „Ueber die Ursachen, weshalb die
französische Revolution verfehlte, der Menschheit Nutzen
zu bringen"[1], gab dasselbe jedoch — nicht weil Godwin
ihn vor allzu früher Autorschaft gewarnt hatte, — sondern
weil ein praktischer Plan ihn mehr beschäftigte, wieder
auf. Er hatte begonnen, die Vorgänge in Irland, dessen
Lage wie gewöhnlich eine äußerst unglückliche war, mit

---

[1] Rossetti versichert, von competenter Seite gehört zu haben,
daß dies Werk in Wirklichkeit eine Erzählung Namens „Hubert Cauvin"
gewesen sei, die jedoch niemals beendigt wurde. Memoir p. LX.

theilnehmender Spannung zu verfolgen, als ihn der Ge=
danke mit unwiderstehlicher Gewalt ergriff, daß dort der
Boden sei, wo sich die ihm so theuren Wünsche verwirklichen
ließen, wo er als Retter und Befreier erscheinen könnte.
Am 16. Januar 1811 schrieb er an Godwin — und seine
Mittheilung war allerdings geeignet, den letzteren zu be=
unruhigen und zu den nachdrücklichsten Mahnungen zu
veranlassen[1] —: „Wir gehen in einigen Tagen nach
Irland ... Wir begeben uns hauptsächlich deshalb dahin,
um so viel, als wir können, die Emancipation
der Katholiken zu fördern." Am 28. Januar theilte
er Godwin mit, daß er eine Adresse an das irische
Volk verfaßt habe, und am 3. Februar schiffte er sich,
die Adresse in der Tasche, mit Frau und Schwägerin
in Whitehaven ein, obwohl er nicht ohne Bedauern von
Keswick und von Mr. Calvert schied.[2] Auch Godwin
war nicht fähig, den Sturm zu fesseln, einen Bergstrom
stillstehen zu machen, und seine Befürchtungen, daß das
heftige Vorgehen seines Jüngers Unheil über Irland
bringen könnte, wurden von diesem mit schlagenden Argu=
menten zurückgewiesen.

---

[1] II, p. 62.
[2] S. den Brief an Miß Hitchener von Whitehaven bei Mac-
Carthy p. 135 ff.

VI.

Shelley als politischer Agitator in Irland.

Nichts kann des jungen Shelley festes Vertrauen in die sittliche Kraft des Menschen und in seinen eigenen reformatorischen Beruf besser veranschaulichen, als sein Kreuzzug nach Irland. Neunzehn Jahre alt, ohne Namen, ohne Stellung, ohne Beziehungen kommt er dahin, ein Apostel des Humanismus, und mit ihm zieht ein mädchen= haftes Weib, „die Theilhaberin an seinen Gefühlen und Gedanken".

Nach einer beschwerlichen Reise — sie hatten, nach= dem die Insel Man passirt, stürmische Fahrt, so daß sie nach dem Norden Irlands verschlagen wurden und die Reise zu Land fortsetzen mußten — trafen sie am 12. Februar in Dublin ein.[1] Mit der Shelley eigenen Windesschnelligkeit wurde nun an's Werk ge= schritten. Bevor eine Woche verstrichen, war die Adresse an das irische Volk gedruckt und dann wurde mit aller Energie an die Vertheilung der Abdrücke gegangen. Das Pamphlet war für den Verkauf bestimmt, Shelley griff jedoch noch zu andern Mitteln, es unter die Leute zu

---

[1] S. Mac-Carthy p. 139.

bringen. Er schreibt am 27. Februar an Miß Hitchener, an welche er die interessantesten Briefe aus Irland richtete: „Ich habe schon 400 Abdrücke meines irischen Pamphlets in die Welt geschickt . . . die Erwartung ist auf das Höchste gespannt. Ich sende täglich einen Mann aus, Abdrücke zu vertheilen, mit Unterweisungen, wo und wie er sie abgeben soll. Seine Berichte stimmen mit der Menge von Leuten, die sie besitzen. Ich stehe auf dem Balkon unseres Fensters und warte, bis ich Einen sehe, der danach aussieht, und werfe ihm ein Buch zu."

Wenn er in demselben Briefe bemerkt, daß seine Flugschrift eine „wunderbare Sensation" hervorgebracht, so darf man sich dadurch nicht bestimmen lassen, an dem Ernst und der Ehrlichkeit seiner Absichten zu zweifeln[1]; er hätte aber nicht neunzehn Jahre zählen müssen, wenn er gegen die Notorietät ganz gleichgiltig gewesen wäre.[2] Harriet wirkte und arbeitete mit ihrem Gatten, hatte aber doch vornehmlich die heitere Seite der Propaganda im Auge. In der Nachschrift zu jenem Briefe an Miß Hitchener sagt sie: „Ich bin sicher, Sie würden lachen, wenn Sie uns die Flugblätter ausgeben sehen würden. Wir werfen sie aus dem Fenster und geben sie Leuten, denen wir auf der Straße begegnen.

---

[1] Er sagt in einem Briefe an Godwin vom 24. Febr. 1812 (Hogg II, p. 79): „I hope that the motives which endure me to publish thus early in life do not arise from my desire of distinguishing myself any more than is consistent with and subordinate to use fulness."

[2] Daniel Hill, der Diener, welcher die Abdrücke der Adresse vertheilte, erzählte seinen Landsleuten, sei es aus Unwissenheit oder mit Absicht, daß sein Herr erst fünfzehn Jahre zähle.

Ich selbst möchte mich zu Tode lachen, wenn es geschehen ist, und Percy sieht so ernsthaft darein. Gestern steckte er eins in die Mantelkapuze einer Frau." Mit welcher Schnelligkeit er die Dinge zu erfassen und zu durchdringen vermeinte, geht aus dem köstlichen Postscript zu der Adresse hervor, in dem er sagt, daß er „eine Woche" in Irland sei, während welcher Zeit er bemüht war, sich genauer über die Situation zu orientiren und die Entschlüsse mittheilt, die das Resultat seiner „Beobachtungen" seien. In der Ankündigung der Adresse[1] heißt es, daß es die Absicht des Verfassers sei, „in dem Geiste der irländischen Armen das Bewußtsein ihrer wirklichen Lage zu erwecken, indem die Uebelstände dieser Lage summarisch dargelegt und ver= nünftige Heilmittel angerathen werden. Die katholische Emancipation, und die Aufhebung der Unions=Akte (die letztere das wirksamste Mittel, welches England jemals gegen das gesunkene Irland in Anwendung gebracht hat), sowie die Beschwerden, welche Einigkeit und Entschlossenheit entfernen können, werden in der folgenden Adresse behan= delt, und Genossenschaften, die mit ruhiger Festigkeit gebildet werden, ernstlich als Mittel empfohlen, um jene Einigkeit und Festigkeit hervorzubringen, welche endlich erfolgreich sein müssen." Es herrscht kein aufreizender Demagogenton in dieser Flugschrift. Es lebte in Shelley allerdings etwas von dem Geiste der französischen Revolution, ja seine Absicht war keine andere, als diese weiterzuführen, aber in verklärter Form weiterzuführen. Er war ein Feind des plötzlichen äußern Umsturzes, er hatte eine fast quäker=

---

[1] Forman V, p. 312 ff.

hafte Scheu vor Gewaltmaßregeln und er warnt in seinem
Pamphlet ausdrücklich vor den Ausschreitungen der fran=
zösischen Revolution.[1] Was er wollte, das war, hier im
konkreten Falle, die Irländer innerlich zu revolutioniren,
sie innerlich durch sittliche Erstarkung und geistige Ver=
vollkommnung zu befreien, um sie dadurch für die äußere,
die politische Freiheit vorzubereiten. Er empfiehlt den
Irländern Tugend, Weisheit, Toleranz und Einigkeit als
diejenigen Zauberkräfte, deren Besitz die Erreichung der
vollen und dauernden politischen Freiheit zur nothwen=
digen Folge haben müsse. Die letztere aber ist ihm das
Ziel aller Entwickelung, ohne sie kann er sich das Bestehen
menschlicher Würde nicht denken.

Der Stil der Flugschrift wurde, wie Shelley an
Godwin schrieb, „mit Absicht vulgarisirt, damit er auch
dem Volke verständlich sei".[2] Hier eine kurze Probe.
„Frage nicht, ob einer ein Ketzer ist, ob einer ein
Quäker, ein Jude oder ein Heide ist, sondern ob er ein
tugendhafter Mensch ist, ob er Freiheit und Wahrheit
liebt, ob er das Glück und den Frieden der menschlichen
Gesellschaft wünscht. Wenn ein Mensch auch ein noch so
guter Gläubiger ist und diese Dinge nicht liebt, ist er ein
herzloser Heuchler, ein Schurke und ein Bube." „Seid
ruhig, mild, frei, geduldig, vergeßt nicht, daß ihr die Re=
form nicht besser fördern könnt, als wenn ihr eure Muße
mit Nachdenken und der Ausbildung eures Geistes hin=
bringt, denkt, sprecht, erörtert, der einzige Gegenstand
eurer Gedanken sei Glück und Freiheit. Seid frei und

---

[1] Forman V, p. 330.　[2] Hogg II, p. 47.

glücklich, zuerst aber seid weise und gut!" Shelley hat die
unblutige Revolution, den passiven Widerstand später in
dem Epos „Laon und Cythna" verherrlicht, in der „Maske
der Anarchie" den englischen Patrioten empfohlen. Er
selbst war der Laon Irlands, die Irländer aber waren
aus gröberem Stoff gebildet, als die Bewohner der gol=
denen Stadt, welche die Predigt des poetischen Laon be=
kehrt und die durch Liebe zu einem freien Volke werden.
Wie trefflich die Mahnungen auch an sich waren, die
Shelley an das irländische Volk richtete, so irrte er doch,
wenn er hoffte, durch dieselben auf dies Volk einwirken
zu können, dessen geistiges Niveau nach seinem eigenen
Ausdruck „kaum höher als das einer Auster" war.
Shelley war zu ideal gesinnt, um die menschliche Natur
zu erkennen; sein Vertrauen in die angeborene ethische
Kraft des Menschen war so groß, daß er kein Volk für
so niedrig erachtete, um dem wahrheitverkündenden Worte
unzugänglich zu sein. Sein Glaube an die Ueberzeugungs=
kraft des Wortes war aber nur eine Folge dieser idealen
Anschauungen.

Bei allem Hyperidealismus, bei all seiner Unfähig=
keit, sich in das Bewußtsein niedrigerer Naturen zu ver=
setzen, verleugnete er jedoch niemals seinen ausgezeichneten
Scharfsinn. Während die Abdrücke der Adresse noch in
den Straßen Dublins verbreitet wurden, druckte er ein
zweites Pamphlet, dessen vollständiger Titel lautet: „Vor=
schläge für eine Verbindung solcher Menschenfreunde,
die überzeugt von der Unzulänglichkeit des moralischen
und politischen Zustandes Irlands Vortheile zu schaffen,
die nichts desto weniger erreichbar, Willens sind, sich

zu vereinigen, um deſſen Wiedergeburt zu bewirken."[1] In
dieſer Flugſchrift forderte er die iriſchen Patrioten auf,
eine große Genoſſenſchaft zu bilden, um die Mittel zu
beſprechen, durch welche die Rechte des Landes auf fried=
lichem Wege geſchützt werden könnten. „Wenn eine An=
zahl von Perſonen," ſagt er hier, „ſich zu einer Ge=
noſſenſchaft zuſammenthut, um mit dem Geiſte, nicht
mit dem Körper Widerſtand zu leiſten, dann wird das
Volk den richtigen Weg zur That gehen." Und wirk=
lich iſt die Emancipation der iriſchen Katholiken auf dem
Wege der Aſſociation vorwärts geſchritten. Godwin, der
Shelley's friedliche Agitationen von allem Anfange in
hohem Grade gemißbilligt, befürchtete die ſchlimmſten
Folgen von den „Vorſchlägen", hatte er in „Political
Justice" die Aſſociationen doch „als einen ſchlecht ge=
wählten und ſchlecht=gearteten Modus, das politiſche Glück
des Menſchen zu begründen", bezeichnet. Seine Befürch=
tungen waren ſo groß, daß er ſich in einem Briefe an
Shelley zu den Worten hinreißen ließ: „Shelley, Sie be=
reiten ein Blutbad! Wenn ſich Ihre Genoſſenſchaft ſehr
entwickelt, werden fürchterliche Folgen eintreten und Hun=
derte werden Ihren Irrthum durch Elend und Untergang
büßen."[2] Vergebens verſuchte ihn Shelley zu beruhigen,
indem er ihm vorſtellte, daß er ja an keine Geſellſchaft
denke, die mit „plötzlicher Gewalt" zu Werke ginge und
die Folge ſollte lehren, daß der Jünger ſchärfer ſah als
der Meiſter.

Am 28. Februar fand ein katholiſches Meeting im

[1] Forman V, p. 364 ff.   [2] Hogg II, p. 49.

Fishamble Street Theater statt, bei dem Shelley nicht nur erſchien, ſondern in der Gegenwart O'Conell's und anderer Berühmtheiten eine Stunde lang ſprach. Er wurde von der Verſammlung freundlich aufgenommen; zwar wurde zu Beginn ſeiner Rede, als er von der Gleich= berechtigung der Proteſtanten und der Katholiken ſprach, ein wenig geziſcht, bald aber zündeten ſeine Worte, ſo daß er von minutenlangem Applaus unterbrochen wurde.[1] Ohne Zweifel gehörte ein Theil dieſes Erfolges ſeiner Jugend, ſeiner Schönheit, der Unparteilichkeit, mit der er die Stellung ſeines Vaterlandes zu Irland kritiſirte — und dieſe Kritik bildete den Hauptinhalt ſeiner Rede —, um aber das Publikum hinzureißen, dazu gehörte macht= volle Beredtſamkeit. Shelley war alſo nicht nur ein Meiſter der Konverſation, er war auch zum öffentlichen Redner geſchaffen und es iſt wohl denkbar, daß er, im Falle er ſich für die parlamentariſche Laufbahn entſchieden hätte, einer der erſten engliſchen Redner geworden wäre.

Shelley hatte in Dublin nur mit wenigen Perſonen Verkehr. Er hatte durch Godwin eine Empfehlung an Curran bekommen, deſſen Späße und Anekdoten ihm jedoch wenig zuſagten[2], dagegen befreundete er ſich mit dem Hiſtoriker John Lawleß, mit dem er eine Geſchichte Irlands zu ſchreiben begann.[3] Doch war ſeines Bleibens nicht lange.

---

[1] S. die Berichte von Dubliner Zeitungen, Forman, Prose W. III, p. 365 ff. Mac-Carthy p. 240 ff.

[2] S. Brief an Godwin vom 25. April bei Hogg II, p. 122 ff.

[3] Medwin I, p. 175. Bis 20. März waren 250 Seiten des Werkes gedruckt. Dieſe Geſchichte Irlands war ohne Zweifel der Beginn des Compendium of the History of Irland, from the

Er wurde in Dublin zwar als ein Wunder angestaunt, während sein feuriger Zuruf keinen Widerhall weckte und sich kein Zeichen von jener sittlichen Erstarkung zeigte, von der er so siegesgewiß geträumt. Obwohl wir nicht annehmen dürfen, daß er in optimistischer Verblendung wähnte, seine Schriften würden sofort einen Umschwung im ganzen Volke bewirken[1], gab er sich doch der Hoffnung hin, die Besseren zu beeinflussen und diese zur Bildung der von ihm proponirten Genossenschaft schreiten zu sehen. Allein auch dies war nicht der Fall. Diese Enttäuschung, sowie Godwin's unausgesetztes Drängen, die Sache auf= zugeben, bestimmten ihn, Irland nach zweimonatlichem Aufenthalte wieder zu verlassen. Er sagt in einem Briefe, den er kurz vor seiner Abreise von dort schrieb, daß er „alles gethan habe, was er thun konnte". Wäre Shelley ein durchaus consequenter Idealist gewesen, so könnte man sich in der That nur schwer vorstellen, wel= chen Umstand er als die Ursache des Scheiterns seiner Propaganda betrachtet habe. Allein auch er hatte Augen= blicke, wo er muthlos wurde, wo sein Vertrauen in den guten Kern der menschlichen Natur ihn verließ. So be= merkt er in einem Brief an Hogg vom 9. August 1811, daß die Masse „hoffnungslos corrupt sei", daß das Böse nicht ausgemerzt werden könne (the evil is not to be obviated), daß alle Versuche wohlmeinender Reformer fehlgeschlagen haben u. s. w. Solche Aeußerungen drücken

Earliest Period to the Reign of George I, welches John Lawleß im Jahre 1814 herausgab. S. Mac-Carthy, p. 297 ff.

[1] Symonds neigt sich dieser Ansicht zu (Shelley p. 62), wir glauben jedoch, daß Shelley nicht in dem Grade Utopist war.

indeß bei Shelley nicht mehr als eine vorübergehende Stim=
mung aus. Ebenso mochte er nach dem Mißlingen seiner
friedlichen Agitationen in Dublin die große Masse einen
Augenblick „hoffnungslos corrupt" genannt haben. Im
Grunde seines Herzens wohnte aber ein jubelnder Optimis=
mus und dieser war das Ständige in seiner Weltbetrachtung.
Bemerkenswerth ist der Umstand, daß Shelley hauptsäch=
lich in jüngeren Jahren seine optimistische Anschauungs=
weise öfters verließ, während er in reiferem Alter
consequenter an ihr festhielt, wenn auch nicht immer und
nicht in jeder Beziehung.

Ohne daß er gegen seine Ideen oder gegen seine Kraft
mißtrauisch geworden, war er doch sehr entmuthigt und die
Stimmung, in der er Irland am 7. April verließ, war
sehr verschieden von der, in welcher er das Land betreten.[1]
Vor seinem Abschiede von Dublin ließ er noch eine dritte
Flugschrift, „Die Erklärung der Rechte", drucken.[2] Rossetti
hat auf Aehnlichkeiten zwischen dieser Flugschrift und zwei
Dokumenten der französischen Revolution aufmerksam
gemacht, „von denen das eine von der constituirenden
Versammlung im August 1789 angenommen, das andere
von Robespierre im April 1793 vorgeschlagen wurde".[3]
Wir theilen einige Aphorismen aus diesem dritten Pam=
phlete mit.

1. „Die Regierung hat keine Rechte; sie ist eine

---

[1] Es ist ein Irrthum, wenn Medwin (I, p. 176) und An=
dere behaupten, daß Shelley durch einen Wink der Polizeibehörde
bestimmt wurde, Irland zu verlassen.

[2] Forman V, p. 392 ff.

[3] S. Fortneightly Review, Januar 1871.

Delegation von verschiedenen Individuen zu dem Zwecke ihre eigenen zu schützen. Sie ist deshalb nur insofern gerecht, als sie durch deren Zustimmung besteht, nur insofern nützlich, als sie zu deren Wohlfahrt beiträgt."

6. „Alle haben das gleiche Recht zur Betheiligung an den Wohlthaten und Lasten der Regierung. Die Unfähigkeit, vernünftige Gedanken zu bilden, bewirkt unverschämte Tyrannei von Seiten der Regierung, unwissende Sklaverei von Seiten der Unterthanen."

9. „Kein Mensch hat das Recht, den öffentlichen Frieden zu stören, indem er sich weigert, dem Gesetze zu gehorchen, wäre es auch ein schlechtes. Er muß sich fügen, während er zugleich all die Kraft seiner Vernunft aufbietet, um die Abschaffung desselben herbeizuführen."

10. „Ein Mensch muß ein Recht haben, in einer gewissen Weise zu handeln, bevor etwas seine Pflicht sein kann. Er könne, bevor er muß."

VII.
Flüge und Züge.

Die Scenen wechseln nun mit reißender Schnelligkeit.
Die Shelley's und Eliza passirten bei ihrer Rückkehr nach
England die Insel Man, durchzogen Nord- und Süd-
Wales, vergebens nach einem geeigneten Aufenthalt suchend,
und ließen sich gegen den 21. April in dem pittoresk
gelegenen Nantgwilt bei Rhayabr in Radnorshire nieder.
Bei seinem Oheim Mr. Grove in dem nahegelegenen Cwm
Elan fanden wir Shelley schon vor seiner Heirath.
Die Schönheit der Gegend von Nantgwilt, die Einsamkeit
und Billigkeit des Aufenthaltes sagten ihm so zu, daß er
sich dort ansiedeln und das Haus, in dem er sich einge-
miethet hatte, auf Credit pachten wollte.[1] Auch lud er Godwin und Miß Hitchener dahin ein. Indessen sollte keiner
seiner Wünsche in Erfüllung gehen, und überdies sah er
sich gezwungen, weil er sich wie gewöhnlich in peinlichen
finanziellen Verlegenheiten befand und die Miethe nicht
bezahlen konnte, Nantgwilt bald zu verlassen. Er wandte

---

[1] Medwin I, p. 278. Brief an Godwin vom 25. April 1812
(Hogg II, p. 122).

sich von hier nach Lynmouth (an der Küste von Somerset=
shire), wo er zu Beginn des Juli mit seinen Damen anlangte.

Hier wurde die politische Propaganda durch die Verbrei=
tung seines dritten Pamphletes, der „Erklärung der Rechte",
fortgesetzt. Er stopfte in seiner phantastischen, kindlichen
Weise Abdrücke dieser Schrift in Flaschen und übergab
diese dem Meere, hoffend, daß die Wogen sie nach Irland
tragen würden, und veranlaßte seinen Diener, Daniel Hill,
der ihm aus Irland gefolgt war, andere unter den Pächtern
der Gegend zu vertheilen.[1] Der Diener wurde am 19. August
in Barnstaple verhaftet und wegen Verbreitung aufrühre=
rischer Flugschriften zu sechsmonatlicher Kerkerstrafe ver=
urtheilt. Wir hören nicht, daß Shelley für ihn Schritte
gethan habe, doch sind wir vollkommen berechtigt, dies
als gewiß anzunehmen. Dagegen haben wir an dieser
Stelle eine jener muthigen Thaten zu verzeichnen, welche
Shelley's herrliches Gerechtigkeits= und Toleranzgefühl in
das hellste Licht stellen. Ein Buchdrucker, Namens D. J.
Eaton, hatte den dritten Theil von Paine's „Age of Reason"
veröffentlicht und wurde deshalb von Lord Ellenborough
zur Kerkerstrafe verurtheilt. Entrüstet über diesen Akt der
Intoleranz richtete Shelley ein Sendschreiben an den Lord
und ließ es in Barnstaple drucken.[2] Dieser Brief ist ein
Meisterstück argumentativer Polemik gegen die Unter=
drückung der Gedankenfreiheit und zugleich ein stilistisches
Meisterstück, so daß Godwin, der bis dann keine Gelegen=
heit gehabt, mit seinem Jünger übereinzustimmen, ihm nun
volle Anerkennung zollen konnte. Die Kühnheit der Rede

---

[1] Mac-Carthy p, 344.
[2] Forman VI, p. 407. S. Mac-Carthy p. 345 ff.

in diesem Schreiben zeigt folgender Passus[1]: „Weshalb ist
Mr. Eaton bestraft worden? Weil er sich zum Deismus
bekannt. Und was sind Sie, mein Lord? Ein Christ.
Ha, die Maske ist gefallen. Sie verfolgen ihn, weil sein
Glaube von dem Ihrigen abweicht. Sie ahmen die Ver=
folger des Christenthums in ihren Handlungen nach und
liefern einen neuen Beweis dafür, daß Ihre Religion
ebenso blutig, barbarisch und unduldsam ist wie die jener.
Wenn ein bigotter und mächtiger Deist (setzen wir einen
solchen Charakter beispielsweise voraus) in schwarzen und
barbarischen Zeiten ein Gesetz aufgestellt, demzufolge der
christliche Glaube ein Verbrechen wäre, wenn Sie, mein
Lord, ein christlicher Buchhändler wären, und Mr. Eaton
ein Richter, so würden die Argumente, welche Sie für
genügend erachten, Ihren Schiedsspruch zu rechtfertigen,
gleicherweise in dem angenommenen Falle genügen, Mr.
Eaton zu rechtfertigen, wenn er Sie nach Newgate ge=
schickt und mit dem Pranger bestraft hätte. Woher ist
irgend ein Recht für die Verfolgung herzuleiten, aus=
genommen das, welches die Gewalt sich anmaßt? Glauben
Sie, Mr. Eaton zu Ihrer Religion zu bekehren, indem
Sie seine Existenz zerstören? Sie mögen ihn durch die
Folter zwingen, sich zu Ihren Anschauungen zu bekennen,
aber er kann nicht an dieselben glauben, außer Sie machen
sie glaubwürdig, was vielleicht Ihre Kräfte übersteigt.
Wähnen Sie dem Gott, den Sie verehren, durch einen
solchen Eifer zu gefallen? Ist es so, dann ist der Dämon,
dem einige Völker Menschenhekatomben opfern, weniger

---

[1] Forman VI, p. 410.

barbarisch, als die Gottheit einer civilisirten Gesellschaft."
Es darf uns nicht Wunder nehmen, daß der größte
Theil der Auflage von der Polizei vernichtet wurde; nur
fünfzig Exemplare, die rechtzeitig nach London abgegangen
waren [1], konnten gerettet werden. Viele Stellen des Briefes
sind wörtlich oder mit geringen Veränderungen in die Anmerkungen zu „Königin Mab" übergegangen. In diesem
Zusammenhange sei erwähnt, daß sich Shelley im Jahre
1819 für einen andern Herausgeber von Paine's „Age
of Reason", für Richard Carlyle, den Redakteur der politischen Wochenschrift „The Republican", der zu den un-
erschrockensten Vorkämpfern für Preßfreiheit zählte und
wegen Veröffentlichung jenes Buches gleichfalls zur Kerkerstrafe verurtheilt wurde, zum Vertheidiger aufwarf. Er
richtete ein Schreiben an den „Examiner" [2], das sich
mit jenem an Lord Ellenborough vergleicht. Leigh Hunt
hielt den Brief jedoch zurück und Shelley's Stimme drang
nicht in die Oeffentlichkeit.

Bedeutsam ist ein Brief Shelley's vom Sommer 1812 [3],
in dem er über die antike Literatur und besonders über
die antike Poesie den Stab bricht; er meint, daß diese nur
falsche Helden bilde und fragt, was wir von ihr lernen und
ob einen Johnson sein Griechisch und Latein gebessert
habe. Nur Lucretius nimmt er von seinem Anathem aus.
Wenn wir uns erinnern, daß er sich schon in Oxford
leidenschaftlich in Plato vertiefte, wenn wir erwägen, daß
Homer, nach dem Zeugnisse von Hogg, schon in jüngeren

---

[1] S. den Brief an den Buchhändler Th. Hoocham vom
18. August 1812 in Memor. 38.
[2] Forman VII, p. 291.   [3] Hogg II, p. 146.

Jahren sein Lieblingsdichter war und daß in späteren
Jahren die größten griechischen Dichter, sowie auch Plato
seine ständigen Begleiter wurden, so sagt uns jener Brief
zweierlei: erstens, daß Shelley die Dinge damals noch
wesentlich von dem moralischen Standpunkte aus be=
urtheilte, und zweitens, daß seinen Urtheilen noch die
Sicherheit fehlte.

Am 31. August verließ Shelley Lynmouth mit den
Seinen. Er hatte während seines dortigen Aufenthaltes
Godwin wieder gebeten, mit seiner Familie zu ihm auf Be=
such zu kommen, nachdem er ihn schon früher, wie wir
sahen, nach Wales geladen, hatte die Bitte jedoch nach=
träglich widerrufen, da ihm das einfache Häuschen, das
er in Lynmouth bewohnte, zur Aufnahme solcher Gäste
nicht geeignet schien. Godwin, der mitunter gern mit
philosophischer Anspruchslosigkeit cokettirte, die sein Jünger
besaß, entschloß sich dennoch, „den jungen Mann, der in
so hohem Grade seine Neugierde erregt hatte"[1], aufzusuchen.
Er traf am 18. September nach einer beschwerlichen Reise
in Lynmouth ein, um zu erfahren, daß die Shelley's fort
seien, ohne daß Jemand die Richtung anzugeben wußte,
nach der sie ihren Flug genommen.

Sie hatten sich nach dem romantischen Küstenort
Tanyrallt nahe bei Tremadoc in Carnarvonshire begeben
und sich daselbst im Hause eines Mr. Madocks einge=
miethet. Mr. Madocks hatte sich um die arme Bevöl=
kerung der Gegend dadurch verdient gemacht, daß er ein
großes Stück Küstenland durch Dämme gegen die Ver=

---

[1] Memorials p. 41.

heerungen des Meeres zu schützen gesucht hatte. Aber
eben in jener Zeit riß die Hochfluth die Dämme ein.
Shelley, der sich an jedem Orte der Armen annahm, und
sie in ihren Hütten besuchte, zeigte nun all' seine Groß=
muth und Opferfähigkeit.[1] Er veranstaltete eine Samm=
lung, an deren Spitze er sich selbst mit einer Summe
von 500 Pfund stellte (woher er sie nahm, ist nicht
zu erklären), veranlaßte die Gutsbesitzer der Gegend daran
theilzunehmen und reiste mit Harriet nach London, um
den Herzog von Norfolk für seine Zwecke zu gewinnen.
Hier fand seine erste Begegnung mit Godwin statt,
welcher ihn, sowie auch Harriet, mit seiner Familie be=
kannt machte.[2] Auffallend ist der Umstand, daß Shelley
Mary Godwin, seine spätere Lebensgefährtin, erst im
Frühling 1814 kennen lernte, obgleich er in der Zwischenzeit
häufig im Hause ihres Vaters verkehrte, und merkwürdiger=
weise gehen sämmtliche Biographen über diesen räthsel=
haften Punkt mit Stillschweigen hinweg. In Godwin's
Haus befand sich auch eine Tochter seiner ersten Frau —
der berühmten Mary Wollstonecraft — aus deren ersten
Ehe, Fanny Imlay (von Shelley selbst, sowie auch in den
„Memorials" fälschlich Fanny Godwin genannt), mit der
ihn bald ein kameradschaftliches Verhältniß verband.
Sein Aufenthalt in London war von nur kurzer Dauer
und aus einem Briefe, den er nach seiner Rückkehr nach
Tanyrallt an die eben Genannte richtete[3], sehen wir, daß
seine Abreise plötzlich und ohne daß er sich von den God=
win's verabschiedet, geschah.

---

[1] Medwin, Life I, p. 183. Memorials p. 43.
[2] Memorials p. 43. [3] Memorials p. 43 ff.

Während seines Aufenthaltes in Tanyrallt, wenn
nicht schon in Lynmouth, wurde Miß Hitchener, die wir
schon wiederholt erwähnen mußten, und mit der Shelley
bis dann nur in correspondenzlicher Verbindung gestanden
hatte, kurze Zeit der Gast seines Hauses. Miß Hitchener
war Vorsteherin einer Schule in Hurstpierpoint (Sussex)
und zeichnete sich durch etwas freisinnigere Anschauungen
aus, als sie sonst bei ihren Colleginnen zu treffen sein
mochten, ein Umstand, von dem Shelley — es ist nicht
genau zu bestimmen, wann und wo — hörte und der
ihm genügte, einen Briefwechsel mit ihr zu beginnen
und sich in maßloser Weise für sie zu exaltiren. Ihre
wahrscheinlich ganz mittelmäßigen Anlagen steigerten sich
in seiner Einbildungskraft zu „außerordentlichen Ta=
lenten" und „hervorragenden Eigenschaften" und er hoffte
im Bunde mit ihr im Dienste der Philanthropie Großes
wirken zu können. Die Briefe, die er in der Zeit seiner
höchsten Ekstase an sie richtete, sind in psychologischer
Hinsicht sehr interessant, indem sie den überschwänglichen
Idealismus seiner Jugend deutlich veranschaulichen. Wir
geben zwei Stellen daraus wieder.[1] Vorausgeschickt muß wer=
den, daß Shelley Miß Hitchener wiederholt eingeladen hatte,
Mitglied seines Hauses zu werden und indem er in einem
Briefe von ihrem Vater spricht und von dem Einspruche,
den dieser möglicherweise gegen ihren Aufenthalt in seinem
(Shelley's) Hause erheben würde, sagt er: „Gehört er
zu jenen, die einen Unterschied machen zwischen dem

---

[1] Die Stellen sind dem schon genannten Vortrage von Rossetti
im University Magazine entnommen.

Glauben an gewisse Principien und dem Handeln nach
diesem Glauben? Ist das der Fall, dann ist er ein Mann,
der meiner hochherzigen Freundin nicht würdig ist. Er
würde dann nicht das beispiellose Opfer ihrer Hingebung
verdienen, ein Opfer, das Millionen mit tugendhaften
Empfindungen durchdringen und eine Seele in dem Kör=
per eines Volkes hauchen würde." In einem anderen
Briefe heißt es: „Ich wünsche Ihre Gesellschaft und
werde nicht zufrieden sein, bis ich überzeugt bin, daß
sie unwiderruflich ist, daß kein Bedenken uns ihrer be=
rauben wird. Erfüllt von der mächtigen und unwider=
stehlichen Ueberzeugung, daß das allgemeine Wohl am
Besten durch unsere vereinten Anstrengungen gefördert
werden könnte, wäre es nicht ohne Kummer, daß ich
diesen außerordentlichen Vortheil vagen Empfindungen ge=
opfert sehen sollte, die selbst dem Geiste, in welchem sie allein
wohnen, unbeschreiblich und unerklärlich sind. Lassen Sie
uns unser Gemeinsames unzertrennlich verbinden und mit
dem zusammengeballten Ungestüm unserer Fähigkeiten und
Entschlüsse gegen die Tyrannen losbrechen." Auch Harriet
correspondirte in freundschaftlicher Weise mit Miß Hitchener
und nannte sie „Portia". Dieser Name mußte nur zu bald
einem andern Platz machen, als man sie endlich persönlich
kennen lernte. Denn als Miß Hitchener den dringenden
Bitten ihrer Freunde, ihre Hausgenossin zu werden, end=
lich Gehör schenkte, wie wünschten alle nun, sie wäre un=
erbittlich geblieben. Zuerst scheint sich der Miß Westbrook
ein Widerwille gegen die neue Hausgenossin bemächtigt
zu haben, der Harriet und schließlich auch Shelley ansteckte
und sich bei diesem zu einem Hasse steigerte, der sich

nicht weniger maßlos äußerte, wie sein früherer Enthusias=
mus.[1] Von „außergewöhnlichen Talenten" und „hervor=
ragenden Eigenschaften" war von nun an gewiß nicht mehr
die Rede.[2] Wie aus Hogg's Mittheilungen hervorgeht, be=
gleitete Miß Hitchener ihre Gastfreunde nach London und
verließ sie dort auf Nimmerwiedersehen. Da sie der
Shelley's wegen ihre Stellung in Hurstpierpoint auf=
gegeben hatte, befand man sich überdies in der Zwangs=
lage ihr eine Pension auszusetzen. Sie lebte unter dem
Namen „Brown Demon" in dem Shelley'schen Kreise fort.

Wahrscheinlich auf den Rath Godwin's[3] machte
Shelley in Tanyrallt einen Versuch, sich auf das Stu=
dium der Geschichte zu werfen, das ihm, wie er einem
ihm befreundeten Londoner Buchhändler, Namens Hook=
ham, schreibt[4], „verhaßt und widerwärtig" war, doch sah
er ein, daß es für denjenigen, „welcher als Verbesserer
veralteter Mißbräuche gehört sein will", wichtiger sei, als
alle andere Studien. Auch beabsichtigte er damals, die
philosophischen Studien, die er seit seinem Abgang von
Oxford vernachlässigt, wieder aufzunehmen, denn in dem

---

[1] Hogg II, p. 194.

[2] Medwin (I, p. 181) will wissen, daß sich Miß Hitchener auch
als Dichterin versucht und ein Gedicht geschrieben habe, in dem sie
für die Rechte der Frauen in die Schranken tritt und das mit dem
Vers anhob:

„All all are men — women and all."

Medwin bemerkt auch, daß Shelley, wenn er diesen Vers citirte,
stets Thränen gelacht habe.

[3] S. dessen Brief an Shelley vom 10. Dezember 1812. Memorials p. 45.

[4] Memorials p. 44.

Briefe an Mr. Hoockham, aus dem wir soeben citirten, bittet er um Plato, Spinoza und Kant, letzteren in einer lateinischen Uebersetzung. Die Bibel war ein anderer Gegenstand seiner damaligen Studien, er machte Auszüge, aus ihr, die er herauszugeben dachte, doch kam es nie da= zu.[1] Zu jener Zeit beendigte er auch eine Dichtung, an der er, nach seinen eigenen Worten, seit seiner Rückkunft nach England gearbeitet und die als allseitiger Reflex seiner damaligen geistigen Entwickelung von großer Bedeutung ist: „Königin Mab" nämlich, über die das nächste Ka= pitel handeln soll.[2] Außerdem beschäftigte er sich auch noch mit anderen Gedichten, die doppelt so lang als jene werden sollten[3], von denen uns jedoch nichts er= halten ist.

Zu Beginn des Jahres 1813 machte ein Gewaltakt Aufsehen, der ganz geeignet war, Shelley aus Rand und Band zu bringen. Die Brüder John und Leigh Hunt, die Herausgeber des „Examiner", hatten ein Libell ver= öffentlicht, in welchem der Prinz=Regent hart angegriffen wurde. Unerhört aber war es, daß sie deshalb zu zwei= jähriger Gefängnißstrafe und einer Geldbuße von 1000 Pfund verurtheilt wurden. Shelley war nach seinem eigenen Ausdruck „boiling with indignation", als er von dieser Ungerechtigkeit hörte und veranlaßte seinen Freund Hoockham sofort eine Subscription einzuleiten und seinen

---

[1] Memorials p. 48.

[2] S. den Brief an Hookham vom 18. August 1812 (Memo- rials p. 39), in dem er das Gedicht das erste Mal erwähnt. Im Februar 1813 war es bis auf die Noten fertig. Memor. p. 52.

[3] Hogg II, p. 182.

Namen mit 20 Pfund auf die Liste zu setzen.[1] Die Hunts
lehnten jedoch diese wie jede Collecte ab und zahlten aus
ihren eigenen Taschen. Später schrieb Shelley an Leigh Hunt
in's Gefängniß und machte ihm nach den eigenen Worten
des letzteren „ein fürstliches Anerbieten", das jedoch gleich=
falls abgelehnt wurde.[2] Erst im Jahre 1816 sollten
Shelley und Leigh Hunt einander näher treten.

Plötzliche Wendungen waren ein Gesetz in Shelley's
Leben. Aus Tanyrallt, wo er sich wohl gefühlt zu haben
scheint, wurde er durch einen höchst abenteuerlichen und
mysteriösen Vorfall getrieben. Er wurde in der Nacht
des 26. Februar zweimal in seinem Hause überfallen. Er
hatte, wie in Erwartung einer Gefahr, Abends seine
Pistolen geladen, und kaum war er zu Bette gegangen,
hörte er im Nebenzimmer Lärm. Er ging hinaus und
bemerkte einen Mann, der sogleich auf ihn schoß; Shelley
erwiederte den Schuß, ein Kampf entstand, Shelley schoß
nochmals und verwundete den Mann, der sich mit einem
fürchterlichen Racheschwur gegen Harriet und Eliza zurück=
zog. Shelley wachte nun mit seinem Diener in einem der
Wohnzimmer. Als drei Stunden verstrichen sein mochten,
schickte er den Diener fort, um nach der Uhr zu sehen, und in
diesem Augenblicke tauchte das mysteriöse Individuum wieder
auf und schoß durch das Fenster, so daß die Kugel durch
Shelley's Flanelljacke ging. Ein neuer Kampf entstand, zur

---

[1] Memor. p. 51 fl.

[2] Leigh Hunt, Autobiography (London 1878), p. 221.
Shelley hatte Leigh Hunt, für dessen Freisinnigkeit er seit der Uni=
versitätszeit große Sympathie fühlte, kurz vor seiner Heirath persön=
lich kennen gelernt.

rechten Zeit kam aber der Diener zurück und der Räuber
entfloh. So lautet der Bericht Harriet's in einem Briefe
an Mr. Hoockham.[1] Shelley machte sofort Anzeige, ohne
daß es gelang, dem Thäter auf die Spur zu kommen.
Einige Biographen neigen sich der Ansicht zu, der ganze
Vorfall sei eine Hallucination Shelley's gewesen. Diese
Deutung ist jedoch aus verschiedenen Gründen unstatthaft.
Zwar sah Niemand anderes den Eindringling, als Shelley,
dagegen wurden die Schüsse auch von Harriet und dem
Diener gehört und beide stürzten nach dem zweiten Ueberfall
in das Zimmer, in dem sich Shelley befand. Harriet aber
hatte nicht nur den Schuß gehört, sie sagt in ihrem Briefe
ausdrücklich: „I perceived that Bysshe's flannel gown had
been shot through." Jener Deutung widerspricht ferner
auch der Umstand, daß das Ereigniß zu detaillirt mitge=
theilt wird und wie weit die Umgebung Shelley's davon
entfernt war, den Vorfall in solcher Weise auszulegen, be=
weist der Umstand, daß Eliza noch in späteren Jahren mit
Schrecken von demselben sprach. Harriet vermuthet in dem
betreffenden Briefe, daß der nächtliche Ueberfall mit einem
gewissen Leeson in Verbindung zu bringen sei, der Shelley
feindlich gesinnt war und der sich geäußert haben soll,
daß er Shelley aus Tanyrallt vertreiben wolle. Derselbe
sagte den Kaufleuten des Ortes am nächsten Tage auch,
daß der Ueberfall nur eine Erfindung Shelley's sei, da=
mit er, ohne seine Rechnungen bezahlt zu haben, Tanyrallt
verlassen könnte.[2]

---

[1] Memor. p. 58 ff.

[2] S. Mac=Carthy's Conjektur über diesen Vorfall Shelley's
„Early Life", p. 362 ff.

Shelley war infolge dieses Vorfalls sehr aufgeregt und es war seines Bleibens nicht mehr an diesem Orte. Aber er befand sich gerade damals in einer derartigen finanziellen Klemme, daß er seinen Freund Hoockham bitten mußte, ihn mit dem Nöthigsten zu versehen, damit er Tanyrallt verlassen konnte. Sie schieden am zweiten Tage nach dem Vorfall von dort und während Miß Westbrook nach dem sicheren väterlichen Hause in London flüchtete, gingen Shelley und Harriet für kurze Zeit nach Dublin, von da nach den Seen von Killarney, die Shelley besonders entzückten, und kehrten im Mai 1813 nach London zurück. Hogg, der dem Paare nach Dublin gefolgt war, theilte das Schicksal Godwin's als dieser nach Lynmouth reiste, um Shelley kennen zu lernen — er hatte das Nachsehen. Doch vereinigten sich die Freunde in London.

VIII.

„Königin Mab".

„Königin Mab" war die erste dichterische Kundgebung von Shelley's reformatorischen Bestrebungen und zugleich sein erster Versuch, eine philosophische Unterlage für seine Lehren zu gewinnen. Nie ist das Bestehende in allen seinen Formen rücksichtsloser und kühner angegriffen worden, als es in diesem Gedichte geschieht. Shelley sieht nur Unterdrückung und Verderbtheit in der Gesellschaft, er bezeichnet sie als „ein Gemisch feudaler Wildheit und unvollkommener Civilisation", und die tiefe Sehnsucht nach gesünderen Zuständen, die Rousseau'sche Sehnsucht nach der Natur, die Sehnsucht nach freier und edler Menschlichkeit, die das Gedicht durchzieht, giebt ihm, wie wir auch sonst darüber urtheilen mögen, ein rührendes Gepräge.

Shelley's Gesundheit war schon zu jener Zeit, als er „Königin Mab" schrieb, eine sehr schlechte, er glaubte, daß er nur noch wenige Jahre leben würde und er wollte diese Zeit benutzen, um das Wohl der Menschheit in seiner Weise zu fördern.

In den ersten Jahrzehnten dieses Jahrhunderts kommt

wie in anderen Literaturen, so auch in der englischen, und hier vielleicht am mächtigsten, ein Frühling von neuen Formen, Empfindungen und Gedanken zum Durch= bruch.

Man sprengt den Boileau'schen Regelzwang, man schüttelt die französische Bildung mit ihrem aristokratischen Gepräge ab, welche Gesellschaft und Literatur des acht= zehnten Jahrhunderts tyrannisirt haben, und Pope ist nicht mehr der Meister, zu dem man ehrfurchtsvoll empor= blickt. Die Leidenschaft spricht ihre eigene, ihre natürliche Sprache, das Nationalitätsgefühl erwacht und äußert sich in verschiedenen Formen, der demokratische und philo= sophische Geist ziehen in die Poesie ein. Wir erachten es nicht als unsere Aufgabe, des Näheren auseinanderzusetzen, in welchen Formen der neue Geist sich in der englischen Literatur zu Beginn dieses Jahrhunderts äußerte und in= wiefern sich die großen Dichter · nach den verschiedenen Richtungen, die sie darstellen, von einander unterschieden[1]; es frägt sich für uns nur, welche Richtung diejenige Shelley's war. Shelley vertrat die revolutionäre, demo= kratische und philosophische Richtung. Die Stellung, die er in „Königin Mab", freilich mit unreifen Kräften und unklaren Begriffen, einnahm, sollte er nie verlassen.

Er beabsichtigte zuerst, „Königin Mab" mit anderen Gedichten zu veröffentlichen, gab den Plan jedoch wieder auf und beschränkte sich auf eine Privatausgabe, die 200 Abdrücke zählte und für die er feines Papier wählte,

---

[1] S. die treffliche Darstellung jener Strömung in der eng= lischen Literatur im vierten Bande von Georg Brandes' „Haupt= strömungen der Literatur des 19. Jahrhunderts".

damit das Gedicht, wenn auch nicht von den Aristokraten seiner Zeit, doch von ihren Söhnen und Töchtern gelesen werde. Bald folgte jedoch ein Nachdruck und im Jahre 1821 ein zweiter. Wegen des letzteren wandte sich Shelley an die Gerichte und schrieb einen Brief an den „Examiner", in dem er alles Interesse an seinem Jugend=werke in Abrede stellt.[1]

Betrachten wir dies Gedicht als Dichtung, so zeigt sich die Phantasie darin noch lange nicht kräftig genug, um Gedanken wahrhaft poetisch zu verkörpern und zu ver=lebendigen, und der größte Theil desselben ist Tendenz= und didaktische Poesie der schlimmsten Art. (Der jugend=liche Dichter war übrigens in der Täuschung befangen, das Gedicht selbst sei nicht didaktisch, weil er ihm lange didaktische Anmerkungen beigefügt hatte.[2]) Königin Mab ist eine Fee, die in den oberen Himmelsregionen ein Zauber=schloß bewohnt und dort die Geheimnisse der Menschen=welt bewahrt. Dorthin führt sie die Seele eines reinen, scheinbar todten Mädchens, um sie über Vergangenheit, Gegenwart und Zukunft der Menschheit zu belehren, und

---

[1] Memorials p. 53. Es ist ein Irrthum, wenn er in diesem Briefe sagt, daß er das Gedicht mit achtzehn Jahren geschrieben habe, und Mrs. Shelley wiederholt diese irrige Behauptung. Medwin (Life I, p. 53) bemerkt, daß „Königin Mab" schon im Jahre 1809 in einer mehr phantastischen Form begonnen und nach der Oxforder Affaire fortgesetzt worden sei. Da Shelley in dem erwähnten Briefe an Hoockham, in dem er zum ersten Male von dem Gedichte spricht, ausdrücklich bemerkt, daß er es nach seiner Rückkehr aus Irland begonnen habe und von keiner früheren Fassung spricht, ist Med=win's Bericht wohl kaum glaubwürdig.

[2] Hogg II, p. 182.

durch ihren Mund spricht und lehrt der Dichter. Der
Contrast zwischen der phantastischen, märchenhaften Er=
findung und dem hochernsten Gedankengehalt des Gedichtes
ist sehr seltsam und für Shelley bezeichnend. Königin
Mab ist ein echt Shelley'sches Gebilde, wie sich die Atmo=
sphäre seiner Phantasie überhaupt schon überall in dem
Gedichte verräth. Während die romantischen Erzählungen
„Zastrozzi" und „St. Irvyne" nur die Fehler seiner großen
dichterischen Vorzüge offenbarten, so offenbart sich hier
schon etwas von den Vorzügen selbst. Es ist hier schon
etwas von jener Musik der Verse, von jenem schillernden
Glanze der Bilder, wie sie Shelley eigen waren. Alle Be=
wunderung verdient die erste Strophe des Gedichtes, und
sie wäre selbst des reifen Shelley würdig gewesen.

> „Welch Wunder ist der Tod,
> Tod und sein Bruder Schlaf!
> Der Eine bleich, dem Monde gleich,
> Mit Lippen fahlen Blaus,
> Der Andre rosig wie der Tag,
> Der purpurn aus dem Meer
> Heraufglüht in die Welt,
> Und beide, ach, so schnell verrauscht."[1].

---

[1] Diese schöne Strophe mit ihrem melodischen Tonfall ist übri=
gens der Eingangsstrophe von Southey's „Thalaba" nachgebildet:

> „Wie herrlich ist die Nacht,
> Thauige Frische füllt die Luft;
> Kein Nebel trübt, kein Wölkchen unterbricht
> Des Himmels Heiterkeit.
> In seiner Pracht durchrollt der volle Mond
> Die blaue Tiefe dort,
> In seinem Strahle ruht

Die Philosophie des Gedichtes ist noch etwas ganz Un=
geklärtes und Vages. Es gilt, das Böse mit dem Welt=
principe in Verbindung zu bringen, doch ist Shelley über
das letztere selbst noch zu keiner einheitlichen Vorstellung
gelangt. Er bezeichnet den „Geist der Natur", welcher
nach seiner Anschauung alle Dinge beseelend durchströmt,
einmal als Geist der Liebe und Schönheit, während er
ihm zugleich, die jedes Glied des ideellen und materiellen
Weltalls bestimmende „Nothwendigkeit" ist, die sich gegen
die moralischen Gegensätze indifferent verhält. So lesen
wir im dritten Abschnitte:

> „In der stillen, beredten Sprache
> Der wirkenden Natur bezeugt die Welt,
> Daß Alles rings der Lieb' und Freude Werk
> Erfüllet, nur nicht der verworfene Mensch."

Aber auch jedes Menschenherz durchströmt „der reine
Ausfluß" des Wesens des Naturgeistes.

> „Für ihn auch reift heran
> Die Zeit des ewgen Friedens,
> Die bald und sicher kommt;
> Die grenzenlose Welt, die du durchdringst,
> Wird sonder Fehl dann glänzen
> In ungetrübt vollkomm'ner Harmonie."

Dagegen heißt es im sechsten Abschnitte:

> Nicht ein Gedanke, Wunsch, nicht eine That,
> Kein Plan der finsteren Seele des Tyrannen

> Der Wüste brauner Kreis,
> Vom Himmel, wie der Ocean, umgürtet,
> Wie herrlich ist die Nacht!"

(Freiligrath.)

Kein Angstgefühl des Sklaven, welche sich
Der Knechtschaft rühmen, ihre Scham zu bergen ....
Gehn unbemerkt und ungesehen
Vor dir vorüber, Weltgeist! ew'ger Quell
Des Lebens und des Todes, Glücks und Wehs" u. s. w.

und später:

> Du nährst nicht Haß noch Liebe....
> Und alles, was die weite Welt umfaßt,
> Ist nur dein willenloses Werkzeug" u. s. w.

Zu dieser Unsicherheit in der Fixirung der Weltseele
kommt ein gewisses Schwanken zwischen Pantheismus
und Atheismus. So lesen wir in einer Anmerkung:
„Religion ist die Anschauung des Verhältnisses, in wel=
chem wir zum Grundprincip des Alls stehen. Aber wenn
das Grundprincip des Alls kein organisches Wesen, nicht
das Vorbild und Prototyp des Menschen ist, so ist ein
Verhältniß zwischen ihm und dem Menschen absolut nicht
vorhanden." Wer aber ein Verhältniß zwischen der Gott=
heit und dem Menschen leugnet, der ist nicht Pantheist,
sondern Atheist. Wir begreifen, daß Shelley in Anbetracht
dieses Chaos von Vagheiten und Widersprüchen „Königin
Mab" in späteren Jahren „a villanous tash" nannte.

In anderer Beziehung ist es dies freilich nicht. Das
Werthvolle in dem Gedichte liegt in der Entrüstung über
die Ungerechtigkeit der Welt, in dem Muthe, mit dem
Shelley für seine Ueberzeugungen eintritt, in dem Ver=
trauen zu dem endlichen Sieg des Rechtes über das Un=
recht. Nach Shelley's Anschauung war der Urzustand
des Menschen der der moralischen Unbeflecktheit und der

physischen Gesundheit. Diese verlor der Mensch aber
durch eine Abirrung vom Wege der Natur, durch das
Annehmen von unnatürlichen Gewohnheiten (Custom);
die physische Corruption hatte die moralische zur Folge,
das Laster aber brachte wieder Priester und alle Tyrannen
hervor, die ihrerseits die Corruption vollendeten, die mit
dem Abfall von der Natur begann. Mit leidenschaftlicher
Heftigkeit wendet sich Shelley gegen die Verderber und
Peiniger der Menschheit in Ausfällen, welche allerdings
wenig poetischen Werth haben, aber von der Macht und
Gluth seiner Empfindungen zeugen. Nicht Natur hat alles
Unheil über den Menschen verhängt,

„O nein!
Staatsmänner, Könige, Priester schäd'gen
Der Menschheit Blüthe schon in zarter Knospe . . .
O, laßt vom Pfaffentrug bethörte Sklaven
Nicht mehr verkünd'gen, daß des Menschen Erbtheil
Elend und Laster sei, wenn schon Gewalt
Und Lüge an des Säuglings Wiege stehen,
Und alles angeborne Gute noch
Ersticken. Wie so öd' und finster dehnt
Sich vor der Seele, wenn ein Fremdling sie
Zuerst aus ihrer neuen Wohnung umblickt
Nach Glück und Mitgefühl — die weite Welt . . . .
Der reine Hauch,
Der Himmelslüfte und Insektenschwärme
Erneut, umfächelt nicht ihr Jammerbild,
Vielleicht vergiftet durch den Wahn schon
Mit dem Gesetz und Sitte ihren Vater
Belasteten. Des Tages hehrer Glanz
Erhellt ihr Sehnen nicht, sie ist gefesselt
Bevor sie lebt, ja all die Ketten sind
Geschmiedet lang bevor sie ward, und Freiheit

Und Lieb' und Frieden sind der unbewehrten
Entrissen, die von Kindheit an verflucht
Und von der Wiege an verurtheilt ist
Zu Sklaverei und Elend."

Gegen Krieg und Soldateska eifert er, der von unblutigen
Revolutionen träumte:

„Krieg ist des Staatsmanns Spiel,
Des Priesters Lust, des Richters Scherz, das Handwerk
Des feilen Meuchlers, das für die gekrönten
Mordbuben, deren Throne durch Verrath
Und Blut und Frevel jeder Art erkauft,
Ihr täglich Brod, die Stütze ihrer Macht,
Um ihren Palast stehen, blutroth gekleidet,
Die Wachen nehmen Theil an den Verbrechen,
Die roher Zwang vertheidigt und beschützen
Vor eines Volkes grimmer Wuth den Thron,
Den alle Flüche treffen, die der Hunger,
Die Noth, der Wahnsinn und das Elend schaffen."

Der Handel, der von der „Zwillingsschwester der Religion,
Selbstsucht" abstammt, kommt nicht besser weg:

„Der Handel stammt aus diesem Quell, der Schacher
Mit Allem, was Natur und Kunst uns beut,
Was Reichthum nicht — erkaufen, sondern Noth
Begehren und die angeborne Güte
Frei spenden sollte und dem reichen Quell
Der unermess'nen Liebe, welcher, ach,
Für immer nun befleckt, vertrocknet ist!"

Kein Gebiet entgeht dem Dichter, nichts besteht vor seinem
kritischen Blick. In der Anmerkung zu den Versen:

„Und dennoch rühmt der Staatsmann
Des Völkerreichthums sich . . . ."

spricht er sehr weise und sehr beredt über die irrationelle
Vertheilung von Arbeit und Besitz. Man sieht, daß er
durch die socialistischen Schriften seines hochverehrten
Mentors William Godwin beeinflußt worden ist. Auch in
der Verurtheilung der Ehe war Godwin sein Vorläufer.
Shelley betrachtete die Ehe als eine dem menschlichen
Glücke, der menschlichen Freiheit feindliche und als eine
demoralisirende Institution, da ihm das Laster als nothwendige Folge der Gebundenheit des Individuums galt.
Wir heben einige Stellen aus der langen Anmerkung, die
er der Bekämpfung der Ehe widmet, hervor: „Die Liebe
welkt unter dem Zwang; ihr eigenthümliches Wesen ist
die Freiheit; sie verträgt sich weder mit Gehorsam, noch
mit Eifersucht oder Furcht; sie ist dort am reinsten, vollkommensten und schrankenlosesten, wo ihre Jünger in
Vertrauen, Gleichheit und offenherziger Hingebung leben.
Wie lange soll denn die geschlechtliche Gemeinschaft währen?
Welches Gesetz hätte den Umfang der Leiden zu bestimmen, die ihre Dauer begrenzen sollten? Ein Ehemann
und eine Ehefrau sollten so lange mit einander vereint
bleiben, als sie einander lieben; jedes Gesetz, das sie zum
Zusammenleben auch nur einen Augenblick nach dem Erlöschen ihrer Neigung verpflichtete, wäre eine unerträgliche
Thrannei und höchst unwürdig zu ertragen. Als eine
rein gehässige Bevormundung des Rechts individueller Ur-
theilsfreiheit würde man nicht dasjenige Gesetz betrachten,
welches die Bande der Freundschaft unauflöslich machte,
trotz der Launen, der Unbeständigkeit, der Fehlbarkeit
und Vervollkommnungsfähigkeit des menschlichen Geistes?
Und um so viel mehr würden die Fesseln der Liebe

schwerer und unerträglicher als diejenigen der Freund=
schaft sein, als die Liebe heftiger und launenhafter, ab=
hängiger von jenen zarten Besonderheiten der Einbildungs=
kraft und unfähiger ist, sich mit den augenfälligen Vor=
zügen ihres Gegenstandes zu begnügen .... Wenn Glück=
seligkeit das Ziel der Sittlichkeit, wie aller menschlichen
Verbindungen und Trennungen ist, wenn der Werth
jeder Handlung nach dem Grade angenehmer Empfindung
geschätzt werden soll, die sie voraussichtlich hervorrufen
wird, dann ist die Verbindung der Geschlechter so lange
geheiligt, als sie zur Annehmlichkeit der Betheiligten bei=
trägt, und sie ist naturgemäß aufgelöst, sobald ihre Uebel
größer als ihre Wohlthaten sind. Es liegt nichts Un=
sittliches in solcher Trennung. Die Treue hat an sich
nichts Tugendhaftes, das unabhängig von dem Vergnügen
wäre, welches sie erzeugt, und sie nimmt Theil an dem
sich in die Umstände schickenden Geiste des Lasters, je
nachdem sie große moralische Fehler an dem Gegenstande
ihrer Wahl gefügig erträgt. Die Liebe ist frei; das Ver=
sprechen abzugeben, ewig dasselbe Weib lieben zu wollen,
ist nicht minder thöricht, als zu geloben, ewig demselben
Glauben anhängen zu wollen; solch ein Gelübde schließt in
beiden Fällen jede Untersuchung aus ... Das gegenwärtige
Zwangssystem hat in den meisten Fällen nur die Wirkung,
Heuchler oder offene Feinde zu schaffen. Leute von Zart=
gefühl und Tugend, die unglücklicherweise mit Jemandem
verbunden, den sie unmöglich lieben können, verbringen
die schönste Zeit ihres Lebens mit unfruchtbaren Be=
mühungen, anders zu erscheinen, als sie sind, um die
Gefühle ihrer Lebensgefährten oder die Wohlfahrt ihrer

Kinder zu schonen; die minder Großmüthigen und Fein=
fühlenden gestehen offen ihre Enttäuschung und verleben
den Rest jener Verbindung, die nur der Tod lösen kann,
in einem Zustand unheilbarer Zänkerei und Feindschaft.
Die Ueberzeugung, daß die Ehe unauflöslich ist, führt
die Schlechten auf's Härteste in Versuchung; sie geben
sich rückhaltlos der Bitterkeit und allen kleinen Thranneien
des häuslichen Lebens hin, da sie wissen, daß ihr Opfer
an Niemand appelliren kann.... Ich glaube mit Be=
stimmtheit, daß aus der Abschaffung der Ehe das richtige
und naturgemäße Verhältniß des geschlechtlichen Verkehrs
hervorgehen würde. Ich sage keineswegs, daß dieser
Verkehr ein häufig wechselnder sein würde; es scheint sich
im Gegentheil aus dem Verhältniß der Eltern zum Kinde
zu ergeben, daß eine solche Verbindung in der Regel von
langer Dauer sein und sich von allen andern durch Groß=
muth und Hingebung auszeichnen würde."

Als der mächtigste Urheber von Sklaverei und Elend,
als der verderblichste Trug gilt ihm die Religion. Mit
erstaunlicher Kühnheit apostrophirt er sie:

> „Furchtbarer Teufel du,
> Der rings die Erde mit Dämonen füllt,
> Den Höllenschlund mit Menschen und mit Sklaven
> Das Himmelreich!" —

ein Ausfall, der eine geistige Emancipation beweist, wie
sie in diesem Grade nur wenig andere Dichter erreicht
haben. Diese seine vollständige Befreiung von der Reli=
gion ist um so merkwürdiger, wenn wir seine Nation,
seine Zeit, seine Umgebung in Anschlag bringen. Zu

dem längeren Paſſus, in dem Shelley die Religion in allen
Geſtalten bekämpft, kommt eine beſondere Philippika gegen
das Chriſtenthum, die dem Ahasver in den Mund gelegt
wird, deſſen Schatten auf das Geheiß der Fee erſcheint.
Auf das Chriſtusbild, das Shelley hier aufſtellt, können
wir jedoch nicht eingehen. Er bezeichnet Chriſtus nämlich
als Heuchler, und in der Anmerkung argwöhnt er ſogar,
„daß Chriſtus ein ehrgeiziger Menſch war, der nach dem
Throne von Judäa ſtrebte". Doch das iſt falſch, und
bald kam Shelley ſelbſt von dieſer Anſchauung zurück,
die nur eine Folge ſeines Abſcheus vor dem Chriſtenthum
und vor deſſen heuchleriſchen Anhängern war, indem er
den Stifter der Lehre mit den Anhängern der Lehre ver=
wechſelte.

Leſen wir all' dieſe Ausfälle gegen Unterdrückung
und Unterdrücker, ſo bekommen wir die Vorſtellung, daß
Shelley dieſelben lediglich als Hemmniſſe für die Ent=
wickelung der Menſchheit betrachtet habe. Das ſcheint jedoch
nicht ganz ſeine Meinung geweſen zu ſein. Denn in einer
Anmerkung zu „Königin Mab" ſagt er: „Vielleicht war
es nothwendig, daß eine Periode der Bevor=
rechtung und Unterdrückung herrſchte, bevor eine
Periode gebildeter Gleichheit exiſtiren konnte. Wilde wären
vielleicht nie zur Entdeckung der Wahrheit und zur Kunſt=
erfindung angeregt worden, außer durch die beſchränkten
Anläſſe einer ſolchen Zeit. Aber nachdem der Zuſtand
der unciviliſirten Wildheit aufgehört hat und die Menſchen
die glorreiche Laufbahn der Erfindung und Entdeckung
betreten haben, können ſicherlich Vorrechte und Unter=
drückung nicht mehr nothwendig ſein, um ſie vor dem

Rückfall in einen Zustand der Barbarei zu bewahren." Stand Shelley hinsichtlich seines leidenschaftlichen Appells an die Natur auch ganz unter dem Banne Rousseau's, so wich er doch darin wesentlich von ihm ab, daß er weit davon entfernt war, in Kunst und Wissenschaft Feinde der Sittlichkeit zu sehen und daß er eine Regeneration der Menschheit wohl an eine Vereinfachung der Lebensweise, an die Abschaffung des materiellen Luxus, aber keineswegs an den Verzicht auf jene idealen Güter knüpfte.

Die Fee belehrt die Seele des unschuldigen Mädchens nicht nur über Vergangenheit und Gegenwart, sondern auch über die Zukunft. In den beiden letzten Abschnitten des Gedichtes hat Shelley seinem Vertrauen in die Transitorität von Tyrannei und Corruption in die Berufung der Menschheit, Reinheit und Freiheit und mit dieser das Glück ihres Urzustandes wiederzuerlangen, das erste Mal Ausdruck verliehen, das erste Mal einen Gesang der Hoffnung angestimmt.

Die Regeneration der Menschheit besteht ihm hier in der Rückkehr zum Naturzustande, und als die Kraft, die diesen Wandel hauptsächlich bewirken soll, wird in der letzten Anmerkung die Vereinfachung der Lebensweise, der Vegetarianismus bezeichnet. Dies Betonen eines physischen Momentes, wo es sich um die Wiedergeburt der Menschheit handelt, zeigt, daß es dem Gedichte an wahrhaftem Idealismus fehlt. Es steht in dieser Beziehung weniger hoch als die irischen Pamphlets. Mit der menschlichen Vervollkommnung dachte sich Shelley eine solche in der Natur Hand in Hand gehend. Seine Phantasie war mächtig

von dem Gedanken ergriffen, daß ein mystischer Rapport
zwischen Menschheit und Natur bestände, demzufolge mit
der Corruption der ersteren auch ein nachtheiliger Wechsel
in der letzteren eintrat, während umgekehrt mit der Regene=
ration des Menschen die Natur ihre alte ursprüngliche
Herrlichkeit zurückerlangen werde. Er sagt in einer An=
merkung: „Es ist auf Grund vieler Beobachtungen höchst
wahrscheinlich, daß die schiefe Stellung (der Erdachse) all=
mählich abnehmen wird, bis der Aequator mit der Sonnen=
bahn übereinstimmt; die Nächte und Tage werden dann
das ganze Jahr hindurch gleich werden und vermuthlich
auch die Jahreszeiten. Es liegt keine große Ungereimtheit
in der Annahme, daß der Fortschritt der Perpendicularität
der Pole ebenso schnell wie der Fortschritt der Geistes=
bildung sein wird, oder daß eine völlige Uebereinstimmung
zwischen der moralischen oder physischen Vervollkommnung
des Menschengeschlechtes stattfinden werde." Wenn wir
nun die Schilderung dieser glücklichen Zukunft in dem
Gedichte lesen, berührt es uns überaus eigenthümlich,
uralte kindliche Dichterträume bei einem so vollkommen
modernen Dichter, wie Shelley es war, wiederzufinden.
An den Polen schmilzt das Eis und blühen Blumen —
das Kind verzehrt sein Frühmahl mit dem Basilisken —
Löwe und Lamm spielen im Sonnenschein — das sind
die Bilder, die er uns vorführt.[1]

---

[1] Shelley gestaltete die ersteren und die beiden letzten Ab=
schnitte dieser Dichtung später um, eine Umgestaltung, die indessen
kaum für eine Verbesserung wird gelten können, und gab den ersten
Theil mit „Alastor" und gleichsam als Fortsetzung desselben unter
dem Titel „The Demon of the World" heraus.

Wir hatten früher Anlaß zu bemerken, daß Shelley die Idee von der Perfectibilität der Menschheit mitunter verließ. In „Königin Mab" giebt er die Idee von der Freiheit des Willens auf, die er in den irischen Flugschriften doch so leidenschaftlich vertrat und führt hier den Beweis, daß dieselbe auf einem Irrthum beruhe. Man sieht, daß er in diesem Punkte damals noch schwankend war. Während er jedoch in reiferen Jahren an der Idee von der Willensfreiheit, sowie an der von der Perfectibilität des Menschen constant festhält, verließ er die von der ursprünglichen Güte der menschlichen Natur immer wieder. So heißt es im ersten Gesange von „Laon und Cythna", daß der erste Mensch Zeuge des Kampfes war zwischen dem guten und bösen Principe und daß das Böse den Sieg davon trug; in den „Moralischen Speculationen", auf die wir später noch zurückkommen werden, bemerkt er, daß die unmittelbaren Antriebe seiner Natur „besonders in ihrem rohesten Zustande den Menschen dazu treiben (Anderen) Schmerz zu schaffen und nach Macht zu streben", und ebenso spielt er in seinem letzten Werke, dem „Triumph des Lebens" auf die ursprüngliche Sündhaftigkeit und Verdorbenheit des Herzens an. Dies Schwanken erklärt sich aber aus dem Gegensatz zwischen seinem überidealen Herzen und seinem scharfen Verstande. Während das erstere ihn zu optimistischem Vertrauen verleitete, so waren die Einwendungen des letzteren doch zu gewichtig, um nicht auch gehört zu werden.

Die englischen Kritiker pflegen Shelley's kühne Opposition gegen das Bestehende, das Selbstvertrauen, mit dem er seine Anschauungen denjenigen der Welt gegenüber=

stellte, nicht sympathisch zu beurtheilen. Tadelt man aber
Shelley, muß man ebenso jeden andern Philosophen,
jeden andern Reformator tadeln, der an der Welt Kritik
geübt hat und sich die Kraft zutraute, sie umzugestalten.
Der freigesinnte Beurtheiler wird jedoch, wie wir schon
einmal sagten, an der negativen Seite der Shelley'schen
Anschauungen mehr zu schätzen als zu tadeln haben und
über dem, was groß und herrlich daran war, gewisse Aus=
wüchse, einiges Ueberschüssige leicht vergessen können. Wer
die Kraft hatte, sich in der Mitte einer bigotten, eng=
herzigen Gesellschaft derart vom Dogmatismus zu eman=
cipiren, wie Shelley es gethan, der mußte in der That eine
so ausbündige Freiheitsliebe besitzen, daß er nothwendig
in Extreme verfiel. Sind wir aber mit dem einen zu=
frieden, müssen wir auch das andere hinnehmen. Da=
gegen entdecken wir in der positiven Seite seiner Anschau=
ungen eine schwache Stelle, über die wir weniger leicht
hinwegkommen können: das ist sein Utiliarismus und Eudä=
monismus. Shelley, der fast in allen anderen Beziehungen
die Schranken des englischen Nationalgeistes gesprengt
hat, ist in dieser Hinsicht in demselben befangen geblieben.
Er sagt in einer Anmerkung zu „Königin Mab" aus=
drücklich: „Nützlichkeit ist Moral; das, was unfähig ist,
Glückseligkeit hervorzubringen, ist unnütz", und über die
Anschauungsweise, die in diesen Worten enthalten ist,
hat er sich niemals erhoben. Nicht sittliche Vollkommen=
heit, nicht die Freiheit, sondern Glückseligkeit, insofern sie
sich auf jene beiden gründet, gilt ihm als Endziel des
menschlichen Strebens, und Freiheit und Vollkommenheit
schätzt er hauptsächlich als Mittel, Glückseligkeit zu

erreichen. Diese ist ihm der Gipfel und die Krone aller
Ethik, aller Weisheit und Wissenschaft. Dieser utiliaristische
und eudämonistische Zug war verhängnißvoll für seine
Dichterphantasie, indem sie sich oft in Bildern erging, die,
so poetisch, so sonnig, so lieblich sie auch sein mögen,
doch den Eindruck übermäßiger Weichheit und Kindlichkeit
zurücklassen.

IX.

Zweiter Aufenthalt in London. — Trennung von Harriet.

Mit der Rückkehr nach London begann für Shelley
eine Reihe ruhiger, verhältnißmäßig glücklicher Tage, wäh=
rend welcher er den verschiedensten Studien oblag, seine
Menschenkenntniß erweiterte, mancherlei wichtige Eindrücke
sammelte, doch kein hervorragendes Werk, weder in Prosa
noch in Poesie schuf. Das Paar wohnte zuerst im Hotel,
bezog aber bald eine Privatwohnung in Half=Moon=Street,
wo sich die unvermeidliche Eliza wieder zu ihnen gesellte.
Hier wurde Shelley vor Allem wieder ein eifriger Leser
und umgab sich mit möglichst vielen Büchern.[1] Sein Wohn=
zimmer war mit diesen und zwar nicht in bester Ordnung
angefüllt, sie lagen beim Kamin, auf Stühlen, auf und
unter den Tischen. Unter Anderm hatte er auch eine Ge=
sammtausgabe der Werke Kant's angeschafft, die, wie wir
Hogg glauben können, damals wenig von ihm benützt
wurde[2]; wir dürfen hinzufügen, daß er Kant überhaupt

---

[1] S. die Schilderung dieser Periode bei Hogg II, p. 310 ff.

[2] Wie wenig Hogg selbst Kant gelesen hatte, beweist folgende
unvergleichliche Aeußerung: „Ich fand in (Kant's) mystischem
Dogmatismus (sic!) in keiner Weise etwas Anziehendes, sondern
im Gegentheil Vieles, was mich abstieß."

niemals gründlich kennen und in seiner vollen Bedeutung schätzen lernte. Das Zimmer hatte ein vorspringendes Fenster, an dem Shelley die längste Zeit des Tages saß, las und sich in der Sonne wärmte. Er lernte zu dieser Zeit mit Hogg und einigen andern jungen Leuten Italienisch und las Tasso und Petrarca.[1]

Der Verkehr zwischen ihm und Hogg war der alte, intime. Hogg verbrachte viele Stunden des Tages im Hause des Freundes und giebt uns ein drastisches Bild von den Allüren dieses Hauses. Harriet war durchaus nicht das Muster einer Hausfrau und antwortete auf die Frage nach dem Speisezettel stets mit den Worten: „Whatever you please." Die Mittagsessen bestanden stets aus denselben Gerichten und diese waren immer ungenießbar. Als Hogg einmal eine bescheidene Anspielung auf einen Pudding wagte, antwortete Shelley dogmatisch: „Ein Pudding ist ein Vorurtheil." Gewöhnlich fand die hungrige Gesellschaft in Pfennigkuchen ihre Rettung, die Shelley selbst herbeizuschaffen pflegte. Er für seine Person war jedoch vollkommen zufrieden, wenn seine Taschen genügend mit Brod gefüllt waren. Wurde er auf der Straße hungrig, ging er in den nächsten Bäckerladen und versah sich mit dem Nöthigen.[2] Obwohl in hohem Maße bedürfnißlos, war er doch nicht immer haushälterisch. So ließ er sich zu jener Zeit, ungeachtet der pecuniären Klemme, in der er sich wie gewöhnlich befand, durch Harriet verleiten, einen Wagen zu miethen, um einen Ausflug nach Edinburg zu machen. Die Folge war, daß er, unfähig, den

---

[1] Hogg II, p. 377.   [2] Hogg II, p. 319.

Fahrpreis zu zahlen, mit knapper Noth dem Schuld=
gefängniß entging, während Hogg durch ein komisches
Mißverständniß verhaftet wurde.

Ausnahmsweise lebte Shelley damals in einem größeren
und ziemlich buntgemischten Menschenkreise, obwohl er
Gesellschaften wie immer möglichst vermied, und wurde
der Abgott und Prophet einer Coterie gebildeter junger
Damen. Hogg bemerkt: „Bysshe war immer ein beson=
derer Liebling des schönen Geschlechtes; er wurde wie der
Augapfel der Schönheit bewundert, oft durch Schmeichel=
namen, wie Ariel, Oberon, ausgezeichnet, und die Damen
seiner Bekanntschaft gaben ihm unter sich Namen, wie der
Elfen=König, der König der Feen und andere Liebestitel.
Seine Gesellschaft wurde für sein eigentliches Element ge=
halten, ihn in solche zu bringen und darin festzuhalten war
die ängstliche Sorge einiger liebenswürdiger und bezau=
bernder Geschöpfe in der gegenwärtigen Periode seines Le=
bens." Ein anderes Mal sagt Hogg[1]: „Das Gespräch des
göttlichen Dichters wurde besonders von den Frauen anzie=
hend und bezaubernd gefunden, namentlich von den jungen
und gescheidten. Mit solchen jungen Verehrerinnen unter=
hielt er sich bis tief in die Nacht hinein oder bis früh zum
andern Morgen. Er war gewöhnlich dann am meisten
mittheilsam, offen, beredt und enthusiastisch, wenn seine
Umgebung dem Einfluß des Schlafes zu erliegen drohte."[2]
Obwohl er gewöhnlich ernst war, konnte er sich unter
Freunden und Freundinnen doch auch einer übersprudelnden
Lustigkeit hingeben. Hogg spricht wiederholt von seinem

---

[1] II, p. 324.   [2] II, p. 342.

„wilden", seinem „dämonischen Lachen" und sagt[1]: „Zu=
weilen konnte er lustig sein, trotz seiner starken Aversion
gegen Gelächter und Lächerliches, welcher er in der Regel
und zwar mit Heftigkeit Ausdruck gab. Er konnte auf
einen lustigen Einfall eingehen, er konnte tolle Streiche
spielen, sie erzählen oder selbst darstellen und zwar mit
Lebhaftigkeit, mit Schärfe und einem starken Zusatz
eigenen muthwilligen Spottes. Seine Späße waren
immer eigenthümlich und charakteristisch."[2] Da Shelley
mit den Menschen ohne Rücksicht auf Stand oder Stellung
verkehrte, so gab es unter seinen Londoner Bekannt=
schaften schroffe Gegensätze und befanden sich Elemente
darunter, die seiner allerdings nicht würdig sein mochten.
Wir dürfen annehmen, daß er viel bei Godwin's aus= und
einging, obwohl dieses Haus vor dem Frühling 1814 noch
nicht die Anziehung für ihn hatte, die es dann für ihn
bekommen sollte. Die Freundschaft, die Fanny Imlay
so schnell für ihn gefaßt, hatte sich schon damals, ohne
daß er es geahnt hätte, in eine gefährliche Leidenschaft
verwandelt, welche die Unglückliche einst in den Tod
treiben sollte. Der Gegenstand seiner Verehrung war eine
Mrs. Boinville, eine ältere Dame, die er noch in späteren
Jahren als „das wunderbarste Bild von einem mensch=

---

[1] Medwin spricht ebenfalls wiederholt von seinem lautschallen=
den Gelächter und gebraucht sogar einmal den Ausdruck „hysterical
cachinnation" (II, p. 25). Auch erwähnt er einige Male, daß
Shelley Thränen gelacht habe.

[2] II, p. 304. Vgl. II, p. 342. Medwin nennt Shelley's
Witz einmal „klassisch" und fügt hinzu, daß derselbe eher ein
„Lächeln" als ein „Lachen" bewirkte. Life II, p. 47. S. Mrs.
Shelley's Notiz zu den Gedichten von 1818.

lichen Wesen, das er je gekannt", bezeichnete, während er
für eine Tochter derselben, eine Mrs. Taylor, eine heftige,
doch vorübergehende Leidenschaft faßte, die jedoch un=
erwiedert blieb. Eine zweite Tochter von Mrs. Boinville
war an einen Mr. Newton verheirathet, den Verfasser
einer Schrift über den Nutzen des Vegetarianismus, deren
Einfluß auf Shelley in der letzten Anmerkung von „Königin
Mab" bemerkbar ist.[1] Damals befreundete sich Shelley
auch mit dem bekannten Romandichter Thomas Love Pea=
cock, den er schon früher kennen gelernt hatte.

. Von Half=Moon=Street wurde, um Mrs. Boinville
näher zu sein, nach einem Hause im Pimlico übersiedelt,
wo Ende Juni Shelley's erstes Kind, Janthe Eliza, ge=
boren wurde. Harriet hatte keine Liebe für ihr Kind und
hielt ihm eine Amme, was Shelley lebhaft mißbilligte.
Er selbst liebte das Kind mit Zärtlichkeit. So erzählt
Peacock, daß er es oft lange im Zimmer umhertrug und
ein Lied eigener Composition sang, dessen Text in der
Wiederholung des eigenmächtig gebildeten Wortes „Yäh=
mani" bestand. Der Mangel an mütterlicher Liebe, den
Harriet bekundete, sollte verhängnißvoll für sie werden,
er mußte ihren Gatten kränken und verletzen. Sie hatte
so wenig Herz für ihr Kind, daß sie einer Operation,
die an demselben vollzogen wurde, ohne die geringste Ge=
müthsbewegung beiwohnte.[2] Auch veränderte sie sich,
nachdem sie Mutter geworden war, in unvortheilhafter

---

[1] Diese Anmerkung ist als selbständige Schrift erschienen unter
dem Titel „A Vindication of Natural Diet" (London 1813).
[2] Hogg II, p. 509.

Weise. Es litt sie nicht mehr in ihrem Hause, ihre frühere Freude am Lernen war spurlos verschwunden und an Stelle derselben eine ungeheure Vorliebe für Spaziergänge getreten. Zunächst blieben Shelley und Harriet jedoch noch im guten Einvernehmen. Im Juli übersiedelten sie nach Bracknell in Berkshire, dem Aufenthalte von Mrs. Boinville, wo ein kleines Haus gemiethet wurde und Shelley sich mit Mr. Newton, der dort sein Nachbar war, über die Wichtigkeit des Vegetarianismus für die Versittlichung der Menschheit nach Herzenslust unterhalten konnte.

In diese Epoche fällt die Entstehung des Dialogs „A Refutation of Deism"[1], deren Inhalt theilweise den Anmerkungen zu „Queen Mab" entnommen ist. Es wird in dieser Schrift dargethan, daß wir keine andere Wahl haben, als die zwischen dem blinden Glauben und dem Atheismus, da der Deismus oder der reflectirte Glaube, welcher die Existenz Gottes beweisen zu können glaubt, in der That nichts Anderes beweise als seine Unhaltbarkeit. Unter den Prosaschriften, die Shelley bis dann verfaßt hatte, rangirt dieser Dialog unmittelbar nach dem Briefe an Lord Ellenborough, der hervorragendsten unter allen. Es ist wohl denkbar, daß Shelley während seines Aufenthaltes in London, der vom Mai 1813 bis August 1814 währte, manches Andere, wenn auch kein Meisterwerk geschrieben habe. Er pflegte damals ziemlich leichtsinnig mit seinen Manuscripten umzugehen, verlor und verstreute viele auf seinen Wanderzügen oder ließ sie an den Orten zurück, von denen er schied, wie er es z. B.

---

[1] Forman V, p. 35 ff.

in Dublin gethan. Er erwähnt in den Briefen an Hogg,
Godwin, Miß Hitchener, Stockdale und Hoockham No=
vellen, Sammlungen von Gedichten, philosophische Essays
und anderes, die spurlos verloren gegangen sind, und es
ist kaum zu viel gesagt, wenn wir behaupten, daß die
literarischen Arbeiten, die uns aus dem Zeitraum von
1809 bis 1814 erhalten sind, nur einen kleinen Bruchtheil
von dem bilden, was er producirt hat. Ebenso schlimm
ging es mit seinen Briefen. „Er verlor sie entweder selbst
oder veranlaßte andere, sie zu verlieren", bemerkt Hogg.
Dasselbe Schicksal hatten endlich auch seine Bücher.[1] Er
sammelte an jedem Orte eine große Menge, brach er seine
Zelte wieder ab, was gewöhnlich in großer Eile geschah,
so blieben die Bücher zurück, und ohne Zweifel hätten
all die Werke, die er auf diese Weise verlor und verstreute,
wenn gesammelt, eine stattliche Bibliothek ausgemacht.

Im Sommer 1813 machte er während der Abwesen=
heit seines Vaters insgeheim einen Besuch in Field Place,
der sein letzter dort sein sollte. Mr. Kennedy, ein Freund
der Familie Shelley, hat uns eine schätzenswerthe Erin=
nerung an diesen Besuch erhalten.[2] Shelley legte den
längsten Theil des Weges nach Field Place zu Fuße
zurück, nur das letzte Stück fuhr er mit einem Pächter,
der ihm, als Field Place ansichtig wurde, vertrauensvoll
mittheilte, daß „Master Shelley" nicht gerne in die Kirche
gehe. Kennedy sagt: „Er empfing mich mit Offenheit und
Freundlichkeit, als hätte er mich von Kindheit an gekannt
und gewann sofort mein Herz.

---

[1] S. Hogg II, p. 154 fl.   [2] S. Memorials p. 61 ff.

Eins zeigte sich sogleich bei ihm, daß er von andern Männern verschieden war. Es war ein Ernst in seinem Auftreten und solch' vollendete Liebenswürdigkeit, frei von aller Affektation, daß er Alles entzückte. Ich lernte nie Jemanden kennen, der es mir augenblicklich so angethan hätte. Seine Großmuth und vollkommene Selbstlosigkeit versetzte ihn in die Nothwendigkeit, sich jeden persönlichen Comfort zu versagen. Folglich war er bemüßigt, in seiner Toilette sehr ökonomisch zu sein. Er frug uns eines Tages, wie uns sein Rock gefiele, der einzige, den er mitgebracht hatte. Wir sagten, er wäre sehr hübsch, er sehe wie neu aus. „„Wohlan, erwiederte er, das ist ein alter schwarzer Rock, den ich wenden, mit metallenen Knöpfen und einem Sammetkragen besetzen ließ."" Und später: „An Musik erfreute er sich als an einem Mittel der Geselligkeit; Weisen, welche in seiner Knabenzeit seine Lieblinge waren, bezauberten ihn. Da war eine, die er manchmal mit einer Hand auf dem Klaviere spielte und die ihn erfüllte, es war eine höchst einfache Weise, welche, ich glaube, seine erste Liebe ihm vorzuspielen pflegte." Nach Miß Hellen liebte es Shelley in jüngeren Jahren, seinen Schwestern vorzusingen; er konnte Passagen und Verzierungen in der Musik nicht leiden, liebte aber einfache Melodien. Ohne selbst ein Instrument zu spielen und ohne eigentlich Musikkenner zu sein, war er doch Zeitlebens ein Freund der Musik, und besonders der einfachen.

Wir nähern uns einem der wichtigsten Wendepunkte in Shelley's Leben.

Shelley hatte zwar niemals eine Leidenschaft für Harriet empfunden, wohl aber war er ihr herzlich zugethan.

So schrieb er in einem Briefe vom 7. Februar 1813:
„Wenn ich zu Harriet nach Hause komme, bin ich der
Glücklichste der Glücklichen." Harriet war nicht nur schön,
liebenswürdig, heiter, sie war auch intelligent, wißbegierig
und für höhere Ideen keineswegs unempfänglich. Shelley
bezeichnete sie in einem Briefe an Godwin aus Irland „als
die Partnerin seiner Gefühle und Gedanken", obgleich ihr,
wie wir sahen, besonders die heitere Seite der Propaganda
ihres Gatten gefiel. Was Shelley besonders an sie fesselte,
waren, wie er Fanny Imlay aus Tanyrallt in dem schon
erwähnten Briefe schrieb: „Die Schlichtheit und Einfach=
heit ihres Wesens, die anspruchslose Offenheit ihres Ent=
gegenkommens, der unberechnete Zusammenhang ihrer Ge=
danken und Worte." Allein Harriet war bei all ihren Vor=
zügen doch mit dem Fluche der Gewöhnlichkeit behaftet, und
das mußte früher oder später das Verhängniß ihrer Ehe mit
Shelley werden. So lange dieser den Umgang mit Frauen
entbehrte, die sich auf seinem Niveau befanden, so lange
er nicht in die Lage kam, Vergleiche zu machen, die zu
Ungunsten Harriet's ausfielen, so lange wurde ihm jener
Mangel in ihrem Wesen nicht fühlbar. Das änderte sich,
als er Mrs. Boinville kennen lernte und sich mehr und
mehr in ihren freigeistigen Kreis hineingezogen fühlte. Und
gerade zu jener Zeit, als er diese Sympathie faßte,
zeigte sich ihm Harriet in ihrer ganzen inneren Armuth,
verletzte sie seine Gefühle, indem sie ihrem Kinde die
Mutterliebe versagte. Besondere verhängnißvolle Ereig=
nisse scheinen eingetreten zu sein, die den häuslichen Frie=
den störten und als sie Ende des Jahres 1813 von
Bracknell nach London zurückkehrten, war die Gleichgiltig=

Shelley's gegen Harriet schon so groß geworden, daß er ihre Studien nicht mehr überwachen wollte. Da sein Herz nicht mehr seinem Hause angehörte, wurde ihm Eliza's des= potisches Wesen, das zu beständigen Reibungen und Scenen Anlaß gab, vollends unerträglich, so daß er Mitte Februar 1814 allein nach Bracknell zurückkehrte und dort bis Mitte März im Hause Boinville verblieb. Ein Brief, den er am 16. März von hier an Hogg richtete, veranschaulicht uns seine unselige Gemühsstimmung: „Ich bin im letzten Monat bei Mrs. Boinville gewesen; ich habe mich in die Gesellschaft von allem dem, was Philosophie und Freund= schaft verbindet, von meiner schrecklichen Vereinsamung ge= flüchtet. Sie haben in meinem Herzen die erlöschende Flamme des Lebens frisch angefacht. Ich habe mich in ein Paradies versetzt gefühlt, welches nichts von Sterblichkeit hat als die Vergänglichkeit; mein Herz ist krank bei dem Gedanken an die Nothwendigkeit, welche mich bald von der wohlthuenden Ruhe dieses glücklichen Hauses trennen wird, das mein Haus geworden ist . . . . Eliza ist beständig mit uns, nicht hier! — aber sie wird mit uns sein, wenn die grenzenlose Bosheit des Geschickes mich zwingen wird, von hier zu scheiden. Ich bin jetzt nur wenig geneigt, diesen Punkt in Betracht zu ziehen. Ich hasse sie gewiß mit ganzem Herzen und mit ganzer Seele! Es ist ein Anblick, der ein unaussprechliches Gefühl von Abscheu und Schrecken in mir wachruft, wenn ich sie meine kleine Janthe, in der ich einmal den Trost der Sympathie finden soll, lieb= kosen sehe."[1]

---

[1] Hogg II, p. 514 fl.

In einigen Versen, die er während seines Aufenthaltes in Bracknell an Mrs. Boinville oder deren Tochter,
Mrs. Taylor, richtete, gab er seiner Zerrissenheit einen
ergreifenden Ausdruck[1], einen viel ungestümeren und ener-
gischeren jedoch in einem Liebe, das er im April schrieb
und in dem die Beziehung auf Mrs. Boinville und Mrs.
Taylor gleichfalls unverkennbar ist. Doch dachte Shelley
zunächst noch nicht an eine Trennung, denn auf seine Rückkehr
von Bracknell folgte ein Ereigniß, das jener Brief an Hogg
allerdings nicht errathen ließ; er trat am 24. März noch=
mals mit Harriet vor den Altar. Harriet war schwanger
und Shelley wollte durch die Bestätigung der schottischen
Trauung die Legitimität eines männlichen Erben sichern.

Harriet's Schicksal war jedoch entschieden, als
Shelley im Frühling dieses Jahres, zwischen dem 18. April
und 8. Juni, Godwin's Tochter Mary kennen lernte und
von der plötzlichsten und unwiderstehlichsten Leidenschaft
zu ihr ergriffen wurde. Peacock schildert uns die Macht
dieser neuen Liebe. „Nichts, was ich je in einer Geschichte
oder Erzählung gelesen, gab ein überraschenderes Bild
einer plötzlichen, heftigen, unwiderstehlichen und unbezähm=
baren Leidenschaft, als die, in welcher ich ihn fand, als
ich auf seinen Wunsch, ihn zu besuchen, vom Lande nach
London kam. Zwischen seinen alten Gefühlen für Harriet,
von der er noch nicht geschieden war, und seiner neuen
Leidenschaft zu Mary zeigte er in seinem Aussehen, seinen
Bewegungen, seiner Sprache, den Zustand eines Geistes
„suffering like a little kingdom the nature of an insur-

---

[1] Forman III, p. 363.

rection". Seine Augen waren blutunterlaufen, sein Haar und seine Kleidung in Unordnung, er trank aus einer Flasche Opium und sagte: „„Davon trenne ich mich nie.““ Es ist uns ein fragmentarisches Gedicht an Mary Godwin Wollstonecraft aus jener Zeit von ihm erhalten, in dem er seinen Gefühlen einen rührenden Ausdruck giebt. [1]

Mary, die Tochter Godwin's und Mary Wollstonecraft's, der berühmten Verfasserin des Werkes „A Vindication of the Rights of Woman", zählte damals sechszehn Jahre. Hogg, der sie am 8. oder 9. Juli dieses Jahres das erste Mal sah, schildert sie als „schön, schönhaarig, sehr blaß, von einem bestechenden Aussehen".[2] Und zwar war ihre Schönheit eine ganz eigenartige; doch soll die Zeit ihrer frühesten Jugend nicht die günstigste für ihre Erscheinung gewesen sein. Mochte sie zu dieser Zeit an Schönheit Harriet unterlegen sein, wie weit ließ sie diese durch die außerordentlichen Vorzüge ihres Herzens, durch ihren fast genial veranlagten Geist zurück. Sie hatte mit der Muttermilch freie, herrliche Anschauungen eingesogen, sie war voll Empfänglichkeit für große Ideen, ihre Phantasie war ebenso glänzend, wie ihr Gemüth tief, sie war gleichsam prädestinirt zur Lebensgefährtin Shelley's.

Zu der unheilvollen Zerrissenheit, in welcher sich Shelley in jenen Tagen befand, gesellten sich die qualvollsten körperlichen Krämpfe, vielleicht nur eine Folge der namenlosen, inneren Erregtheit. Unter dem Zwang dieser doppelten Qual faßte er den verzweifelten Entschluß,

---

[1] Forman, Poetical Works III, p. 364,   [2] II, p. 538.

Frau und Kind zu verlassen. Am 17. Juni schied er, ohne Harriet seine Absicht verrathen zu haben[1], aus dem Hause, das ihm zur Marterstätte geworden war.[2] Auch die Lage Harriet's war eine traurige und wir dürfen auch ihr unser Mitleid nicht versagen. Sie blieb einige Zeit in peinlichster Ungewißheit über Shelley's Aufenthalt und Absichten und besaß, als er sie verließ, nicht mehr Vermögen für sich und ihr Kind, als 14 Schillinge. Als sie vergebens auf Nachrichten von ihm wartete, blieb ihr kein anderer Ausweg, als sich mit ihrem Kinde unter den Schutz ihres Vaters zu stellen, der sich damals nach Bath zurückgezogen hatte. Anfangs Juli schrieb ihr Shelley, vermied selbst persönliche Zusammenkünfte nicht und unterstützte sie ausreichend.[3] Es liegt kein Beweis dafür vor, daß es Harriet einen schweren Kampf gekostet hätte, sich in das Unvermeidliche zu fügen, oder daß sie sich leidenschaftlich bemüht hätte, Shelley in seinem Entschlusse schwankend zu machen.

Shelley hatte seine Anschauungen über die Ehe in „Königin Mab" deutlich genug ausgesprochen, und es ist nicht zu fordern, daß er im praktischen Falle dieselben hätte verleugnen sollen. Wer nun jene Anschauungen verwerfen will, wird doch zugestehen müssen, daß

---

[1] Rossetti, Memoir p. LXXV.

[2] Einige Biographen behaupten zwar, die Trennung Shelley's von Harriet sei infolge einer Uebereinkunft der Gatten vor sich gegangen. Dem ist jedoch nicht so. Shelley verließ Harriet ohne vorausgegangene Verständigung, ohne daß Harriet ihre Zustimmung zu der Trennung gegeben hätte. S. Garnett, Relics p. 147.

[3] Middleton, Life of Shelley I, p. 63.

Shelley's Stellung an der Seite Harriet's zu einer ver=
zweiflungsvollen geworden war und zu einer doppelt und
dreifach verzweiflungsvollen; erwägt man, wie namenlos
leidenschaftlich sein Herz empfand, so daß eine Flucht in
der That die einzige Rettung war, die es für ihn gab.
Nur über Eins wird selbst der billigst denkende und
toleranteste Beurtheiler nicht ohne Kopfschütteln hinweg=
kommen können: daß Shelley im eigentlichen Sinne des
Wortes Harriet verlassen, daß er eine Verständigung mit
ihr gescheut habe. Doch läßt sich das letzte Urtheil über
die Sache noch nicht aussprechen. Lady Shelley sowohl
als auch R. Garnett geben die Versicherung, daß Doku=
mente existiren, welche das Verfahren des Dichters, ohne
daß ein Flecken auf Harriet falle, rechtfertigen. Und ge=
setzt, es sollte gleichwohl nicht gelingen, Shelley in den
Augen der Welt vollkommen zu rechtfertigen, so wird der
billig Gesinnte sich nicht für berechtigt halten, über einen
Mann strenge moralisch zu Gericht zu sitzen, dessen
Leben so reich war an Thaten edelster Menschenliebe,
dessen Persönlichkeit idealer und herrlicher war, als
die irgend eines seiner Zeitgenossen, weil er einmal
irrte, irrte unter der zwingenden Gewalt von Leiden, die
Worte schwer zu bezeichnen vermögen.

Bald nach ihrer Ankunft in Bath gebar Harriet
einen Knaben, Charles Bysshe, der im Jahre 1826
starb. Wie wenig Kummer die Trennung von ihrem
Gatten ihr bereitete, beweist der Umstand, daß sie bald
eine andere Verbindung einging, deren unglücklicher
Ausgang ihrem Herzen den Todesstoß gab. Sie beendete
am 10. November 1816 ihr junges Leben, indem sie sich

in die Serpentine stürzte. Nur die böswilligste Verblen=
dung wird Shelley die Schuld an ihrem Tode beimessen.
Die zeitliche Entfernung vom Juni 1814 bis November
1816 und die Ereignisse, die in diesen Zeitraum fallen, be=
weisen, daß kein Zusammenhang zwischen der Trennung
Shelley's von seiner Frau und dem Selbstmorde der
letzteren bestand.

X.

Verbindung mit Mary Godwin und erste Reise nach der Schweiz. — London. — Bishopsgate Heath.

Ob Shelley vor oder nach seiner Trennung von Harriet Mary Godwin seine Leidenschaft gestand, läßt sich nicht feststellen. Wie er sich ihr näherte und wie er um ihre Liebe warb, wollen wir von Lady Shelley hören.[1] „Sein Schmerz, seine Vereinsamung, seine Verschiedenheit von anderen Männern, seine genialen Anlagen, sein beredter Enthusiasmus machten einen tiefen Eindruck auf Godwin's Tochter Mary, damals ein Mädchen von sechszehn Jahren, die gewohnt war, von Shelley als von etwas Seltenem und Besonderem sprechen zu hören. Als sie eines Tages auf dem Friedhofe von St. Pancraz am Grabe ihrer Mutter waren, erzählte er ihr in glühenden Worten die Geschichte seiner schicksalsschweren Vergangenheit, wie er gelitten habe, wie er mißverstanden worden sei und wie er, wenn er ihre Liebe gewänne, hoffe, in Zukunft seinen Namen mit den Weisen und Guten verbinden zu können, die für ihre Mitmenschen gekämpft haben und bei allen Stürmen der Sache der Humanität treu geblieben

---

[1] Memorials p. 67 fl.

sind. Ohne zu zaudern, legte sie ihre Hand in die seine und verband ihr Schicksal mit dem seinen. — Die Theorien, in denen die Tochter der Verfasser von „Political Justice" und „Rights of Woman" erzogen worden war, erhoben sie über jeden Conflict zwischen Pflicht und Liebe. Sie war das Kind von Eltern, deren Schriften den Beweis führten, daß die Ehe eine jener Einrichtungen sei, die eine neue Aera in der Geschichte der Menschheit abstellen würde. Durch ihren Vater, den sie liebte, durch die Schriften ihrer Mutter, die sie verehrte, waren diese Lehren ihrem Geiste vertraut geworden. Es war also natürlich, daß sie auf die Eingebung ihres Herzens hörte und ihr Schicksal mit einem Mann vereinigte, der ihrer Liebe so würdig war."

Mary verband sich ohne Zustimmung ihres Vaters mit Shelley. Am 28. Juli verließen sie London in Begleitung von Miß Clairmont, einer Tochter der zweiten Frau Godwin's aus einer früheren Verbindung, die bis dahin im Hause Godwin's gelebt hatte. Da ihre Mutter nicht zugeben wollte, daß sie dem Paare folge, geschah die Abreise insgeheim und in aller Eile. Miß Clairmont begleitete Shelley und Mary von nun an auf all' ihren Wanderzügen. Sie war um Vieles älter als Harriet, eine glänzende Erscheinung, lebhaft, leidenschaftlich und nicht minder frei gesinnt wie Mary. Die drei Reisenden setzten von Dover auf einem offenen Boote nach Calais über, mit Sturm und Wellen kämpfend, und begaben sich nach Paris. Hier verkaufte Shelley seine Uhr und schickte Harriet den Erlös. Sie kauften einen Esel für ihr Gepäck und setzten die Reise zu Fuß fort. Schon in Troyes

ging die Fußtour jedoch in eine Wagenfahrt über, da sich
Shelley den Fuß verstauchte. Ein Maulthiergespann beför=
derte sie über den Jura, und sie zogen bei Neufchâtel in die
Schweiz ein. Dort umschwärmten sie den Luzerner See und
ließen sich kurze Zeit in Brunnen nieder, wo Shelley
die Erzählung „The Assasins"[1] begann, die er später an
anderen Orten fortsetzte, aber niemals beendete. Das Frag=
ment beweist, daß er die „Zastrozzi"- und „St. Irvyne"-
Romantik noch nicht überwunden hatte. Geldmangel zwang
die Reisenden jedoch, bald wieder nach England zurück=
zukehren, und zwar machten sie die Rückreise ganz zu
Wasser, die Reuß und den Rhein hinab. Am 13. September
landeten sie in Gravesend. Mrs. Shelley hat diesen Ausflug
in ihrer „History of a Six Weeks Tour" geschildert.[2] Die
schönen Scenerien des Luzerner Sees und besonders die
Rückreise auf dem Boote regten Shelley's Phantasie
mächtig an, und im „Alastor" hat er eine Erinnerung an die
Reise eingewoben.

Der Herbst dieses Jahres, den sie wie auch den
folgenden Winter in London zubrachten, war für Shelley
eine Zeit ungewöhnlich großer pecuniärer Bedrängniß und
zugleich eine Zeit großer Vereinsamung. Godwin ignorirte
ihn, andere Freunde waren von ihm abgefallen. Bald
aber sollte sich Shelley's äußere Lage um Vieles verbessern.
Am 6. Januar 1815 starb Sir Bysshe. Die Baronie
ging auf Shelley's Vater über, und Percy war der
nächste Erbe derselben, sowie eines großen Vermögens und
aller Familiengüter. Es kam zu einer Abmachung

---

[1] Forman VI, p. 221 ff.   [2] Forman p. 119 ff.

zwischen ihm und seinem Vater, demzufolge er ein Jahres=
einkommen von tausend Pfund erhielt, von dem sofort ein
Theil für Harriet abgesondert wurde. [1]

Schon im Sommer 1811 hatte sich Shelley kurze
Zeit mit medizinischen Studien beschäftigt und damals
sogar den Plan gefaßt, sich diesem Fache ganz zu widmen.
Im Winter 1815 nahm er diese Studien wieder auf, be=
suchte die Spitäler Londons, um Kenntnisse zu sam=
meln, mit denen er den Armen nützlich sein könnte. [2]
Während er jedoch großmüthig für fremdes Wohl bedacht
war, war seine eigene Gesundheit bedenklich erschüttert.
Im Frühling 1815 sagte ihm ein berühmter Arzt Lon=
dons, daß er im höchsten Grade schwindsüchtig sei; es
hatten sich Abscesse an der Lunge gebildet, und er litt an
heftigen Schmerzanfällen. Er war in den nächsten drei
Jahren darauf gefaßt, daß er jung sterben werde; im Jahre
1818 schwanden jedoch alle Zeichen der Schwindsucht in
räthselhafter Weise, während ihn Krampfanfälle und Seiten=
stechen bis an sein Lebensende folterten.

Im Sommer dieses Jahres besuchte Shelley mit Mary
und Miß Clairmont die Südküste von Devonshire und
ließ sich schließlich in Bishopsgate Heath in der Nähe
des Windsor=Waldes nieder, wo er bis zum Frühling des
nächsten Jahres blieb. Ende des Sommers fuhr er mit
Peacock und einem Bruder von Miß Clairmont, die beide

---

[1] Indessen war er für's Erste noch nicht von allen pecuniären
Kalamitäten befreit. S. Rossetti, Memoir p. LXXX.

[2] Es ist jedoch möglich, daß Shelley vor dem Tode seines
Großvaters daran dachte, Arzt zu werden, um sich Lebensstellung
und Erwerb zu verschaffen. S. Medwin I, p. 224.

auf Besuch bei ihm waren, in einem Boote die Themse
hinauf bis zu den Quellen derselben und dichtete damals
die schönen Verse auf dem Kirchhofe von Lechdale in
Gloucestershire. Peacock will von jener Fahrt die Leiden=
schaft herleiten, die Shelley später für Ruder= und Segel=
touren faßte. Mit mehr Recht könnte man die große
Flußreise, die Mrs. Shelley in ihrer „History of a Six
Weeks Tour" beschrieben hat, für die Ursache dieser
Leidenschaft halten. Medwin behauptet, daß Shelley schon
in Brentfort und Eton eine Vorliebe für Bootfahrten
gehabt habe, und in Bezug auf Eton hebt diese Vorliebe
auch Middleton hervor, während W. S. Hallidah behauptet,
Shelley dort niemals auf dem Wasser gesehen zu haben.[1]
Hogg spricht nicht davon, daß Shelley in Oxford geschifft
habe; er kann immerhin als Knabe eine Neigung für
Wasserfahrten gehabt haben, die ihn dann einige Zeit ver=
ließ, um in späterer Zeit, wahrscheinlich infolge seiner Rück=
reise aus der Schweiz, wieder zum Vorschein zu kommen
und sich in seinen letzten Lebensjahren bis zur Leidenschaft
zu steigern. Wie Mrs. Shelley bemerkt, liebte Shelley
Southey's „Thalaba" besonders wegen der Beschreibung
der Bootfahrt, und in seiner eigenen Poesie spielen Boote
und Bootfahrten eine große Rolle. Mit seiner Vorliebe
für das Wasser und nautische Vergnügungen hing auch
seine kindliche Neigung zusammen, papierne Boote zu
verfertigen. Er hatte diese Liebhaberei schon in Oxford[2],
obwohl er damals noch nicht der geschickte Schiffsbaumeister
war, der er später wurde. Die bekannte Anekdote, daß

---

[1] Bei Hogg I, p. 44.   [2] Hogg I, p. 48 fl.

er einmal in Ermangelung eines andern Papiers eine
Fünfzigpfundnote nahm und ein Schiffchen daraus formte,
ist ganz unverbürgt, und Hogg bezweifelt ihre Wahrheit
wohl mit Recht. Dagegen mag Shelley, mit Papierbooten
spielend, allerdings einmal gesagt haben, daß er auf einem
derselben Schiffbruch leiden möchte. Rossetti bemerkt:
„Es ist merkwürdig zu verzeichnen, wie oft, vor der
schließlichen Katastrophe, die Idee des Ertrinkens mit
Shelley verbunden wurde, einmal auf dem Wege des
Scherzes, dann in einer Stelle seiner Schriften, dann
durch Unglück in seiner Familie, endlich durch Gefahren,
die ihn selbst bedrohten."[1]

Bald nach seiner Rückkehr von dem Ausfluge zu den
Quellen der Themse ging etwas Wunderbares in ihm vor:
als er im Schatten der mächtigen Eichen des Windsor=
waldes einher wandelte, fand sein Dichtergenie das erste
Mal seinen eigensten Ausdruck. Er dichtete den „Alastor".

---

[1] Memoir p. LXXXI.

XI

„Alaſtor". — Proſaſchriften.

1.

„Alaſtor" erſchien im Jahre 1816 mit einigen an=
deren Gedichten, wie „Veränderlichkeit", „Dakruſi Dioiſo",
„Ein Sommerabend auf dem Kirchhof von Lechdale", alle
tief melancholiſchen Inhaltes, alle Ausſtrömungen eines
Herzens, das ſich einem baldigen Untergang geweiht weiß.
„Alaſtor," ſagt Mrs. Shelley, „iſt in einer ganz anderen
Weiſe geſchrieben, wie ‚Königin Mab'. In der letzteren
ſtrahlte Shelley all die theuern Ideen ſeiner Jugend aus,
all die unüberwinblichen Gefühle ſeiner Sympathie, des
Tabels, der Hoffnung, zu denen die Uebel der Gegenwart
und das, was er für die beſondere Beſtimmung ſeiner
Mitmenſchen hielt, Veranlaſſuug gab. Alaſtor enthält
im Gegentheil nur ein individuelles Intereſſe." Alaſtor
eröffnet die Reihe jener Dichtungen, in denen Shelley einen
Selbſtreflex gegeben, eine Geſtalt eingeführt, in deren
inneren und äußeren Chatakteriſtiken er ein Bild ſeiner
Perſönlichkeit dargeſtellt hat. „Alaſtor" iſt der griechiſche
Name eines böſen Dämons, der ſeine Opfer in die Ein=
ſamkeit ſchleppt. Er bezeichnet das Schickſal des Helden

der Dichtung. Dieser, ein edler, unschuldiger Jüngling,
der die Begeisterung des Dichters mit dem Erkenntniß=
burst des Philosophen vereinigt, hat sich von seinen Mit=
menschen isolirt und wird deshalb „von den Furien einer
unwiderstehlichen Leidenschaft"[1] gestraft, indem er ver=
gebens nach einem Wesen auf Erden sucht, welches dem
Idealbild seiner Phantasie entspräche, und ihm eine volle,
allseitige Sympathie entgegenbrächte. Er verläßt, nachdem
die erste Jugend geschwunden, seine Heimath um fremde
Länder zu durchwandern und ist glücklich in Betrachtung
der Herrlichkeiten der Natur und der hehren Ueberreste
aus vergangenen Zeiten. Als er aber eines Nachts in
einem fernen indischen Thale entschlummert, hat er eine
wunderbare Traumvision.

> „Ein verschleiert Mädchen,
> So träumt er, säße neben ihm und spräche
> Mit feierlichen Tönen sanft ihn an.
> Die Stimme glich der Stimme seiner Seele,
> Wie er bei ruh'gem Denken sie vernahm;
> Und ihre Musik hielt, wie wenn das Säuseln
> Der Lüfte sich mit Stromesrauschen mischt,
> Sein innerst' Herz in ihrem Zaubernetz
> Voll bunten Wechsels lange festgebannt.
> Von Wissen sprach, von Wahrheit, Tugend sie,
> Von hehren Hoffnungen erhab'ner Freiheit,
> Von allen seinen theuersten Gedanken,
> Von Poesie, selbst eine Dichterin.
> Bald strömte eines reinen Geistes Gluth
> Durchdringend Feuer durch ihr ganzes Wesen,
> Und wilde Rhythmen hub sie an; indeß
> Ein bebend Schluchzen ihr die Stimme halb

---

[1] S. Shelley's Vorwort zu der Dichtung.

Erstickte, die von sanfter Inbrunst schwoll.
Und ihre schönen Hände waren bloß
Und sie entlockten einer Wunderharfe
Seltsame Melodie, und in der Adern
Vieläftiger Verzweigung sprach das Blut
Beredtsam eine unsagbare Mähr.
Das Pochen ihres Herzens hörte man
Der Musik Pausen füllen, und ihr Odem
Fiel in die Unterbrechung des Gesanges.
Wildathmend ein."

Als er aufgeschreckt durch diese Vision beim hellen Morgenlicht erwacht, ist er ein Anderer. Von namenloser Sehnsucht getrieben[1], sucht er vergebens nach einem irbi= schen Ebenbild dieser Schöpfung seiner Phantasie, durch= eilt Fluren und Wildniffe, durchschifft Meere und Flüffe, bis er „gebrochen durch seine Enttäuschung in ein frühes Grab steigt".

Shelley hat in der verhängnißvollen Sehnsucht des Dichterjünglings ein allegorisches Bild eigener Seelen= zustände gegeben. Die Vision, von der er den Jüngling träumen läßt, ist, das sehen wir, nichts Anderes, als die Ahnung von dem Geiste der Liebe und Schönheit, als welchen Shelley die Weltseele nun schon viel intensiver empfinden mochte, als zur Zeit, als er „Königin Mab" schrieb. Bei seiner bewundernden Verehrung für edle Frauen war es begreiflich, daß die Weltseele, von der er träumte, in die er sich immer inniger verfenkte, in seiner Phantasie einen mehr weiblichen Charakter annahm. Allein er begnügte sich nicht mit der Liebe zu der unsichtbaren,

---

[1] Vgl. die merkwürdige, italienisch geschriebene und von Shelley selbst in's Englische übersetzte Fabel bei Forman VII.

ewigen Macht. Wie der Jüngling in „Alastor" verlangte
er sehnsuchtsvoll, doch vergebens, nach einem sichtbaren
Abbilde derselben, nach einer Idealgestalt, in der das
Ewige mit dem Menschlichen, wie in einer hellenischen
Göttergestalt, harmonisch verschmolzen wäre. Aber Shelley
wußte zugleich, daß solche Harmonisirung nicht mehr als
ein Traum sei, er wußte dies schon, als er „Alastor"
schrieb, wie ja das tragische Ende der Dichtung deutlich
verräth. Gleichwohl konnte er in dichterischer Ekstase, bei
tiefer Erregung des Gefühls ein angebetetes Wesen zu
einer Incarnation jener geistigen Macht sublimiren, um
jedoch seines Irrthums alsbald schmerzlich inne zu werden.
Dieser tragische Zwiespalt zwischen der Sehnsucht, einem
Wesen zu begegnen, in dem das Ewige in ungebrochenem
Glanze sich darstelle, und der Einsicht, daß solche Ver=
schmelzung außer dem Bereiche des Möglichen liege, be=
gleitete ihn durch's Leben und ist das ergreifendste Mo=
ment seiner Seelengeschichte.

Der Dichterjüngling in „Alastor" ist allerdings ein
Selbstreflex Shelley's, aber ein allzu ätherischer, mond=
scheinhafter, verfließender. Er ist eine durchaus unwirkliche
Figur und hat kein Verhältniß zum Leben. Er ist selbst
die höchste Schönheit, Vollkommenheit, Weisheit und Güte,
und wir fragen, wie kommt er auf diese Welt, in der es
das Vollkommene nicht giebt? Oder giebt es das Voll=
kommene, warum sollte es sich ein zweites Mal nicht
finden, warum sollte der Jüngling sein weibliches Eben=
bild nicht finden? Einen tiefen Zug seines eigenen
Geistes berührt Shelley, wenn er von dem Jüng=
linge sagt:

„Jedweder Anblick
Und Ton der weiten Erde und der Luft
Fand einen Wiederhall in seinem Herzen",

und dann:

„Er folgte
Den räthselhaften Schritten der Natur
Gleichwie ihr Schatten nach."

„Alastor" ist die erste bedeutende dichterische Mani=
festation von Shelley's tiefem, unvergleichlichem Natur=
gefühle, nicht aber die erste Manifestation seines Natur=
gefühls überhaupt, denn schon in „Königin Mab", ja
selbst in seinen ersten Novellen hat er demselben Ausdruck
gegeben. Er, dessen Herz von Menschenliebe überströmte,
empfand zugleich ein glühendes Verlangen nach der Liebe
der Menschen. Allein sie wurde ihm versagt, deshalb
warf er sich an die Brust der Natur und diese ward ihm eine
Trösterin. So sagt er in einer kleinen fragmentarischen
Abhandlung „Ueber die Liebe", „daß wir in dem ver=
lassenen Zustande, wo wir von Menschen umringt sind,
und diese doch nicht mit uns sympathisiren, Blumen,
frisches Grün, das Wasser, den Himmel, die Beredtsam=
keit des Windes und der Wogen mit einem Entzücken,
gleich demjenigen lieben, mit dem wir der Stimme einer
Geliebten lauschen, deren Gesang für uns allein ertönt".
Und kein Dichter hat die Reize und Schönheiten, die
Formen und Töne der Natur mehr geliebt und tiefer
empfunden, keiner ihre größten Gestalten und verschwin=
dendsten Einzelheiten mit solcher Innigkeit umfaßt und
durchgeistigt. Jedes Wesen verkündete ihm das Geheimniß
seiner Existenz oder vielmehr er legte in jedes eine Seele,

feine Seele. Von den Gestalten der Erde erhob er sich
zu den Erscheinungen der Luft und über diese hinaus,
unserem Auge wie ein Luftballon entschwebend, in das
All, wo sich seine Phantasie unter den Gestirnen tummelt.
Der Anblick der Natur wirkte auch beim Dichten ungemein
belebend auf seine Phantasie, und er schrieb die Mehrzahl
seiner Werke unter freiem Himmel. So „Laon und Cythna",
während er in einem Boote auf der Themse unter den
Buchen von Bisham bei Marlow dahinglitt, oder die
schöne Umgebung von Bisham durchwanderte, „Julian
und Maddalo" in einem Laubengange der Villa Cappuc=
cini bei Este, den größten Theil des „Entfesselten Pro=
metheus" auf den bergartigen Ruinen der Bäder des
Caracalla, die „Cenci" auf dem terrassenförmigen Dache
der Villa Valsovano bei Livorno, den „Triumph des
Lebens" in einem Boote in der Bucht von Spezzia, und
auch der Golf von Neapel, die Pinienwälder von Pisa,
die Cascinen von Florenz sahen viele seiner schönsten
Gedichte in ihrem Bereiche entstehen.

In „Alastor" werden uns die mannigfachsten Sce=
nerien, Meer=, Fluß= und Waldlandschaften vorgeführt,
welche der Dichterjüngling durcheilt, vergebens nach einem
Abbilde seiner Vision suchend. Aber wir sehen es sogleich:
es ist kein Landschaftsmaler, der hier schildert, es ist kein
Dichter, der ein Bild der Wirklichkeit geben will. Shelley
giebt etwas Höheres als die Wirklichkeit, seine Scenerien
haben einen geistigeren, idealeren Charakter als diejenigen
der Natur, wir müssen uns erst mit seiner Schilderungsart
vertraut machen, damit uns, sind wir mit ihr vertraut,
der edelste Genuß aus ihr erwachse.

In das Jahr 1815 fällt auch eine Reihe von Prosa=
schriften, so die Essays, „On Punishment of Death", On
Love", „On Life", „On a Future State", ferner „Speculations on Metaphysics and Morals" und der „Essay on
Christianity". Sie alle sind jedoch Fragmente.[1]

Der Essay „Ueber die Todesstrafe" ist nur ein neuer
Beweis dafür, daß Shelley's Gedanken sich unausgesetzt
mit dem Wohle der Menschen und der Verbesserung der
menschlichen Gesellschaft beschäftigten. Er bringt hier
Gründe gegen die Todesstrafe vor, die für seine Zeit neu
sein mochten, und tritt den herkömmlichen Anschauungen
mit der ihm eigenen polemischen Schärfe entgegen. Mrs.
Shelley bemerkt: „Das Fragment seines Essays über die
Todesstrafe hat den Werth, den die Stimme eines Philo=
sophen und Dichters besitzen muß, welcher zu Gunsten der
Menschlichkeit und der Cultur sich äußert. Es bringt all
die Argumente vor, welche nur ein phantasiereicher Mann,
der die Gefühle seiner Mitmenschen lebhaft mitzuempfinden
vermag, zu denken im Stande ist und vermittelt dieselben
dem ruhigen Denker mit der Logik der Wahrheit."[2] Das
Fragment bekommt in unseren Augen um so höhere Be=
deutung, bedenken wir, daß unter Georg III. jährlich im
Durchschnitt 2000 Diebe gehenkt wurden.

In dem Schriftchen „Ueber die Liebe" schildert
Shelley das Wesen derselben folgendermaßen: „Sie ist

---

[1] Forman, Prose W. II.
[2] Essays and letters from abroad, Preface p. XI.

jene mächtige Hinneigung zu allem, was wir außer uns
begreifen, fürchten oder hoffen, wenn wir in unseren
eigenen Gedanken den Abgrund einer unbefriedigenden
Leere finden und in allen vorhandenen Dingen eine Theil=
nahme für das zu erwecken suchen, was wir in uns selbst
erfahren haben. Wenn wir denken, wollen wir verstanden
werden; wenn unsere Phantasie gestaltet, wollen wir, daß
die luftigen Kinder unseres Gehirns in anderen Gehirnen
wiedergeboren werden; wenn wir empfinden, wollen wir,
daß die Nerven der Anderen-mit den unseren mitschwingen,
daß die Strahlen ihrer Augen zugleich mit den unsern
aufleuchten und sich mit diesen vermischen und ver=
schmelzen, daß Lippen, die von dem besten Blute des
Herzens erzittern und glühen, nicht solchen Lippen ant=
worten, die bewegungslos wie Eis. · Dies ist Liebe, das
ist das Band und die Weihe, welche den Menschen nicht
nur mit dem Menschen, sondern mit jedem vorhandenen
Dinge verbindet." Als eine Fortsetzung dieser Abhandlung
ist die Erzählung „Das Colosseum"[1] zu bezeichnen, die
einige Jahre später begonnen wurde, doch gleichfalls un=
vollendet geblieben ist. Hier führt sich Shelley selbst in
der Gestalt eines idealen Griechenjünglings ein und läßt
einem blinden Greise das Wesen der Sympathie in Ueber=
einstimmung mit den eben angeführten Worten schildern.

Die unvollendeten Abhandlungen „Ueber das Leben"
und „Ueber den zukünftigen Zustand" und die gleichfalls
unvollendeten „Metaphysischen und moralischen Spekula=
tionen" bilden mit der „Nothwendigkeit des Atheismus",

---

[1] Forman VII, p. 27 ff.

mit der „Widerlegung des Deismus" und mit den An=
merkungen zur „Königin Mab" die Gesammtsumme dessen,
was Shelley über philosophische Fragen in der Form
begrifflicher Entwickelung niedergeschrieben hat. Der Versuch
über das Leben und die metaphysischen Spekulationen
sind insofern von Bedeutung, als sich Shelley hier als
Vertreter der Hauptlehren Berkeley's darstellt, von welch'
letzterem sein Geist mehr als von irgend einem anderen
Philosophen befruchtet wurde. [1] Die Einheitlichkeit, der
Spiritualismus der Berkeley'schen Weltanschauung machten
einen tiefen Eindruck auf ihn, doch hat er sich nie bemüht,
dieselbe übersichtlich darzustellen. Nach Berkeley und
Shelley giebt es nur vorstellende Geister; das, was wir
Dinge nennen, sind Gedanken, das Universum ist eine un=
geheure Zusammenschichtung und Zusammenballung von
Vorstellungen und Bildern. [2] Die gröberen derselben,
welche eine starre und ständige Masse bilden, nennen wir
Materie, während sich die feineren von Stufe zu Stufe bis
zu den zartesten und erhabensten Gebilden der dichterischen

---

[1] Daß ihn die Lehren desselben jedoch, als er sie kennen lernte,
nicht sogleich überzeugten, sagt ein Brief an Godwin bei Hogg II,
p. 146.

[2] On Life (Prose W. II, p. 253): "I confess that I am one
of those who am unable to refuse my assent to the conclusions
of those philosophers who assert that nothing exists but as it
is perceived. It is a decision against which all our persuasions
struggle, and we must be long convicted before we can be
convinced that the solid universe of external things is "such
stuff as dreams made off."" Speculations on Metaphysics I.: "A
catalogue of all the thoughts of the mind, and of all their
possible modifications, is a cyclopedic history of the universe."
S. den dritten Abschnitt derselben Abhandlung.

Visionen und Träume erheben, welche, im Unterschiede
von den Materie genannten Vorstellungen, vorübergehender
und flüchtiger Natur sind. Es giebt daher keine gene=
rellen Unterschiede zwischen unseren Gedanken, sondern
nur solche nach Feinheit, Stärke, Dauer und zeitlicher
Wiederkehr.[1] Mit Berkeley behauptete Shelley auch, daß
der Geist nur receptiv, nicht creativ sei, also nicht die
Grundlage der Dinge, oder der Urheber der Gedanken
sein könne. In dem Versuch über das Leben, in dem er
dieser Anschauung Ausdruck giebt — „der Geist,“ sagt er,
„vermag, soweit wir seine Eigenthümlichkeiten erkennen,
nicht zu schaffen, er kann blos aufnehmen“ — bemerkt er

---

[1] Ibid.: "Thoughts or ideas, or notions, call them what
you will, differ from each other, not in kind, but in force. It
has commonly been supposed that those distinct thoughts which
affect a number of persons, at regular intervals during the
passage of a multitude of other thoughts, which are called
real, or external objects, are totally different in kind from
those which affect only a few persons, and which recur at
irregular intervals, and are usually more obscure and indistinct,
such as hallucinations, dreams, and the ideas of madness. No
essential distinction between any of those ideas, or any class
of them, is founded on a correct observation of the nature of
things . . ." Und später: "A scale might be formed, gratuated
according to the degrees of a combined ratio of intensity, dura-
tion, connection, periods of recurrence, and utility, which would
be the standard, according to which all ideas might be mea-
sured, and an uninterrupted chain of nicely shadowed distinc-
tions would be observed, from the faintest impression on the
senses, to the most distinct combination of those impressions;
from the simplest of those combinations, to that mass of know-
ledge which, including our own nature, constitutes what we
call the universe." S. „Essays and letters from abroad etc.“
Preface p. XII.

ferner und gleichfalls in Uebereinstimmung mit Berkeley:
„Es ist unendlich unwahrscheinlich, daß die Ursache des
Geistes, das heißt des Daseins, dem Geiste ähnlich sei."[1]
In einem Briefe an Leigh Hunt (vom 27. September 1819)[2]
sagt er, daß er seine Ueberzeugungen in Betreff der Ursache
des Universums auf den eben angeführten Satz gegründet
habe. Welcher Art diese Ueberzeugungen waren, erfahren
wir jedoch nicht; es findet sich in den uns erhaltenen
Prosaschriften von ihm nichts, was uns über diesen wich=
tigen Punkt orientiren könnte. Hätte man von Shelley
nähere Aufschlüsse über denselben verlangt, er hätte schwer=
lich eine befriedigende Antwort zu geben vermocht. Sagt
er doch einmal: „Wir können unsere tiefsten Gedanken
nicht ausdrücken: sie sind uns selbst unverständlich." In=
dessen bezieht er sich in seinen Dichtungen einige Male
ganz offenbar auf die „Ursache des Geistes", das tiefste
Weltprincip. So vor Allem im „Entfesselten Prometheus",
wenn Demogorgon auf die Frage Asia's, wer der
Schöpfer der Dinge, der Urheber des Bösen, der Herr
des Zeus sei, antwortet:

> „Ja, wenn der Abgrund sein Geheimniß nur
> Ausspeien könnte! Doch die Stimme fehlt.
> Und ewig bildlos bleibt die tiefe Wahrheit."

Ferner kommt hier eine Stelle aus „Adonais" (Str. 19)
in Anbetracht, wo es heißt:

> „Durch Hain und Berg und Strom und Ocean
> Der Erde Herzen Werdelust entstrebt,

---

[1] Forman VI, p. 262.
[2] Forman VIII. Garnett, Letters, p. 130.

Wie von dem großen Weltenmorgen an,
Als ob dem Chaos Gott zuerst geschwebt,
Im Wechsel lebend..."

Endlich begegnen wir dem Gedanken von einem tiefsten
Weltprincipe auch in dem schönen Fragment „Das Boot
auf dem Serchio".

„Sie machen all' zum Werk, das Er ersann,
Der uns allein zu seinen Zwecken lehrt."[1]

Aus seinem Schweigen über die „Ursache des Geistes"
in seinen Prosaschriften und dem Erwähnen derselben in
seiner Poesie ersehen wir aber, daß jene Ueberzeugungen,
von denen er in dem Briefe an Leigh Hunt spricht, nur
solche seiner Phantasie und seines Gefühls[2], doch nicht solche
seiner Vernunft waren. Weit mehr als der Gedanke von
dem tiefsten Weltprincipe beschäftigte ihn der von dem
„Geiste der Natur", oder der „geistigen Schönheit" (In-
tellectual Beauty), welche man jedoch nicht mit dem Urgrund der Welt identificiren darf — Shelley bezeichnet sie
ja als geistige Macht —, vielmehr dachte er sie sich als
Vermittlerin zwischen dem Urgrund und der Menschheit.
Kaum hat er jedoch den Versuch gemacht, seine Lehre von
dem Geiste der Natur mit den Anschauungen, welche er
von Berkeley übernommen, in Zusammenhang zu bringen.
Man darf bei Shelley eben kein abgeschlossenes philo-
sophistisches System suchen, er besaß nur Philosopheme;
auf gewisse Haupt- und Grundfragen der Philosophie,

---

[1] S. die Zusammenstellungen bei Rossetti am Schluß seines
Memoirs und J. Todhunter, A Study of Shelley, p. 20 ff.
[2] Vgl. Todhunter a. a. O. p. 20.

wie z. B. nach dem Ursprung des Bösen, hat er nie eine
Antwort zu geben gewußt. An seinen Philosophemen
aber hat die Phantasie und das Gefühl weit mehr An=
theil, als Verstand und Vernunft; sie waren im Wesent=
lichen die Produkte seiner menschenfreundlichen Gesinnungen
und poetischen Stimmungen. Wir sahen, daß er zuerst
wünschte, die Seele des Universums möge der Geist all=
gemeiner, ewiger Liebe sein, und daß aus diesem Wunsche
seine Lehre vom Geist der Natur sich entwickelte. Philo=
sophie und Religion waren daher Eins bei ihm, der
Gegenstand seiner philosophischen Lehre war zugleich der
seiner tiefen religiösen Pietät. Er war von der Wahrheit
der Visionen seiner Phantasie deshalb so fest überzeugt,
daß er sich nicht bemühte, ihre Wahrheit zu beweisen.
Mit Recht bemerkt Todhunter[1]: „Bei all' seinem Durst
nach positiver Wahrheit, bei all' seiner Liebe für freie
Unterredung, war Shelley doch mehr ein Dialektiker, der
sich mit seinen Ideen beschäftigt, als ein wissenschaftlicher
Philosoph, der sich um die Herbeischaffung und Anordnung
von Thatsachen bemüht." Auch konnte der Philosoph in
Shelley nicht lange selbständig bestehen, er schielte immer
nach dem Dichter; es gebrach Shelley an Kraft und
Geduld, lange bei der begrifflichen Entwickelung eines
Gedankens auszuharren. Seine philosophischen Abhand=
lungen sind fast alle unvollendet geblieben, und es ist mehr
als unwahrscheinlich, daß er, wie Mrs. Shelley meint[2],
wäre er der Welt nicht vorzeitig verloren gegangen, eine voll=
ständige Theorie des Geistes geschaffen haben würde, „eine

---

[1] p. 18. [2] „Essays and letters etc." Preface p. XVI.

Theorie, zu der Berkeley, Coleridge und Kant beigesteuert
hätten, die aber einfacher, unwiderleglicher und vollstän=
diger gewesen wäre, als die Systeme jener Denker." Wie
mächtig der philosophische Zug aber in ihm war, beweist der
Umstand, daß er doch nur bei der poetischen Verkörperung
philosophischer Ideen wahrhafte Befriedigung fand. Durch
die Uebernahme des Berkeley'schen Immaterialismus wurde
die natürliche Idealität seiner Auffassung der Dinge er=
höht. Es gab für seine Dichterphantasie schlechthin nichts
Todtes, sie machte aus der Welt der Dinge eine Welt
der Geister, und seine Naturschilderungen sind Gesichte
der geistigen Schönheit.

In den „Moralischen Speculationen" wird als erste
und wichtigste Quelle der Moral — wie wir es von
Shelley nicht anders erwarten — das Wohlwollen (bene-
volence) und als Organ der Moral die Phantasie be=
zeichnet. „Phantasie oder das Geistesvermögen, sich Dinge
im Voraus vorzustellen," heißt es hier, „ist jene Fähig=
keit der menschlichen Natur, von der jeder Fortschritt, ja die
geringste Veränderung abhängt.... Der einzige Unterschied
zwischen dem selbstischen und dem guten Menschen besteht
darin, daß sich die Phantasie des ersteren in engen Grenzen
bewegt, während die Phantasie des letzteren einen aus=
gedehnten Umfang hat." Aus dieser Bestimmung der
Phantasie folgt, daß die Poesie eine ethische Macht sei,
wie sie Shelley im Gegensatz zu jenen, welchen die Kunst
als Selbstzweck gilt, auch betrachtete. Er sagt in seiner
„Defence of Poetry", der größten seiner Prosaschriften,
welche im Jahre 1821 entstand: „Das große Werkzeug
der Moral ist die Einbildungskraft, und die Poesie unter=

stützt die Wirkung, indem sie die Ursache beeinflußt. Die
Poesie stärkt das Vermögen, welches das Organ der
moralischen Natur des Menschen ist, in derselben Weise,
wie Uebung ein Bein stärkt."[1] Der sittliche oder, um
genauer zu sprechen, der reformatorische Beruf der
Dichtkunst und des Dichters ergiebt sich für Shelley jedoch
auch, wie Professor Masson[2] sehr richtig hervorhebt, aus
der Weltanschauung, welche er mit Berkeley theilte. Indem
die Gedanken Dinge sind und der Geist die Kraft besitzt,
immer neue Gedankenverbindungen zu schaffen, welche die
Ordnung der älteren Formen verändern und an deren
Stelle treten, befindet sich das Universum in ständigem
Fluß. Unter solchen Verhältnissen ist es die Aufgabe des
Dichters, durch gewisse glänzend erfundene Phantasiegebilde
die Masse von früher entstandenen Formen entweder sanft
zu lösen, so daß neue Ordnungen entstehen, oder dieselbe
mit Gewalt zu sprengen.[3] — Es genügt aber nach Shelley
nicht, daß der Mensch wohlwollend sei, er muß auch
gerecht sein. Erst aus dem Verein von Wohlwollen und
Gerechtigkeit entsteht die Tugend. Besteht das Wohlwollen
in dem Verlangen, der Urheber des Guten zu sein, so ist
Gerechtigkeit die Erkenntniß der Art und Weise, wie das
Gute zu üben sei. Den Zweck der tugendhaften oder guten
Handlung sieht Shelley, wie Bentham und andere eng=
lische Moralphilosophen, darin, daß dieselbe der größten
Anzahl von Menschen die höchste Lust bereite, doch fand

---

[1] Forman VII, p. 111.
[2] Wordsworth, Shelley Keats and other essays (London
1874), p. 133.
[3] S. Masson a. a. O.

dieſer Punkt — der ſchwache Punkt der Shelley'ſchen
Morallehre — ſchon bei Beſprechung von „Königin Mab"
Erwähnung.

In dem Eſſay „Ueber den künftigen Zuſtand" zeigt ſich
Shelley's Beſonnenheit, die ihm verbot, Probleme löſen
zu wollen, die ſich der Löſung entziehen, in der Bemer=
kung, daß ſich Leben und Geiſt zwar von allen anderen
Dingen unterſcheiden, daß aber nicht der Schatten eines
Beweiſes vorhanden ſei, ſie wären von den anderen derart
verſchieden, um dieſe Periode zu überdauern, und daß
nichts als unſere eigenen Wünſche uns verleiten können,
ſolches anzunehmen.[1] Die Stellung, welche Shelley hier
zu der Frage nach dem Schickſale der Seele einnimmt,
verließ er auch niemals, wenn die Vernunft und nicht
die Phantaſie in ihm Wortführer war. Als ihn Trelawney
in ſeinem Todesjahre frug, ob er an die Unſterblichkeit
der Seele glaube, antwortete er: „Wir wiſſen nichts,
wir haben keine Gewißheit."[2] Den Tod bezeichnete er
wiederholt als den Enthüller. So ſagte er ebenfalls zu
Trelawney: „In unſerem gegenwärtigen groß materiellen
Zuſtand ſind unſere Fähigkeiten verdunkelt; wenn der Tod
die irdiſche Umhüllung entfernt, wird das Myſterium gelöſt
ſein."[3] Und ein ander Mal: „Tod iſt der Schleier,
welchen die Lebenden Leben nennen; wenn ſie ſchlafen,
wird er gehoben ſein." Wer ſich jedoch in dieſem Sinne
äußert, verräth unwillkürlich ein gewiſſes Vertrauen in
die Unzerſtörbarkeit des Geiſtes, denn nur für den

---

[1] Forman VI, p. 278.
[2] Records of Shelley, Byron and the Author I, p. 92.
[3] I, p. 119.

unzerstörbaren Geist kann ein Mysterium gelöst und ein
Schleier gehoben werden. Obwohl Shelley eingestand,
daß wir über das künftige Schicksal des Geistes keine
Gewißheit haben, so war es doch sein feuriger Wunsch
und im tiefsten Herzen sein Glaube — der freilich selten
ohne Beisatz von Furcht sein mochte —, daß dies Schicksal
die Unsterblichkeit wäre. In sein Tagebuch schrieb er
einmal[1]: „Ich hoffe, aber meine Hoffnungen sind nicht
frei von Furcht darüber, was aus diesem unschätzbaren
Geiste werden wird, wenn wir sterben."

Wiederholt werden wir bei Besprechung seiner Dich=
tungen seinem feurigen Sehnen nach der Fortdauer des
Geistes und seinem schüchternen Glauben an dieselbe be=
gegnen. Nur einmal, in der ergreifenden Todtenklage
„Adonais" nämlich, wird die Unsterblichkeit der Seele, im
Gegensatze zu dem weisen Urtheile seiner Vernunft, zu einer
Ueberzeugung seiner Phantasie. Dies erklärt sich aus dem
eigenthümlichen äußeren Anlasse und aus der stürmischen
inneren Erregtheit, welchen das Gedicht seine Entstehung
verdankt. Wie sich Shelley die Fortdauer des Geistes
dachte, ob in der Form eines persönlichen Weiterbestehens
oder in der eines Verschmelzens mit der Weltseele, läßt
sich nicht feststellen.[2] Wie Todhunter richtig bemerkt,
war Shelley's Hoffnung auf ein Leben jenseits des
Grabes nur ein Corollarium seiner transscendentalen
Philosophie.

Wir sahen, daß Shelley in „Königin Mab" ein

---

[1] Essays and letters, Preface.
[2] Vgl. Essays and Letters, Preface.

falſches, unwürdiges Bild von Chriſtus aufgeſtellt hatte;
er war in der Zeit, als er jenes Gedicht ſchrieb, offenbar
noch zu wenig in den Geiſt der Evangelien eingedrungen
und verwechſelte Chriſtus mit den heuchleriſchen Chriſten.
Sein „Eſſay über Chriſtenthum" — der indeſſen nur
aus einer Reihe fragmentariſcher, abgeriſſener Gedanken
beſteht — ſollte gewiſſermaßen eine Widerrufung jener
in „Königin Mab". ausgeſprochenen Anſchauungen wer=
den. Man ſieht, Shelley iſt inzwiſchen ein begeiſterter
Verehrer jener Chriſtusgeſtalt geworden, wie ſich dieſelbe
noch idealer, als ſie in Wirklichkeit geweſen ſein mochte,
in dem Bewußtſein der neueren Völker ſpiegelt. Shelley's
natürliche Menſchenliebe, ſein Dulbermuth, ſein Mit=
gefühl, ſein Abſcheu vor der Rache, dem er ſo oft Aus=
druck verliehen, ſtempelten ihn zu einem modernen Chriſtus,
und während die heuchleriſchen Chriſten ihn verläſterten
und verfolgten, gehörte er zu den Wenigen, welche den
ſittlichen Kern der chriſtlichen Lehre begriffen hatten und
in Uebereinſtimmung mit derſelben lebten und handelten.
Seine Begeiſterung für Chriſtus wurde immer größer.
Er hat ihn nicht nur im „Entfeſſelten Prometheus" in
einer wundervollen Viſion eingeführt, ſondern trug ſich
auch mit dem Plane, deſſen Lebensgeſchichte zu ſchreiben.
Doch iſt derſelbe niemals zur Ausführung gekommen.

XII

Zweite Reife nach der Schweiz. — Begegnung mit Lord Byron. — „Hymne an die geiftige Schönheit."

Am 24. Januar 1816 wurde der erfte Sohn Shelley's von Mary Godwin, fein Liebling William, geboren. Im Mai diefes Jahres gingen die Shelley's in Begleitung von Miß Clairmont ein zweites Mal nach der Schweiz. Shelley fehnte fich erftens, die Schweiz wiederzufehen und trachtete zugleich, England fo fchnell als möglich zu verlaffen. Er war damals, wie er Peacock erzählte, von der Furcht befallen, daß fein Vater und einer feiner Oheime ihm eine Schlinge legen wollten, um ihn in's Gefängniß zu bringen. Wir haben in diefer Be= fürchtung jedoch ohne Zweifel nichts Anderes, als eine feiner Hallucinationen zu fehen.

Das Reifeziel war diesmal Genf. Sie kamen am 17. Mai dort an und ließen fich vorläufig im Hotel Séche= ron nieder. Hier fand die erfte Begegnung der beiden größten englifchen Dichter diefes Jahrhunderts ftatt, denn am 25. Mai traf Lord Byron mit feinem Arzte, Dr. Po= lidori, in demfelben Hotel ein. Bald darauf bezog Shelley mit den Seinen die Villa Allégre und Lord

Byron mit Polidori die wenige Minuten von ihr ent=
fernte Villa Diodati.

Shelley hatte Lord Byron seiner Zeit „Königin
Mab" mit einem Begleitbriefe übersandt, letzterer war
jedoch verloren gegangen, so daß vor ihrer persönlichen
Zusammenkunft keine Verbindung zwischen den beiden
Dichtern bestand.[1] Nur mit einem Mitglied des Shelley'=
schen Kreises war Lord Byron schon in London bekannt
geworden, mit Miß Clairmont. Diese wünschte ein En=
gagement am Drurylane=Theater und hatte Lord Byron,
der zu diesem Theater, wie bekannt ist, einige Zeit Be=
ziehungen hatte, um seine Vermittelung gebeten, doch
blieben ihre Bemühungen ohne Erfolg. Am Genfer See
wurde die Bekanntschaft zu einem intimen Verhältnisse
und die Frucht der kurzdauernden Verbindung war das
Kind Allegra. Shelley und Mary, welche die Liebes=
affaire nicht bemerkt hatten, waren nichts weniger als er=
freut, als die Folgen zu Tage traten. Doch entzogen sie
Miß Clairmont und ihrem Kinde ihr Wohlwollen nicht
und sorgten für das letztere, bis es in das Haus seines
Vaters überging, was im Sommer 1818 geschah.

---

[1] Thomas Moore weiß in seiner Biographie Lord Byron's
zu erzählen (Life II. p. 22), daß Shelley Lord Byron in einem
Briefe alle Schmähgerüchte mitgetheilt, die er über ihn gehört, und
ihm gesagt habe, daß er nur dann seine Bekanntschaft zu machen
wünsche, wenn er diese Gerüchte für falsch zu erklären vermöge.
Weit glaubwürdiger klingt Medwin's Bericht (Life of Shelley I,
p. 337), daß Shelley Lord Byron, als er im Hotel Sécheron mit
diesem zusammentraf, brieflich all' die Schmähgerüchte, die über ihn
selbst laut geworden, mitgetheilt und gesagt habe, daß er ihm nur
dann näher treten wolle, wenn er nicht an dieselben glaube.

Obwohl sie sich vor diesem Zusammentreffen nicht gekannt hatten, entspann sich nun doch ein ungemein leb= hafter Verkehr zwischen beiden Dichtern. Da sie in ihrer Vorliebe für Wasserfahrten übereinstimmten, schafften sie alsbald ein Boot an und unternahmen täglich entweder allein oder in Gesellschaft der Damen größere Spazier= fahrten. Die Nächte wurden dem Gespräche gewidmet und dasselbe oft bis gegen Morgen ausgedehnt. Ob man über einen ernsten oder heiteren Gegenstand sprach, man fühlte sich immer angeregt und konnte sich nicht trennen. Der einzige graue Punkt an diesem schönen Himmel scheint der anmaßende und eifersüchtige Dr. Polidori gewesen zu sein. Obwohl sich die beiden Dichter so schnell zu einander hingezogen fühlten, ist es doch ein Irrthum, wenn Moore und Andere behaupten, daß es zu einer wirklichen Freund= schaft zwischen ihnen gekommen wäre. Die Anziehung, welche sie aufeinander ausübten, war wesentlich geistiger Natur, es war die Sympathie, welche zwei geniale und durch ihre Genialität vereinsamte Menschen bei der ersten Begegnung blitzartig für einander ergreifen und unwider= stehlich zu einander hinziehen muß. Zu einer herzlichen Neigung, wie sie Lord Byron für seinen unvergeßlichen Schulfreund Lord Clare, Shelley für Leigh Hunt fühlte, kam es niemals zwischen ihnen. Lord Byron hat dies später Capitän Trelawney gegenüber offen ausgesprochen, und obwohl Shelley bei Anlaß eines Besuches, den er Lord Byron in Ravenna machte, seiner Frau schrieb, daß Lord Byron und er „ausgezeichnete Freunde" seien, so beweisen doch andere Aussprüche, die er brieflich und mündlich über Byron that, daß derselbe sein Herz

nicht besaß. Sie waren eben grundverschieden veranlagt,
was nicht ausschloß, daß sie vielfach auch geistesverwandt
waren und dadurch Schicksalsgenossen wurden. Waren
sie doch beide revolutionäre Geister im großen Stile,
lebten sie beide im Kampfe mit der bigotten und heuch=
lerischen englischen Gesellschaft, die sich grausam an ihnen
rächte, weil sie den Muth hatten, ihre Gebrechen aufzu=
decken, wandten sich beide, von ihr verstoßen, nach Italien
und schufen hier die Werke, die sie unsterblich machten.
Während sechs Jahren kreuzten sich ihre Lebenswege immer
wieder? Wenn sie auch keine tiefere Zuneigung für
einander fassen konnten — wie wirkten diese beiden mäch=
tigen und edlen Geister auf einander, wie schätzten sie
einander? Shelley wurde durch den Umgang mit Byron
niemals günstig beeinflußt. Byron's Genie und Ruhm
machten einen überwältigenden Eindruck auf ihn, er hielt
Byron für den größeren Dichter und wurde in seiner Nähe
gewöhnlich muthlos und flügellahm. So schreibt er im
August 1821, nachdem er Werke, wie den „Entfesselten
Prometheus" und „Die Cenci", geschaffen: „Ich ver=
zweifle daran, mit Lord Byron zu rivalisiren, so gerne
ich möchte, und es ist kein zweiter, mit dem es sich schwerer
thun ließe." Und in einem Briefe vom Mai 1822 sagt er:
„Ich habe zu lange in der Nähe Lord Byron's gelebt
und die Sonne hat den Glühwurm ausgelöscht." Um=
gekehrt erhielt Lord Byron bei der ersten Begegnung mit
Shelley die heilsamsten Impulse von dem reiferen und
ideenreicheren Geiste desselben. Byron hatte vorher weder
Zeit noch Lust zur philosophischen Vertiefung gehabt,
während sich Shelley's philosophische Anschauungen damals

schön zu festen Formen herauskrystallisirt hatten. Shelley's
mystische Lehre von dem Geiste der Liebe und Schönheit —
welcher er in jener Zeit einen herrlichen Ausdruck geben
sollte — machten einen tiefen Eindruck auf Byron, und
die herrlichen pantheistischen Ausstrahlungen im dritten
Gesang des „Childe Harold" sind die unvergänglichen
Spuren dieser geistigen Befruchtung, die er von dem
jüngeren Dichter empfing. Byron stellte Shelley's Genius
sehr hoch, noch höher aber dessen Persönlichkeit. Er, der
so Wenige mit seinen Sarkasmen verschonte, erlaubte sich
keine Scherze über Shelley, sprach oft in Ausdrücken der
Bewunderung über ihn und sagte nach dessen Tode das
schöne Wort: „Er war der idealste und am wenigsten
sinnlich geartete Mensch, den ich je gesehen, voll Zart=
heit, selbstloser als alle anderen, er besaß einen Grad
von Genie vereinigt mit einer Bescheidenheit, die ebenso
selten als bewundernswerth ist. Er hatte aus sich ein
schönes Ideal von Allem, was fein, groß und edel ist, ge=
bildet und handelte getreu nach diesem Ideale." Shelley
war bei aller Bewunderung für Byron's Genius nicht
nur nicht blind für die Fehler seiner Persönlichkeit, son=
dern äußerte sich strenger über ihn, als man von einem
so mildgesinnten Beurtheiler erwarten möchte.[1]

Ende Juni unternahmen beide Dichter in ihrem Boote
eine Fahrt um den Genfer See. Sie besuchten die herr=
lichen Scenerien der „Nouvelle Héloïse", Shelley immer
in dem Romane lesend, von welchem er sagte, „daß er
von dem erhabensten Geiste und von mehr als menschlichem

---

[1] S. Forman VIII, p. 61, 212, 243, 280 etc.

Gefühlsreichthum überströme." In dem sogenannten Bosquet de Julie überkam ihn eine mächtige Bewegung. Er schreibt in einem tagebuchmäßigen Briefe an Peacock[1], in welchem er die Einzelheiten jener Fahrt mittheilt: „Warum zwangen mich die kalten Gesetze der Welt, in diesem Augenblicke die schwermüthige Bewegung zu unterdrücken, welcher nach= zugeben so süß, so unermeßlich süß gewesen wäre, selbst wenn das Dunkel der Nacht die Gegenstände verschlungen hätte, welche sie hervorgerufen!" Er war empört über die Rohheit des Klosters St. Bernhard, welches die Stelle, wo früher die Capelle stand, mit einem Haufen Steine kennzeichnete. In der Nähe von Meillerie, an derselben Stelle, wo St. Preux die Lust überkommt, sich mit Madame Wolmar in das Wasser zu stürzen, hätten sie fast Schiff= bruch erlitten. Shelley lernte, obwohl er sich soviel auf dem Wasser bewegte, niemals schwimmen, und bedeutsam ist, was er an Peacock in dem genannten Briefe über die Gefühle schreibt, welche ihn im Augenblicke der Todes= gefahr überkamen: „Ich hatte bei dieser nahen Aussicht auf den Tod ein Gemisch von Empfindungen, in dem sich auch Furcht befand, obwohl in untergeordneter Weise. Meine Gefühle wären weniger peinlich gewesen, wäre ich allein gewesen, aber ich wußte, daß mein Ge= fährte mich zu retten versuchen würde, und es lag· etwas Demüthigendes in dem Gedanken, daß sein Leben durch meines gefährdet werden könnte." Hier haben wir ein Beispiel von Shelley's Muth und Furchtlosigkeit. Lord Byron, selbst einer der muthigsten Menschen, sagt, daß

---

[1] Forman, Prose W. II, p. 170 ff.

Shelley „kühn wie ein Löwe" war, und Trelawney, ein kühner, wilder Seemann, bemerkt beiläufig, daß man von Shelley sagen könne, er habe Furcht nicht gekannt.[1] Aber auch dieser Vorzug ging bei ihm in's Extrem: er war tollkühn, kannte keine Vorsicht und seine Umgebung schwebte in beständiger Sorge um ihn. Hogg bemerkt: „Wie oft habe ich es beklagt, daß die Natur, welche der Welt so selten ein mit solch' merkwürdigen Talenten begabtes Geschöpf schenkt, den Werth dieser Gabe unglücklicherweise dadurch verringert hatte, indem sie ihn mit einer verhängnißvollen Vorliebe für gefährliche Vergnügungen und mit einer Unbesonnenheit in der Hingabe an dieselben ausgestattet, so daß die Erhaltung seines Lebens von einem Tag zum andern ein Wunder erschien."[2]

Auf diese Seetour mit Lord Byron folgte eine Landtour mit Mary und Miß Clairmont in das Chamounithal. Den übermächtigen Eindruck, welchen er von der Scenerie empfing, welche sich hier seinen Blicken darbot, hat er sowohl in der „Ode an den Mont Blanc" als in einem Briefe an Peacock Ausdruck gegeben. Er sagt in dem letzteren[3]: „Ich wußte vorher nicht, ich stellte es mir nicht vor, was Berge wären. Die außerordentliche Höhe dieser Spitzen erregt, wenn sie plötzlich vor unseren Blicken aufsteigen, ein Gefühl ekstatischer Verwunderung, das an Wahnsinn grenzt. Obwohl (die Scenerie) von großer räumlicher Ausdehnung war, schienen die Schneepyramiden, welche in den hellen, blauen Himmel hinein ragten,

---

[1] Vgl. das Beispiel von Shelley's Muth in Mrs. Shelley's „History of a Six Weeks Tour" (Forman VI, p. 145).
[2] Life I, p. 80.   [3] Forman II, p. 190.

unfern Weg zu überfchatten; die Schlucht, die mit riefigen
Föhren gefchmückt und voll fchwarzer Abgründe war, die
fo tief find, daß das Braufen der wilden Arve, welche
fie durchfchneidet, oben nicht gehört werden konnte — all'
das war fo fehr unfer Eigen, als wären wir die Schöpfer
diefer Eindrücke, die unfere eigenen Gehirne befchäftigten,
in anderen Gehirnen gewefen. Natur war der Dichter,
deffen Harmonie unferen Geift in athemloferer Spannung
hielt, als die des göttlichften Dichters." Und gleichfam
frohlockend fagt er in der Vorrede zu „Laon und Cythna"
in Erinnerung an diefe herrlichen Eindrücke: „Ich habe
die Alpengletfcher beftiegen und unter dem Auge des
Mont Blanc gelebt." Da Shelley jede Gelegenheit ergriff,
um Farbe zu bekennen, unterließ er es nicht, im Fremden=
buche der Chartreufe zu Montanvert unter die frömm=
lerifchen Plattheiten feines letzten Vorgängers die un=
genaue Hexameterzeile:

„εἰμι φιλάνθρωπος δημοκράτικος τ' ἄθεός τε"

zu fetzen, derentwegen ihn der Hofpoet Southey in colle=
gialer Weife als Gründer der fatanifchen Schule denunzirte.

Als die Shelley's nach Genf zurückkehrten, fanden
fie M. G. Lewis als Gaft Lord Byron's. Das Gefpräch
drehte fich nun oft um Spiritismus, und Shelley hat eine
Reihe von Geiftergefchichten aufgefchrieben, welche der Ver=
faffer der „Tales of Terror" in dem Genfer Kreife zum
Beften gab.[1] Es wurde verabredet, daß jedes Mitglied
der Gefellfchaft eine phantaftifche Erzählung verfaffen
follte. Das war der Anlaß von zwei berühmt gewor=

---

[1] Profe W. II, p. 207.

denen Werken: erstens von Mary Godwin's Roman
„Frankenstein"[1], den wir geradezu als literarisches Wunder
betrachten müssen, erwägen wir, daß seine Verfasserin
damals nicht mehr als achtzehn Jahre zählte[2], ferner von
Dr. Polidori's „Vampyr", welcher indessen unter Lord
Byron's Namen herausgegeben wurde und auf eine skizzen-
hafte Geschichte gegründet war, welche derselbe in Genf
erzählte. Shelley wurde durch die Richtung, die der
Kreis nahm, dermaßen aufgeregt, daß er, als Lord Byron
eines Abends die Verse über die Brust der bösen Fee aus
Coleridge's „Christabel" recitirte, plötzlich aufsprang, in's
Leere starrte und entsetzt aus dem Zimmer floh. Er hatte
die Vision einer Frau mit Augen an Stelle der Brust-
warzen gehabt. Um die ungewöhnliche Erregbarkeit seiner
Phantasie noch durch ein anderes Beispiel zu veranschaulichen, sei erwähnt, daß er den Abschnitt über die Traum-
erscheinungen in seinen „Metaphysischen Speculationen"
plötzlich abbrechen mußte, weil die Erinnerung an einen
Traum ihn mit unüberwindlichem Entsetzen erfüllte. Er
sagt in einer Randbemerkung zu dem letzten unvollendeten
Satz des betreffenden Abschnittes: „Hier war ich genöthigt
aufzuhören, da mich eine bebende Angst überkam", und

---

[1] S. Shelley's Notiz über diesen Roman bei Forman, Prose
W. III, p. 11.

[2] Mit bedeutender Erfindungskraft und ausgezeichnetem Er-
zählertalente begabt, gab Mrs. Shelley nach dem Tode ihres Gatten
noch die Romane: „Valperga (1823), „The Last Man" (1824),
„Perkin Warbeck" (1830), „Lodore" (1835), „Falkner" (1837)
heraus. Ihre Reisen in Deutschland und Italien schilderte sie in
einem zweibändigen Werke, das den Titel „Rambles in Germany
and Italy" führt.

Mrs. Shelley bemerkt in ihrer Notiz zu dieser Stelle[1]:
„Ich erinnere mich wohl, wie er vom Schreiben zu mir
kam, blaß und aufgeregt, um im Gespräche Zuflucht zu
finden vor seiner fürchterlichen inneren Bewegung."

Im September verließen die Shelley's Genf und
kehrten direkt nach England zurück, nachdem sie ihren
ursprünglichen Plan, die Rückreise die Donau hinab über
Constantinopel, Athen, Italien und Frankreich zu machen,
wieder fallen gelassen. In die Zeit des Genfer Aufenthaltes fällt der herrliche „Hymnus an die geistige Schönheit". Hier faßt Shelley den Geist, dessen Incarnation
der Jüngling in „Alastor" vergebens zu erlangen sucht,
ganz als persönliche Kraft, die unsichtbar hinter den
Dingen waltet, und versenkt sich mit einer Innigkeit in
denselben, wie der Mystiker in seinen Gott. Wir sehen,
dieser Geist war ihm keine Abstraktion, nicht bloß eine
metaphysische Hypothese, er dachte ihn nicht nur, er empfand
ihn, er erfaßte ihn mit religiöser Pietät. Nach Shelley's
Anschauung bestand das goldene Zeitalter in der innigen
Vereinigung der Menschheit mit der „geistigen Schönheit".
Damals offenbarte sich die letztere oder vielmehr der
Schatten derselben, da das Unendliche sich nicht vollkommen
in der realen Welt zu offenbaren vermag, sowohl in
der vollendeten Schönheit der Erscheinungswelt, als auch
in der Reinheit des menschlichen Herzens. Die erste
Strophe des Hymnus schildert, wie zwar der Schatten
jener Macht noch die Welt umschwebe, um aber immer
wieder zu entschwinden.

---

[1] „Essays and Letters" p. 251.

> „Der Schatten einer unsichtbaren Macht
> Umwaltet hehr uns, ob kein Aug' ihn sieht,
> So rasch entgleitend, wie der Duft entflieht,
> Der Blum' auf Blume seinen Gruß gebracht."

Der Dichter frägt nun, weshalb dieser Schatten der Welt entschwunden sei:

> „O Geist der Schönheit, der mit deinem Strahl
> Du alles heiligst, drauf dein Schimmer fällt.
> Wohin entflohst du aus der Menschenwelt!
> Weshalb entschwindest du und lässest fahl
> Und öde unser Reich, dies dunkle Jammerthal?"

Dies ist jedoch ein Mysterium.

> „Kein Mund aus höherer Welt, der uns zu geben
> Die Antwort solcher Fragen je verheißt."

Welche Bedeutung der Dichter der geistigen Schönheit beimißt, sagen die Verse der nächsten Strophe:

> „Unsterblich wär' der Mensch, allmächtig gar,
> Wenn du von hehrer Wunderpracht entglommen,
> Für ewig deinen Sitz in seiner Brust genommen."

Die Sehnsucht nach der Fortdauer des menschlichen Geistes drücken aber noch intensiver die folgenden Verse aus, in denen der Dichter die Weltseele anfleht:

> „Entfliehe wie dein Schatten nicht,
> Daß nicht das Grab sei, wie das Leid
> Und Leben, eine finst're Wirklichkeit."

Die letzten drei Strophen veranschaulichen des Dichters persönliches Verhältniß zu der geistigen Schönheit. In der drittletzten schildert er jene geistige Krisis, die in ihm vorging, als er ein Kind war, und die wir bereits kennen gelernt haben. Er schwor damals, sich der geistigen Schönheit zu weihen und frägt:

„Hielt ich nicht den Schwur?
Ruf' ich doch jetzt pochenden Herzens nur
Viel Traumgebilde aus des Busens Schein,
Darin sie schliefen, auf; sie haben still und rein,
Von Eifer oder Lieb' entfacht,
Die neidische Nacht mit mir durchwacht;
Denn nie erglänzte mir der Freude Spur
Als in der Hoffnung, daß der Welt
Durch dich einst jede Schranke fällt,
Daß du, o hehre Lieblichkeit,
Uns spendest, was kein Gott zu künden leiht."

———

Der Tag wird ernster, klarer, wenn der Brand
Des Mittags schied; ein sel'ger Friede ruht
Im Herbst, ein Glanz in seiner Lüfte Fluth,
Wie ihn der Sommer nimmermehr gekannt.
Als sei aus dessen Reich er allezeit verbannt,
O möge so dein machtvoll Weben, -
Das schon verschönt mein Jugendleben,
Auch fürder schenken seines Friedens Gut
Mir, der in Andacht dich verehrt,
Und jede Form, die du verklärt,
O holder Geist, der mich getrieben,
Zu fürchten dich und alle Welt zu lieben."

XIII

Harriet's Selbstmord. — Zweite Ehe. — Aufenthalt in Marlow. — Der Schiedsspruch des Kanzleigerichtes.

Als Shelley mit den Seinen nach England zurück=
kehrte, miethete er ein Haus in Marlow (Buckingham=
shire), um seinem Freunde Peacock näher zu sein.[1] Während
das Haus eingerichtet wurde, ging er nach Bath, wo ihn
bald die niederschmetternde Nachricht von Harriet's Selbst=
morde ereilte. Bei Harriet's Neigung zu Selbstmord=
gedanken hätte es vielleicht nur geringer Enttäuschungen
bedurft, um sie eines Tages das Opfer derselben Neigung
werden zu lassen. Sie hatte in ihrer letzten Lebenszeit
jedoch ein schweres Loos zu tragen gehabt, sie hatte ihre
Würde nicht zu bewahren gewußt und war von dem Ge=
schicke grausam behandelt worden. Obwohl die Einzel=
heiten ihrer letzten Schicksale keineswegs genügend auf=
geklärt sind, wissen wir doch, daß sie bald nach ihrer

---

[1] Peacock scheint ihm damals unter all' seinen Freunden am
Nächsten gestanden zu haben, denn in einem Briefe vom 17. Juli
1816 aus Genf (Forman VII, p. 352), in dem er von seinem
Plane spricht, sich in England anzukaufen, bezeichnet er Peacock als
den Einzigen, welcher genügende Theilnahme für ihn fühle, um an
der Verwirklichung dieses Planes Interesse zu haben.

Jun: 1814

Trennung von Shelley mit einem untergeordneten Men=
schen eine Verbindung einging und von diesem verlassen
wurde. Diese Enttäuschung brach ihr das Herz. Es
scheinen 'diesem Schlage Verstoßung vom väterlichen
Hause, Elend und Noth gefolgt zu sein[1], von denen sie
in der Serpentine Rettung fand. Es geschah am
10. November 1816. Shelley hatte sie in den letzten
Monaten aus den Augen verloren und hatte keine Kunde
von ihren letzten schweren Schicksalen. So viel steht fest,
daß ihr Selbstmord völlig unabhängig von ihrer Tren=
nung von ihm geschah, daß die Treulosigkeit ihres Lieb=
habers und die Grausamkeit ihres Vaters sie in den Tod
trieben. Hätte Shelley ihre Lage geahnt, so ist nicht zu
zweifeln, daß er Alles aufgeboten haben würde, diese zu
verbessern und der Unglücklichen frischen Lebensmuth ein=
zuflößen. Obwohl er sich frei von Schuld fühlen durfte,
war er doch zu selbstquälerisch geartet, um sich nicht doch
schwere Vorwürfe zu machen, und der Gedanke, daß er
ihren Geist mit Anschauungen genährt hatte, denen sie
nicht gewachsen war, die sie verwirren und auf Abwege
führen mußten, scheint ein Hauptgrund seiner Reue ge=
wesen zu sein. Leigh Hunt, der dies hervorhebt, bemerkt
auch, daß der Schmerz ihn in Stücke riß und daß er sie
nie vergaß.[2] Und Thornton Hunt sagt: „Ich weiß es
bestimmt, daß er ernsthaft litt und daß ihn Erinnerungen,
die theils realer, theils phantastischer Art waren, immer
wieder quälten und wie Orestes verfolgten." Er eilte,

---

[1] S. Thornton Hunt, Atlantic Monthly 1868. C. R. S. in
Notes and Queries. 2. ser. vol. V, p. 373.

[2] Autobiography p. 237.

nachdem er die Schreckensnachricht empfangen, sogleich
nach London und fand dort Trost in der Gesellschaft
Leigh Hunt's. Er hatte Leigh Hunt vorher erst einmal
gesehen und zwar im Sommer 1811, kurz vor seiner
ersten Heirath. Der Verkehr, der nun zwischen ihnen
entstand, sollte eine innige und dauernde Freundschaft
begründen.

Dasjenige Ereigniß, welches der Katastrophe zunächst
folgte, war die Vermählung Shelley's mit Mary Godwin,
die am 30. Dezember 1816 stattfand. Wir sind zunächst
erstaunt, wenn wir hören, daß Shelley sich gegen seine
Ueberzeugungen ein zweites Mal entschloß, in die Ehe zu
treten und diesmal mit einer Frau, deren ideale An=
schauungen mit den seinen übereinstimmten, die zu groß
und muthig war, um die Schwierigkeiten der Stellung
zu scheuen, welche sie bei freier Verbindung in der Ge=
sellschaft einnahm. Es wird uns von keiner Autorität
der Grund genannt, welcher Shelley bestimmte, ein zweites
Mal gegen Neigung und Ueberzeugung zu handeln. Es
fällt jedoch nicht schwer, denselben zu errathen. War
Mary selbst auch gleichgiltig gegen ihren gesellschaftlichen
Ruf, so konnte doch Shelley, der sie liebte, gegen diesen
nicht gleichgiltig sein. Es lag aber in seiner Macht, sie
vor den beleidigenden Gedanken des Pöbels zu schützen
und es ist selbstverständlich, daß er das Opfer, welches
er dem ungeliebten Weibe gebracht, um so eher dem ge=
liebten bringen mußte. Wahrscheinlich wurde er in diesem
Entschlusse durch William Godwin nicht nur bestärkt,
sondern knüpfte dieser die Erneuerung der alten Be=
ziehungen geradezu an die Bedingung, daß er seine

Tochter heirathe, denn erst nachdem die Trauung voll=
zogen war, sehen wir Godwin seinem Jünger wieder eine
freundlichere Miene zeigen. Freilich hatte Godwin in seinen
Schriften heftig gegen die Ehe protestirt, allein er erhob
die Anschauungen, die er als Schriftsteller aussprach,
niemals zur Richtschnur des Lebens und brachte seine
Grundsätze nur zu leichtpraktischen Rücksichten zum Opfer.
Er zog es vor, seinen begeisterten Anhänger fest an sich
zu ketten, seine Tochter als Gemahlin des Erben einer
Baronie und beträchtlicher Besitzthümer zu sehen, als hart=
näckig auf seinem verdammenden Urtheile über die Ehe
zu beharren.

Shelley bewohnte in Marlow mit seiner Familie
ein geräumiges, bequem eingerichtetes Landhaus, zu wel=
chem ein großer schöner Garten gehörte. Er lebte dort
wie ein „Landedelmann geringeren Ranges", den Luxus
von Wagen und Pferden gestattete er sich hier ebenso
wenig wie anderswo — obwohl er keineswegs gleichgiltig
gegen ihn gewesen wäre[1] —, um Anderen nützlich zu sein,
nur der Besitz eines Bootes war ihm damals schon zum
Bedürfniß geworden. Er führte in Marlow ein thätiges
Leben.[2] Er stand früh des Morgens auf und verbrachte
den längsten Theil des Tages mit Schreiben und Studium;
einige Stunden wurden Spaziergängen oder Bootfahrten
oder dem Umgang mit Freunden gewidmet, denen sein
Haus stets offen stand. Abends pflegte er den Seinen
vorzulesen, wie dies auch sonst seine Gewohnheit war.

---

[1] Hogg, Life II, p. 245.
[2] Leigh Hunt, Autobiographie 239.

Seine Hauptlectüre war hier wie anderswo Homer, die griechischen Tragiker, Plato und die Bibel, besonders das alte Testament, dessen dichterische Schönheiten ihn be= strickten.[1] Shelley's Vorliebe für die Bibel war eine so große, daß er sich äußerte, wenn er aus einer allgemeinen Bücherkatastrophe ein Werk retten dürfte, die Bibel dies Werk wäre.[2] Er scheint zu jener Zeit ausschließlich Vege= tabilien genossen zu haben, und während er ein so an= spruchsloses und so thätiges Leben führte, waren die schändlichsten Gerüchte über ihn im Umlauf.[2] Von der aufrichtigsten Menschenliebe beseelt, von dem Wunsche durchglüht, das Wohl der Gesellschaft zu fördern, aber in seinen Handlungen nicht weniger frei und unabhängig, als in seinen Gedanken, wurde er früh ein Gegenstand des Hasses für die englische Bigotterie und Heuchelei, welche sich an ihm weit grausamer und empörender rächte, als an Lord Byron.

Sein Verkehr beschränkte sich in Marlow auf einige wenige Freunde. Häufig lenkte er seine Schritte nach Hampstead, dem damaligen Wohnorte Leigh Hunt's. Shelley war keinem seiner Freunde mehr zugethan, als diesem. Freilich stand Leigh Hunt weder als Talent, noch als Persönlichkeit so hoch, als Shelley glaubte. So achtens= und rühmenswerth die Stellung auch war, die Hunt als Vertreter liberaler Ideen in seinem Vaterlande einnahm, welchen männlichen Muth er in gewissen schwie= rigen Lagen auch bewies, so läßt sich doch nicht leugnen,

---

[1] S. die Notiz von Mrs. Shelley zu „Revolt of Islam".
[2] Rossetti, Memoir p. XCVI.
[3] Hunt, Autobiography p. 239.

daß er beschränkt und anmaßend war und daß der wahre
Stolz ihm fehlte. Hunt hatte von Geldverhältnissen so
laxe Begriffe, daß er sich nicht entblödete zu gestehen, es
sei ihm eine große Freude und ein Freundschaftsbeweis,
sich von Freunden recht reich beschenken zu lassen.[1] Daß
er bei solchen Gesinnungen Shelley's Großmuth nach
Kräften ausbeutete, versteht sich von selbst. So ließ er
es sich gefallen, daß Shelley ihm einmal ein Geschenk
von 1400 Pfund machte, um ihn von Schulden zu be=
freien[2], von denen Hunt übrigens nie frei wurde. Wir
wollen nicht untersuchen, wie oft er sonst noch von
Shelley's Opferwilligkeit Gebrauch machte. Shelley hatte
aber nur für die Vorzüge Hunt's ein Auge, für seine
freie Gesinnung und den großen Fond von Gutmüthig=
keit, welcher sich Hunt nicht absprechen läßt. Während
Shelley also viel zu hoch von Hunt dachte[2], vermochte
umgekehrt Hunt die Größe von Shelley's Genie und
Persönlichkeit kaum nach Gebühr zu würdigen. Aber er
liebte Shelley und hat in seiner Autobiographie ein Bild
von ihm gegeben, in dessen Ausführung sich zwar wenig
tieferes Verständniß, wenig Schärfe und Feinheit der
Beobachtung, aber um so mehr aufrichtige, treue Sym=
pathie verräth.

Shelley lernte bei Hunt in Hampstead den jungen
John Keats und die Brüder James und Horace Smith,
die Verfasser der „Rejected Addresses", kennen. Für

---

[1] Lord Byron and his Contemporaries I, p. 32—34.
[2] Autobiography p. 240. Vgl. Hunt's Correspondence I,
p. 15.
[3] Vgl. Garnett, Relics of Shelley, p. 51 fl.

Keats faßte Shelley große Sympathie; er bewunderte sein Talent und sah in Keats einen Schicksalsgenossen, denn auch dieser war schwindsüchtig. Keats vermochte diese Sympathie jedoch niemals zu erwiedern. Hunt bemerkt, daß Keats in Bezug auf seine niedrige Abkunft zu empfindlich war und daß er in jedem Manne von Geburt seinen natürlichen Feind erblickte.[1] Er gehörte zu den Wenigen, die Shelley persönlich kennen lernten, ohne sich für ihn zu erwärmen. Ueberdies fehlte ihm jedes Urtheil über Shelley's Bedeutung als Dichter und er bemerkte nicht den gewaltigen Abstand zwischen seinem eigenen Talente, welches bei aller Echtheit und Vortrefflichkeit eben doch nur ein Talent war, und Shelley's Genie.

Shelley entfaltete in Marlow eine wahrhaft großartige Wohlthätigkeit. Die arme Bevölkerung der Gegend, die zum größten Theil aus Spitzenklöpplern bestand, wurde eben damals von Seuchen heimgesucht. Shelley, der sich in London medizinische Kenntnisse erworben, ging in die Hütten der Armen, saß an ihren Betten und zog sich dadurch eine heftige Augenentzündung zu, die ihn vom Schreiben und Lesen abhielt und sich später wiederholte.[2] Er machte eine große Zahl Hülfsbedürftiger zu seinen Pensionären, war aber, wie Leigh Hunt bemerkt, obwohl großmüthig, nicht schwach und erkundigte sich persönlich nach den Verhältnissen derer, die um eine Unterstützung baten.[3] Seine Barmherzigkeit ging so weit, daß er einmal unterwegs einer armen Frau seine Schuhe

---

[1] Autobiography p. 243.
[2] S. Mrs. Shelley's Notiz zu „Laon und Cythna".
[3] Autobiography p. 237.

schenkte und barfuß bei seinem Freunde Madocks anlangte;
ein anderes Mal fand er, als er nach Hampstead ging —
es war ein kalter Winterabend — eine Frau ohnmächtig
auf der Straße liegen; er eilte von Haus zu Haus, um
ein Nachtlager für die Unglückliche zu begehren, wurde
aber überall schnöde abgewiesen, bis er sie endlich im
Hause Leigh Hunt's unterbrachte. Dieselbe Güte und
Großmuth zeigte er seinen Freunden, die ihrerseits keinen
Anstand nahmen, den weitesten Gebrauch von derselben
zu machen. Obwohl sein Einkommen, wie wir sahen,
nicht eben ein glänzendes war, gab er Peacock wäh=
rend sechs Jahren eine Pension von 100 Pfund, be=
freite Hunt, wie wir hervorhoben, von 1400 Pfund
Schulden und Godwin von Schulden, die sich auf 6000
Pfund beliefen.[1] Bei all' seiner Opferfähigkeit für Ein=
zelne ließ er das allgemeine Wohl niemals aus den
Augen. So verfaßte er, da er zur Ueberzeugung gelangt
war, daß England durch das Unterhaus nicht genügend
repräsentirt werde, im Jahre 1817 das Pamphlet „A Pro-
posal for putting Reform of the Vote throughout the
Kingdom"[2], und bezeichnete hier als Mittel, den Willen
der Nation über die Reform seines Parlamentes zu er=

---

[1] Wir müssen in Anbetracht dieses Faktums lächeln, wenn
wir Godwin in einem seiner Briefe, die er an Shelley richtete, zu
Nutz und Frommen des letzteren folgende Worte aus „Political
Justice" citiren sehen (Hogg II, p. 143): "I am bound to employ
my talents, my understanding, my strengths, and my time, for
the production of the greatest quantity of general good. I have
no right to dispose of a shilling of my property at the sug-
gestion of my caprice."

[2] Forman VI, p. 85.

forschen, die Bildung eines riesigen Netzwerkes von Comités,
durch welches die Möglichkeit geschaffen würde, daß die
Stimme jedes Staatsbürgers könnte vernommen werden.
Es waren, sowie in seinem zweiten irischen Pamphlete,
wieder die Associationen, welche er empfahl, und wie dort
sollte sich auch hier sein Scharfsinn bewähren. Vergleichen
wir die praktische Umsicht und Besonnenheit, mit der er
in seinem Vorschlage die politische Lage Englands be=
spricht — er sagt hier z. B., er sehe ein, daß die Durchführung
seines Vorschlags für den gegenwärtigen unvorbereiteten
Zustand der Gedanken und Empfindungen des englischen
Volkes mit Gefahren verbunden sei[1] — mit seinen idealen
Mahnungen an das herabgekommene irische Volk, so sind
wir über diese merkwürdige Vereinigung von scharfem
Weltverstand und exaltirter Schwärmerei in einem und
demselben Gehirn mit Recht erstaunt. Aber nicht nur in
dem Vorschlag über die Reform des englischen Parla=
mentes, sondern auch im Gespräche mit seinen Freunden
und in seinen Briefen drückte er oft seine Befürchtung vor
allzu jähen politischen Umgestaltungen aus. Aber wir
vergaßen hervorzuheben, daß er in dem Pamphlete über
die Parlamentsreform den Vorschlag machte, man möge
zur Bildung der Comités eine Subscription einleiten, an
der er mit 100 Pfund theilnehmen zu wollen erklärte.[2]

---

[1] Forman VI, p. 95.
[2] Forman VI, p. 93. — In die Zeit, von der wir hier
sprechen, fällt auch seine „Address to the People on the Death of
the Princesse Charlotte" (Forman VI, p. 101 ff.), ein lauter
Aufschrei gegen die Tyrannei der Häupter der Regierung aus Anlaß
der Hinrichtung von drei Unschuldigen.

Während all' sein Denken und Sinnen auf das Wohl seiner Nebenmenschen und das Glück seines Landes ge= richtet war, sollte das Kanzleigericht ihn für moralisch unbefähigt erklären, die Erziehung der beiden Kinder aus seiner ersten Ehe zu übernehmen. Er wünschte nach Harriet's Tode Janthe und Charles, die bis dahin im Hause ihres Großvaters Westbrook gelebt, zu sich zu nehmen. Der letztere weigerte sich jedoch, ihm die Kinder zu übergeben und brachte die Sache vor das Kanzleigericht. Der Kanzler jener Zeit, der gefürchtete und verhaßte Lord Eldon, fällte im August 1817 den Schiedsspruch, dem= zufolge Shelley wegen der irreligiösen und unmoralischen Anschauungen, denen er in „Königin Mab" Ausdruck verliehen, und von denen sein ganzes Leben Zeugniß gebe, seiner Kinder beraubt wurde.[1] Diese wurden einem Geistlichen der Hochkirche, einem Dr. Hume, übergeben, damit ihnen alle jene Anschauungen eingeimpft würden, die ihr Vater bekämpfte, ihm selbst aber kein anderes Recht zugestanden, als mit einem Fünftel seines Ver= mögens für ihren Unterhalt zu sorgen.[2] Rossetti bemerkt: „Das war, wie ich glaube, das stärkste Beispiel gesetzlicher Intervention, Kinder der väterlichen Leitung zu entziehen, welches in der damaligen oder in unserer Zeit stattgefunden hat."[3] Es hätte Shelley zugestanden, sich an das Ober= haus zu wenden, er unterließ diesen Schritt jedoch, da er

---

[1] S. den Urtheilsspruch bei Jacobs, Reports of Cases during the times of Lord Eldon, vol. III, 7266. Medwin, Life of Shelley I, p. 202 ff.
[2] Memorials p. 75.
[3] University Magazine, Februar 1878.

wahrscheinlich im Voraus von der Erfolglosigkeit desselben
überzeugt war. Sein Schmerz über den Verlust seiner
Kinder kannte keine Grenzen, und er überwand ihn nie=
mals. Es war ihm nicht mehr möglich, die Kinder in
Gegenwart Leigh Hunt's, seines besten Freundes, zu er=
wähnen.[1] In dem Gedichte an Lord Eldon entlädt er
seinen gerechten Zorn in dem Ausruf:

„Fluch dir, bei des gekränkten Vaters Ehre,
Bei theuren Hoffnungen, die jäh geknickt,
Bei jeglichem dir fremdem, edlem Triebe,
Beim Schmerz, der nie dein kaltes Herz durchzückt; . . .

Beim Heucheln, das aus ihrem Unschuldsmunde
Wie Gift an einer Blüthe hangen muß,
Beim finstern Glauben, der zu jeder Stunde
Sie nun umschattet bis zum Lebensschluß; . . .

Bei der Verzweiflung, die mich zwingt zu klagen:
Ach, meine Kinder sind nicht länger mein!
Es mag mein Blut in ihren Pulsen schlagen,
Tyrann, doch ihr beflecktes Herz ist — dein!"

Aber unter der Wucht solcher Schicksalsschläge erstarkte
die Flugkraft seines Geistes, und er suchte vor ihnen
Rettung in dem Reiche idealer Visionen. Die Gesellschaft
konnte ihm Wunde auf Wunde schlagen, aber nicht die
Flamme seiner Menschenliebe ersticken; sein Herz konnte
bluten, aber sein Dichtergeist blieb frei, und seine Phan=
tasie wob sonnige Gebilde über dem Abgrund seines
Schmerzes. So entstand im Sommer 1817 „Laon and
Cythna," eine Dichtung, welche nicht vermuthen läßt, daß

---

[1] Autobiography p. 239.

der, aus dessen Geist sie entsprang, vom Schmerze ge=
foltert wurde und sich für einen Todgeweihten hielt. Shelley
dichtete unter dem Zwang einer gewaltigen, inneren Er=
regung, bei welcher es kein Besinnen gab, die ihn unauf=
haltsam mit sich fortriß. Mrs. Shelley bemerkt: „Kein
Dichter wurde jemals durch eine echtere und natürlichere
Inspiration beseelt." Wie aber seine Manuscripte zeigen,
unterwarf Shelley das Geschriebene nachträglich einer
strengen Kritik — die freilich oft noch weit strenger hätte
sein sollen, — deren Ansprüche aber immer größer wurden,
wie Shelley's dichterische Entwickelung ja ein fortgesetztes
Ringen nach innerer Klärung und Vervollkommnung war.

XIV.

„Laon und Cythna“.

„Laon and Cythna; or the Revolution of the Golden City: A Vision of the Nineteenth Century“ lautete der ursprüngliche Titel der Dichtung, welche nun gewöhnlich „The Revolt of Islam“ genannt wird. Die Bezeichnung „eine Vision des neunzehnten Jahrhunderts“ war insofern angemessen, als hier, um mit Miß Mathilde Blind zu sprechen, „ein neuer weiblicher Typus“ zum ersten Male in die Poesie eingeführt wird [1], die Frau nämlich, welche zum Bewußtsein der gesellschaftlichen Mißstellung ihres Geschlechtes gelangt und, indem sie für die Rechte desselben muthig in die Schranken tritt, eine Wiedergeburt der gesammten Menschheit herbeiführt. Es war die pietätsvolle Erinnerung an jene kühne Kämpferin, Mary Wollstonecraft, deren ideale Züge Shelley in seinem eigenen geliebten Weibe wiederfand, welche ihn zur Schöpfung einer Gestalt wie Cythna begeisterte. In anderer Hinsicht ist das Gedicht allerdings nichts weniger als würdig, eine „Vision des 19. Jahrhunderts“ zu heißen,

---

[1] Westminster Review, Juli 1870.

erwägen wir, daß Shelley in der erften Ausgabe das
Helden= und Liebespaar zugleich zu einem Geschwisterpaar
gemacht hat, um an einem recht auffälligen Beispiele
seinen Abscheu vor der conventionellen Moral auszubrücken
und „den Leser von dem Wege des gewöhnlichen Lebens
abzuziehen". Shelley, der mit der scharfen Sonde seines
kritischen Geistes alle moralischen Urtheile und Vorurtheile
einer Prüfung unterwarf, frug sich auch, worin das Un=
sittliche in einem Liebesverhältnisse zwischen Bruder und
Schwester bestehe, ein Verhältniß, das zu anderen
Zeiten, bei anderen Völkern gebilligt und geheiligt war,
und fand, daß es deshalb für unsittlich gelte, weil es
nicht Sitte sei. Für ihn bestand die Sittlichkeit jedoch
wesentlich im Wohlwollen, die Sittlichkeit der Sitte hatte
in seiner Morallehre keine Stelle. Er wollte, indem er
das Helden= und Liebespaar Laon und Cythna, welche
die Befreier der Goldenen Stadt sind und durch ihre
Menschenliebe die Wiedergeburt ihres Volkes bewirken,
Bruder und Schwester sein läßt, daher nichts anderes
zeigen, als daß Liebe und Wohlwollen in der Moral
Alles, die Sitte nichts sei, daß Menschen, die in schroffster
Weise gegen die conventionelle Moral verstoßen, gleich=
wohl Idealgestalten, sittliche Leuchten der Menschheit zu
sein vermögen, wenn sie nur das Wohlwollen zum Grund=
gesetze ihrer Gesinnungen und Handlungen erheben. Shelley
beabsichtigte nicht, den Incest zu vertheidigen, er wollte
das conventionelle Vorurtheil in dem Leser überwinden,
ihn an Vorstellungen gewöhnen, die ihn zunächst abstoßen
mußten. Nur mit Mühe gelang es dem Verleger, nach=
dem die Dichtung schon in Umlauf gesetzt war, Shelley

zu bestimmen, daß die Helden aufhörten, Bruder und
Schwester zu sein. Vielleicht war es jedoch noch ein
Anderes, was Shelley veranlaßte, Laon und Cythna zu
Geschwistern zu machen; er hat es in einem Briefe an
Mr. Gisborne vom 16. November 1819 ausgesprochen,
wo er sagt: „Der Incest ist wie viele andere incorrecte
Dinge ein sehr poetischer Umstand." Das Geheimniß=
volle eines solchen Verhältnisses reizte seine Phantasie.
Er kommt in der Ekloge „Helena und Rosalinde" noch=
mals auf das Thema zurück, ein Beweis, wie mächtig
seine Phantasie von demselben ergriffen war. Was jedoch
in dem letzteren Gedichte nur angedeutet wird, das wird
in „Laon und Cythna" umständlich geschildert, rein und
ideal zwar, aber dennoch unser Gefühl verletzend. Man
mag noch so billig urtheilen, man mag das vollste Ver=
ständniß für die Absicht des Dichters haben, und man
wird die nackte Darstellung eines solchen Umstandes den=
noch tadeln müssen. Nicht mit Unrecht bemerkt Tod=
hunter[1]: „Ein moralischer Solöcismus wie dieser macht
den Eindruck von etwas Barbarischem in Shelley's Ge=
müthsleben, als ob er von dem Einfluß des Stromes der
gesellschaftlichen Entwickelung unberührt geblieben wäre,
welcher gewisse Gefühlsphasen begründet hat, die in der
civilisirten Gesellschaft zu ständigen Instincten geworden
sind." Auch irrte Shelley darin, wenn er meinte, daß
jene Form des Incestes nur deshalb für unsittlich gelte,
weil der Instinct der Sitte ihn ausschließt. Unser Ab=
scheu vor demselben hat ohne Zweifel noch einen tieferen

---

[1] A Study of Shelley p. 58.

Grund, auf den einzugehen hier jedoch nicht der
Ort ist.

Shelley giebt in dem Vorworte zu seiner Dichtung
ein ziemlich ausführliches Programm derselben. Er hat
in „Laon und Cythna" seinen Traum von einer unblutigen
Revolution, von der plötzlichen sittlichen Erstarkung eines
Volkes durch die Macht der Rede in phantastischer Form
zur Darstellung gebracht. Dies Thema war noch nie ein
Thema der Poesie gewesen und hätte es Shelley mit
reiferen Kräften behandelt, er würde ohne Zweifel einen
tiefen und nachhaltigen Eindruck auf die Welt hervor=
gebracht haben. Er läßt hier Laon, seinem etwas mond=
scheinartigen Selbstreflex, jenes Werk gelingen, welches
er einst selbst vergebens zu vollbringen gestrebt, vornehm=
lich aber ist es Cythna, die Frau mit dem männlichen
Kämpfermuthe und der zartesten Weiblichkeit, die vermöge
ihrer höheren weiblichen Fähigkeit zu lieben und zu leiden,
die Befreiung ihres Volkes bewirkt. Und obwohl ihr
Werk wieder in Brüche geht, obwohl die Tyrannen, kaum
vertrieben, wieder zurückkehren und die Patrioten eine
vollständige Niederlage erleiden, wird der endliche, dauernde
Sieg der Weisheit und Tugend in trostreichen Prophe=
zeiungen doch in Aussicht gestellt, denn gleich „Königin
Mab", gleich dem „Entfesselten Prometheus" ist „Laon
und Cythna" ein Gesang der Hoffnung. Shelley sagt in
dem Vorworte, daß nach seiner Meinung die Zeitgenossen
„über das Zeitalter der Verzweiflung hinaus" seien und
daß er das Gedicht in dem Glauben geschrieben habe, die
Menschen würden nun „aus ihrem Traume erwachen"
und eine „langsame, allmähliche und stille Veränderung

in ihnen vorgehen." Während er in „Alastor" einen in=
dividuellen Seelenzustand geschildert hat, erhebt er sich
hier über persönliche Empfindungen, fühlt sich wieder als
Reformator und schildert in einer Reihe von Phantasie=
bildern den Kampf zwischen idealen, sittlichen Anschau=
ungen und der Niedrigkeit und Versunkenheit der Welt,
um „in den Herzen (seiner Leser) eine reine Begeisterung
für jene Lehren der Freiheit und Gerechtigkeit, für jenen
vertrauenden Glauben an das Gute zu erwecken, welche
weder Gewalt, noch falsche Darstellung, noch Vorurtheil
ganz in den Menschen erlöschen können". Gleichwohl ist
das Gedicht — im Unterschiede von „Königin Mab" —
erzählend und nicht didaktisch und vielleicht mochte Shelley
schon damals jenen Abscheu vor der didaktischen Poesie
empfunden haben, welchem er im Vorworte zum „Ent=
fesselten Prometheus" Ausdruck verliehen hat.

„Laon und Cythna" ist reich an den erlesensten
poetischen Schönheiten, unverkennbaren Strahlen des Ge=
nies, allein diese Schönheiten sind Einzelheiten und ver=
mögen uns nicht für den Mangel an Darstellungskraft
und Selbstbegrenzung, an Wirklichkeitsgefühl und Cha=
rakterisirungsgabe und endlich für den Mangel an Sinn,
der sich nur zu oft in dieser Dichtung fühlbar macht, zu
entschädigen. Mit der wildromantischen Behandlung des
hochernsten Themas correspondirt die rasche, nervöse, fast
fieberhafte Bewegung der Sprache, die aber der strophi=
schen Form der gewichtigen Spenserstanze, welche einen
majestätischeren Schritt erfordert, wenig gemäß ist.

Der erste Gesang deutet in einer symbolischen Vision,
durch welche das Aufdämmern der Freiheit bezeichnet wird,

den Inhalt der eigentlichen Erzählung an und leitet die=
selbe ein. Zum ersten Male kommt hier Shelley's mytho=
poetische Kraft zum Durchbruch. Er träumt sich an ein
Meeresgestade, der Tag bricht an, doch dichte Wolken=
schaaren — alle Formen der Thrannei — verfinstern die
Sonne, bis der Sturm — die Revolution — sich erhebt,
der die Wolken schüttelt und an einer Stelle spaltet, so
daß das Blau des Himmels sichtbar wird. Dort gewahrt
der träumende Dichter einen Adler im Kampfe mit einer
Schlange, die sich um jenen geringelt hat. Der Kampf
endet mit dem Siege des Adlers, der sich stolz in die
Lüfte erhebt, während die Schlange blutend in's Meer
stürzt. Sowohl die Schilderung der Elementarereignisse
wie des Kampfes zeugen von höchster beschreibender Kraft.
Mit dem Adler, als Attribut des Zeus, bezeichnet der
Dichter die Thrannei, das böse Princip, und er ist gleich=
bedeutend mit Zeus selbst im „Entfesselten Prometheus";
seltsam ist, daß Ahriman, das gute Princip, Prometheus,
hier durch die Schlange bezeichnet wird. Shelley wurde
zu dieser Wahl offenbar durch die Rolle, welche die Schlange
in der Bibel spielt, verführt, indem er die Erweckerin der
Erkenntniß mit dem guten Princip identificirt, doch wider=
spricht dieser Symbolisirung unserem Gefühle. Ein schönes
Mädchen, das am Strande sitzt, und in der wir wohl eine
Personification der „geistigen Schönheit," eine Vorläuferin
Asia's in Form einer idealen Sterblichen, zu erkennen
haben, birgt die Schlange schützend an ihrer Brust. Auf
ihre Aufforderung besteigt der Dichter mit ihr einen Nachen,
der aus „Frauenglas" gewoben, und beide zu dem Tempel
der Geister führt. Während der Fahrt erzählt das Mädchen

ihrem Gefährten von dem uralten Kampfe zwischen den
beiden weltbewegenden Mächten. Wie wir schon an einer
andern Stelle zu erwähnen Gelegenheit hatten, hat der
Dichter die Anschauung von einem ursprünglichen gol=
denen Zeitalter hier fallen gelassen, denn es wird gesagt,
daß schon der erste Mensch Zeuge des Streites zwischen
den beiden Principien war, welcher sehr poetisch als Kampf
zwischen dem Morgenstern und einem blutigen Kometen
gedacht wird. Der Komet aber siegte. Bevor die Er=
zählerin zu dem Berichte über ihre eigenen Schicksale über=
geht, tröstet sie den Dichter jedoch:

> „Du sahst den Kampf — doch kehr' zu deiner Heerde
> Hoffend zurück — nicht brauchst du zu weinen,
> Der einst allmächt'ge Dämon zittert schon
> Vor jenem Tage mit bangendem Erbeben,
> Wo seine theuren Siege nur bedroh'n
> Mit schnellem Untergang den schmachbefleckten Thron."

Es ist die Grundmelodie der Dichtung. Die Beschreibung
des Zauberpalastes, wohin das Boot die beiden führt,
ist vollkommen märchenhaft. Dort sitzen unter dem deman=
tenen Dach auf saphirnen Thronen die großen Geister,
die von der Erde geschieden. Vor dem Throne, der sich
in der Mitte befindet, verschwindet das Mädchen, indem
sie sich in schwarzen Nebel auflöst — es ist nicht klar,
was damit gemeint sei —, während sich die Schlange in
einen schönen Jüngling verwandelt. Neben ihm aber er=
scheint ein Weib, „viel schöner noch und lieblicher" — es
sind die seligen Geister der beiden Helden des Gedichtes,
und Laon erzählt dem Dichter ihre Schicksale.

Der zweite Gesang führt uns Laon und Cythna in
ihrer Frühreife vor. Wenn sich Cythna keineswegs alles
individuelle Leben absprechen läßt, so ist Laon ein reines
Schemen, und es ist unmöglich, ihn sich als Urheber jener
Thaten zu denken, welche der Dichter ihn vollbringen
läßt. Unwirklich wie die Gestalt ist auch der Boden, auf
dem sie sich bewegt. Es ist Argolis, das unter türkischer
Fremdherrschaft schmachtet; vergebens aber suchen wir
nach einer Spur von dem, was man Lokalfarbe, Costüm
nennt. Doch verfolgen wir den Gang der merkwürdigen
Darstellung. Von Jugend auf ist Laon von heißer Sehn=
sucht erfüllt, sein Vaterland von der türkischen Fremd=
herrschaft zu befreien und seine Landsleute nicht nur
politisch frei zu machen, sondern zu weisen und tugend=
haften Menschen zu erziehen. Schon früh beginnt er,
ihnen die Wahrheit zu lehren, und „aus jeder Brust hallt
ihm Antwort zu". Ihm zur Seite aber steht seine Schwester
Cythna[1], die sich schon als Kind gegen Tyrannei empört
hat, mächtig von Laon's Gedanken ergriffen, während
umgekehrt sein Eifer durch ihre Begeisterung immer mehr
entzündet wird. Kaum herangereift weint sie Thränen,
daß die Frau des Sklaven Sklavin sei und beschließt, die
Befreierin ihres Geschlechtes zu werden.

> „Ja, gehen will ich durch stolzen Reichthums Hallen
> Und niedersteigen in der Armuth Hütten,
> Wo nur ein Weib wohnt, tiefer Schmach verfallen,

---

[1] In der „Revolt of Islam" genannten Ausgabe wird
Cythna als eine Waise bezeichnet, die im Elternhause Laon's
aufwächst.

Und unterjocht von der tyrann'schen Sitte,
Da will ich Trost den Dulderinnen reichen,
Aus deines Geistes Brunnen sie ernähren,
Daß banges Fürchten und Verzweiflung weichen
Mit kräft'ger Speise deiner Weisheitslehren,
So auf die Erde Macht und Hoffnung wiederkehren.

Ist Freiheit, wo das Weib ein Sklav', zu finden?
An einer Leiche, d'ran die Würmer nagen,
In Grabesnacht willst du das Leben binden?
Kann, dess' Gefährtin dulden sonder Klagen
Muß bitt're Schmach, kann der zu stürzen wagen
Die Tyrannei? Wohl müßt' ein schwerer Fluch
In ihrer Kinder Kreis die Maske tragen
Des Weibes — das Verbrechen folgt im Zug
Und morschen Dom des Wahns stützt wiederum der Trug.

Der dritte Gesang schildert, wie Cythna von den
Creaturen des Sultans ergriffen und fortgeschleppt wird.
Laon erwacht aus wirren Träumen, aufgeweckt durch
Cythna's Schrei, als die bewaffneten Männer auf sie ein=
dringen. Er stürzt zu ihrer Rettung herbei, und indem
er seine Quäker=Grundsätze einen Augenblick vergißt, tödtet
er drei der Söldner und würgt einen vierten. Er wird
jedoch durch einen Schlag um das Bewußtsein gebracht
und in einen Kerker geworfen, der eine phantastische
Riesensäule krönt. Hier schmachtet er eine Reihe von
Jahren, bis ein greiser Einsiedler ihn befreit und in seine
Hütte führt.

Im vierten Gesang erzählt der Einsiedler in rüh=
render Weise, wie er Laon's Lehren zu verbreiten gesucht
und die Herzen durch dieselben entzündet habe, und ver=

kündet zugleich, daß ein Mädchen in der Goldenen Stadt erschienen sei,

„ihren Schwestern zu enthüllen
Der Wahrheit, Freiheit heilige Gesetze,"

in der wir in der Folge Cythna wieder erkennen werden. Die Schilderung ihres Waltens und Wirkens gehört zu den schönsten Partien der Dichtung und ist wenigstens für einen Theil der Welt prophetisch geworden. Am Schluß seiner Rede giebt der Einsiedler seinen Befürch=tungen Ausdruck, daß Blut vergossen werde, weil die Garden des Tyrannen, den Patrioten, d. h. den Anhängern Laon's, Widerstand zu leisten drohten, und bringt in Laon, daß er nach der Kampfesstätte eile, um die Bösen durch Liebe zu bezähmen. Als Laon dies vernimmt, da stürzt auf ihn, „seiner Jugend Bild wie Wind auf stille Wasser," er trennt sich von dem Freunde und eilt nach der Goldenen Stadt, während Cythna's Bild ihn um=gaukelt.

Der fünfte Gesang, welcher den Höhepunkt der Dich=tung bezeichnet, enthält die Schilderung der Befreiung der Goldenen Stadt. Laon trifft bei Morgengrauen an seinem Bestimmungsorte ein und findet seine Parteigenossen in ihren Zelten schlummernd, „da die Macht gesiegt des Guten". In einer der Wachen des Lagers erkennt er seinen Jugendfreund, mit dem er sich einst entzweit, und mit dem er sich nun wieder versöhnt. Während die Beiden noch „mit schnellem Mund und ernstem Auge" Worte tauschen, wird das Lager von den Barbaren überfallen, die unglücklichen Patrioten werden wie eine Schafheerde

niedergemetzelt, und schon scheint alles verloren, als Einer
„Laon" ruft. Dieser Ruf erschreckt die Feinde jedoch so
sehr, daß sie entsetzt zurückweichen, während die Patrioten
sich ihrerseits anschicken, sie zu verfolgen. Doch nicht
länger soll es Verfolger und Verfolgte geben; Laon, der
einen der Patrioten, welcher einen Feind mit dem Speere
durchbohren wollte, zurückgehalten, so daß der Speer
seinen eigenen Arm verletzt hat, spricht, während das
Blut aus seiner Wunde strömt, Worte der Liebe zu
Freunden und Feinden, rührt ihre Herzen und bewirkt
ihre Versöhnung. Alle ziehen schließlich, Laon in der
Mitte, mit Jubelgesängen in die Goldene Stadt.

> „Es war ein Volk, das frei
> Durch Liebe ward."

Die Beschreibung von der Absetzung des Tyrannen,
welche nun folgt — wie er in seinem Palaste entdeckt
wird, von Allen verlassen, nur nicht von seinem Kinde,
das ihn mit Spiel und Tanz unterhält und ihn liebt;
wie er Laon zuherrscht: „Sie hungert, Sklave, erstich
sie oder gieb ihr Brod!"; wie Laon das Volk, welches nach
dem Blute des Despoten lechzt, in Schranken hält —
gehört zu den besten Stellen der Dichtung. Weniger hervor=
stechend ist die Schilderung des Freiheitsfestes, welche sich
daran anschließt. Cythna ist die Heldin des Festes; sie
thront auf einer Pyramide, umgeben von drei Statuen,
welche Gleichheit, Freiheit und Natur vorstellen, und hält
die Festrede, die manches Schöne. enthält, aber keineswegs
zu Shelley's bester Lyrik gehört.

Im sechsten Gesang wird der plötzliche Verlust aller

Errungenschaften und die vollständige Niederlage der
Patrioten geschildert, eine Schilderung, die jedoch an Sinn=
losigkeit — das Wort ist kaum zu stark — ihres Glei=
chen sucht. Die Patrioten fallen ganz und gar aus ihrer
Rolle. Man ruft, als die Gefahr im Anzug ist, zu den
Waffen, aber es kommt nicht zum Ergreifen derselben,
nicht etwa weil die biederen Patrioten sich rechtzeitig der
Lehren Laon's vom passiven Widerstande erinnern, sondern
weil sie die Furcht wie dürre Blätter auseinander treibt.
Laon selbst vergißt seine Grundsätze abermals, denn ob=
wohl er mit einem Häuflein seiner Anhänger den Feinden
einige Zeit keinen andern Widerstand 'entgegensetzt, als
„mit krausen Brau'n und Blicken grimmiglich," bricht
doch ein Freudenruf aus Aller — also auch aus Laon's —
Brust, als man ein Bündel Piken in einer Höhle findet.
Doch schon giebt es keine Rettung mehr, und nur Laon
und Cythna entrinnen der Gefahr auf einem Tartarrosse.
Sie fliehen nach einer einsamen Marmorruine, welche
einen Felsen am Meere krönt, und finden dort Trost,
indem sie ihre Hochzeit feiern, die schön und rein geschil=
dert wird, unser Gefühl aber gleichwohl beleidigt, erinnern
wir uns des nahen Verwandtschaftsgrades von Braut und
Bräutigam. Nachdem diese sich fast mehr als zwei Tage —
also längere Zeit, als Eroberung und Verlust der Gol=
denen Stadt in Anspruch nahmen — ihrem Glückesrausch
hingegeben haben, bricht Cythna schließlich in Thränen
aus, weil sie seit zwei Tagen gefastet hat. Laon reitet
fort, um der Geliebten Speise zu holen, und kommt in
ein Dorf, welches die Stätte greulicher Verwüstung und
Verödung ist. Alle Einwohner sind massacrirt, die Mauern

ausgebrannt worden, aus den Brunnen fließt Blut. Kein anderes lebendiges Wesen gewahrt Laon, als ein Weib von dämonischem Aussehen: es ist die Pest. Die Beschreibung dieser Begegnung gehört zu dem Hervorragendsten auf dem Gebiete der Poesie des Grausigen, in deren Geheimnisse Shelley nicht weniger eingeweiht war, als in die der zartesten Schönheit.

„Wie sie mich nahen sah, umarmt sie mich
Und küßte mich mit fieberheißem Mund
Und ruft mit Lachen hohl und schauerlich:
„„Du hast den Kelch der Pest geleert zum Grund,
Bald schließen Tausende mit dir den Todesbund!

Mein Nam' ist Pest — an diesem Busen ruhten
Zwei Kinder einst — ein Mädchen und ein Knabe;
Als ich heimkam, sah Eines ich verbluten,
Das And're lag im heißen Flammengrabe!
Seit der Zeit bin ich keine Mutter mehr;
Ich bin die Pest; — und meine Sendung ist,
Im Todesflug zu schweben hin und her; —
Verwelken muß der Mund, den ich geküßt,
Nur der des Todes nicht — komm' mit, wenn du es bist!"'

„„Was suchst du hier? Wie hell der Mondstrahl blitzt,
Der Thau steigt feucht und kühl herauf vom Thal;
Er wird sie kühlen! Sollst die Wunden jetzt
Des Knaben sehen, jetzt der Würmer Mahl —
Doch sag' erst, was du suchst."' „Ich suche Brot."
„„Gut, zur Genüge will ich's geben dir;
Mein Buhle, Hunger, harrt; gar grausam droht
Er Jeglichem; doch jagt er von der Thür
Nicht den, den ich geküßt. So komm' und folge mir."'

Sie sprach's, und mit des Wahnsinns Kraft mich packt
Und führt vorüber mich an manchem Herde
Und über manche Leiche, wund und nackt,
Nach einer Hütte, wo sie auf der Erde
Drei große Haufen Brote aufgeschichtet,
Die sie in Hütten suchte, die verlassen;
Als ob dem Tod ein Mahl sei zugerichtet;
Rund um die hohen Haufen Reih'n von blassen
Leichen von Säuglingen in starrer Ruhe saßen.

Sie sprang auf einen Haufen, und sie bot
Den irren Blick dem Blitz, und rief: „„„Nun iß!
Nimm Theil am Schmaus, denn morgen kommt der Tod!"""
Und dann ihr bleicher Fuß die Brote stieß
Den Leichengästen hin; dies Schau'n versehrte
Mir Aug' und Herz, und wenn nicht das Gedenken
An Cythna's Blicke der Verzweiflung wehrte,
Könnt' ich vor Mitleid mich in Wahn versenken,
Doch nahm die Brot' ich, die das Weib mir wollte schenken."

Laon kehrt zu Cythna zurück, um sie mit dem Brote zu
erquicken.

Im siebenten und achten Gesang erzählen sich die Liebenden die Schicksale, welche sie seit der Zeit, als Cythna
von den Söldnern des Tyrannen überrascht wurde, getroffen
haben. Die Geschichte Laon's kennen wir, diejenige Cythna's
ist noch trauriger und seltsamer. Cythna wurde von den
Sklaven des Tyrannen in dessen Harem gebracht, wo sie
jene Schmach erdulden mußte, vor der ihr Herz gebebt,
bevor sie sie gekannt. In der Schilderung ihrer Empfindungen zeigt sich all' das Feingefühl des Dichters, welches
ihn besonders für die Schöpfung edler, idealer Frauen-
gestalten befähigt.

„Sie sagte mir, welch schauerliche Qual
Es sei, wenn Selbstsucht höhnet Liebeswonnen,
So grausig, wie wenn träumend zum Gemahl
Wir eine Leiche haben. — Eh' verronnen
Die Nacht, war aller Schrecken, alle Pein,
So nur die Seele träumen kann, wie Tag; —
Und wie ihr Pfühl beglänzt des Tages Schein,
Wie sie, ein Geist in Fleischesbanden, lag
Kämpfend, floh der Thrann entsetzt und zag."

Da Cythna durch den Zauber ihres Wesens die Sklaven
des Harems besiegt und zur Empörung gegen den Tyrannen treibt, wird sie durch einen Mohren nach einem
schwer vorstellbaren Felsenkerker am Meere gebracht, in
welchem sie eine unbestimmte Zeit gefangen bleibt und
durch einen Seeadler — wir befinden uns nun ganz im
Gebiete des Märchens — mit Früchten ernährt und mit
Blumen erfreut wird. Hier wird sie Mutter, doch ihr
Glück ist von kurzer Dauer. Ihr Kind wird ihr entführt.
Die Schilderung ihrer Mutterliebe und ihres Schmerzes
sind von ergreifender Wahrheit und bilden in ihrer einfachen Schönheit einen wohlthuenden Gegensatz zu den
Phantastereien, mit denen besonders dieser Gesang überladen
ist. Cythna findet indeß von ihrem Schmerze Rettung,
zuerst im Anblicke eines Nautilus, dann in dem Erwachen ihres Mitgefühls mit den Menschen und in der
Erinnerung an Laon. In unerklärlicher Weise wird
schließlich durch Erdbeben der Felsenkerker Cythna's gesprengt und sie selbst in Freiheit gesetzt. Während sie
einsam auf einem Felsenwalle am Meere steht, kommt ein
Boot, dessen Mannschaft sie aufnimmt und auf ihren
Wunsch den Weg nach der Goldenen Stadt nimmt.

Selbstverständlich macht sich in Cythna der edle refor=
matorische Drang, sobald sie sich unter Menschen befindet,
sofort wieder geltend. Sie predigt während der Fahrt
den Schiffern und den Frauen, welche sich am Bord be=
finden, Liebe und Gleichheit und mahnt ihre Zuhörer an
ihren „Willen", dem nichts unmöglich sei. Diese Stelle ist
nur einer der vielen Beweise, daß die Freiheit des Wil=
lens zu Shelley's innigsten Ueberzeugungen gehörte. Als
Cythna ihre Rede mit der Aufforderung an ihre Zuhörer
beschließt, „der Freiheit zu gehören, selbst bis zum Tode,
schwört", da rufen Alle: „Wir schwören", und Alle sind
bekehrt.

Der neunte Gesang schildert, wie Cythna in der
Goldenen Stadt ihr schönes Befreiungswerk, durch Worte
der Liebe, fortsetzt.

„Mein Wort macht, daß der Nebelflor entflieht,
Der die Natur birgt, Freiheit, Wahrheit, Lieben, —
Wie Einer wohl von hoher Pyramid' .
Der Sonne Nahen kündet, — und die trüben
Nebel flieh'n von Bach und Wies' und Hain,
Milde Gedanken manche Brust erfüllen,
Und Weisheit hüllt in Liebespanzer ein,
Gar manches Herz und unzähmbaren Willen,
Geduld und trotziger Muth mit ihrem Stahl umhüllen. . . . .

Doch fand mein menschlich Wort bald Wiederhall
In Menschenherzen, und die Reinsten, Besten,
Sie schlossen mit dem Freund, wie Freunde all',
Das Bündniß der Entschloss'nen und Festen;
Die Andern, eh' Erfolg den Plan gekrönt,
Zu tragen mich im Herzen sich bequemen,

Ihr Mahl, ihr Schlaf von Hoffnung ward verschönt,
Die ich geweckt, um die Gewalt zu nehmen
Den niederen Sorgen, die des Lebens Fittig lähmen.

Vor Allem Frau'n, die meine Worte riefen
Aus ihrer Knechtschaft, drängten sich herbei.
Ein Ton der Wahrheit sprengt die Kerkertiefen,
Sie blickten um sich, und sie waren frei.
Es konnten die verlassenen Despoten
Nicht Eine halten in der Ketten Pein;
Des Zornes Blitze nicht im Aug' mehr lohten,
Deß Strahl einst töbtlich — weder Gold noch Dräuen
Verhindert Sklavinnen, die Andern zu befrei'n."

Am Schluß ihrer Rede tröstet Cythna ihren Freund über
das Mißlingen der Revolution, indem sie den endlichen
Sieg der Freiheit in Aussicht stellt. Diese Stelle ist be=
sonders schön und vortrefflich, bemerkt Tobhunter: „Der
erhabene Geist, welcher in jeder Zeile athmet, ist von
weiblicher Zartheit durchdrungen, sowie die Morgenluft
von der Helle des dämmernden Tages erfüllt und er=
regt ist."

Der zehnte Gesang enthält Schilderungen von ein=
schneidender Kraft und großer Lebendigkeit. Er erzählt,
wie die Despoten mit ihren Söldnerhorden von allen
Enden der Welt nach der Goldenen Stadt ziehen, um
die Patrioten zu vernichten, und welches die Folgen der
Massacrirungen sind, welche dieselben verüben. Sieben
Tage währt das Schlachten, dann stellt sich Hitze und
Trockenheit ein.

„Der Sonne glühend' Aug' für immer ruht
Ob todtbefleckktem Land. Sie kam von Osten

Wie Feuer her, und ihre Herbstesgluth
Macht reif die Aehren, die vereinzelt sproßten
Und selten. — Erzen wölkt sich ob der Erd'
Der Himmel, drinnen Wolk' und jeder Wind
Hinsiecht und stirbt; die durstige Luft verzehrt
Jed' Naß; die nackten Leichname umspinnt
Ein Dunst der Fäulniß all', unsichtbar und geschwind."

Es folgen Hungersnoth — Menschenfleisch wird auf
dem Markte verkauft — Verdurstung und Wahnsinn und
die Schrecken des Aberglaubens. Ein spanischer Priester
verkündet, daß Gott nur durch den Flammentod Laon's
und Cythna's versöhnt werden könne und der Herrscher
läßt durch einen Herold ausrufen, daß er sein Reich zum
Preise auf die beiden Helden aussetze, während Priester
durch die Straßen rennen und den Pöbel gegen die Pa=
trioten aufreizen, so daß bald hundert Feuerbühnen in
der Stadt auflohen.

Der elfte Gesang schildert den Abschied Laon's von
Cythna und seine freiwillige Auslieferung, zu der er sich
entschließt, um Cythna zu retten, der zwölfte und letzte
Cythna's Ankunft, als Laon eben den Holzstoß besteigt,
Laon's und Cythna's gemeinsamer Tod und ihre gemein=
same Auferstehung. Die Abschiedsscene zwischen Laon
und Cythna gehört zu den schönsten Stellen dieser an
trefflichen Einzelheiten so reichen, aber im Ganzen doch
so unbefriedigenden Dichtung.

„Ich stand bei ihr, ohne daß sie mich entdeckte —
Sie schaut hinaus auf Himmel, Meer und Erde.
Bewund'rung, Lieb', Entzücken in ihr weckte
Die Leidenschaft, die stärker als Geberde,
Als Rede, Scherz und Thränen und was immer

Entfließt der Freude, bie vereint dem tiefen
Gefühl, das sie hierhergeführt, im Schimmer
Der Augen glänzt, bie aufthun ihre Tiefen
Und mir ihr theures Selbst vor meine Augen riefen.

———

Sie hätte mich an ihre Brust gedrückt —
Der warme Mund hätte gehaucht bie Gluth,
Den Duft, ben jetzt der neidische Wind entrückt,
Auf meinen aus. Es hätte bann geruht
Ihr theures Haupt an meiner müden Brust;
Ich hätt' gelauscht der süßen Stimme Wehen,
Ihr Blick, an meinem hangend, hätt' mit Lust
Genährt die Seele — Noch zurück im Gehen
Schau' ich — bann schieben wir auf Nimmerwiedersehen.

———

Nur einmal noch auf glühender Flammenstätte!
Sie hörte meine Flucht — ihr Rufen prägte
Sich in mein Herz, und ward fast eine Kette, ·
Die meinen Willen in ben ihren legte,
Daß mein Entschluß wankt einen Augenblick.
„„Wohin entfliehst du! Nicht kann ich bir nach!
Es wanken meine Schritte. — Komm' zurück!
O komm'!"" Es flog der Wind vorüber jach,
Auf bem der Ruf erstarb, fernhin und zögernd schwach."

Auch bie Scene, in welcher Laon in ber Verkleidung
eines Einsieblers unter bie Priester und Söldner tritt
und zu biefen spricht, bis er sich zu erkennen giebt, ist
schön und dramatisch gedacht. Als Laon mit Cythna ben
brennenden Holzstoß bestiegen hat, ist ber letzte Anblick,
welcher sich ihm bei schwindenden Sinnen darbietet, das
Kind bes Tyrannen, welches vom Throne stürzt. Es ist
kein anderes, als Cythna's eigenes Kind, und in einem

schönen Bilde führt uns der Dichter die drei Gestalten, nach ihrer Auferstehung, in seliger Vereinigung vor, wie sie in einem Boote — „einer Perlenmuschel Hohl" — nach dem „Tempel der Geister" fahren, zu welchem das Mädchen mit der Schlange den Dichter geführt hat.

Niemand wird in „Laon und Cythna" ein abge= schlossenes Kunstwerk erblicken, wenn auch aus jeder Strophe die Genialität seines Schöpfers ersichtlich ist, und fast scheint es, als wäre unsere Analyse zu eingehend gewesen. Die Dichtung ist jedoch im höchsten Grade charakteristisch für Shelley's Entwickelungsgang und wir werden seine Meisterwerke in um so höherem Grade be= wundern müssen, wenn wir erwägen, welche Fehler er zu überwinden hatte; dann aber ist das Gedicht auch reich an unübertrefflichen Schönheiten und meisterhaften Schil= derungen, und um sie zu zeigen, mußte der ganze Inhalt der Dichtung wiedergegeben werden, wie ermüdend, wie ungenießbar er auch stellenweise ist.

In Marlow entstand auch ein Theil der Ekloge „Helena und Rosalinde", sowie das Fragment „Prinz Athanase". Beide Dichtungen werden in einem anderen Abschnitte unserer Darstellung gewürdigt werden.

XV

Reise nach Italien und erste Zeit des dortigen Aufenthaltes.

Die Stimmung und den Gesundheitszustand Shelley's gegen Ende des Jahres 1817 veranschaulicht ein Brief, welchen er am 7. Dezember an Godwin schrieb[1]: „Meine Sinne sind zeitweise ganz todt und stumpf, dann werden sie wieder so unnatürlich erregbar und scharf, daß ich — um von dem Gesichtssinn zu sprechen — Grashalme oder Aeste von entfernten Bäumen unmittelbar vor mir mit mikroskopischer Deutlichkeit sehe. Gegen Abend gerathe ich in einen Zustand von Lethargie und Leblosigkeit und liege oft Stunden lang auf dem Sopha zwischen Schlaf und Wachen, eine Beute der peinlichsten geistigen Reiz= barkeit. So ist mit geringer Unterbrechung meine Lage. Die Stunden, welche ich dem Studium widme, sind mit Sorgfalt aus diesen Zeitläuften des Ungemachs ausge= wählt." Und weiter heißt es: „Doch denke ich nicht aus Rücksicht für diese Zustände an eine Reise nach Italien, obwohl ich weiß, daß Italien mir wohlthun würde. Aber ich habe eine Lungenentzündung gehabt und obwohl sie

---

[1] Memorials p. 78.

ohne Spuren zu hinterlassen, vorübergegangen, ist sie
doch ein Beweis, daß die Natur meiner Leiden Schwind=
sucht ist." Der Plan, nach Italien zu reisen, kam im
Frühling 1818 zur Ausführung, allein nicht nur aus
Rücksicht für Shelley's körperliche Leiden, sondern auch
aus Rücksicht für seine Kinder von Mary — im Sep=
tember 1817 hatte sie ihm auch ein Mädchen geschenkt,
das Clara hieß — weil er befürchtete, das Kanzleigericht
könnte ihm auch diese entreißen.

Am 11. März 1818 verließ Shelley mit Mary, den
beiden Kindern, Miß Clairmont und Allegra schwerkrank
und tief verwundeten Herzens England. Er sollte nie
wieder dahin zurückkehren.

Erst in Mailand machten die Reisenden Halt. Der
Zauber des Südens begann sogleich den wohlthätigsten
Einfluß auf Shelley auszuüben. Er schrieb seinem Freunde
Peacock aus Mailand: „Kaum waren wir in Italien
angekommen, als die Lieblichkeit des Landes und die
Heiterkeit des Himmels den größten Umschwung in meinen
Empfindungen hervorbrachte. Ich hänge von solchen
Dingen ab, denn ich kann sagen, daß ich in dem Rauche
der Städte, im Menschentumult und in dem kalten Nebel
und Regen unseres Landes kaum lebe." Shelley fühlte
als Dichter das Bedürfniß, neuen Eindrücken, welche ihn
belebten und entzückten, Ausdruck zu geben. Er schrieb
in den ersten Jahren seines Aufenthaltes in Italien zahl=
reiche, descriptive Briefe an seine Freunde in England,
über deren klassische Schönheit es in der englischen Kritik
nur Eine Stimme giebt. Symonds geht sogar so weit,
Shelley's Briefe „die vollkommensten Beispiele descriptiver

Prosa in englischer Sprache" zu nennen. Was diesen
Briefen ihren eigenthümlichen Werth verleiht und sie von
den Briefen anderer großer Persönlichkeiten unterscheidet,
hat R. Garnett richtig hervorgehoben, indem er bemerkt[1]:
„Shelley's Briefe sind wesentlich und unverkennbar die
Produkte eines Dichters, und vergleichen sich mit anderen
berühmten Briefen, wie sich seine Dichtungen mit anderen
Dichtungen vergleichen. Sie haben nicht das Offenherzige
von Byron's Briefen, noch die Urbanität derjenigen Gray's,
noch das Pikante von denjenigen Horace Walpole's. Diese
Vorzüge, so bewundernswerth sie sind, sind doch nicht
specifisch poetisch; der Dichter, welcher sie entfaltet, muß
sich des Charakters eines Dichters für eine Weile ent=
äußern; dessen war Shelley nicht fähig. Der eigenthüm=
liche Vorzug seiner Briefe besteht darin, daß dieselben
den Geist des Dichters ebenso deutlich veranschaulichen,
wie Macaulay's Briefe den des Literaten und diejenigen
Wellington's den des Feldherrn." Die erste Stelle be=
haupten in diesen Briefen die Naturschilderungen, war der
Anblick der Natur nach seinem eigenen Ausdruck sein
„Hauptvergnügen." (Brief an Peacock vom 20. April 1818.)
An die Naturschilderungen reihen sich die Beschreibungen
von Werken der bildenden Künste, welch' letztere Shelley
erst in Italien mit Verständniß und Liebe betrachten
lernte.[2] Sein Hauptaugenmerk galt der Skulptur, und
wir werden später an einem Beispiele sehen, wie liebevoll

---

[1] Shelley's Letters, Introduction p. X sq.

[2] Vgl. über seinen Mangel an Sinn für die bildenden Künste
vor dem Aufenthalt in Italien Hogg, Life I, p. 119; II, p. 5.
S. Mrs. Shelley's Notiz zu den Gedichten von 1818.

er sich in die Betrachtung von Werken dieser Kunst vertiefte, wie bald er zum artistischen Beurtheiler heran= gereift war. Das Unbefriedigendste in seinen italienischen Reisebriefen sind seine Aussprüche über den Charakter und die Begabung der Italiener. Wie fein, wie trefflich, wie scharf er sonst beobachtete, in diesem Punkte fehlte es ihm ganz an Sympathie und Verständniß. Er fällte nicht nur in der ersten Zeit seines Aufenthaltes in Italien — als er die Nation noch nicht kennen konnte — das ab= sprechendste Urtheil über dieselbe[1], sondern er beharrte bei diesem Urtheile — wenigstens nach seinen Briefen zu schließen — als er schon besser unterrichtet sein mußte.[2] Obwohl Mrs. Shelley behauptet, daß er später zu rich= tigeren Anschauungen über diesen Punkt gekommen sei[3], so ist dies aus seinen schriftlichen Mittheilungen doch nicht ersichtlich.

In Mailand gefiel sich Shelley besonders gut. Im Dome hatte er ein stilles Plätzchen ausfindig gemacht, wo er Dante las.[4] Die Schönheit und der Zauber der neuen Umgebung wirkten machtvoll auf seine Phantasie. „Der erste Anblick von Italien," sagt Mrs. Shelley in der Notiz zum „Entfesselten Prometheus", „entzückte Shelley; es schien ihm ein wonnevoller Garten unter einem klareren und helleren Himmel, als irgend einer, unter dem er früher

---

[1] S. Briefe von Mailand vom 6. April 1818, 20. April 1818, Bagni di Lucca vom 25. Juli 1818.

[2] Venedig, 8. Okt. 1818; Neapel, 26. Jan. 1819; Rom, 6. April 1819, 26. April 1819. (Forman VIII.)

[3] Essays and Letters II, p. 120 (Note).

[4] S. Brief an Peacock vom 20. April. (Forman VIII, p. 12.)

gelebt ... Der poetiſche Geiſt erwachte bald in ihm mit
all' der Macht und mit noch größerer Schönheit, als
diejenige ſeiner erſten Verſuche war."

Gleich nach ſeiner Ankunft in Italien wollte er Taſſo
zum Helden eines lyriſchen Dramas machen. Er theilte
Peacock in einem Briefe vom 20. April dieſen Plan mit,
fügt aber hinzu: „Du wirſt ſagen, daß ich kein drama=
tiſches Talent habe; ſehr wahr in einem gewiſſen Sinne;
aber ich habe mich entſchloſſen zu ſehen, was für eine
Art Tragödie eine Perſon ohne dramatiſches Talent
ſchreiben könne."[1] Wie ſehr er ſich in dem Mißtrauen
in ſeine dramatiſche Begabung irrte, ſollte bald klar
werden. Von dem geplanten Drama „Taſſo" iſt jedoch
nur der Theil einer Scene niedergeſchrieben worden, wel=
cher keinen Schluß auf die Conception des Ganzen ge=
ſtattet. Ein anderer Plan, der ihn der eben erwähnten
Notiz von Mr. Shelley zufolge damals zu beſchäftigen
begann, war die Dramatiſirung des Buches Hiob. Er
gab denſelben auch niemals auf, doch befand ſich in ſeinem
ſchriftlichen Nachlaſſe keine Aufzeichnung über dies Thema,
und endlich faßte er in der Zeit, von der wir ſprechen,
auch die Idee zum „Entfeſſelten Prometheus," der im
Herbſte 1818 begonnen wurde.

Von Mailand beſuchten die Reiſenden den Comer
See, von deſſen Scenerien Shelley Thomas Peacock eine
herrliche Beſchreibung gab.[2] Dann wandten ſie ſich nach
Piſa, wo ſich Shelley nicht wohl fühlte, deſſen trefflichem

---

[1] Forman VIII, p. 12.
[2] Brief vom 20. April (Forman VIII).

Klima und Wasser er später jedoch eine wesentliche Besse=
rung in seinem Befinden verdanken sollte. Kurze Zeit
hielten sie sich in Livorno auf, welches Shelley die „reiz=
loseste Stadt" nennt, und das nur durch die Anwesenheit
der englischen Familie Gisborne, besonders von Mrs.
Gisborne — einer Frau von ungewöhnlicher geistiger
Bedeutung und Bildung, die einst mit Mary's berühmter
Mutter befreundet gewesen [1] — Anziehung für ihn bekam.
In den Bädern von Lucca, wohin sich Shelley im Juli
mit den Seinen von Livorno begab, übersetzte er an zehn
Vormittagen Plato's Symposion [2], um Mary eine Vor=
stellung von den eigenthümlichen Sitten und Anschauungen
der Alten zu geben. Die Uebersetzung veranlaßte ihn,
einen „Discourse on the Manners of the Ancients relative
to the Subject of Love" zu beginnen, der einen Commentar
zu ihr bilden sollte, welcher jedoch unvollendet geblieben
ist und leider da abbricht, wo die Besprechung des Themas
anheben sollte. Indem wir uns ein näheres Eingehen
auf Shelley's Beschäftigung mit fremden Literaturen und
seine Urtheile über die einzelnen großen Erscheinungen

---

[1] In einem späteren Briefe an Peacock schildert Shelley
Mrs. Gisborne mit den Worten: "Mrs. Gisborne is a sufficiently
amiable and very accomplished woman; she is δημοκρατικη
and ἀθεη — how far she may be φιλανθρωπη I don't
know, for she is the antipode of enthusiasm." Es folgt eine
humoristische Beschreibung der „Nase" von Mr. Gisborne. Forman VIII, p. 117.

[2] S. den Brief an Mr. und Mrs. Gisborne vom 10. Juli
1818 bei Forman VIII, p. 24, und Memorials p. 103. Außerdem
hat Shelley von Plato noch „Jon", einen Theil des „Menexenus",
eine Stelle aus „Crito", und Bruchstücke aus der „Republik" über=
setzt. S. Forman VII.

derselben für später vorbehalten, sei nur erwähnt, daß sich Shelley in Lucca wieder in die italienische Literatur zu vertiefen begann und, wie es scheint, den Orlando Furioso das erste Mal las. Indessen war er auch produktiv, indem er auf Antrieb seiner Frau die in Marlow begonnene Ekloge „Helena und Rosalinde" beendete, welche im nächsten Kapitel besprochen werden soll.

Im August begab sich Shelley mit Miß Clairmont nach Venedig — Mary blieb in den Bädern von Lucca zurück —, um sich mit Lord Byron, der dort den wildesten Theil seines Lebens verlebte, wahrscheinlich in Betreff der kleinen Allegra zu besprechen. Shelley wurde von Lord Byron mit offenen Armen empfangen. Sie machten während seines kurzen Besuchs unter Tags lange Reittouren am Lido und brachten die Nächte mit Gesprächen hin, denn Shelley mußte sich in der Nähe Lord Byron's immer den Gewohnheiten des letzteren anbequemen. Es mochte Shelley wohlthun, daß Byron an dem empörenden Unrecht, welches ihm von Seiten des Kanzleigerichtes widerfahren war, den größten Antheil nahm und sich äußerte, daß er Himmel und Erde in Bewegung gesetzt hätte, um diesen Schiedsspruch rückgängig zu machen, wenn er zur Zeit, als die Verhandlung stattfand, in England gewesen wäre.[1] Er stellte Shelley die Villa Cappuccini bei Este, die er gemiethet, zur Verfügung, und dieser ging im Herbst für einige Monate mit den Seinen dahin. Die Villa war an ein verfallenes Kapuzinerkloster angebaut

---

[1] S. den Brief an Mrs. Shelley vom 23. August bei Forman VIII, p. 34.

und befand sich am Fuße eines Hügels, von dem ein altes Castell der Medici herabblickte.[1] In einem Lauben= gang, der die Villa mit einem Pavillon verband, dichtete Shelley sein Meisterwerk „Julian und Maddalo," das herr= liche Gedicht „Auf den Euganeen" und den ersten Akt seiner größten lyrischen Schöpfung, des „Entfesselten Prometheus".[2]

In Este erkrankte die kleine Clara. Die bestürzten Eltern eilten, um ärztliche Hülfe in Anspruch zu nehmen, nach Venedig, hatten aber in der Eile den Reisepaß ver= gessen; Shelley's ungestümer Energie gelang es jedoch, den Eingang zu erzwingen, allein es war zu spät, die Kleine starb, als sie das Ziel erreichten.[3]

Sie verließen Este im November und gingen über Ferrara, Bologna und Rom nach Neapel.[4] In Rom machten sie diesmal nur kurzen Aufenthalt, den Shelley benutzte, um die wichtigsten Monumente und den englischen Friedhof zu besichtigen, zu welch' letzterem er im Geiste zuerst mit wehmüthigen, dann mit den schmerzlichsten Ge= danken so oft zurückkehren sollte, bis er ihm selbst zur Ruhestätte wurde. Er schildert in einem Briefe an Peacock vom 27. December 1818 den ersten Eindruck dieses Ortes: „Der englische Begräbnißplatz ist ein grüner Abhang in der Nähe der Wälle unter der Pyramide des Cestius

---

[1] S. Mrs. Shelley's Notiz zu „Julian und Maddalo".
[2] S. den Brief an Peacock vom 8. Okt. 1818 bei Forman VIII, p. 41.
[3] Memorials p. 95.
[4] S. die Briefe an Peacock vom 8., 9., 10. und 20. November 1818 bei Forman VIII.

und ist, denke ich, der schönste und feierlichste Friedhof, den ich je gesehen. Wenn man sieht, wie die Sonne auf das helle Gras scheint, das, als wir ihn zuerst besuchten, vom Herbstthau genetzt war, wenn man das Säuseln des Windes in den Blättern der Bäume, welche das Grab des Cestius überschatten, und das Knistern des Bodens in der sonnerwärmten Erde hört und die Gräber betrachtet, die meistens Frauen und junge Leute bergen, möchte man, im Falle man dem Tode nahe wäre, den Schlaf herbeisehnen, den sie zu schlummern scheinen. So ist der menschliche Geist, und so bevölkert er Leere und Vergessenheit mit seinen Wünschen."[1]

---

[1] Forman VIII, p. 64 fl.

XVI.

„Rofalinde und Helena." — „Prinz Athanafe." — „Julian und Maddalo." — „Die Euganeen."

1.

„Rofalinde und Helena".

Die Ekloge „Rofalinde und Helena" war der erfte Ver=
fuch Shelley's, Vorgänge des wirklichen Lebens zu idea=
lifiren. Diefer Verfuch muß im Vergleich mit dem, was
der Dichter in „Julian und Maddalo" geboten hat, je=
doch fchwach genannt werden. Immerhin müffen wir
Mrs. Shelley beiftimmen, wenn fie in ihrer Anmerkung
zu diefer Ekloge fagt: „Wenn (Shelley) das wirkliche
Leben und das menfchliche Herz berührt, kann kein Ge=
mälde getreuer, feiner, ergreifender und zarter fein."
   Die Schilderung von Rofalinde's Schickfal ift nur
ein neuer Beweis dafür, wie intenfiv Shelley, deffen
fcharfem Auge und feinem Gefühle kein focialer Mißftand
entging, die gefellfchaftliche Unterordnung der Frauen mit
ihren traurigen Folgen empfand. Indeß ift auch Helena
gewiffermaßen das Opfer der falfchen Stellung ihres
Gefchlechtes. Sie wurde wegen ihrer freien Verbindung

mit Lionel von der Welt verstoßen, und auch Rosalinde
hatte sich von ihr gewandt, bis sie das Uebermaß der
eigenen Leiden zum Bewußtsein ihrer Ungerechtigkeit
bringt. Mit der Versöhnung der Freundinnen, die am
Gestade des Comer Sees vor sich geht, wird das Gedicht
eröffnet.

Um sich gegenseitig die Geschichte ihrer Leiden zu
erzählen, begeben sich die Frauen, nachdem Helena ihren
Knaben weggeschickt hat, zu einer Steinbank in einem
nahgelegenen Walde, dessen Beschreibung zu den feinsten
Beispielen Shelley'scher Naturschilderung gehört. Rosa=
linde erzählt zuerst. Ihre Bekenntnisse werden durch die
grauenhafte Geschichte von einer verbrecherischen Verbin=
dung zwischen Bruder und Schwester vorbereitet, die an
dem Orte, wo die Frauen sich niedergelassen haben, voll=
zogen wurde. Rosalinde liebte in ihrer Jugend einen
Jüngling, doch als sie vor den Altar mit ihm treten
wollte, kam der Vater aus fernen Landen zurück und riß
Braut und Bräutigam mit dem Geständnisse auseinander,
daß sie Bruder und Schwester seien. Der Jüngling fiel
todt zu Boden, Rosalinde's Leben war fortan ein solches
des Elends und der Qual. Bald starb ihr Vater und
ließ sie und ihre Mutter in größter Armuth zurück, so
daß sie sich, um letztere vor der Noth zu schützen, ent=
schließen mußte, die Frau eines gehaßten Bewerbers zu
werden. Die Schrecken der Ehe mit einem Manne, von
dem sie sagt:

> „Selbstisch, hart,
> Goldgierig war er; seine Rede
> Voll arger List. . . .

Feig gegen den, der stark genug,
War er tyrannisch gegen Schwache,
Die treffen konnte seine Rache,"

sind mit jener idealen Kraft geschildert, wie sie eben nur
Shelley eigen war. Nichts kann ergreifender und zugleich
maßvoller sein, als wenn Rosalinde sagt:

„Mit
Besiegten Willens ernstem Schritt,
Ging ich durch meines Lebens Nacht,
Deren Stunden, gleich langsamem Regen
Für immer fallend, Qualen waren,
Und selbst die Hoffnung auf den Segen
Der Grabesruh' mir raubten. . . ."

Trost bringt ihr die Geburt ihrer Kinder; aber diese
fürchten den Peiniger wie sie:

„Oft, wenn die Kleinen sich zum Spiel
In lauter Kinderfreude schaarten,
Wenn eine Mär' von Reisefahrten
Oder vom Feenland sie beklommen
Lauschten, und auf ihr Antlitz fiel
Der sterbenden Flamme matter Schein —
Wenn sie vernahmen dann sein Kommen,
Vielleicht sein Kommen wähnten blos,
So starb das Wort mir auf der Zunge."

Schließlich stirbt der Tyrann, zur Freude seiner Kinder,
zur Erleichterung seiner Gemahlin, die bittere Reue über
ihre thränenlose Ruhe fühlt. Doch der Wille des Schänd=
lichen soll noch über das Grab hinaus ihr Verderben
werden. Er verleumdet sie in seinem Testamente als
Ehebrecherin und Ungläubige und verordnet die Enterbung.

ihrer Kinder, falls sie sich nicht entschließt, sich von
diesen loszusagen und in drei Tagen die Heimath zu
verlassen. Mit zerrissenem Herzen scheidet sie von ihren
Kindern, denn, sagt sie,

> „Du weißt, was Armuth für ein Loos
> Bei den Gefall'nen böser Zeit.
> Verbrechen ist's und Furcht und Schmach;
> Der Mangel ist es, ohne Dach
> Auf eisigen Wegen, nackt und blos,
> Und tiefes, grauenvolles Leid;
> Und jener inn're Flecken, schlimmer
> Als alle, Selbstverachtung, die
> Der Jugendlächeln Sternenschimmer
> In bittern, scharfen Hohn ersäuft,
> Aus seinen Thränen heiße Galle
> Schafft, bis sie trocknen dann für immer
> Du weißt, daß eine Mutter nie
> Solch' Weh auf ihre Kinder häuft."

In der Schilderung Helena's, welche in der Erzäh=
lung der Schicksale ihres Geliebten besteht, hat der
Dichter ein Bild der Verfolgungen, welche er als Philo=
soph zu erleiden hatte, dargestellt. Helena hat Lionel
ihre Liebe zur Zeit der französischen Revolution ge=
schenkt:

> „Damals die Menschen träumten, daß die Erde
> In mächtigem Gebären kreise . . . .
> . . . . der goldenen Zeit,
> Wo Lieb' und Wahrheit wohnen werde,
> Auf dieser Erde weit und breit."

Der Charakter Lionel's wird schön beschrieben und zwar
sind die meisten Züge des Bildes Selbstschilderung, jedoch

eine ungleich lebendigere als jene, welche der Dichter in
der Gestalt' des Laon gegeben hat:

> „Es war
> Lionel von großem Reichthum zwar
> Und hohem, adeligem Stamme.
> Doch diesen Kerkerwall durchbrach,
> O Freiheit, dein durchdringend Licht!
> Und wie des Meteores Flammen
> Den Träumer aus dem Schlummer schreckt,
> So hat der Wahrheit Sonnenlicht
> Ihn aus der Jugend Traum erweckt;
> Und füllte seine Seele, nicht
> Mit Liebe, doch mit Glauben, Hoffen
> Und Muth, der schweigt, vom Tod getroffen;
> Zwillinge waren Lieb' und Leben,
> Bei ihm erzeugt zu gleicher Zeit;
> In Andern Leben erst beginnt
> Den Lauf, dann Liebe, ob sie sind
> Von einer Mutter auch, und schweben
> Getrennt durch diese Welt voll Leid,
> Bis endlich sie der Tod vereint.
> Doch er fühlt Liebe stets für Alle . . . .“

Seine musikgleiche Rede hemmt den Streit der Menschen,
seine Worte rühren die Tyrannen, vergebens aber grübeln
die, welche ihn kennen, darüber nach, welche Absichten er
habe. Ob ihm auch Wenige Beifall zollen, müssen ihn
doch Alle lieben — mit Ausnahme der Priester, denn er
geißelt in spöttischen Liedern schonungslos ihren Glauben.
Doch die Reaction tritt ein:

> „Ergraute Macht
> Saß sicher auf der Väter Thron;
> Der Python Glauben, unbesiegt,
> Die blutbefleckten Stufen kroch

Hinan mit seinem grausigen Zug;
Und Menschen traf nun wieder Hohn
Und Unterjochung und Betrug."

Lionel emigrirt und verweilt drei Jahre in der Fremde.
Als er zurückkehrt, kennt ihn Keiner wieder, Enttäuschungen
in der Liebe haben ihn zu einem Anderen gemacht. Doch
ist es auffallend, mit welcher Ruhe dieser Umstand von
Helena erwähnt wird, da sie Lionel doch schon in den
glücklichen Zeiten geliebt hat. Nach seiner Rückkehr wird
sie seine Trösterin, und eben haben sie sich nach ihrem
eigenen Ritus vermählt, als Lionel's Feinde kommen, um
ihn in den Kerker zu schleppen, da er ihre Götter ge=
lästert hat. Doch wird er bald wieder freigelassen und
bezieht mit Helena ein Schloß am Meere, um dort in
ihren Armen zu sterben. Der Schluß ist zu romantisch
gefärbt, jedoch voll poetischer Schönheiten. Als sich
Lionel dem Tode nahe fühlt, führt er die Geliebte nach
einem Tempel, dessen Ueberschrift „Der Treue" lautet
und den Lionel's Mutter einst einem Hunde errichten
ließ, welcher sie den Wellen des Meeres entrissen hatte.
Es ist Abend, die Nachtigallen singen, Helena phantasirt,
während Lionel's Haupt an ihrer Brust ruht, auf der Harfe
und mit dem Verrauschen ihres Spieles entflieht sein Geist.

Shelley bemerkt in dem Vorworte zu dieser Ekloge,
wenn dieselbe in dem Leser „eine gewisse ideale Melancholie,
die für die Aufnahme wichtigerer Eindrücke günstig ist",
erwecke, dies alles sei, was er selbst bei Erfindung der=
selben erfahren, und es ist gewiß, daß diese ideale Me=
lancholie in uns erweckt wird.

2.

„Prinz Athanase."

Das Fragment „Prinz Athanase" ist schon während Shelley's Aufenthalt in Marlow entstanden. Der Held dieses Gedichtes ist gleichfalls ein Selbstreflex Shelley's, in dem sich dieser jedoch mit viel feineren Linien charakterisirt hat, als in allen anderen, die wir bis jetzt kennen lernten. Athanase ist eine eigenthümlich ergreifende Gestalt. Er nimmt eine Mittelstellung ein zwischen dem Dichter in „Alastor" und „Laon". Gleich jenem ist er von einem tiefen Weh, von einer ruhelosen Sehnsucht erfüllt, deren Gegenstand hier aber in einen Schleier gehüllt bleibt —, doch ahnen wir, daß er niemand anderes, als ein vollkommenes Weib, „ein Abbild der nie erschauten Schönheit" sei —, Athanase ist jedoch nicht so ausschließlich in den einen Schmerz concentrirt, und er nähert sich Laon durch sein reiches Mitgefühl mit den Anderen:

> „Jeglichen lehrt ihm sein Herz zu achten
> Weß Standes auch, und Keinen stößt er fort,
> Der seinen Schmerz zu ihm vertrauend sprach,"

und obwohl er nicht als Reformator auftritt, hat er doch all' die edlen Züge eines Shelley'schen Reformators. Während der erste Theil des Gedichtes sich nur mit der Schilderung von Athanase's Wesen beschäftigt, wird in dem ersten Bruchstücke des zweiten Theiles dessen Verhältniß zu seinem Lehrer und Freund, dem greisen Griechen Zonoras, geschildert, welch' letzterer ein Seitenstück zu dem

Einsiedler in „Laon und Cythna" bildet. Von Zonoras
ist Athanase in die griechische Philosophie eingeweiht
worden, und ausdrücklich wird als sein Lieblingswerk das
Platon'sche Symposion bezeichnet, das auch zu Shelley's
Lieblingen gehörte. Im dritten Fragment wird erzählt,
wie Athanase, getrieben von seiner geheimnißvollen Sehn=
sucht, über die Alpen zieht. Das letzte Bruchstück endlich
besteht in einer schwungvollen Apostrophe an die Liebe.

Shelley hat in diesem Gedichte das erste Mal die
metrische Form der terze rime angewandt, die er wunder=
voll zu handhaben verstand.

Shelley war einer der größten Rhythmiker aller
Zeiten. Schon in „Königin Mab" zeigte er ein feines
Gefühl für Tonfall und die Musik des Verses. Im
„Alastor" hat er eine Probe gegeben, wie vortrefflich er
den blank verse zu behandeln verstand. In „Laon und
Cythna" ist es ihm freilich noch nicht klar geworden,
welchen Schritt der Sprache die Spenserstanze erfordert,
allein er handhabt dieselbe mit der größten Leichtigkeit,
und in „Adonais," welcher gleichfalls in Spenserstanzen
geschrieben ist, stehen Inhalt und metrische Form in voll=
kommenem Einklang. Am Wundervollsten jedoch entfaltete
sich Shelley's metrisches Genie in „Hellas" und in dem
„Entfesselten Prometheus".

„Prinz Athanase" steht in künstlerischer Hinsicht höher
als „Rosalinde und Helena" und leitet so zu der Dich=
tung über, zu der wir uns nun wenden.

3.

„Julian und Maddalo."

„Julian und Maddalo" war die dichterische Frucht von Shelley's Besuch bei Lord Byron in Venedig. Es ist Shelley's erstes Werk, welches den Stempel eines Meisterwerkes trägt, und eine idealere und poetischere Behandlung des Lebens als diejenige dieser Dichtung ist nicht wohl denkbar. Gleich „Rosalinde und Helena" ist es ein Gedicht, in dem der Dialog eingeführt ist —, doch tritt hier an die Stelle der wechselseitigen Erzählung der Monolog des Wahnsinnigen, welcher die lauschenden Freunde über eine ergreifende Leidensgeschichte belehrt.

Die Freunde sind Byron und Shelley. In dem Vorworte heißt es von Maddalo=Byron, der als venetianischer Graf gedacht ist: „Sein Geist ist mit der reichsten Genialität begabt, und wenn er dessen Kräfte diesem Zwecke widmen wollte, wäre er befähigt, der Befreier seines unterjochten Vaterlandes zu werden. Aber er hat die Schwäche stolz zu sein; der Vergleich zwischen seinem eigenen großen Geiste und den nüchternen kleinbürgerlichen Begriffen seiner Umgebung hat ihm eine innige Ueberzeugung von der Nichtigkeit des menschlichen Lebens eingeflößt ... Sein Ehrgeiz verzehrt sich selbst aus Mangel an einem seiner würdigen Gegenstande." Ueber Julian sagt das Vorwort: „Julian ist ein Engländer von guter Familie, den philosophischen Doktrinen zugethan, welche

die Herrschaft des Menschen über seinen Geist und
die Möglichkeit ungeheurer Fortschritte der Menschheit
nach Ausrottung manches noch bestehenden Aberglaubens
behaupten." Aber gerade in Bezug auf die Behauptung,
daß der Mensch Herrscher über seinen Geist sei, ist Maddalo
ein Gegner Julians, und um dies Thema bewegen sich
vornehmlich die Gespräche der beiden Freunde. Shelley
hat dem ihn so viel beschäftigenden Gedanken von der
Willensfreiheit, auf den sich sein Optimismus gründete,
in dieser Dichtung den bestimmtesten Ausdruck verliehen.
Wenn Julian im Vorwort ferner „als Spötter über Alles,
was die Menschen heilig nennen," bezeichnet wird, so deckt
er sich in diesem Punkte nicht mit dem wirklichen Shelley,
dessen Kritik ernst und leidenschaftlich war, wenn er
auch über einen reichen Fond von Satire und Witz ver=
fügte. Auch Lionel ist ein Spötter über religiöse Dinge,
und auch bei ihm hat Shelley also nur ein theilweises
Selbstporträt gegeben.

Der Schauplatz des ersten Gespräches, insofern dasselbe
ein Gespräch genannt werden kann, da nur Maddalo sich
vernehmen läßt, ist der Lido, wo Julian und Maddalo
ihren abendlichen Spazierritt machen, während die Gon=
doliere des Grafen am Gestade harren. Die Beschreibung
des öden Lido, wie er damals war, welche das Gedicht
einleitet, ist das Natürlichste und Einfachste, was man
sich denken kann. Wir nehmen die Mittel kaum wahr,
mit denen Shelley ein überraschendes Bild vor unser
inneres Auge zaubert:

> „Ich ritt einst Abends mit Graf Maddalo
> Entlang am Lido, jener Strecke, wo

Sich Adria's Meerfluth vor Venedig bricht;
Ein kahler Strand von sand'gen Hügeln, dicht
Mit zwitterhaftem Unkraut überzogen,
Wie mit der Erde salziger Meereswogen
Umarmung zeugt. Ein öder, kahler Strand,
Welchen der Fischer, wenn sein ausgespannt
Netzzeug getrocknet, flieht. Es unterbricht
Ein anderer Gegenstand die Oede nicht,
Als ein verkrüppelter zwerghafter Baum
Und einige zerbroch'ne Pfähl' am Saum
Von Sand hinter sich lassen, wo wir
Zu reiten pflegten, eh' der Tag entwich.
In diesem Ritte stets erfreut' ich mich.
Ich liebe solchen einsam wüsten Plan,
Wo wir uns täuschen mit dem holden Wahn,
Das, was wir sehen, sei so unbeschränkt,
Wie man die eig'ne Seele gern sich denkt.
Und so war dieser weite Ocean,
Und wüster als der schwarze Meeresplan
Der Strand noch. Und noch mehr war's, daß ich mit
Einem geliebten Freund den Strand beritt,
Wie ich es liebe. Durch die sonnighellen
Lüfte trieb uns der scharfe Wind der Wellen
Schaum in's Gesicht. Der blaue Himmel war
Vom auferwachten Nord der Wolken bar
Gefegt, und aus der Wellen Spiele klang
Ein Tönen fast wie freudiger Gesang,
Im Einklang mit der Landschaft öd' und wild,
Daß uns're Brust mit heit'rer Lust sich füllt."

Das sind so einfache, so schlichte Worte, daß wir wähnen,
Jemand spräche zu uns, der, ohne die Absicht zu haben,
schön zu sprechen, unwillkürlich immer die treffenden Be=
zeichnungen für seine Gedanken und Empfindungen findet,
welche diejenigen eines Dichters sind. Und es ist nicht

anders. In der That erzählt Shelley hier, wie er es im Leben gethan haben mochte. Aber jedes seiner Worte verrieth seinen Ursprung; er sprach unbewußt immer dichterisch.

Die Freunde sind in dem Anblick des Sonnenunter=
gangs, der herrlich geschildert wird, versunken, allein auch ein anderes Bild, nach der Abendseite hin, verdient Auf=
merksamkeit. Es ist ein altes, graues Gebäude auf einer Insel liegend: das Irrenhaus, über dem ein Thurm empor=
ragt, aus dem dumpfes Vespergeläute schallt. Nichts kann ein deutlicheres Bild von Byron's' damaliger Zer=
rissenheit geben, als die Worte, die Maddalo bei diesem Anblick zu seinem Gefährten spricht, welche den Ausgangs=
punkt des nächsten Gespräches bilden und mittelbar die Veranlassung zu einem Besuche der Freunde im Irrenhause werden:

„Dies ist ein Bild von unserem Erdenleben,
Und dies ist wie ein Gleichniß uns gegeben
Von Jenem, was man von dem Menschengeist
Als göttlich und als ewig dauernd preist;
Gleich jener schwarzen, dumpfen Glocke dort
Muß unsere Seele rufen immerfort,
Daß sich die Wünsche und Gedanken einen,
Um das zerrissene Herz, und beten — wie
Wahnwitzige. Um was? Das wissen sie
Nicht eher, bis der Tod, wie Finsterniß
Die Farben jener Vision zerriß,
Uns die Erinnerung uns'res Selbst's entreißt
Und uns von Allem trennt, was unser Geist
Erstrebt hat, doch vergebens.‟

Das zweite Gespräch findet in Maddalo's Palaste statt. Lieblich ist die Einführung des Kindes von Maddalo,

mit dem offenbar die kleine Allegra, die Shelley's Lieb=
ling war, gemeint ist; mit ihr spielt Julian, bevor Maddalo
erscheint:

> „Nie ward ein holderes
> Geschöpf von der Natur gebildet; klug,
> Ernsthaft und mild, doch sanft und ohne Trug,
> Holdselig ohne Absicht, voll des leichten
> Sinnes der Jugend. Seine Augen däuchten
> Zwei Spiegel mir, in deren Tiefen ruht
> Des italienischen Himmels blaue Fluth;
> Doch so voll Wirkung ist ihr Licht,
> Wie du's nur siehst im Menschenangesicht."

Als Maddalo eintritt, kommt Julian auf dessen düstere
Gedanken vom vergangenen Abend zurück und stellt ihm
seine eigenen Anschauungen von der menschlichen Willens=
kraft entgegen:

> „'s ist unser Wille, der uns so die Last
> Von uns erlaubten Uebels auferlegt.
> Wir könnten anders sein, was wir gehegt
> In Träumen groß und herrlich, Göttern ähnlich,
> Die Schönheit, Wahrheit, Liebe, die wir sehnlich
> Erstreben, ruh'n sie nicht in unseren Seelen?
> Und wären wir nicht schwach, ob dann wohl fehlen
> Würde die That am Ziele unseres Strebens?"

Die idealen Anschauungen Julian's von der Macht des
Willens erinnern Maddalo an Jemanden, der darin
dessen Partner war, und mit bitterem Spotte fügt er
hinzu:

> „Er ist jetzt
> Wahnsinnig worden" —,

eine Glosse, die den Besuch der Freunde bei dem Geistes=
kranken zur Folge hat.

Der Eindruck, den sie empfangen, als sie auf der
Insel landen, ist ergreifend geschildert:

„Wahnsinnig Händeklatschen, Klaggewinsel,
Wildwüthendes Geheul und Jammern, tolles
Gejauchz', zerreißender als thränenvolles
Klagen empfing uns. . . .
                Ich vernahm
Gesang, der von des Thurmes Höhe kam, —
Bruchstücke rührend schöner Melodie, —
Doch blieb der Sänger uns verborgen. Wie
Lianen, welche wuchernd die Ruinen
Einst prächtiger Paläste übergrünen,
So sieht man weithin in dem Ungewitter
Des Sturmes durch die schwarzen Eisengitter
Die langen Locken wildverworren wehen,
Von Denen, die jetzt an dem Fenster stehen,
Stilllächelnd, wie des Liedes holde Töne
Sie hören."

Und Shelley's ganze Humanität liegt in den Worten, die
er Julian in den Mund legt, und die im Widerspruche
mit den damals landläufigen Anschauungen standen:

                „Sollten Jene
Nicht Heilung finden, wenn sie gut gepflegt
Und sanft, da sie Musik so sehr bewegt?"

Die Beschreibung des Geisteskranken, dem der Besuch gilt,
und der, ohne die Freunde zu bemerken, schmerzumfangen
am Klavier sitzt, während draußen der Sturm wüthet und
den Wellenschaum durch's offene Fenster in sein Haar
peitscht, ist ein Bild von einschneidender Furchtbarkeit.

In einem erschütternden Monolog verräth er die Ursache
seines Schmerzes, die keine andere ist, als getäuschte ideale
Liebe. Während der Dichterjüngling in „Alastor" ver=
gebens nach einer Verkörperung seines Ideals sucht, glaubte
der Geisteskranke dasselbe einst in Gestalt einer Frau ge=
funden zu haben, um aber, schwer getäuscht, doch nicht
von seiner Liebe geheilt zu werden. Wie der Dichter in
„Alastor" geht er ganz in der Einen Empfindung auf
und ist gleich diesem das Opfer seines excentrischen Idealis=
mus. Vergleichen wir den Kranken aber mit jenem Jüng=
ling, so sehen wir zugleich, daß Shelley sich selbst in ihm
dargestellt, sich also in demselben Gedichte zweimal copirt
hat. Während er in Julian eine fast allseitige Selbst=
schilderung giebt, giebt er in der Gestalt des Kranken nur
eine ganz einseitige. Denn letzterer ist gewissermaßen ein
ungeklärter Shelley, welcher bei allem Idealismus nicht
Macht genug über den eigenen Geist gewonnen, seine
seelischen Kräfte nicht in Harmonie zu bringen gewußt
hat. Wenn Shelley auch zeitweise selbst unter der Sehn=
sucht nach einer Verkörperung der „geistigen Schönheit"
litt, so war sein Wesen zu groß, als daß diese Sehn=
sucht störend auf seinen geistigen Organismus hätte
einwirken können, und andere Kräfte, die in ihm wirkten,
stellten immer wieder das Gleichgewicht her. Die Leidens=
geschichte des Geisteskranken dient also im Grunde dazu,
zu zeigen, daß selbst ideale Empfindungen dem Individuum
verderblich werden können, wenn sie nicht durch Vernunft,
durch den Willen gezügelt und durch die „wahren Theorien"
geregelt werden. Denn während Maddalo die Behaup=
tungen seines Freundes durch den Hinweis auf den Kranken

besser als durch irgend welche Argumente zu widerlegen
glaubt, antwortet dieser:

>„Ich will beweisen, wie
>Der Mangel nur der wahren Theorien,
>Die selbst in bösen Dingen, wie im eig'nen
>Und and'rer Herzen nimmermehr wird leugnen,
>Im Innersten verborg'nen Kern des Guten
>So dämpfen konnte seines Geistes Gluten.
>Mit Stolz begabte Manche die Natur,
>Und duldend sonst in Allem, wollen nur
>Das Eine sie: zu lieben und geliebt
>Zu werden; und wenn dann Verschmähung giebt
>Antwort auf ihre Sehnsucht, dürfen wir
>Verwundern uns, wenn langsam kränkelnd ihr
>Geist stirbt? Dies ist gewiß nicht Menschenloos,
>Dies ist ihr eig'ner starrer Wille blos."

Allein obwohl ein Gebrochener, ist der Kranke doch frei
von unschöner Verbitterung:

>„Doch glaubet nicht, wenn auch mein Geist gebeugt,
>(Wohl darf ich's sagen) daß der Hölle Wust,
>In meinem Innern die schuldlose Brust
>Heiliger Natur beflecken könnte je,
>Mit ihrem eig'nen, ruhelosen Weh.
>Wie manche irrgeführte Wesen hoffen:
>Ihr Herz, von Hohn und bitterem Haß getroffen,
>Müßt' auch von Hohn und bitt'rem Haß gesunden,
>Doch ach, wie eitel! nimmer heilt die Wunden
>Der Dolch, doch kann er wieder Blut vergießen,
>Glaubt mir, ich bin im Glauben, in Entschlüssen
>Derselbe. Was mein Herz konnt' niederdrücken,
>Das durfte nimmer meinen Geist berücken,
>Sonst wär' erlegen Alles dieser Pein."

Das Ende seines Schicksals bleibt in Dunkel gehüllt. Als Julian nach Jahren nach Venedig zurückkehrt, erfährt er von Maddalo's Tochter, die inzwischen zu einer Frau „gleich Shakespeare's Frau'n" herangeblüht ist, daß der Kranke noch zwei Jahre in jenem trostlosen Zustande ver= bracht habe, bis die Dame seines Herzens zurückkam, um ihn wieder zu verlassen. „Weiter nichts?" frägt Julian die Erzählerin, und diese versetzt:

> „Etwas in jener Zeit, drauf eingeprägt,
> Warum sie schieden, wie sie sich gesehen.
> Wenn deine Augen, alternd jetzt, verschmähen
> Der Jugend Thränen wiederum zu wecken,
> So frag' nicht. . . .
> . . . Ich frug aber weiter,
> Bis sie mir's sagte, wie sich's zugetragen,
> Doch will ich's dieser kalten Welt nicht sagen."

4.

„Die Euganeen."

Eine tiefe Melancholie, die jedoch weniger indivi= dueller als weltschmerzlicher Art ist, hat dies Gedicht ein= gegeben. Das Leben ist Shelley hier ein Schmerzensmeer, auf dem die Barke des Geistes von den Stürmen zerstört wird, der Schiffer in den Wellen seinen Untergang findet. Die heftige, innere Bewegung, aus der dieses Gedicht her=

vorgegangen, veranschaulicht die unaufhaltsame Bewegung
der Eingangsverse, die wie eine wilde, bestrickende Musik
dahinrauschen. Der Dichter beklagt die Vergänglichkeit
der Empfindungen, und die Vergessenheit, in welche ein
Mensch gerathen kann, bezeichnet er mit folgendem Bilde,
das nicht verfehlt, sich tief in die Phantasie einzugraben:

> „In des Nordens rauhem Land,
> An des Meeres ödem Strand,
> Wo die Stürme ewig wogen
> Und nur wenige Binsen stehen,
> Als des Meeres Grenzezeichen
> In dem Steingerölle, bleichen
> Ein Schädelbein und sieben Knochen;
> Von keiner Klag' ist unterbrochen
> Das Schweigen, nur vom Schrei der Möven,
> Wenn über stürmischem Meer sie schweben
> Und vom Sturmwind, dessen Lied
> Tönt, wie wenn ein Herrscher zieht
> Durch die Straßen einer Stadt,
> Drin der Mord sich wüthet satt.
> Um die bleichen Knochen stöhnen
> Wind und Meer in wüsten Tönen,
> Doch ihm tönt kein Klaggewimmer,
> Wie ein Nebel sonder Schimmer,
> Der mit Leben das umfloß,
> Was jetzt hier liegt regungslos."

Aber es giebt auch manche grüne Küste in dem Schmer=
zensmeere, und eine solche sind die Euganeen, zu deren
einer den Dichter seine geistige Barke hingeführt hat.
Von dort aus hält er Rundschau, und was er sieht und
empfindet, verwandelt er in Bilder, die schöner und idealer
sind als das, was das physische Auge wahrzunehmen

vermag. Algernon Ch. Swinburne bemerkt in dieser Hin=
sicht treffend über das Gedicht[1]: „Die Verse auf den
Euganeen' geschrieben, sind keine geistige Skulptur, keine
Bilder nach dem Leben von natürlichen Dingen. Ich will
dieser Art weder eine höhere noch eine niedrigere Stufe
einräumen, ich sage nur, daß die Art nicht dieselbe ist.
Es ist eine Rhapsodie von Gedanken und Empfindungen,
die von dem Contacte mit der Natur ihre Färbung er=
halten, aber durch diesen Contact nicht hervorgerufen worden
sind .... Shelley's Absicht ist, eher die Wirkung eines
Dinges, als das Ding selbst wiederzugeben, eher die
Seele und den Geist des Lebens, als die lebendige Form,
eher das Entstehen, als das Entstandene."

Venezia, der „sonnumglänzten Stadt", auf welche sein
Blick zuerst fällt, ruft der Dichter zu, daß sie weniger
elend sein wird, wenn sie einst in das Meer zurücksinkt,
aus dem sie erstanden, als jetzt, wo sie sich von ihrem
Throne mit der Siegeskrone vor dem „Sklaven der Skla=
ven" beugen muß, und nennt ihre Thürme Todtengrüfte,

> „Wo wie Würmer, die sich nähren
> Von der Fäulniß und dem Moder,
> Menschen an die Reste todter
> Macht sich hängen."

Wenn die Freiheit erwachen würde und Venezia und andere
Städte den Tyrannen die Schlüffel zu den Verließen ent=
reißen würden, dann könnten sie wieder zu Zierden des
Landes werden, doch fehlt es ihnen an Kühnheit, dann
mögen sie untergehen. Doch wird Eine Erinnerung

---

[1] Fortnightly Review, Mai 1869.

Venedig mit unvergänglichem Ruhme umschweben —, daß
Byron, der „sturmesfreudige Schwan", in ihrem Bereiche
gelebt habe. Dieser Gedanke wird die Veranlassung zu
einer Verherrlichung des Byron'schen Genius:

„Wie Homeros Schatten kreist
Noch um Ilions Kampfgefild;
Und wie Shakespeare noch erfüllt
Avon und die Welt mit Licht,
Gleich der allessehenden Macht,
Die uns zaubert sein Gedicht
In der Erde dunkle Nacht;
Wie Petrarka's Liebeslied
Noch um jene Hügel glüht,
Ein Licht, bei dem das Auge sieht
Unirdisches: — gewaltiger Geist
So bist auch du! Und so auch preist
Man in Zukunft noch die Stadt,
Die dir Schutz geboten hat."

Schön ist auch die Beschreibung Paduas; den Höhepunkt
des Gedichtes bildet das Mittags= und Herbstbild, das
jedoch zu reich ausgeführt ist, um hier mitgetheilt werden
zu können, dessen Zauber aber eine Stelle, wie die fol=
gende, veranschaulichen mag:

„Unter mir der Ebne Schweigen
Und der Blätter gelbe Leichen,
Drauf der Reif, das zarte Kind,
Hergeführt vom Morgenwind,
Seine Demantspur gedrückt . . ."

Dies Naturbild ist überaus kunst= und poesievoll und
können nur in Shelley's eigenen Dichtungen Parallelen
dazu gefunden werden.

Im letzten Abschnitte dieses Liedes gedenkt der Dichter zunächst neuer Züge, auf denen wieder der Schmerz sein Pilot sein würde, tröstet sich aber mit dem Gedanken, daß es noch andere Blumeninseln in dem Ocean der Leiden gebe, und schließlich erhebt sich das Gedicht, zu dem eine so tiefe Wehmuth die Veranlassung gegeben, zu einem Gesange der Hoffnung. Der Dichter träumt von einem weltabgeschiedenen Orte, welcher für ihn und seine Theuren Elysium werden soll, wo Schönheit der Natur, Friede und gegenseitige Liebe aller, die sich dort vereinigen, ein Leben voll himmlischen Glückes begründen werde, wo Jeder, der dahin käme,

> „Würde seinen Neid bereuen
> Und die Erde sich erneuen.“

Und dieser Wandel von schmerzvollster Erregung in strahlende Hoffnungsfreudigkeit in einem kurzen Gedichte ist unendlich bezeichnend für Shelley.

XVII.

Neapel. — Rom. — Villa Valsovano. — Florenz.

Shelley verließ Rom drei Tage früher als seine
Familie und langte am 1. Dezember in Neapel an. Der
erste Anblick, der sich ihm beim Eintritt in diese Stadt
darbot, war der eines Ueberfalles: ein junger Mensch
stürzte aus einem Laden, verfolgt von einem Manne mit
einem Messer und einer Frau mit einem Knittel und
wurde von dem ersteren niedergestoßen. Während Shelley
über diesen Anblick mit Entsetzen erfüllt war, ergötzte sich
sein Reisegefährte, ein calabrischer Priester, der unterwegs
die lächerlichste Furcht vor Räubern an den Tag gelegt,
an diesem Schauspiele.[1]

Shelley war während seines Aufenthaltes in Neapel
von einer tiefen, anhaltenden Melancholie befallen, die
zum Theil in seinem körperlichen Befinden begründet lag
— er wurde hier für leberkrank gehalten —, aber allem
Anschein nach auch verschiedene seelische Ursachen hatte.
Dürfen wir Medwin glauben, so war eine derselben ein
ebenso romantisches als tragisches Ereigniß. Medwin

---

[1] S. den Brief an Peacock vom 22. Dezember 1818 bei Forman VIII, p. 64. S. Memorials p. 108.

berichtet nämlich, Shelley habe ihm, sowie Lord Byron
erzählt, daß in der Nacht, bevor er seine zweite Reise nach
der Schweiz antrat, eine verheirathete Dame, jung, schön
und vornehm, zu ihm gekommen sei, die ihm ihre Liebe
gestand und ihn beschwor, mit ihr zu fliehen. Er erklärte
ihr, daß er gebunden sei, und sie schieden nach einer
leidenschaftlichen Scene. Sie folgte ihm jedoch, ohne von
ihm bemerkt zu werden, von Ort zu Ort, endlich auch
nach Neapel, wo sie starb. Medwin fügt hinzu, daß
Byron die Geschichte für eine der Shelley'schen Halluci=
nationen hielt, während er selbst an sie glaubte. Lord Byron's
Ansicht mag immerhin die richtige sein; auch steht die
Hypothese frei, daß sich Medwin, der bei Abfassung seines
Buches so gewissenlos verfuhr, eine Erfindung erlaubt
habe. An sich hat die Erzählung nichts Unwahrschein=
liches, da Shelley's Schönheit, Liebenswürdigkeit und
vollendete Feinheit eine unwiderstehliche Anziehung auf
Frauen ausübte. Ist die tragische Begebenheit wahr, wie
muß er darunter gelitten haben! In den melancholischen
lyrischen Gedichten, welche er in Neapel schrieb, findet
sich keine Hindeutung auf ein derartiges Erlebniß[1]; da=
gegen macht sich in einem derselben, nämlich in den schönen
„Stanzas written in Dejection near Naples" die Empfin=
dung der Vereinsamung, der Verwaisung geltend. Im
Anblick des Golfes von Neapel, von dem er mit wenigen
Strichen ein leuchtendes Bild entwirft, ruft er schmerz=
lich aus:

---

[1] Medwin will das tiefernste Gedicht „Misery" mit demselben
in Zusammenhang bringen.

„Wie füß, erbebte noch ein Herz wie meins!"

und in der nächsten Strophe klagt er:

> „Weh mir, ich hab' nicht Glück noch Ruh',
> Noch Frieden in des Herzens Nacht, ...
> Nicht Ruhm noch Macht, nicht Lieb' noch Heil . . . ."

Wir fragen erstaunt, hatte er nicht Mary, die er
liebte, von der er geliebt wurde? Gewiß waren seine
Empfindungen für sie noch dieselben und blieben dieselben,
wenn auch Zeiten kommen sollten, wo andere Frauen seine
Phantasie vorübergehend lebhafter beschäftigten und enthu=
siastische, doch immer reine Empfindungen in seinem Herzen
anfachten; kaum braucht gesagt zu werden, daß Mary
mit unverbrüchlicher Liebe an ihm hing, und daß ihr
Geist und Herz seinem Geiste und Herzen immer offen
standen. Allein sie besaß bei aller Tiefe der Empfin=
dung in jeder Hinsicht nicht eine entsprechende Lebhaftigkeit
derselben, nicht eine entsprechende Fähigkeit, sie auszudrücken:
sie war äußerlich kalt. Es kann nicht mehr bezweifelt
werden, daß diese Kälte Shelley in späteren Jahren oft
unglücklich machte. In dem schönen Gedichte an seinen
Freund Eduard Williams, welches in das Jahr 1821 fällt,
klagt er:

> „Wenn ich zu meinem kalten Herd rückkehre
> Fragst du, warum ich nicht wie immer wäre?
> Du Schuld bist, daß ich nicht
> Theilnehm' an dem langweil'gen Lebensspiel,
> Und daß mit nicht'ger Larv' des Dichters hüll'
> Ich nicht mein Angesicht
> Im Carneval der Welt. So sucht' ich Frieden,
> Doch selbst bei dir war er mir nicht beschieden."

Tobhunter bemerkt über diese Verse sehr richtig: „Sie
lesen sich wie die Klage eines Engelkindes, welches mit
kalten Blicken zurückgewiesen wird, wo es Küsse erwartete,"
und Mrs. Shelley hat in dem schönen Gedichte „The
Choice"[1], welches sie nach dem Tode ihres Gatten schrieb,
selbst mit Schmerz bekannt, daß dieser Grund hatte, sich
über ihre Kälte zu beklagen, und an einem andern Orte
hat sie gestanden, daß ihr jene Begeisterungsfähigkeit für
Ideen fehlte, welche Shelley in so hohem Grade eignete,
und die ihn zum Kämpfer und Märtyrer weihte. Aller=
dings war auch sie ideal und frei gesinnt, ihrem Gatten
geistesverwandt und für alles Große empfänglich, allein
es fehlte ihr jene Seelengluth, welche denjenigen, der sie
besitzt, dazu führt, gegen eine Welt für seine Ueber=
zeugungen einzutreten. Es ist aber sehr wahrscheinlich,
daß Shelley schon bei seinem Aufenthalte in Neapel den
Abstand zwischen ihrer und seiner eigenen Empfindungs=
weise schmerzlich zu fühlen begann, und daß seine Klage
in jenem wundervollen Gedichte sich darauf bezieht.

Die tiefe Verstimmung, unter der er in Neapel litt,
mag also sehr verschiedene Gründe gehabt haben. Viel=
leicht trug auch die Einsamkeit, in der er dort lebte,
Schuld daran. So unleidlich ihm der Verkehr mit Vielen
war, so sehr er Gesellschaften verabscheute, und zwar im
Gegensatze zu Mary, die sie liebte und gerne in denselben
glänzte, so schwer konnte er den Verkehr von Freunden,
von Menschen, die ihm geistesverwandt waren, entbehren.
Er hatte zu tiefe Abgründe des Schmerzes in sich, als

---

[1] Poetical W. I, p. 3 ff.

daß ihm langes Alleinsein wohl hätte thun können, wenn nicht der „göttliche Wahnsinn" der dichterischen Begeisterung ihn ergriff und ihn hinweghob über persönliche Empfindungen.

In Neapel war er wenig produktiv, es schien ein Stillstand im Walten seiner schöpferischen Kräfte eingetreten zu sein, auf der den herrlichste Aufschwung und die intensivste Sammlung derselben folgte. Ja, Shelley fühlte in jener Zeit eine gewisse Unzufriedenheit mit poetischer Beschäftigung. Er schreibt an Peacock (am 26. Januar 1819)[1]: „Ich glaube, daß Poesie etwas viel Untergeordneteres ist, als die Wissenschaft der Moral und der Politik, und wäre ich gesund, ich würde mich entschieden an die letzteren halten; denn ich kann mir ein großes Werk vorstellen, welches die Entdeckungen aller Zeitalter umfaßt und die Meinungen, durch welche die Menschheit geleitet wurde, in Harmonie bringt. Fern sei mir ein solcher Versuch, und ich muß zufrieden sein, meine Phantasie zu üben und vielleicht einige Andere zu unterhalten."

Da er wenig producirte, las und studirte er um so eifriger. Man kann sich vorstellen, daß, wie immer, Homer, die griechischen Tragiker und unter den griechischen Philosophen Plato seine Gefährten waren. Shelley beschäftigte sich mit keiner Literatur so eingehend wie mit der griechischen. Die Schönheit und harmonische Vollendung ihrer Schöpfungen zog ihn unwiderstehlich an. War sein ausgezeichnet feines Schönheitsgefühl doch selbst

---

[1] Forman VIII, p. 72.

ein griechischer Zug in ihm, und hat seine Phantasie
Mythen geschaffen, die man mit Recht als modernes
Aequivalent der griechischen Mythopoesie bezeichnet hat.
Hören wir einige seiner Aussprüche, die griechische Poesie
betreffend. In dem schönen Briefe an Thomas Peacock
(vom 26. Januar 1819), in dem er Pompeji beschreibt,
sagt er: „Ich begreife jetzt, weshalb die Griechen so
große Dichter waren, und vor Allem kann ich mir, wie
mir scheint, die Harmonie und durchgängige Vortrefflich=
keit ihrer Kunstwerke erklären. Sie lebten in be=
ständigem Verkehre mit der äußeren Natur und
nährten sich selbst von dem Geiste ihrer Gestal=
tungen."

In dem „Discourse on the Manners of the Ancients
relative to the Subject of Love" bemerkt er[1]: „Den Vergleich
von einzelnen Geistern bei Seite lassend, der keine all=
gemeine Folgerung ergeben kann, wie überlegen war der
Geist und das System der (griechischen) Poesie irgend
einer Periode, so daß, wäre ein anderer Genius, der in
anderer Hinsicht dem Höchsten, was je die Welt durch=
leuchtet hat, ebenbürtig gewesen, in jener Zeit erstanden,
er alle überflügelt hätte, allein aus dem Grunde, weil
sein Entwurf der denkbar harmonischste und vollkommenste
gewesen wäre. Wenn ein Drama unter Umständen die
Leistung einer Person von untergeordneter Begabung war,
so war es doch einheitlich und frei von Ungleichheiten;
es war ein Ganzes, mit sich selbst im Einklang. Die
Werke der großen Geister tragen durchaus den Stempel

---

[1] Forman VII, p, 241.

ihrer Größe."[1] In demselben Essay findet sich auch der
vortreffliche Ausspruch: „Was die Griechen waren, war
eine Realität, nicht ein Versprechen."[2] Schließlich sei
noch eine Bemerkung aus dem Vorworte zu dem lyrischen
Drama „Hellas" hervorgehoben, welche zeigt, wie hoch er
die Bedeutung Griechenlands für die moderne Welt anschlug,
und wie tief er die Höhe der griechischen Entwickelung
empfand. „Wir sind alle Griechen," sagt er. „Unsere
Gesetze, unsere Literatur, unsere Religion, unsere Kunst
haben ihre Wurzel in Griechenland. Wäre Griechenland
nicht gewesen, so würde Rom, der Mittelpunkt, die Lehrerin
oder die Ueberwinderin unserer Vorfahren, keine Aufklärung
mit ihrem Wissen vorbereitet haben, wir würden vielleicht
noch Wilde oder Heiden sein ... Die menschliche Gestalt
und der menschliche Geist erreichten in Griechenland eine
Vollkommenheit, welche ihr Bild auf jene fehlerlosen
Schöpfungen geprägt hat, deren Fragmente schon die
Verzweiflung der modernen Kunst sind, und hat An=
regungen gegeben, die nicht aufhören können, durch tausend
Kanäle sichtbarer oder unsichtbarer Wirkung die Menschen
bis zum Erlöschen des Geschlechtes zu erfreuen und zu
veredeln."

Die Früchte seiner Beschäftigung mit der griechischen
Literatur waren außer den Uebersetzungen aus Plato's
Werken metrische Uebertragungen verschiedener Homerischer
Hymnen, des Euripideischen „Cyclops" und einiger Epi=
gramme der Anthologie. Obwohl Shelley sich so tief in

---

[1] S. den Brief an Mrs. Gisborne vom 16. November 1819.
[2] Forman VII, p. 244.

den griechischen Geist versenkt hatte und viele der besten
Werke der griechischen Literatur immer wieder studirte,
war er doch kein Hellenist, wie etwa Giacomo Leopardo
oder Algernon Ch. Swinburne. Seine Uebersetzungen be=
weisen, daß seine Kenntniß der griechischen Sprache lücken=
haft war, auch war seine Belesenheit darin keine sehr große.

Er beschäftigte sich in Italien auch eingehend mit den
großen Dichtern des Landes. Während die lichten, himm=
lischen Gebilde von Dante's Phantasie einen unauslösch=
lichen Eindruck auf ihn machten — und in Bezug auf
die Visionen zartester Schönheiten berührt er sich vielleicht
mit keinem Dichter mehr als mit diesem —, vermochte er
sich mit den christlichen Grausamkeiten der Hölle nicht zu
versöhnen. Petrarca's „zarten und feierlichen Enthusias=
mus" mußte er als etwas ihm Verwandtes lieben[1]; von
Ariosto sagt er, „daß er unterhaltend, graziös und zu=
weilen ein Dichter sei", doch war er kein Freund der mo=
ralischen Tendenzen Ariosto's. Sein Herz besaß Boccaccio.
„Wie bewundere ich Boccaccio," sagt er in einem Briefe
an Hunt vom 27. September 1819, „welche Naturschil=
derungen sind die in der Einleitung zu jedem neuen Tage!
Boccaccio scheint ein tiefes Gefühl für das schöne Ideal
des Menschenlebens mit Rücksicht auf die gesellschaftlichen
Beziehungen gehabt zu haben. Seine ernsteren Theorien
von der Liebe stimmen besonders mit den meinen überein.
Er sagt oft im Vorübergehen Dinge, die einen ernsten
Sinn von ganz besonderer Art haben. Es ist ein mora=

---

[1] S. den Brief an Mr. und Mrs. Gisborne vom 10. Juli
1818 bei Forman VIII, p. 17.

lifcher Cafuift, feine Moral ift der Gegenfaß von dem
chriftlichen und ftoifchen, von jedem abgefchloffenen und
anerkannten Moralfyftem."[1]

Etwas fpäter (und zwar während feines Aufenthaltes
auf der Villa Valfovano bei Livorno) macht er fich auf
Anregung von Mrs. Gisborne auch mit dem Spanifchen
vertraut, und bald wurde Calberon, mit dem er die Elafti=
cität und Feinheit der Phantafie theilte, der Gegenftand
feiner Bewunderung.[2] Wir heben an diefer Stelle her=
vor, daß Shelley fchon im Jahre 1815 Deutfch gelernt
und damals zu feiner Uebung die erften Scenen aus Fauft
wörtlich überfeßt hatte. Auch las er damals Schiller's
Räuber, die felbftverftändlich einen tiefen Eindruck auf
ihn machten. Fauft begleitete ihn, nachdem er ihn einmal
kennen gelernt, ebenfo wie die Bibel und die Werke der
größten griechifchen Dichter durch's Leben.[3] Am 10. April
1822 fchrieb er an Mr. Gisborne: „Ich habe Fauft wieder

---

[1] Forman VIII, p. 127.
[2] Forman VIII, p. 119, 125, 142.
[3] Peacock (Fraser's Magazine 1858) fagt, daß Brockden,
„Brown's four novels", Schiller's „Räuber" und Goethe's „Fauft"
von all den Werken, mit denen Shelley vertraut wurde, am Tiefften
in feinem Geifte Wurzel gefchlagen und den größten Einfluß auf
feine Charakterentwickelung gehabt hätten. Diefer Behauptung ift
jedoch keine Bedeutung beizulegen. Um von Brockden, „Brown's
four novels" abzufehen, fo lernte Shelley fowohl Schiller's „Räu=
ber" als Goethe's „Fauft" in einem Alter kennen, wo fein Cha=
rakter bereits ein feftes Gepräge bekommen hatte. Hätte man
Shelley gefragt, welches Buch am Epochemachendften für feine Cha=
rakterbildung gewefen fei, er würde weder Brockden, „Brown's
four novels", noch Goethe's „Fauft", noch Schiller's „Räuber",
fondern ohne Zweifel Godwin's „Political Justice" genannt haben.

von Anfang bis zu Ende gelesen und immer mit Empfin=
dungen, die keine andere Dichtung hervorruft. Er erhöht
die Schwermuth und beschleunigt die Schnelligkeit der
Gedanken und würde mir deshalb kein geeignetes Studium
für eine Person erscheinen, welche die Beute vorwurfs=
voller Erinnerungen ist."[1] Im Winter dieses Jahres
übersetzte er für Byron's Zeitschrift „The Liberal" den
Prolog im Himmel und die Brockenscene, sowie auch einige
Scenen aus Calderon's „Magico Prodigoso". Diese Ueber=
setzungen sind nicht nur die besten, die er selbst gemacht,
sondern gehören in mancher Hinsicht überhaupt zu den
schönsten Triumphen der Uebersetzungskunst.[2] Shelley
pflegte sich, wenn er mit der schöpferischen Thätigkeit
aussetzte, mit dem Uebertragen zu beschäftigen, das ihm so
leicht fiel wie das Dichten, und es ist erstaunlich, wie
viel und wie Treffliches er auch auf diesem Gebiete ge=
leistet hat. Zu seinen Uebersetzungen aus dem Griechi=
schen, Spanischen und Deutschen kommen noch solche aus
dem Lateinischen und Italienischen. Diese Leistungen
haben vor allem den Vorzug, daß sie sich wie schöne
englische Poesie lesen, zugleich aber geben sie den Gedanken

---

[1] Forman VIII, p. 262.

[2] In dem soeben citirten Briefe an Gisborne bemerkt er:
"I have imagine my presumption translated several scenes
from both („Faust" und „Magico Prodigoso"), as the basis of
a paper on our journal. I am well content with those from
Calderon, which in fact gave me very little trouble; but those
from Faust — I feel how imperfect a representation, even
with all the licence I assume to figure to myself how Goethe
would have written in English, my words convey. No one but
Coleridge is capable of this work."

des Originals, wenn auch nicht immer, so doch in den
meisten Fällen getreu wieder und meist mit außerordentlich
glücklicher Wahl der Worte. Indessen war Shelley keines=
wegs ein Uebersetzer von Beruf, er übersetzte zu seinem
Vergnügen, und es ist daher begreiflich, daß er eine Stelle
mit mehr oder weniger Sorgfalt übertrug, je nachdem sie
ihn interessirte oder nicht. Ein großer Fehler in Shelley's
Uebersetzungen ist der, daß selten das Metrum des Origi=
nals beibehalten wird und deshalb auch Charakter und Geist
des letzteren in der Wiedergabe meist stark verwischt wird.[1]
Wie sehr sich Shelley durch die wunderbare und unver=
gleichliche Beherrschung der metrischen Sprache, durch die
Schärfe und Feinheit, mit der er den fremden, dichte=
rischen Gedanken zu erfassen fähig war, zum Uebersetzen
eignete, so ist doch nicht zu leugnen, daß das Specifische
an den Dichtern, die er übertrug, durch seinen so eigen=
thümlich geprägten Geist gebrochen und verdunkelt wurde,
und daß es Uebersetzer gegeben hat, die, wenn sie auch
nicht die sprachliche Meisterschaft Shelley's erreichten, den
eigenthümlichen Charakter, die Seele des fremden Dichters
reiner wiederzugeben vermochten. Der Uebersetzer von
Beruf wird eben immer mehr eine nachempfindende als
eine individuell geartete Natur sein müssen.

Von Neapel aus besuchte Shelley den Vesuv, Pom=
peji, Bajä, Pästum und Benevent. Die Briefe, die
er über diese Ausflüge an Peacock schrieb, gehören zu
seinen besten. Im Frühling 1819 übersiedelte er mit den
Seinen nach Rom, wo er über den schwindelhohen, mit

---

[1] S. Todhunter, A Study of Shelley, p. 212.

Blumenguirlanden umblühten Bogen der Thermen des Caracalla, die er so schön geschildert hat[1], den zweiten und dritten Akt seines Prometheus dichtete. Er sagt in dem Vorworte zu diesem herrlichen Werke: „Der klare, blaue Himmel Roms, das kräftige Erwachen des Früh= lings in diesem himmlischen Klima und das neue Leben, mit dem es die Seele fast bis zur Berauschung nährt, begeisterten mich zu diesem Drama."

In der ersten Zeit seines römischen Aufenthaltes war seine Gesundheit wieder unerträglich schlecht, so daß er sich von jedem Umgange fern halten mußte; obwohl sich seine Zustände allmählich besserten, so daß es ihm möglich war, mit einigen Personen zu verkehren, war er doch weit davon entfernt, sich wohl zu fühlen.[2]

In Rom sollte seinem an schmerzlichen Erfahrungen überreichen Herzen eine neue schwere Wunde geschlagen werden. Am 7. Juni starb sein Sohn William. Er zählte drei und ein halbes Jahr, war ein schöner und einnehmender Knabe und der Liebling seines Vaters. Shelley saß sechzig Stunden an seinem Krankenbette und bestattete ihn an dem Orte, den er bei seinem ersten Besuche in Rom so schön geschildert, und den er nun „den Ruheplatz eines heiligen Verlustes" nannte.[3] Er gab seinem Schmerze in verschiedenen Gedichten Ausdruck,

---

[1] S. den Brief an Peacock vom 23. März 1819 bei For-man VIII, p. 60—89.

[2] Memorials p. 112 fl.

[3] Der Grabstein für William wurde an einen falschen Ort gesetzt. Als man das Skelett des Knaben ausgraben wollte, um es in dem Grabe seines Vaters zu bestatten, fand man dasjenige eines Erwachsenen.

am rührendſten in dem, welches „Roma! Roma! Roma!
non è piu che era prima" überſchrieben iſt. Er war nun
in der That kinderlos und konnte über dem friſchen Grabe
ſagen: „Ich neide den Tod dem Körper weit weniger,
als den Tyrannen die Herzen derer, die ſie mir entwendet
haben. Der eine kann nur den Körper tödten, die andern
vernichten die Liebe."

Wenn ſich ſchon früher in ſeinen Briefen eine ver=
haltene Sehnſucht nach dem Vaterlande geltend machte,
ſo erfaßte ihn dieſe nach dem Tode ſeines Lieblings um
ſo ſtärker. Er ſchrieb damals an Peacock: „Daß ich
nach England zurückkehren könnte! Wie ſchwer iſt die
Laſt, wenn Unglück zu dem Exil und der Vereinſamung
hinzukömmt, als wäre das Maß nicht voll, als bis es
von beiden hochgehäuft iſt."[1]

Sie verließen den Ort ſchmerzlicher Erinnerungen
und bezogen die Villa Valſovano nahe bei Livorno. Mrs.
Shelley ſchildert dieſen Aufenthalt[2]: „Unſere Villa war
der Mittelpunkt einer podere. Die Bauern ſangen unter
unſern Fenſtern, während ſie in der Hitze eines heißen
Sommers arbeiteten, und Abends knackten die Waſſerräder,
wenn die Beſpritzung begann, und die Feuerfliegen blitzten
an den Myrthenhecken auf. Die Natur war hell, ſonn=
beglänzt und lieblich, oder von Stürmen von majeſtätiſcher
Furchtbarkeit, wie wir ſie nie zuvor gehört hatten, er=
ſchüttert."

Shelley's Schöpferkraft ſchien im Schmerze zu er=

---

[1] S. Forman VIII, p. 108, 118.
[2] S. die Notiz von Mrs. Shelley zu den „Cenci's".

starken. Er schrieb auf dem terrassenförmigen Dache seiner
Villa (zwischen Mai und August) in der Gluthhitze eines
italienischen Sommers „The Cenci", eines der größten
Dramen, die seit Shakespeare in England geschrieben worden
sind. Der scheinbar undramatischste aller Dichter hatte
auf den ersten Wurf eines der hervorragendsten drama=
tischen Werke geschaffen. Er hatte die Anregung dazu
durch den Anblick des berühmten Bildes der Beatrice
Cenci von Guido Reni im Palaste Barberini zu Rom,
durch die allgemeine Theilnahme, die er daselbst für das
Schicksal Beatrice's begegnete, und durch ein altes Manu=
script, in welchem die sagenhafte Geschichte der Familie
Cenci aufgezeichnet war, erhalten[1], und ist es als ein
großes Glück für die Literatur zu betrachten, daß Berto=
lotti's Rettung des Grafen Cenci nicht schon damals er=
folgt war. Außerdem schrieb Shelley auf der Villa Val=
sovano „Peter Bell III." und „The Masque of Anarchy"
sowie verschiedene kleinere politische Gedichte.

Er verkehrte während seines Aufenthaltes auf Valso=
vano häufig mit der Familie Gisborne und las unter der
Anleitung von Mr. Gisborne täglich einige Stunden
Spanisch.[2] Wir sind gewohnt, ihn mit Plänen für das

---

[1] S. die Notiz von Mrs. Shelley.

[2] In einem Briefe an Peacock vom 22. August 1819 (Forman VIII, p. 117) schildert er seine Tageseintheilung folgender=
maßen: "My employments are those; I awaken usually at
seven; read half-an-hour; then get up; breakfast; after breakfast ascend my tower, and read or write until two. Then we
dine. After dinner I read Dante with Mary gossip a little,
eat grapes and figs, sometimes walk, though seldom and at
half-past five pay a visit to Mrs. Gisborne, who reads Spa-
nish with me until near seven."

öffentliche Wohl und für das Wohl seiner Freunde be=
schäftigt zu sehen. In Livorno hatte er einen solchen, der
beide Zwecke erfüllen sollte. Er beabsichtigte nämlich, ein
Dampfschiff bauen zu lassen, welches zwischen Marseille
und Livorno verkehren sollte, und dessen Construction
er einem jungen Ingenieur, dem Sohne von Mrs. Gis=
borne aus ihrer ersten Ehe, übertragen wollte, dem auch
der Gewinn des Unternehmens zufallen sollte. Die Sache
zerschlug sich jedoch, und Shelley fühlte sich in zweifacher
Hinsicht enttäuscht.

Sie verließen im Herbste die Villa Valsovano und
begaben sich nach Florenz, wo am 12. November Percy
Florence, der jetzige Baronet, geboren wurde. Hier schrieb
Shelley den vierten Akt seines „Entfesselten Prometheus",
und in einem Haine bei Florenz das formvollendetste und
kunstvollste jener seiner Gedichte, welche Erscheinungen
der Natur verherrlichen, die „Ode an den Westwind".

Er weilte in Florenz viel in den Galerien[1] und ver=
senkte sich mit besonderer Liebe in die griechischen Skulptur=
werke, wie er es auch vorher in Rom gethan. Es sind uns
eine Reihe Notizen über griechische Skulpturen von ihm
erhalten, die er in den Galerien beider Städte nieder=
geschrieben hat, und welche bezeichnend sind dafür, wie
hingebend er sich in Kunstwerke vertiefte, wie fein er
ihre Schönheit fühlte, wie kritisch er sie betrachtete.
Wir geben, um seine Betrachtungsweise zu veranschaulichen,
die Notiz über eine Ganymedstatue wieder.[2] „Eine Statue

---

[1] S. Mrs. Shelley's Notiz zu den Gedichten von 1820.
[2] Forman VII, p. 64 fl.

von außerordentlicher Schönheit. Einer der Flügel des
Adlers ist halb um den Knaben geschmiegt und ein Arm
des letztern um den Adler gelegt, indem seine zarte Hand
leicht den Flügel berührt, während die andere etwas, das,
wie ich glaube, ein Symbol des Donners ist, hält; diese
Hände und Finger sind so zart und leicht, daß es scheint, als
ob der Geist des Vergnügens, des Lichtes, des Lebens
und der Schönheit, welcher in ihnen wohnt, sie von dem
natürlichen Gewichte sterblichen Fleisches befreit hätte.
Die Rundheit und Üppigkeit seiner übermäßig vollkom=
menen Formen ist eigenthümlich und seltsam. Die Hal=
tung und Form der Beine, und die Beziehung, in die sie
durch die zarten und feinen Füße zu einander gebracht
sind, ist eigenthümlich schön. Die Waden der Beine be=
rühren sich leicht, indem ein Fuß auf den Boden gesetzt,
der andere aber ein wenig vorgeschoben und etwas gehoben
ist, während das Knie leise gebogen erscheint wie bei
denen, die durch Stehen leicht, aber nur sehr leicht ermüdet
sind. Das Gesicht ist, obwohl unschuldig und hübsch,
ohne ideale Schönheit. Es drückt Unerfahrenheit, Liebens=
würdigkeit und unschuldige Verwunderung aus, wie man
es sich bei einem einfältigen und sanften Hirtenknaben
vorstellt, und nicht mehr als dies."

Für Malerei besaß Shelley offenbar weniger Em=
pfänglichkeit, obwohl ihm der Sinn für dieselbe keineswegs
fehlte. Daß er unter den italienischen Malern Raphael
am meisten bewunderte[1], darüber hat man sich nicht zu
verwundern; dagegen fehlte ihm lange Zeit das Ver=

---

[1] S. die Bemerkungen über Raphael in dem Briefe an Peacock
vom 3. September 1819 bei Forman VIII, p. 121.

ftändniß für die Größe Michel Angelo's. Er thut in
einem Briefe an Peacock vom 25. Februar 1819[1] fol=
genden merkwürdigen Ausspruch: „Ich kann mir nicht
anders denken, als daß das Genie dieses Künstlers sehr
überschätzt wird. Es fehlt ihm nicht nur das Maß, die
Bescheidenheit, das Gefühl für die richtigen Grenzen der
Kunst (und in diesem Punkte mag auch ein großer Genius
irren), aber es fehlt ihm auch an Schönheitssinn, und
diesen entbehren heißt das Organ der schöpferischen Kraft
des Geistes entbehren." Und in dem in der letzten Note
angeführten Briefe, in dem er über Raphael spricht,
äußert er sich über Michel Angelo: „Er scheint kein
Gefühl für moralische Würde und Lieblichkeit zu besitzen,
und die Kraft, derentwegen er so hoch gepriesen wird,
scheint mir eine rohe, äußerliche und mechanische Eigen=
schaft, verglichen mit dem, was Raphael oder manchem
der untergeordneteren Künstler eignet." Später scheint
er jedoch zu einer reiferen Anschauung über Michel Angelo
gekommen zu sein, denn in seiner „Apologie der Dichtkunst"
nennt er ihn in der Reihe derjenigen Geister, welche den
mächtigsten Einfluß auf die Welt ausgeübt haben.

Mit seiner Gesundheit konnte Shelley in Florenz
ebenso wenig zufrieden sein, wie früher in Rom oder
Neapel, und besonders schädlich war ihm dort das Wasser,
von dessen Beschaffenheit seine Zustände immer sehr ab=
hängig waren. Deshalb übersiedelte er zu Beginn des
Jahres 1820 nach Pisa, dessen Klima günstiger auf ihn
einwirkte, als das irgend eines andern Ortes.

---

[1] Forman VIII, p. 86.

Das Jahr 1819 war das reichste und fruchtbarste in Shelley's Leben. Mit Recht hat man es als eines der größten Wunder der Literatur bezeichnet, daß der „Entfesselte Prometheus" und die „Cenci" in einem und demselben Jahre geschaffen wurden, und außerdem hat Shelley in diesem für die englische Literatur wahrhaft denkwürdigen Jahre, wie wir sahen, eine größere Satire, zahlreiche politische Gedichte und das schönste seiner kleineren lyrischen Gedichte geschrieben. Von den Schöpfungen dieses Jahres als auch der drei folgenden ist fast jede eine neue Ueberraschung für den Leser. Shelley's Genius schien in fieberhaftem Ungestüm alle Gebiete der Poesie durchmessen zu wollen, er bethätigte seine Kraft nach den verschiedensten Richtungen, und nach jeder trieb ihn die echte, wahre Inspiration, die seiner schöpferischen Thätigkeit den Charakter einer unaufhaltsamen Eruption verlieh, zu der nur selten bewußte Anstrengung hinzutrat.

Wenden wir uns zunächst zu der großen lyrischen Schöpfung des Jahres 1819, zu dem „Entfesselten Prometheus".

XVIII

„Der Entfesselte Prometheus."

Mrs. Shelley in ihrer Notiz zu dem „Entfesselten Prometheus" bemerkt: „Der Gegenstand, bei dem Shelley am liebsten verweilte, war das Bild Desjenigen, der mit dem bösen Principe kämpft, indem er nicht nur durch dieses, sondern durch Alle unterdrückt wird, — selbst durch die Guten, die in der Täuschung befangen sind, daß das Böse ein nothwendiger Bestandtheil der Mensch= heit sei, ein Opfer voll Stärke, Hoffnung und Sieges= gewißheit, so wie sie aus dem Vertrauen in die endliche Allmacht des Guten hervorgehen." Eine solche Gestalt war Laon, in kleinerem Maße auch Lionel; indem der Dichter seine Lieblingsgestalt in einem höheren, idea= leren Bilde suchte und den Conflict in übermenschliche Sphäre erhob, war es ihm erst möglich, die Verkörpe= rung seines Freiheitsideales in voller Glorie vorzuführen, den endlichen actuellen Sieg des Guten zur Darstellung zu bringen. Im „Entfesselten Prometheus" hat Shelley den großartigsten und phantasiereichsten Ausdruck für seine erhabenen Hoffnungen gefunden. An Stelle der anmaßenden und unpoetischen Lehrhaftigkeit und der un=

reifen, widerspruchsvollen Metaphysik der „Königin Mab" treten hier, metaphysische Abstractionen in wundervolle Mythen gekleidet. Wenn . die Hauptgestalten dieser Dichtung, so vor Allem Asia, als Personification des Geistes der Natur oder der geistigen Schönheit, die volle Lebendigkeit und Lebensfähigkeit entbehren und keineswegs für einheitliche Organismen gehalten werden können, so zeigt sich des Dichters volle mythopoetische Kraft, jene Kraft nämlich, die Naturerscheinungen als Symbole für geistige Potenzen zu gebrauchen und zugleich Gestalten und Formen zur Bezeichnung von geistigen Kräften zu erfinden, doch in allen untergeordneteren Er= scheinungen und Bildern, und Shelley's Phantasie ist in diesem doppelten Processe wahrhaft unerschöpflich. Oft sind wir von einem Bilde an sich entzückt; sehen wir schärfer zu, so entdecken wir darin das Symbol eines tiefen und schönen Gedankens, und so hat fast die ge= sammte wundervolle Naturpoesie, hat fast die gesammte Gestaltenwelt dieser Dichtung der Dichtungen eine mythische Bedeutung.

Shelley hat in den alten Mythus von Prometheus einen idealeren Gehalt gelegt und ihn herrlicher ausge= stattet, als alle anderen Bearbeiter. Sein Prometheus ist mehr als der menschenfreundliche Titan: er ist der Ge= nius der Menschheit, der durch das böse Princip, welches durch Jupiter bezeichnet wird, und dem es gelungen ist, die Oberherrschaft über die Welt zu erringen, in Ketten gelegt worden ist. Shelley's Prometheus kann unter= drückt, doch niemals besiegt werden. Wie in Aeschylus' Prometheus=Trilogie ist auch hier die Versöhnung Jupiter's mit Prometheus an die Entdeckung der Gefahr gebunden, welche den Ersteren durch die Vermählung mit Thetis bedroht und um welche nur Prometheus weiß. Ungleich dem Aeschyleischen Prometheus — der sich in dem dritten Theile der Trilogie, der uns verloren gegangen, bekannt= lich dem Willen des Zeus unterwirft — verweigert der Shelley'sche die Unterwerfung standhaft und duldet so lange, bis die Schicksalsstunde gekommen, die den Ge= waltherrscher vom Throne stürzt. Shelley's Prometheus ist der Befreier der Welt, und der Gegensatz zwischen moderner und antiker Weltanschauung läßt sich nicht besser veranschaulichen, als wenn man Shelley's und Aeschylus' Behandlung des alten Mythus einander gegen= überstellt.

Mrs. Shelley bemerkt: „Der hervorstechendste Zug von Shelley's Anschauung über die Bestimmung des menschlichen Geschlechtes war die, daß das Böse dem System der Schöpfung nicht inhärent sei, sondern etwas Zufälliges, was wieder ausgeschieden werden könne." An die Stelle der Einzelwillen, die nach Shelley's optimisti= scher Ueberzeugung das Böse auszuscheiden vermögen und meist auch ausscheiden werden, tritt in der Gestalt des Prometheus der Gesammtwille der Menschheit, welcher dem bösen Principe den Untergang bereitet.

Jupiter, das böse Princip, der Widersacher des Prometheus, ist die Incarnation alles Dessen, was die Entwickelung des menschlichen Geistes hemmt, die Seele in Fesseln schlägt, es ist die das Leben veröbende und versteinernde Macht. Der Verderber der Welt wird Ju= piter sein eigener Verderber, indem er die Macht erzeugt,

die ihn im Bunde mit der göttlichen Gerechtigkeit in den
Abgrund hinabstürzt.

Prometheus' Qualen werden von drei göttlichen
Wesen mitempfunden; es sind dies die Okeaniden Asia,
Panthea und Jone. Asia ist die Incarnation des den
Titanen liebenden Geistes der Natur, jene Macht, die
Shelley in dem vielfach erwähnten Hymnus so schön be=
sungen hat. Die Sehnsucht, die nach seiner Anschauung
zwischen der geistigen Schönheit und der Menschenseele
besteht, hat er hier in Form eines Liebesbundes zwischen
Asia und Prometheus, dem Genius der Menschheit, phan=
tasievoll zum Ausdruck gebracht, während er jene mystische
Wechselbeziehung zwischen Mensch und Natur, auf welche
er in „Königin Mab" anspielt, hier in verklärter Form
dadurch anschaulich gemacht hat, daß Asia's Schönheit
während des Martyriums des Titanen durch Gram ver=
düstert und verfinstert wird und mit ihr die ganze Natur
danieder liegt, während Asia, als die Befreiungsstunde
herannaht, plötzlich in ihrer Urschönheit aufstrahlt, zum
Zeichen, daß Prometheus' Wille gesiegt hat. Erst durch
die Erwägung dieser Abhängigkeit Asia's von Prometheus
vermögen wir die tiefste Bedeutung des letzteren ganz zu
verstehen und zu deuten. Prometheus ist geradezu eine
weltbewegende Macht, er ist das männliche Princip, um
mit Todhunter zu sprechen: die „Vaterkraft" der Schöpfung;
soll sich Asia, das weibliche Princip, die „Mutterkraft"
voll objektiviren, so kann dies nur durch Prometheus'
Machtwirkung geschehen; ist seine Macht gebunden, ver=
mag auch Asia nicht voll in Erscheinung zu treten.
Prometheus und Asia verhalten sich zu einander wie

Wille und Idee, doch sind sie, wie wir sehen werden, nicht als die tiefsten Principien gedacht.

Ist durch ihre erste ursprüngliche Vermählung alle Schönheit und Herrlichkeit entstanden, so wird durch ihre neue Vermählung, welche die Befreiung des Prometheus bezeichnet, die Welt regenerirt und durch diese Regeneration zu dem höchsten Gipfel der Vollkommenheit erhoben. Diese neue Vermählung ist eben nur ein Symbol dafür, daß die Menschheit ihre Bestimmung erfüllt hat. Tod= hunter legt den Unterschied zwischen dem saturnischen und prometheischen Zeitalter, den Shelley in seiner Dichtung macht, dar, indem er sagt: „In „Königin Mab" war Shelley's Anschauung über die Vervollkommnung des Menschen eine verhältnißmäßig einfache. Im „Entfesselten Prometheus" ist er zu einer reicheren Complexion ge= langt, die sich mehr einer evolutionären Theorie des Lebens nähert. Wir müssen hier zwischen den beiden goldenen Zeitaltern unterscheiden: dem saturnischen, der instinctiven Vereinigung mit dem Geiste der Natur, wel= ches mit der ersten Ehe zwischen Prometheus und Asia correspondirt, und dem prometheischen, der selbstbewußten, vernünftigen Uebereinstimmung mit dem Ideal, welches mit der zweiten Ehe, die erfolgt, nachdem der Titan ent= fesselt ist, correspondirt."

Panthea und Jone, die Schwestern Asia's, kann man wohl mit Todhunter als Personificationen von Glaube und Hoffnung betrachten, indem sie zugleich Tugenden des menschlichen Geistes und Kräfte des Universums vor= stellen.

Wir hatten mehr als einmal Gelegenheit zu beob=

achten, daß Shelley, dem das Gesetz des Contrastes tief
eingeprägt war, in die Finsterniß des Schreckens, der
Verzweiflung oder tief melancholischer Gedanken gewöhn=
lich wenigstens Einen hellen Strahl hineinleitet. Der
verlassene, verhaßte und entthronte Tyrann in „Laon
und Cythna" wird doch noch von seinem Kinde geliebt;
die düsteren Gedanken in „Julian und Maddalo" werden
durch das Erscheinen des holden Kindes von Maddalo
unterbrochen; zu Füßen des unter dem Martyrium der
größten körperlichen und geistigen Qualen stöhnenden
Titanen lagern Panthea und Jone, Glaube und Hoffnung.

1. Akt.

Gleich der Eingangsmonolog des Prometheus, welch'
letzterer an die eisbedeckte Felswand einer Schlucht des
indischen Kaukasus gefesselt ist, erhebt uns über Raum
und Zeit, empor zu den höchsten Gipfeln der Poesie.
Er beginnt mit einem gewaltigen Aufschrei gegen den
Tyrannen:

> „Beherrscher du der Götter und Dämonen
> Und — bis auf einen — jener Geister all,
> Die sich auf glanzerfüllten Welten drängen,
> Die du und ich, von allen Lebenden
> Allein, mit schlaflos off'nem Auge sehen!
> Die Erde sich' von, deinen Sklaven wimmeln,
> Die für Gebet und preisende Verehrung,
> Für Noth und Drangsal du mit Furcht belohnst,
> Mit Selbstverachtung und mit eitlem Hoffen,
> Dieweil du mich, der ich ein Feind dir bin,

In augenlosem Hasse lässest herrschen,
Und deiner spottend, triumphiren über
Mein Elend und die Ohnmacht deiner Rache!
Dreitausend Jahre schlafgefloh'ner Stunden
Und jeder Augenblick von scharfer Pein
Gezerrt zum Jahr — Tortur und Einsamkeit,
Spott und Verzweiflung — diese sind mein Reich!
Glorreicher ist's, als jenes, über welchem
Du unbeneidet thronst, o mächt'ger Gott!
Allmächtig, hätt' ich's nicht verschmäht zu theilen
Die Schande deiner Tyrannei und hinge
Ich hier nicht festgenagelt an dem Wall
Des stolzen Berges, der den Adler höhnt,
Schwarz, wintrig, tobt und unermessen, ohne
Gras, noch Insekt, noch and'res Thier, noch was
An's Leben mahnte in Gestalt und Klang.
O weh' mir! weh'! Pein für ewig! ewig!"

Allein Prometheus verzweifelt nicht, denn er vergißt nie,
daß eine der „flügellosen, säumigen Stunden" berufen
sei, den Usurpator von seinem Herrschersitz zu stürzen.
Jedoch haßt er den Tyrannen nicht mehr und möchte den
Fluch widerrufen, den er in der ersten Zeit seiner Qualen
gegen ihn geschleudert. Er frägt Berge, Quellen, Luft
und Stürme nach diesem Fluche, doch diese verweigern
die Antwort. Auf den Rath der Erde beschwört er des=
halb Zeus' Phantom, da dieses Antwort geben darf.
Shelley's Phantasie war mächtig ergriffen von dem
Gedanken, daß es ein Reich gebe, in dem, wie die
Erde sagt:

„Die Schatten hausen all der Körper,
Die leben hier und denken, bis der Tod
Sie all' vereinigt hat auf Nimmerscheiden,

Die Träume all' der Menschen Lichtgedanken
Und was der Glaube schafft, die Liebe wünscht,
Entsetzliche und seltsam fremde, — doch
Erhab'ne auch und herrliche Gebilde."

Wir begegneten einer ähnlichen Vorstellung schon in
„Königin Mab" und finden sie in dem lyrischen Drama
„Hellas" wieder. Nachdem das Phantom den Fluch
wiederholt und Prometheus seine Reue über sein einstiges
Ungestüm ausgedrückt hat, bricht die Erde, die nicht
weiß, daß Prometheus oder der gute Wille nicht besiegt
werden kann, in leidenschaftliche Klagen aus, deren Schluß-
worte ein doppeltes Echo wiederholt. So wird dies
Drama eröffnet, dessen Schauplatz das Universum, dessen
handelnde Personen die großen Gestalten des Universums,
in welche der Dichter eine Seele haucht und denen er eine
Stimme verleiht.

Kaum hat Prometheus den Fluch widerrufen, als
Hermes erscheint — die Beschreibung desselben durch Jone
ist ein kleines Meisterstück für sich —, und in seinem Ge-
folge die Furien, „die sturmschreitenden Hunde des Zeus".
Hermes bringt in Prometheus, dem er wohlgesinnt ist,
die Gefahr zu entdecken, welche Zeus' Herrschaft bedroht;
als sich Prometheus jedoch beharrlich weigert, seine For-
derung zu erfüllen, überläßt er ihn der Gewalt der Dämonen, deren Schaaren, die Sonne verfinsternd, wie Sturm
heranbrausen. Wohl wissend, welche Qual der Dulder
am Schwersten ertragen wird, verwirren sie dessen Geist,
indem sie den schließlichen Erfolg jener Werke, die er für
die Menschen vollbracht, vor ihm verhüllen und ihn
zwingen, sein Auge auf die Leiden seiner Schützlinge zu

richten, welche die nächsten Folgen seiner Thaten sein
müssen.

„Du rühmst, daß du Wissen den Menschen entdecktest?
Den brunnenversiechenden Durst du erwecktest,
Das fiebernde Dürsten, das Hoffen, das Zagen,
Des Zweifels, die Liebe, die ewig ihn nagen."

Um ihren Worten größeren Nachdruck zu geben, stellen
die höhnenden Furien in der Vision eines gekreuzigten
Jünglings, in der die Beziehung auf Christus klar ist,
sein Ebenbild vor Prometheus, und schildern das Ver=
derben, in das die wohlgemeinte Lehre des Gekreuzigten
die Welt und ihn selbst gestürzt hat. Als von der Stirne
des Prometheus, dessen geistiges Martyrium den Höhe=
punkt erreicht hat, Blut träufelt, da verschwinden die
Furien, mit Ausnahme einer, der furchtbarsten, welche
die Vision aufrecht erhält.

Furie.

„Sieh' hier, ein Sinnbild. Alle, welche dulden
Hohn, Ketten oder schwere Leiden für
Den Menschen, häufen tausendfache Qualen
Auf sich und ihn."

Prometheus.

„O lindere die Angst
In deinem Starrblick; schließ' die bleichen Lippen;
Laß nicht dein Blut den dornenwunden Brauen
Entströmen, sich mit deinen Thränen mischend!
Schließ', schließ' in Tod und Frieden du die Augen,
Daß nicht der Todeskrampf das Kreuz erschüttere,
Daß deine bleichen Finger nicht ersterbend

Im Blute spielen! Schaudervoll! Dein Name
Sei nicht von mir genannt! Er ist ein Fluch
Geworden. Ich erblicke wie der Weise,
Der Gute, der Erhabene, Gerechte,
Weil dir er gleicht, von deines Glaubens Sklaven
Gehaßt wird, wie die Lüge ihn umkrallt,
Verhaßten Unzen gleich, die in den Rücken
Gehetzten Reh's die Klauen schlagen und
Ihn aus der Heimath seines Herzens hetzt,
Der früh gewählten, lang beklagten Heimath.
Und And're sah in dumpfen Zellen ich
An Leichen angefesselt; Andere wieder,
Hör' ich der Menge gellend Jauchzen nicht,
Langsame Qualen auf Scheiterhaufen duldend.
Und mächt'ge Reiche sah ich unter mir
Vorüberziehen — wie Inseln, ihren Wurzeln
Vom wüth'gen Meer entrissen — deren Söhne
Im allgemeinen Morde bei der düstern
Gluth ihrer eigenen Hütten untergeh'n."

Jedoch auch die letzte Furie weicht, als Prometheus ge=
steht, daß er Mitleid fühle mit Jenen, welchen ihre Worte
nicht Schmerz bereiten. Nachdem sie geschwunden, sendet
die Erde die Genien des menschlichen Geistes, welche den
Titanen mit der Prophezeiung des endlichen Sieges
trösten, und in dem Gesange jedes Einzelnen vereinigt
sich Gedanke, Bild und Musik zu einem wundervollen
Ganzen. Als Prometheus sie frägt, woher ihnen die
Kunde von dem bevorstehenden Siege komme, antworten
sie im Chore mit den lieblichen Worten:

"In the atmosphere we breathe
As (buds grow red when the snow-storms flee
From Spring gathering up beneath.

Whose mild winds shake the elder-brake,
And the wandering herdsmen know
That the whitethorn soon will blow)
Wisdom, Justice, Love and Peace,
When they struggle to increase, .
Are to us as soft winds be
To shepherd boys, the prophecy
Which begins and ends in thee."

Prometheus wird durch diesen Gesang an Asia gemahnt, die nach einem fernen indischen Thale verbannt ist, und der Akt schließt, indem sich Panthea zu Asia begiebt.

2. Akt.

Im zweiten Akte werden der Gang Asia's und Pan=thea's zu dem Reiche Demogorgon's, ihr Besuch daselbst und die unmittelbaren Folgen desselben vorgeführt. Demo=gorgon (zu deutsch „der Volksschrecken") ist, wie Mrs. Shelley sagt, die „Urkraft der Welt", die ewige Gerechtigkeit, welche Zeus' Thron zerschmettern soll, nachdem er sie selbst heraufbeschworen, damit sie, dem von ihm mit Thetis erzeugten Sohne, welcher zunächst als reiner Geist im Himmelsraume schwebt, Gestalt gebe. Es ist ein ebenso schöner als tiefsinniger Gedanke des Dichters, daß un=mittelbar, bevor der Sturz des Gewaltherrschers erfolgt, die holden Mächte, welche Prometheus lieben, mit Demo=gorgon, der ewigen Gerechtigkeit, in Verbindung treten. Ihr Gang zu seinem Reiche wird durch eine geheimnißvolle Anziehung bewirkt, die von ihm ausgeht, bevor er sich gegen Zeus erhebt, und welche allen guten Geistern fühl=

bar wird. Die mystische Anziehung, die Demogorgon auf
Asia und Panthea ausübt, wird aber in sinnreicher Weise
zugleich als eine Wirkung des Fortschrittsgeistes hingestellt,
welcher in ihnen erwacht, indem sie sich anschicken, aus
ihrer passiven Rolle herauszutreten und zu activen und
regenerativen Kräften zu werden. Als Asia und Panthea
nämlich in dem indischen Thale, dem Verbannungsorte
Asia's, sich vereinigen, nachdem Asia schon einige Zeit
auf Panthea geharrt, erklärt diese ihr Zögern, daß ihre
Schwingen durch die Erinnerung an wonnige Träume
gelähmt waren. Einen derselben hat sie vergessen, in dem
anderen aber sah sie des Titanen wundsieche Glieder
sinken. Als Asia hierauf in Panthea's Auge blickt, ge=
wahrt sie zuerst das Bild ihres Geliebten, dann aber
sieht sie in dem Spiegel von Panthea's Auge noch ein
Anderes:

> „Welch' Bild schwebt zwischen uns? Sein struppig' Haar
> Macht rauh den Wind, der's sträubt, sein Blick ist wild
> Und scharf —",

und kaum hat sie das Bild wahrgenommen, als die
Stimme des Traumes ruft:

> „Folge! folge! folge mir!"

Panthea.

> „Mein and'rer Traum ist's."

Asia.

> „Er entschwindet wieder."

Das zweite Bild, welches Asia in Panthea's Augen
erschaut hat, bezeichnet — wie Todhunter wohl richtig

deutet — eben den „Geift des Fortfchrittes", der in den Okeaniden fich regt, um fie zu Demogorgon zu geleiten. Die Schilderung, die Panthea nun von ihrem zweiten Traume und diejenige, die Afia von einem, den fie felbft geträumt, giebt, gehört zu den beftrickendften Stellen diefer Dichtung.

Panthea.

„Er tritt vor meine Seele nun: mich dünkte
Wir faßen hier! — die blüthenfchwangern Knospen
An jenem blitzgefpalt'nen Mandelbaum,
Sie brachen auf. Da kam ein Windftoß plötzlich
Herüber von der weißen fcyth'fchen Wildniß,
Daß fich die Erde runzelte vor Froft:
Ich fah die Blüthen all' herabgeweht,
Doch ftand geprägt auf jedem Blatt zu lefen, —
Wie auf der Hyacinthen blauen Glocken
Gefchrieben fteht der Kummer des Apoll: —
O folge, folge mir."

Afia.

„O Schwefter fieh'!
Sowie du fprichft, fo füllen deine Worte
Auch meinen eigenen vergeß'nen Schlaf
Mir nach und nach mit Traumgeftalten aus.
Mich dünkt, daß auf jener Wiefe dort
Wir wandelten beim Grau'n des jungen Tags
Und Schaaren weißer, flaum'ger Wolken zogen
In dichten Flocken rings um das Gebirg,
Vom trägen Winde heerengleich getrieben.
Und weißer Thau hing fchweigend an den Halmen
Des Grafes, das die Erde kaum durchfproßte,
Und mehr gab's, deffen ich mich nicht entfinne.
Doch auf den Schatten all' der Morgenwolken

Am purpurübergoſſ'nen Bergeshang
Da ſtand geſchrieben: Folg! o folge mir!
Und als ſie ſchwanden und auf jedem Gras,
Von welchem Himmelsthau gefallen war,
Das Gleiche ſtand, wie feurig eingeprägt,
Da hob ein Wind ſich zwiſchen jenen Fichten
Und ließ Muſik aus ihren Zweigen klingen,
Und dann in ſüßen, ſchmachtend leiſen Tönen,
Dem Lebewohl verborg'ner Geiſter gleich,
Hört man: O folge, folge, folge mir!
Dann ſagt' ich: „„Panthea, o ſieh' mich an!""
Noch immer: Folg', o folge!"

Das Echo nimmt das Wort auf und lockt die Schweſtern, indem es bald näher, bald ferner tönt, bald im Winde verſchwindet, ihm zu folgen.

Kann es eine poetiſchere Vorbereitung eines Vor=ganges, kann es Bilder von größerer Zartheit und Fein=heit geben?

In der zweiten Scene, deren erſter Theil in dem Wechſelgeſang der Halbchöre von Geiſtern beſteht, fällt beſonders der zweite Geſang des erſten Halbchores auf, der in ätheriſcher Poeſie das unaufhaltſame Ziehen der Geiſter nach Demogorgon's Höhle ſchildert, welcher vor der großen Weltkriſis alle Jene um ſich verſammelt, welche mit Prometheus leiden und ihn lieben.

In der dritten Scene erſcheinen Aſia und Panthea auf einem Felſengipfel vor dem Rieſenthor von Demo=gorgon's Höhle. Morgennebel bilden einen wallenden, geſtaltenreichen Ocean zu den Füßen der göttlichen Ge=ſtalten, der von Aſia herrlich geſchildert wird. Aber auch die Nebel haben mythiſche Bedeutung. Sie ſind „orakel=

hafte Dämpfe", welche jenem Riesenthore entquellen und
die den Tag des erhabenen Weltumschwunges verkünden.
Aus dem Nebel erheben sich Gestalten, die in einem
Chorliede voll rhythmischer Schönheit, mit dem myste=
riösen Refrain „down! down!" Asia und Panthea be=
stimmen, sich nach dem unterirdischen Reiche des Demo=
gorgon zu begeben. Man sieht, mit welch' dichterischer
Feinheit jeder Fortschritt in dieser herrlichen Schöpfung
motivirt wird.

In der vierten Scene steht das göttliche Schwestern=
paar Demogorgon gegenüber, der, ein formloser Schatten,
auf einem Ebenholzthrone sitzt. Das Gespräch, das sich
zwischen ihm und Asia entspinnt, ist die schwächste Partie
dieser Dichtung. Es besteht von Seiten Asia's in schlecht
gestellten Fragen über metaphysische Dinge, in mysteriösen
Antworten von Demogorgon's Seite. Nur ein Ausspruch
Demogorgon's ist für die Beurtheilung von Shelley's
Metaphysik bedeutungsvoll und wir haben denselben schon
an einer anderen Stelle theilweise kennen gelernt. Als
Asia nämlich frägt, wer der Urheber des Bösen sei —
denn Zeus will sie nicht als solchen anerkennen, da er
ihr zu ohnmächtig scheint, da er gebebt, als Prometheus
seinen Fluch gegen ihn geschleudert —, antwortet Demo=
gorgon (wir geben seine Antwort auf Asia's Frage nun
ganz wieder):

„Ja wenn der Abgrund sein Geheimniß nur
Ausspeien könnte! doch die Stimme fehlt
Und ewig bildlos bleibt die tiefe Wahrheit.
Was würdest du erfahren auch, hieß' ich
Dich starren auf die Welt hier, die sich dreht?

Was hülf' es dir, wollt' ich nun sprechen heißen
Die Zeit, das Schicksal, die Gelegenheit,
Den Zufall und den Wechsel aller Dinge?
Denn jenen sind sie alle unterworfen
Und nur allein die ew'ge Liebe nicht."

Freilich erwartet man von Demogorgon, von „der Urkraft der Welt", eine befriedigendere Auskunft über den Urgrund der Welt. Allein die Schöpfung eines Dichters kann nicht klarer sehen, als er selbst sieht. Es war eben ein Mißgriff, daß Shelley Demogorgon in die Lage kommen läßt, über metaphysische Dinge zu sprechen. Abgesehen von dem irrationalen Verhältniß zwischen der Bedeutung der Gestalt und den Aeußerungen derselben ist der zuletzt angeführte Ausspruch gleichwohl von Wichtigkeit, da er uns besser als irgend eine andere Stelle in Shelley's Dichtungen sagt, daß dieser sich eine geheimnißvolle Macht dachte, die über dem Geiste der Natur stehe, für welche es aber keine Bezeichnung, keine Formel gebe.

Wenn Asia auf die soeben angeführten Worte Demogorgon's erwiedert:

„Das eig'ne Herz gab mir die Antwort,
Die du mir giebst; denn Jeder muß von solchen
Wahrheiten selbst sich das Orakel sein,"

so sinkt sie ganz und gar auf das Niveau einer Sterblichen herab.

Sie richtet hierauf eine andere Frage an Demogorgon: wann die Stunde kommt, wo der Titan als Sonne der befreiten Welt erscheinen wird? Und diese Frage ist das Zeichen für den Sturz des Gewaltherrschers, denn alsbald erscheinen die Horen, die meisterhaft geschildert werden.

Asia.

„Die Felsen sind gespalten, durch den Purpur
Der Nacht seh' ich Gefährte, die gezogen
Von Pferden sind mit Regenbogenschwingen,
Die mit dem Huf die trägen Winde stampfen.
In jedem steht mit wildem Blick ein Lenker,
Zu rascher Flucht antreibend sein Gespann,
Nach rückwärts schauen Einige, als wären
Verfolgt vom bösen Feind sie, und doch
Ich sah dort nichts als funkelnde Gestirne,
Mit glüh'nden Augen blicken Andere
Nach vorn und trinken mit den gier'gen Lippen
Den Wind, der ihre Eile selbst erregt,
Als flög' ein heißgeliebtes Ding vor ihnen
Und jetzt, und jetzt müßten sie's erhaschen!
Ihr glänzendes Gelock, es strömt herab,
Dem Strahlenhaare des Kometen gleich,
Und eilig jagen alle sie dahin.“

Eine dieser Horen — ein Geist von furchtbarem Aussehen — ist der Wagenführer des Demogorgon. Sobald dieser Geist naht, erhebt sich Demogorgon von seinem Herrschersitz, besteigt den Wagen und braust durch die Lüfte davon, während ein anderer Stundengeist von jugendlicher, schöner Erscheinung die Okeaniden in seinen Wagen aufnimmt.

In der letzten Scene dieses Aktes sehen wir den Wagen, der die Meeresschwestern fährt, in einer Wolke auf dem beschneiten Gipfel eines Berges Halt machen. Hier geht nun jene wunderbare Verwandlung mit Asia

vor ſich), von der bereits die Rede war. Während Demo=
gorgon's Nahen den Olymp in Schrecken verſeßt, ſo daß
Apollo ſein Tagewerk vergißt, ſtrahlt Aſia plößlich in
voller, wiedergewonnener Schönheit auf und erleuchtet
mit ihrem Glanze die Welt. „Verwandelt biſt du", ruft
Panthea,

> „und ich wag' es nicht
> Dich anzuſehen! Ich fühle deine Nähe,
> Doch deiner Schönheit Glanz läßt mich erblinden!
> Ein glücklich wendend Schickſal muß es ſein,
> Das alſo deine Herrlichkeit entſchleiert."

Wir bemerkten, daß der Dichter Aſia von Prometheus
abhängig ſein läßt. Das Nahen der Stunde, welche die
Feſſeln des letztern ſprengen ſoll, bewirkt, daß Aſia wieder
in den Vollbeſitz ihrer Schönheit zurückgelangt und zur
regenerativen Kraft der Welt wird. Ebenſo wie Panthea,
fühlt aber auch Prometheus die Wandlung, die mit
Aſia vor ſich gegangen. Seine Stimme wird von fernher
vernehmbar, ein Lied ertönt, mit dem er die Schönheit der
Geliebten feiert, mit welcher er nun bald vereinigt ſein
ſoll. Es iſt die ſublimirte Eſſenz Shelley'ſcher Lyrik, und
ein reinerer Geſang iſt niemals erklungen. Wir geben es
in der Sprache des Dichters wieder, da ſeine Feinheit
und Schönheit jeder Ueberſetzung ſpottet.

> "Life of Life! thy lips enkindle
> With their love the breath between them;
> And thy smiles, before they dwindle, —
> Make the cold air fire, — then screen them
> In those looks where whoso gazes
> Faints, entangled in their mazes.

Child of Light! thy limbs are burning
Through the vest which seems to hide them,
As the radiant lines of morning,
Through the clouds, on they divide them
And this atmosphere divinest
Shrouds thee wheresoe'er thou shinest.

___

Fair are others; none beholds thee.
But thy voice sounds low and tender,
Like the fairest, for it folds thee
From the sight, that liquid splendour,
And all feel, yet see thee never,
As I feel now, lost for ever!

___

Lamp of Earth! where'er thou movest,
Its dim shapes are clad with brightness,
And the souls of whom thou lovest
Walk upon the winds with lightness,
Till they fail, as I am failing,
Dizzy, lost, yet unbewailing!"

3. Aft.

Die erfte Scene des dritten Aftes stellt den Sturz des Gewaltherrschers dar. Der Schauplatz ist der Olymp. Jupiter verfündet zu Beginn der Scene den andern Göttern, daß er nun allmächtig sei, denn er habe mit Thetis einen Sohn gezeugt, „der Erde Schrecken", welcher, da er zunächst noch ein wesenloser Geist, nur der leiblichen Gestalt harre, die er von Demogorgon erhalten soll, um auf die Erde niederzusteigen und die Flamme des empörerischen

Menſchengeiſtes auszutreten, denn Jupiter verlangt nach
unumſchränkter Herrſchaft. Als aber Demogorgon auf
dem Stundenwagen erſcheint und die Verbindung jenes
Geiſtes mit ihm vor ſich geht, da entſteht etwas ganz
Anderes, als Jupiter erwartet hat; die ſchreckliche Geſtalt
wendet ſich gegen ihn ſelbſt und reißt ihn in den Abgrund
hinab.

Die Verbindung des Demogorgon mit dem Sohne
des Zeus erfolgt, ohne daß dieſer merkwürdige Akt ſelbſt
mit einem Worte bezeichnet würde. Wenn ſich Demogorgon,
nachdem er auf dem Wagen des Stundengeiſtes in dem
Olymp angelangt iſt, ſofort dem Weltbeherrſcher nähert
und trotzig ausruft:

> „Dein Sohn bin ich, wie du
> Der Sohn Saturns, gewaltiger als du!"

ſo müſſen wir uns einen Augenblick beſinnen, bevor wir uns
in die Situation zu finden vermögen. Denn Demogorgon
ſelbſt, „die Urkraft der Welt", die ewige Gerechtigkeit,
darf natürlich nicht als Sohn des Zeus gefaßt werden;
erſt durch die Verbindung mit dem Geiſte, dem „fatal child",
welches Zeus mit Thetis gezeugt hat, wird er Zeus' Sohn.
Dieſes „fatal child" iſt nun nichts anderes, als der Geiſt
der Unterdrückung und Gewalt; indem ſich dieſer aber mit
der ewigen Gerechtigkeit verbindet, wird er zum Geiſte der
Rebellion, welcher ſich nun anſtatt gegen die Menſchen,
gegen den Tyrannen ſelbſt wendet.

In der nächſten Scene giebt Apollo dem Okeanos
eine herrliche Schilderung vom Sturze des Welttyrannen;
in der dritten Scene dieſes Aktes erfolgt die Entfeſſelung

des Prometheus durch Herakles. Nachdem Prometheus
Asia, „das Licht des Lebens", das „Abbild der nie erschauten Schönheit", und ihre Schwestern begrüßt hat,
beschließt er, mit denselben in der innersten Höhle des
menschlichen Geistes zu wohnen, welche unter dem Bilde
einer Grotte

> „überwachsen
> Von Pflanzen, die mit üppigem Gerank
> Von Blum' zu Blum' das Tageslicht verhängen,
> Und ausgelegt mit Adern von Smaragd"

gedacht ist, wo sie mit Blicken und Liebesworten Gedanken
aus ihrem Verstecke herauslocken wollen, von denen der
letzte stets lieblicher sein wird, als der vorhergehende, wo
all' die Echos der Menschenwelt an ihr Ohr dringen
werden. Nachdem er die Wonnen, die in dieser Höhle
ihrer harren, ziemlich weitschweifig geschildert, übergiebt
er dem schönen, jugendlichen Stundengeist, dem wir im
zweiten Akt begegnet sind, eine Muschel, heißt ihn seinen
Wagen über die Städte der Menschen führen und in die
Muschel stoßen. Der Ton der Muschel — die sinnig als
Asia's Brautgeschenk von Okeanos bezeichnet wird —, ist
ein Symbol für jene Kraft, welche das Böse in das Gute
umwandelt, und die von Prometheus ausströmt. Als
Mutter Erde Prometheus' Stimme vernimmt, ruft sie:

> „Ich höre — ich fühle!
> Ich fühl's, wie deine Lippen mich durchglüh'n
> Und wie du mich berührst, durchrieselt's mich,
> Die Marmornerven hier entlang, wie Schauer
> Bis in des Markes diamant'nen Kern."

Die Erde prophezeit, daß all' ihre Geschöpfe fernerhin nur
süße Nahrung aus ihrem Busen ziehen werden und der
Tod nur die letzte ihrer Umarmungen sein soll. Auf die
Frage Asia's, was der Tod sei, giebt die Erde eine ebenso
wenig befriedigende Antwort, als vorher Demogorgon auf
Asia's Frage nach dem Ursprung des Bösen gegeben hat.
Gegen den Schluß der Scene ruft Mutter Erde den
Erdgeist — welcher, wie die nächste Scene zeigt, der
Sprößling von Prometheus und Asia ist, in dessen Cha=
rakterisirung jedoch manches unklar —, damit er seine
Eltern nach der Höhle führe, wo sie zu wohnen beschlossen
haben.

In der nächsten Scene, deren Schauplatz der Wald
ist, in dem die Höhle des Prometheus sich befindet, sticht
die Unterredung zwischen Asia und dem Erdgeist hervor.
Doch macht sie nicht den Eindruck, als ob zwei göttliche
Wesen mit einander sprächen, sondern als ob eine Sterb=
liche mit ihrem Kinde Worte der Liebe tauschte. Der
Erdgeist erzählt, welch wunderbarer Wandel in den Städten
der Menschen vorgegangen sei, als der lange Ton der
Muscheltrompete vernehmbar wurde, wie alle Dinge sich
verschönerten — eine Schilderung, die nur als Vorberei=
tung dient zu der, welche der Stundengeist giebt, der
gegen das Ende der Scene erscheint. Shelley ist den
Milleniumsträumen, die wir in „Königin Mab" kennen
gelernt, treu geblieben, nur führt er dieselben im „Prome=
theus" mit reicherer Phantasie aus.

4. Akt.

Der vierte Akt, der in keinem organischen Zusammen=
hang mit den vorhergehenden steht, ist ein Freudenhymnus
ohne Gleichen, oder doch nur mit dem Hymnus zum
Schlusse der neunten Beethoven'schen Symphonie zu ver=
gleichen, wie man es gethan hat. Der Freudenjubel er=
reicht hier eine fast beängstigende Höhe. Wir verlassen
Prometheus und Asia, um den ekstatischen Triumph=
gesängen der Geister der seelischen Kräfte und der Geister
der Stunden, des Erd= und des Mondgeistes zu lauschen,
und inmitten dieses flimmernden, berauschenden Gewoges
von Stimmen, Melodien und Visionen sind die einzigen
ruhenden Punkte Panthea und Jone, welche die Gesichte
schildern und die verbindenden Worte sprechen. Die männ=
liche Erde — der junge Geist im dritten Akt — und der
weibliche Mond kommen auf zwei Flüssen, welche gleich=
sam die beiden geschlechtlichen Elemente des Lebens vor=
stellen, daher geglitten; sie sind als Liebende gedacht, und
in ihren Liedern ist ihr geschlechtlicher Charakter deutlich
unterschieden. „Das liebliche Duett zwischen Erde und
Mond," bemerkt Todhunter, „drückt die Harmonie zwischen
den Geschlechtern aus, die nicht länger durch den Mangel
an geistiger Sympathie von einander geschieden sind, son=
dern sich wie Brüder und Schwestern zu einander ver=
halten. Der weibliche Mond ist durch die mächtige Leiden=
schaft der Erde belebt, der glänzende männliche Egoismus
der Erde ist durch die weibliche Selbstentäußerung des
Mondes gemildert und gereinigt."

So fingt der Mond:

"The snow upon my lifeless mountains
Is loosened into living fountains,
My solid oceans flow, and sing and shine:
A spirit from my heart bursts forth,
It clothes with unexpected birth
My cold bare bosom: O it must be thine
On mine, on mine!

Gazing on thee, I feel, I know,
Green stalks burst forth, and bright flowers grow,
And living shapes upon my bosom move:
Music is in the sea and air,
Winged clouds soar here and there,
Dark with the rain new buds are dreaming of:
'Tis love, all love!"

Die Erde:

"O gentle Moon, the voice of thy delight
Falls on me like thy clear and tender light
Soothing the seaman, borne the simmer night
Through isles for ever calm;
O gentle Moon, thy cristals accents pierce
The caverns of my pride's deep universe,
Charming the tiger joy, whose trampling's fierce
Made wounds which need thy balm."

Am Schluß des Aktes erscheint Demogorgon, die ewige Gerechtigkeit, und alsbald weichen Jubel und Ekstase einem tiefen, feierlichen Ernst. Auf Demogorgon's Zuruf antworten alle Stimmen der sichtbaren und unsichtbaren Welt, und nachdem er das Universum in erwartungsvolle Spannung versetzt, verkündet er (in Versen von einem

wahrhaft majestätischen Gang), daß der Usurpator durch
des Menschen Macht gestürzt sei und nennt schließlich die
Zauberkräfte, welche, wenn die verderblichen Gewalten
wieder nach Herrschaft streben sollten, dieselben in ihren
Kerker zurückzuzwingen vermögen:

> „Zu tragen Leid, das ihr unendlich meint,
> Der Macht zu trotzen, die allmächtig scheint,
> Unrecht verzeih'n, das schwarz wie Tod und Nacht,
> Und lieben, hoffen, bis der Hoffnung Kraft
> Aus ihren Trümmern das Ersehnte schafft.
> Nicht straucheln, schwanken, nicht der Reue Macht
> In müß'ger Thränenfluth den Nacken biegen,
> Gleich deinem Ruhm, Titan, heißt dies allein
> Gut, groß und frei und schön und freudig sein,
> Ja, dies allein heißt leben, herrschen, siegen!

Die Einheit des Universums, die Einheit all' seiner Er=
scheinungen, dieser Gedanke durchdringt machtvoll die ganze
Dichtung. Es giebt hier keine Scheidung zwischen belebten
und unbelebten Wesen. Hier ist nichts starr, hier ist nichts
todt. Flüsse und Berge, Erde und Mond sprechen die
Sprache der Menschen. Die Empfindungen eines Himmels=
körpers wiederhallen im Kosmos, den Klageruf der Erde
wiederhallt ein doppeltes ergreifendes Echo. Hinter den
Gestalten, die hier sprechend auftreten, steht das Weltall,
der Impuls, der von einem derselben ausgeht, wird für
alle Dinge bedeutsam. Allerdings gelingt es Shelley auch
besser, kosmische Erscheinungen eine Sprache sprechen zu
lassen, die den Eindruck des Elementaren hervorbringt,
als die Hauptgestalten der Dichtung lebensvoll darzu=
stellen.

Sowohl Prometheus als Asia haben etwas Schwan=

kendes und Unbestimmtes. Der Prometheus des dritten
Aktes zeigt nichts von jener Seelen- und Empfindungs-
tiefe wie der des ersten, und nachdem wir ihn die größten
geistigen Martern heroisch haben ertragen sehen, will es
uns nicht zusagen, wenn ihn der Dichter im dritten Akte
in Schilderungen sich ergehen läßt, wie die sind, welche
wir mitgetheilt haben. Seine Heiterkeit gleicht nicht jener,
welche aus dem überwundenen Schmerz ersteht, sie ist zu naiv
und scheint einem Gemüthe zu entstammen, welches Drangsal
und Seelenpein nie gekannt. Ebenso wenig einheitlich ist
Asia. Bald erscheint sie als eine hehre Göttin, bald wieder
als eine gewöhnliche Sterbliche. Jupiter ist zu wenig
wuchtig, Demogorgon ganz nebelhaft gehalten (sogar sein
Name ist unorganisch gebildet), und die Verbindung mit
dem „fatal child" bleibt unklar.

Vermochte der Dichter auch nicht die Hauptgestalten
überzeugend darzustellen, so zeigt er in der Beschreibung
und Darstellung von Nebenfiguren und einzelnen Bildern
doch eine außerordentliche plastische Kraft. Schilderungen,
wie die des Hermes, der Horen, die Bilder, welche die
einzelnen Genien des menschlichen Geistes in ihren Gesängen im ersten Akte geben, die reizende Studie über die
beiden Halkyonen im dritten Akte, können unserem Gedächtniß nie mehr entschwinden. Und so giebt es noch
viele andere Details, die sich dauernd unserem Gedächtnisse
einprägen. Einem Dichter, der eine solche Wirkung hervorzubringen vermag, wird man nicht die Gabe der Plasticität absprechen dürfen, wie man dies gewöhnlich bei
Shelley thut. Wir werden auf diesen Punkt später noch
zurückzukommen haben.

Shelley hat im Prometheus seine Gedanken theils in koloffale Formen, theils in die zartesten und feinsten Gebilde gekleidet. Ein Meer von Glanz und Schönheit strömt uns aus dieser Dichtung entgegen. Zuviel! rufen wir oft aus und wenden uns geblendet hinweg. Man hat Shelley als Landschaftsmaler oft mit Turner verglichen. Er hat keine Farben, er hat nur Glanz und Licht und markirt die Dinge durch Beleuchtung. Seine Phantasie ist eine geistige Sonne, welche die Schönheit der Erscheinungen in weit größerem Maße erhöht, als diejenige der meisten andern Dichter. Ebenso fein und geistig wie die Genüsse des Auges sind die des Ohres, die wir aus Prometheus schöpfen. Hinsichtlich des Reichthums der Rhythmen und Harmonien allein gehört diese Dichtung zu den außerordentlichsten Erscheinungen der modernen Poesie. Seit den Alten eignete nur wenigen Dichtern ein so feines Gefühl für rhythmische Schönheit, als Shelley. Er besaß eine unbegrenzte Herrschaft über Sprache und Vers. Sind besonders die kürzeren Rhythmen sein Element, so zeigt er sich auch in Behandlung der längeren als Meister. Es ertönen im „Prometheus" oft Gesänge, die ein Wiederhall himmlischer Weisen zu sein scheinen, es ist als ob wir in der krystallklaren Luft der Hochalpen eine Engelsstimme vernähmen. Da der Zauber dieser Lieder ein wesentlich geistiger ist, so muß unsere Stimmung selbst eine höhere und reinere sein, damit wir befähigt sind, von diesem Zauber ergriffen zu werden.

Als Shelley den „Prometheus" beendet, hatte er das Gefühl, etwas Außerordentliches geleistet zu haben. Er konnte selbst sagen, daß es „ein Drama mit Charakteren

und einem Mechanismus von ganz besonderer Art" sei.
In einem Briefe an seinen Verleger bemerkt er[1]: „(Prome=
theus) steht nach meinem Urtheil auf einer höheren Rang=
stufe, als all' meine übrigen Versuche, und ist vielleicht
weniger Nachahmung als irgend etwas, was ihm voraus=
gegangen ist." Er nannte „Prometheus" ein Gedicht in
„seinem besten Stile", das Beste, was er jemals geschrieben
habe, es war sein Lieblingsgedicht.[2]

Welche Aufnahme aber fand „Prometheus" bei der
Kritik? Ein scharf= und freisinniger Kritiker im „Black-
wood Magazine" — das Shelley noch die meiste Gerechtigkeit
wiederfahren ließ —, äußerte sich über die Dichtung, „daß
es ganz unmöglich sei, ein pestilenzialischeres Gemisch von
Blasphemie, Empörung und Sinnlichkeit" zu finden; eine
Stimme in der „Literary Gazette" ließ sich vernehmen,
daß dieselbe „wenig mehr sei als Raserei, und wären
wir nicht von dem Gegentheil überzeugt, würden wir es
für ausgemacht betrachten, daß der Verfasser ebenso ver=
rückt sei, wie seine Principien lächerlich schlecht sind; denn
seine Poesie ist ein Mischmasch von Unsinn, Geckenhaftig=
keit, Armuth und Pedanterie". Das sind nur zwei Bei=
spiele der Behandlung, die Shelley von Seiten einer bor=
nirten und heuchlerischen Journalistik erfuhr, und die er
bei jedem neuen Auftreten immer wieder erfuhr. Als das
hervorstechendste Charakteristikum seiner Poesie wurde
„vollständiger Mangel an Sinn" hervorgehoben; es wurde
von dem „stupiden Gewäsch eines Delirirenden" und
„von einem Gewebe unleidlicher Hanswurstiaden" ge=

---

[1] Memorials p. 119. [2] Memorials p. 121, 123, 137.

sprochen. Von den „Cenci" sagte ein Recensent der „Literary Gazette": „Es sei das abscheulichste Produkt der
Zeit" und scheint „das Werk eines bösen Geistes zu sein";
der Recensent hoffe nie mehr ein Buch zu sehen, das „ein
solches Gepräge von Befleckung, Gottlosigkeit und Infamie
an sich trägt".[1] Kein Wunder, daß ein engherziges,
bigottes und vorurtheilsvolles Publikum sich durch der=
artige Ausfälle von der Lectüre von Shelley's Werken
zurückgeschreckt fühlte. Mit Ausnahme der „Cenci", die
noch zu seinen Lebzeiten eine zweite Auflage erlitten, hatte
keine seiner Dichtungen auch nur den Schatten eines Er=
folges.[2] Shelley erkannte ja sehr wohl, daß er nicht
den Stoff in sich habe, populär zu werden, er wußte,
daß er ein Dichter für die σύνετοι sei, aber auch diese
vermochten ihm nicht gerecht zu werden und ihr Lob war
karg und kalt. Shelley, unabhängiger von Kritik und
Beifall, als jemals ein Dichter es war, nicht weil er sich
etwa sehr hoch stellte, es konnte im Gegentheil Niemand be=
scheidener von sich denken, lachte zuerst über die schnöden
Ausfälle der Recensenten[3] und ließ sich durch das schmale
Lob seiner Freunde nicht beirren; wir werden jedoch sehen,
daß eine Zeit kam, wo die rohe Behandlung von Seiten
seiner Gegner und der Mangel an sympathischer Be=
urtheilung ihn entmuthigten, so daß er an sich selbst irre

---

[1] Vgl. die Zusammenstellungen von derartigen kritischen Aus=
sprüchen bei Rossetti, Memoir, p. IVc (Note).

[2] Ein Brief an Peacock vom 15. Februar 1821 (Fraser's
Magazine 1860) zeigt jedoch, wie es damals noch um den Verkauf
dieses Dramas stand.

[3] S. Medwin II, p. 358.

wurde, daß er sich zeitweise unfähig fühlte, Neues zu schaffen, und daß es einer mächtigen Anregung von Außen beburfte, um seine schöpferischen Kräfte wieder zu beleben.

Wir wenden uns zu der zweiten großen Schöpfung Shelley's, die in das Jahr 1819 fällt: zu den „Cenci". Shelley widmete diese Tragödie seinem Freunde Leigh Hunt.

XIX.

„Die Cenci.“

Mit der „Cenci“ betrat Shelley ein künstlerisches Gebiet, das demjenigen des Prometheus polarisch ent= gegengesetzt ist. Dieses Gebiet war für ihn in Bezug auf die Darstellungsform (das historische Drama) durchaus neu, nicht aber in Bezug auf die Darstellungssphäre. Denn während sich die „Cenci“ vom „Entfesselten Pro= metheus“ und ebenso von Shelley's Jugenddichtungen in jeder Hinsicht unterscheiden, indem sie, wie Shelley in den Zueignungsschreiben an Leigh Hunt selbst hervorhebt, an die Stelle von Visionen, die Zeugniß geben sollten von seinen Anschauungen über das Schöne und Wahre, traurige Wirklichkeit setzen, so haben sie eben dies Dar= stellungsgebiet mit den früher entstandenen Dichtungen „Rosalinde und Helena“ und „Julian und Maddalo“ gemein, die ja auch Bilder trauriger Wirklichkeit geben. Ja, in dem Haustyrannen, wie er in „Rosalinde und Helena“ geschildert wird, finden wir den alten Grafen Cenci gewissermaßen vorgebildet.

Shelley selbst stellte sein dramatisches Werk immer seinen Jugendwerken, wie „Königin Mab“ und „Laon

und Cythna" gegenüber. So sagt er in einem Briefe an
Peacock: „Ich habe mir Mühe gegeben, die Fehler meiner
jugendlichen Versuche zu vermeiden, wie Weitschweifigkeit,
Ueberfluß an unnöthigen Bildern, Unbestimmtheit, All=
gemeinheit und wie Hamlet sagt: „Worte! Worte!"" In
der That, welch' ein Sprung von „Laon und Cythna"
zu den „Cenci", bei einem verhältnißmäßig so kurzem
zeitlichen Zwischenraum! Nur dem Genie war es mög=
lich, sich plötzlich derart zusammenzuraffen und zugleich
derart auszuweiten.

Was aber war es, was Shelley bestimmte, die Ge=
schichte der Cenci dramatisch zu behandeln, sich auf ein
Gebiet zu wagen, welches seiner Begabung anscheinend so
ferne lag? Er entschloß sich nicht leicht dazu. Mrs. Shelley
in ihrer Anmerkung zu den „Cenci" bemerkt: „Er be=
hauptete, er sei zu metaphysisch und abstract veranlagt,
zu sehr auf das Theoretische und Ideale gerichtet, um
als Dramatiker Erfolg zu haben." Der Stoff der „Cenci"
ergriff seine Phantasie aber mächtig. Es ist leicht zu be=
merken, daß Shelley in seinem Trauerspiel, wenn auch
die künstlerische, so doch nicht die moralische Sphäre ge=
wechselt habe. Er hat sich zwar, wie er gleichfalls in
dem Zueignungsschreiben an Leigh Hunt bemerkt, des
Anspruchs begeben, Lehrer zu sein, und die Tragödie ist
ohne moralische Tendenz geschrieben; aber was Shelley
zu dem Stoffe hinzog, das war doch nur die eigenthüm=
liche moralische Atmosphäre desselben. In „Laon und
Cythna", in „Rosalinde und Helena" hatte er Gestalten
und Vorgänge erfunden, um den Conflict zwischen
Herzensreinheit und der Verworfenheit der Welt zu

schildern, in der Geschichte der „Cenci" fand er Gestalten und Vorgänge, die ihm als Symbole für seine Ideen dienten und von denen er mächtig ergriffen wurde. Nie hat er ein krasseres Bild von Unterdrückung und Tyrannei gegeben, als hier, wo sich Alles, Kirche, Welt Vater und Geliebter, gegen ein unschuldiges, hülfloses Mädchen verschwören, bis diesem kein anderer Ausweg mehr bleibt, als zum Verbrechen zu schreiten. Zugleich hat uns Shelley nie ein ergreifenderes Beispiel angestammter Seelengröße und Herzensreinheit vorgeführt, als in Beatrice, die von der Welt zwar zum Verbrechen getrieben, aber nicht von ihr gebrochen werden kann und die des Vatermordes angeklagt, gleichwohl größer dasteht, als all' ihre Richter. Aber nur dadurch, daß sie einen Theil ihres Seelenadels einbüßt, wird sie, wie der Dichter selbst im Vorworte hervorhebt, zum tragischen Charakter. „Ohne Zweifel, sagt er, kann Niemand durch die Handlung eines Andern wahrhaft entehrt werden, und die geeignetste Entgegnung bei der größten Beleidigung ist Duldung und Sanftmuth und der Entschluß, den Beleidiger durch Mitleid und Liebe von seinen dunklen Leidenschaften zu wenden. Rache, Wiedervergeltung, Sühne sind höchst schädliche Irrthümer. Hätte Beatrice auf diese Art gedacht, so wäre sie reiner und besser gewesen, aber gewiß kein tragischer Charakter. Die unruhige und zerlegende Casuistik, mit welcher sie die Menschen zu rechtfertigen suchen, und doch fühlen, daß sie der Rechtfertigung bedarf, der abergläubische Schrecken, mit der sie ihre Leiden und ihre Rache betrachten, das ist es, worin der dramatische Charakter dessen, was sie litt und that, besteht."

Nur ein Dichter von Shelley's Befähigung, die Wirklichkeit zu idealifiren, durfte es wagen, die Geschichte der Cenci zu einem Thema der Poesie zu erheben, ohne unsere Gefühle all' zu sehr zu verletzen. Er bemerkt in Bezug auf die Bearbeitungsweise, die ein solches Thema erfordert: „Um einen solchen Gegenstand mit Erfolg zu behandeln, müssen die idealen Schranken desselben erhöht und die wirklichen gemildert werden, so daß das Vergnügen, welches die Poesie dieser wilden Leidenschaften hervorbringt, den Schmerz des Nachdenkens über die moralische Verworfenheit, von der sie verursacht wird, lindern."

Was die Charakteristik betrifft, so sind nur die beiden Hauptcharaktere, Graf Cenci und Beatrice, deren Feindschaft das Hauptagens des Dramas bildet, fein und allseitig individualifirt, alle anderen leicht skizzirt, doch lebendig, obwohl nicht immer psychologisch wahr. Der Aufbau des Stückes verdient unsere Bewunderung und die einfache, einheitliche Handlung schreitet natürlich fort. Hatte Shelley im „Prometheus" die höchste Kraft des Lyrikers geoffenbart, so offenbart er hier die höchste, wenn auch nicht die gereifte Kraft des Dramatikers.

Hinsichtlich der Sprache bemerkt er in dem Vorworte: „Ich habe mit großer Sorgfalt alle undramatischen und blos beschreibenden oder declamirenden Stellen vermieden." Sie ist einfach und, da stets aus der Empfindung des Dichters hervorgegangen, immer wirkungsvoll.

Im ersten Akt wird der Leser für die Hauptgeschehnisse vollkommen vorbereitet. Die erste Scene zwischen

Graf Cenci und Cardinal Camillo veranschaulicht sowohl
die ganze Schlechtigkeit des ersteren, die einen scharfen
Gegensatz zu dem Anstande und dem milden Wesen des letz=
teren bildet, als auch die geschäftliche Verbindung, in der
Graf Cenci und der Papst stehen. Der Papst ertheilt
dem Grafen für die ärgsten Verbrechen Ablaß, sofern
dieser sich entschließt, gewisse Bedingungen zu erfüllen.
Die ersten Worte, die der Cardinal spricht, bezeichnen
dies Verhältniß in wahrhaft drastischer Weise.

> "That matter of the murder is hush'd up
> If you consent to yield his Holiness
> Your fief that lies beyond the Pincian gate."

(Wir geben diese Verse in der Ursprache wieder, weil für
das prächtige "the matter of the murder" im Deutschen
eine adäquate Bezeichnung fehlt.)

Cenci schildert in dieser Scene seine teuflische Lust
am Bösen, seinen grenzenlosen Cynismus, der sich aber
doch immer innerhalb der Grenzen der psychologischen
Möglichkeit hält:

> „Ich liebe
> Des Jammers Anblick, das Gefühl der Lust,
> Wenn letzt'res mein, und And're jene leiden.
> Ich kenne keine Reu' und wenig Furcht,
> Die wohl das Hemmniß and'rer Menschen sind,
> Und dieser Hang wuchs so in mir, daß jetzt
> Ein jeder Plan, den meine Phantasie
> Sich launenvoll als Ziel der Wünsche schafft
> (Und keinen schafft sie, der nicht eures Gleichen
> Erschaudern machte, wenn ihr ihn erführ't),
> Mir wie Entbehrung ist von Speis' und Ruh',
> Bis er vollbracht."

In seiner Jugend war ihm Wolluft süßer, als Rache,
aber erst als er einen Feind getödtet, wußte er, was
Luft sei.

> „Nun schau' ich lieber solche Herzensqualen,
> Die schlecht der Schrecken nur verhehlt; mich freut
> Des trock'nen Auges starrer Blick, das Beben
> Der bleichen Lippen, welche mir verkünden,
> Daß innerlich die Seele Thränen weint,
> Die bitt'rer sind, als Christi blut'ger Schweiß.“

Die zweite Scene, die etwas matt und nicht genug
ausgeführt ist, spielt zwischen Beatrice und dem Prälaten
Orsino. Zeigt sich uns in der ersten Scene der Vater
in all' seiner Verworfenheit, so hier die Tochter in all'
ihrer Hülflosigkeit und trostlosen Verlassenheit. Sie wendet
sich mit schwacher Hoffnung an ihren einzigen Freund,
den sie einst geliebt und der sein doppelzüngiges, perfides
Wesen deutlich genug in dem Monologe verräth, mit dem
die Scene schließt. Sie bittet ihn, eine Bittschrift an den
Papst zu vermitteln, obwohl sie ihm im Innersten miß=
traut und sein falsches Herz erräth.

In der dritten Scene kommt die tragische Leidenschaft
schon zu einem fürchterlichen Ausbruch. Die beiden
Hauptpersonen stehen einander als offene Feinde gegen=
über und der Kampf entbrennt, der alles Kommende be=
stimmt. Der teuflische Cynismus des alten Cenci, von
dem wir in der ersten Scene durch seine Selbstschilderung
erfahren, offenbart sich hier schon in einer grausigen
Handlung. Er feiert ein Bankett (an dem auch Lucretia,
seine Frau, und Beatrice theilnehmen), um den Versam=

melten frohe Botschaft mitzutheilen. Ein Gast bittet ihn,
zu sprechen.

Cenci.

„Sagt, wenn ein Vater aus dem Vaterherzen
Ein heiß' Gebet empor zum Himmel sendet,
So oft er sich zum Schlummer niederlegt,
So oft er davon träumend auferwacht, —
Ein heiß' Gebet, Ein Flehen, Eine Hoffnung,
Daß Gott nur Einen Wunsch für seine Söhne,
Für die er um dies Einz'ge fleht, gewähre;
Und wenn urplötzlich, wie er's kaum gehofft,
Sich's nun erfüllt, soll' er sich dann nicht freu'n,
Und seine Freunde all' zum Feste laden,
Daß ihre Lieb' erhöhe seine Lust?
Ehrt mich denn so, denn ich bin dieser Vater."

Beatrice.
(Zu Lucretia.)

Wie schrecklich! Großer Gott! welch' Unglück traf
Wohl meine Brüder?

Lucretia.

Fürchte Nichts, mein Kind;
Er spricht zu offen.

Beatrice.

Ach, mein Blut erstarrt,
Das tück'sche Lächeln um sein Auge fürcht' ich,
Das bis zum Haar die Stirn in Falten zieht.

Cenci.

Dies Schreiben traf aus Salamanca ein;
Lies, Beatrice, es der Mutter vor;

O Gott, ich danke dir! In Einer Nacht
Erfülltest du nach unerforschtem Rathschlag,
Was ich so heiß und flehentlich erbat.
Denn meine Söhne, die rebell'schen Buben,
Sind todt! Ja, todt! Was stiert ihr bleich mich an?
Ihr hört mich nicht? ich sag' euch, sie sind todt!
Sie brauchen Nahrung nicht, noch Kleidung mehr;
Die Kerzen, die zum Grabe sie geleuchtet,
Sind ihre letzten Kosten, und ich denke,
Der Papst wird nicht von mir erwarten können,
Daß ich im Sarge für sie sorgen soll.
Freut euch mit mir — mein Herz ist innig froh."

Und nun wird unser ganzes Interesse auf Beatrice's un=
erschrockene Kühnheit gelenkt. Sie bittet die Gäste — die
in der ersten Aufwallung der Entrüstung über Cenci's
frevlerisches Frohlocken einen schwachen Versuch machen,
gegen denselben einzudringen, aber durch ein Wort von
ihm wieder eingeschüchtert werden —, ihre Mutter und
sie aus der Gewalt des Tyrannen zu befreien, sie aus
dem Hause desselben wegzunehmen. Als ihre Bitte jedoch
kein Gehör findet und ihr Vater sie das Gemach zu ver=
lassen heißt, da erkühnt sie sich, sich gegen diesen selbst
zu wenden und die Worte ihm zuzuschleudern:

„Geh', du ruchloser Mann! Geh' und verbirg dich,
Wo nimmermehr ein Auge dich erblickt!
Willst du Verehrung und Gehorsam fordern
Für Weh und Qual? O Vater, wähne nicht,
Wenn du die Gäste auch bewält'gen magst,
Daß Böses And'res je als Böses zeugt. —
Schau' nicht so wild mich an! Beeile dich,
Verbirg dich schnell, daß nicht mit Rächerblicken
Die Geister meiner Brüder dich verjagen

Von deinem Sitz! Verhülle dein Gesicht
Vor jedem Auge, fahr' erschreckt zusammen,
So oft du eines Menschen Tritt vernimmst!
Such' einen dunklen, stillen Winkel dir
Und beuge dort dein greises Haupt vor Gott,
Den du beleidigst, und wir wollen Alle
Dann um dich knie'n und brünstig zu ihm fleh'n,
Daß er sich über uns und dich erbarme!"

Der Dämon in Cenci besiegt den letzten Rest von Scheu und Beatrice's Schicksal ist entschieden.

Der zweite Akt ist sehr arm an Handlung. Weder Beatrice's Bittschrift, noch diejenige ihres Bruders Giacomo — welch' letzterer mit seiner Familie außer dem Hause des Vaters lebt und von diesem um die Mitgift seiner Frau betrogen worden ist —, sind von dem Papste berücksichtigt worden, welcher dem Cardinal Camillo sagt:

"Im großen Kriege zwischen Alt und Jung
Will ich, mit weißem Haar und schwankem Fuß,
Zum wenigsten neutral mich halten."

In der ersten Scene dieses Aktes lernen wir Lucretia, die zweite Frau des Grafen, die Stiefmutter seiner Kinder, in ihrem ganzen Duldermuth, mit dem Beatrice's entschlossene Kühnheit scharf contrastirt, den jungen Bernardo in seiner kindlichen Liebenswürdigkeit kennen. Es ist in der zweiten Scene dieses Aktes, wo Giacomo im Gespräche mit Orsino zuerst der Gedanke überkommt, seinen Vater zu ermorden, und Orsino bestärkt ihn, aber aus selbstischen Gründen, darin.

Die erste Scene des dritten Aktes, die uns Beatrice in den ersten Schreckens= und Verzweiflungsdelirien, als

die Schmach aller Schmach über sie ergangen, vorführt,
bekundet tiefe seelische Intuition. Vergebens bemüht sich
Lucretia, aus ihren Worten klar zu werden. Entsetzen
und Scham, für die es keinen Namen giebt, fälschen
Beatrice's Sinneseindrücke und umhüllen ihren Geist mit
Hallucinationen. Sie sieht den Himmel blutig, den Sonnen=
schein am Estrich schwarz, die Luft ist ihr ein ekler Dunst,
und sie glaubt, ein schwarzer Nebel vergifte ihr Wesen.
Aber inmitten des Gewoges von Wahnvorstellungen behält
sie das Gefühl ihres namenlosen Elends. Nachdem sich
ihr Geist wieder zur Klarheit emporgerungen, da ist sie
bald zu jenem Entschlusse gelangt, in dem sie nun nicht mehr
schwankt: daß es nämlich Recht sei, die Welt von dem
Bösewichte Cenci zu befreien. Orsino ist eingetreten, und
nachdem sie sich eine Weile zurückgezogen und ihr Gewissen
befragt, tritt sie, das Gespräch zwischen dem Prälaten
und Lucretia abschneidend, mit feierlichem Ernste, der
keinen Widerspruch duldet, vor, indem sie sagt:

> Still, Orsino! — Und dich bitt' ich, Mutter,
> Wie abgetrag'ne Kleider wirf von dir,
> Derweil' ich rede Schonung und Geduld,
> Gewissensangst und Furcht und jede Scheu
> Des Alltagslebens, die wir seit der Kindheit
> Ertragen haben, doch die jetzt ein Hohn
> Der heil'gen Sache meiner Klage wäre.
> Wie ich gesagt, mir ward ein Leid gethan,
> Das, ob auch namenlos, nach Sühne schreit,
> Sowohl um das Vergangene zu rächen,
> Als auch, damit es nicht mein Schicksal sei,
> Die schwergeprüfte Seele Tag für Tag
> Mit neuen Freveln wieder zu belasten,
> Und, was ihr nicht zu träumen wagt, zu sein.

Ich hab' zu Gott gefleht und ernst befragt
Mein Herz, und meinen Willen mir entwirrt.
Und ich bin klar jetzt, wo das Rechte ist,
Seid Ihr mein wahrer Freund, Orsino? Schwört's
Bei Eurem Seelenheil, bevor ich rede.

Orsino.

Ich schwöre, meine List und meine Kraft,
Mein Schweigen und was sonst mir zu Gebote ist,
Zu weihen deinem Dienst.

Lucretia.

        Du meinst wir sollen
Beschließen seinen Tod?

Beatrice.

        Und das Beschlossene
Sofort vollzieh'n! Kühn gilt's und schnell zu sein."

Es folgt die Verabredung, daß Cenci, der am nächsten
Morgen mit seiner Familie nach dem Felsenschlosse Pe=
trella reisen will, unterwegs ermordet werden soll. Die
Frauen treten ab, da sie Schritte nahen hören, in der
Meinung, daß Cenci komme. Doch statt ihm erscheint
Giacomo. Nachdem er durch Orsino von der jüngsten
Schmachthat seines Vaters und dem Entschlusse Beatrice's
erfahren, da giebt es auch für ihn keinen Zweifel mehr.

„Es ist genug! Mein Zweifel ist gestillt;
Es giebt jetzt einen höheren Grund, als meinen
Für diese That, und einen heil'gern Richter,
Der sonder Makel jede Unthat rächt!"

Die Scene schließt damit, daß Beatrice zurückkommt und

von ihrem Bruder einen Kuß verlangt, zum Zeichen, daß
er in den Tod ihres Schänders gewilligt.

Der mitternächtliche Monolog Giacomo's in der
zweiten Scene, der den Orsino in einem ärmlichen Zimmer
seiner Wohnung erwartet, während draußen der Orkan
wüthet, ist stimmungsvoll und kennzeichnet den schwachen
Charakter des Sprechers. Orsino kommt mit der Nach=
richt, daß der Anschlag auf Cenci mißglückt sei. Giacomo,
den vor dem Erscheinen Orsino's eine Anwandlung von
Reue überkommen, schwört nun für immer jede Schwäche
ab, und sie beschließen, zwei Männer, beide Todfeinde
des alten Cenci, zu Beatrice nach dem Schlosse Petrella
zu senden, wo der vierte Akt spielt.

Wenn der vierte Akt die schwerste Probe des Drama=
tikers ist, welche die höchste Sammlung und Steigerung
der Kräfte erfordert, so muß man sagen, Shelley hat
diese Probe bestanden. Seine Kraft wächst mit den Schwie=
rigkeiten. Cenci's Verruchtheit ist noch immer der Stei=
gerung fähig und wächst bis zu dem Augenblicke, wo er
in den Schlummer verfällt, aus dem die Hände der Mörder
ihn nicht mehr erwachen lassen. Sein Cynismus hat sich
in reflectirte Verruchtheit umgesetzt, er betrachtet es als
seine Sendung, eine Geißel Gottes zu sein, Schmach auf
Schmach zu häufen; es ist sein Ehrgeiz geworden, einen
Namen zu hinterlassen, der ein ewiges Schandmal sein
soll. Er ersinnt in seinem bösen Rausche immer schwärzere
Thaten, führt immer wildere Reden. Als Beatrice sich
weigert, seinem Befehle, zu ihm zu kommen, zu gehorchen,
kniet er auf dem Boden und fleht auf sie von Gott Qualen
und Entsetzen aller Art herab, welche er als Mensch nicht

über sie zu verhängen vermag.[1] Als er sich in fürchter=
lichen Verwünschungen erschöpft, überkommt ihn eine
letzte teuflische Freude:

> „Mir ist zu Muth', als wär' ich nicht ein Mensch,
> Sondern ein Dämon, der bestimmt, zu züchtigen
> Die Frevel einer unbekannten Welt.
> Mein Blut rast in den Adern auf und ab!
> Furchtbare Wonne macht es wild erglühen;
> Ein Schwindel jähen Grausens faßt mich an,
> Und in Erwartung gräßlich toller Lust
> Pocht mir das Herz.“

In der Mordscene erscheint Beatrice als die leidenschafts=
lose Gerechtigkeit. Als die schwache Lucretia, nachdem
die Mörder in das Zimmer des schlafenden Cenci ein=
gedrungen sind, ausruft:

> „O mein Gott!
> Vielleicht ist er ein kalter Leichnam jetzt!“

versetzt Beatrice:

> O fürchte das nicht, was geschehen kann,
> Nein das, was ungeschehen bleibt! Die That
> Besiegelt Alles!“

Groß ist das Gefühl der Erleichterung ausgedrückt, das
sie überkommt, als sie den Mord für vollbracht hält:

> „Finsterniß und Hölle
> Verschlangen jenen Dunst, den sie gesandt,

---

[1] Shelley bemerkt in Betreff der Religion der italienischen
Katholiken: „Sie steht in keiner nothwendigen Verbindung mit
irgend einer Tugend. Der verruchteste Schurke kann streng religiös
sein, und ohne gegen den herrschenden Glauben zu verstoßen, be=
kennen, daß er es sei.“

Des Lebens süßes Licht in Nacht zu hüllen.
Mich dünkt, mein Athem hebt sich leichter schon .
Und freier rollt mir das erstarrte Blut
Durch meine Adern hin."

Wenn sie, nachdem der Mord geschehen, dem Mörder
Marzio den goldgestickten Mantel ihres Aelternvaters um=
wirft, damit er — der Mörder — beneidet werde, wie
der ursprüngliche Träger des Mantels beneidet wurde, so
ist diese allerdings wenig vorsichtige That in Zusammen=
hang zu bringen mit Beatrice's paradoxer Behauptung,
daß sie unschuldig, daß sie keine Vatermörderin sei, eine
Behauptung, die sie zuerst dem päpstlichsten Gesandten
gegenüber erhebt, der, kaum ist der Mord geschehen, auf
Petrella erscheint, um Cenci wegen „Klagen schwerster Art"
zu verhaften, nun aber Cenci's Mörder mit sich führt,
die aber schrecklich wird in der Gerichtsscene des fünften
Aktes, wenn sie sich an Marzio, dem die Folter das Ge=
ständniß der That erpreßt, mit der Frage wendet:

„Bin ich schuldig? sprich!
Bin ich des Vatermordes schuldig?"

und ihn zu heroischem Leugnen treibt, so daß er schließlich
unter den Qualen der Folter stirbt. Es ist vielleicht nicht
überflüssig, ausdrücklich hervorzuheben, daß Beatrice ihre Un=
schuld deshalb betheuert, weil sie sich wirklich für unschuldig
hält. Man erklärt sie des Vatermordes schuldig, sie aber
weiß nichts davon, einen Vater ermordet zu haben, sie
ist sich nur des Einen bewußt, einen Dunst, den Finsterniß
und Hölle entsandt, zu Hölle und Finsterniß zurückgesandt,
sich und die Welt von einem Verderbniß befreit zu haben,

was zu thun ihre Schuldigkeit, eine Handlung der Ge=
rechtigkeit und Nothwendigkeit war. Daher ihr allerdings
seltsames und paradoxes Leugnen einer Schuld.

Beatrice's Charakter entfaltet sich gegen das Ende
immer herrlicher. Ihr persönlicher Schmerz verschmilzt mit
dem allgemeinen, und ihr geistiges Weh ist zu groß,
als daß sie jene Qualen fürchten könnte, die gewöhn=
liche Menschen erschrecken. Als der Richter ihr mit
Martern droht, erwiedert sie:

> „Martern!
> Schafft in ein Spinnrad um die Folterbank!
> Quält euren Hund, daß er gesteh', wann er
> Zuletzt das Blut geleckt hat, das sein Herr
> Vergoß, nicht mich! Mein Weh ruht im Gemüth,
> Im Herzen, in der Seele tiefster Tiefe,
> Die Thränen bitt'rer Galle weint, daß sie
> In dieser argen Welt, wo Niemand wahr ist,
> Mein eigen Blut sich selber treulos sieht.
> O denk' ich an dies jammervolle Leben,
> Das ich gelebt, und das so gräßlich endet,
> Und an die dürftige Gerechtigkeit,
> Die mir und all' den Meinen Erd' und Himmel
> Erwiesen, und welch' ein Tyrann du bist,
> Und wie zu Sklaven diese sich erniedrigt [1],
> Und was für eine Welt die Unterdrücker
> Und die Bedrückten mit einander bilden —
> Dies ist das Weh, das mir am Herzen frißt,
> Und das mich reden heißt. Was willst du mir?“

Das kleine Lied, das sie gegen Schluß der dritten Scene

---

[1] Sie meint ihre Stiefmutter und den Giacomo, welchen die
Folter das Geständniß des Mordes abgerungen.

dieſes Aktes ihrer Mutter ſingt, hat all' die Wehmuth von Desdemona's Sterbelied.

Die letzte Scene, welche damit beginnt, daß Cardinal Camillo den Gefangenen das Todesurtheil des Papſtes verkündet, zeigt uns den letzten Seelenkampf Beatrice's. Sie kann den Gedanken eines ſo frühen Todes zuerſt nicht faſſen:

> „O Gott iſt's möglich? Soll ſo raſch ich ſterben?
> So jung hinausgeh'n in das dunkle, kalte,
> Verweſungsvolle, wurmdurchwühlte Grab?"

Ein letztes wildes Grauen erfaßt ſie:

> „Himmel! vergieb die thörichten Gedanken.
> Ha! wenn kein Gott, kein Himmel, keine Erde
> Nun wär' in dieſer rauhen, öden Welt,
> Der ſternenloſen, unbewohnten Welt!
> Und Alles wäre meines Vaters Geiſt,
> Sein Auge, ſeine Stimme, ſeine Hand
> Rings um mich her und nimmer mich verlaſſend
> Die Luft, der Athem meines todten Lebens!"

Doch Schmerz und Grauen ſchwinden, Ekel erfaßt ſie vor der Welt, ihr Herz wendet ſich von Allem, und ſie kann zu nichts mehr Vertrauen faſſen. Als die arme Lucretia ſie auf das Paradies vertröſtet, erwiedert ſie:

> „ — Ich weiß nicht, was berührt dein Wort
> So eiſig mich? Wie falſch und hohl und kalt
> Und niedrig ſcheinen alle Dinge mir! . . . .
> Ermahnt mich immerhin, auf Gott zu bauen;
> Ich hoff' auf ihn zu bau'n. Auf wen auch ſonſt
> Sollt' ich noch bau'n? allein mein Herz bleibt kalt."

Sie weiß, daß Hoffnung in ihrer Lage das Schlimmſte ſei.

Giacomo.

Bernardo ist zum Papste hingeeilt,
Um Gnade zu erflehen.

Lucretia.

Und vielleicht
Gewährt er sie . . . .
Welch' ein Gedanke! O, zum Herzen stürmt er
Wie warmes Blut.

Beatrice.

Bald werden Beide kalt sein.
Laß ab von dem Gedanken. Schlimmer noch,
Als die Verzweiflung, schlimmer als der Tod
Ist Hoffnung; denn sie ist das einz'ge Uebel,
Das Raum hat in der engen, kurzen Stunde,
Die schwindelnd unter unsern Füßen schwankt."

Ob sie auch für sich selbst nichts mehr begehrt, hat sie
doch noch für Andere ein tiefes Gefühl und richtet beim
Abschied an Bernardo die schöne Mahnung:

„Suche dir
Durch milderbarmende Gedanken stets
Des Grames Last zu mildern. Irre nicht
In zürnender Verzweiflung; irre lieber
In Thränen und Geduld."

In den feinen Empfindungsübergängen des letzten Seelen=
kampfes Beatrice's zeigt sich besser, als in irgend einem
andern Theile dieser Dichtung, Shelley's echte und große
dramatische Kraft.

Es war ein inniger Wunsch Shelley's, daß seine
Tragödie auf einer Londoner Bühne zur Aufführung ge=
langen würde. Er bat daher im Juli 1819 seinen Freund
Peacock brieflich, daß er das Stück dem Director des

Conventgarden=Theaters vermittle, da er meinte, daß die
Rolle der Beatrice für Miß O'Neil, die damals im Zenith
des Ruhmes stand, geeignet wäre. Er fügt in seinem
Briefe jedoch bei: „Gott behüte, daß ich sie jemals in
dieser Rolle sehe, das würde meine Nerven in Stücke
reißen." [1] Der Director lehnte die Tragödie jedoch mit
der Bemerkung ab, ihr Thema wäre ein so heikles, daß
er sie Miß O'Neil nicht einmal vorzulegen wage. Der
allerdings ungewöhnlich furchtbare Charakter des Stoffes,
den keine Feinheit der Behandlung genügend zu mildern
vermochte, wird die Bühnen wohl immer zurückhalten,
das Stück in ihr Repertoire aufzunehmen, wie sehr es
sich auch durch seine echt dramatische Lebendigkeit zur
Darstellung eignen würde, wie überwältigend auch die
Wirkung einzelner Scenen bei der Aufführung sein müßte.

Der Director des Conventgarden=Theaters hatte die
Cenci zwar abgelehnt, aber zugleich den Wunsch aus=
gesprochen, Shelley möge ein anderes Stück für seine
Bühne schreiben. Shelley hätte diesen Wunsch gern er=
füllt, aber er traf offenbar auf keinen Stoff, der ihn
genug angezogen hätte. Schon im Jahre 1818 scheint er
den Plan zu „Charles I." gefaßt zu haben. Er schrieb
aber erst zu Beginn von 1822 einige wenige Scenen
davon nieder und legte das Stück bald wieder bei Seite.
Es war hauptsächlich die Entmuthigung, an der er be=
sonders in der letzten Zeit seines Lebens litt, die ihn
lähmte. Hätte ihn aber der Stoff derart ergriffen, wie
dies bei der Geschichte der Cenci der Fall war, so ist

---

[1] Forman VIII, p. 113.

nicht zu bezweifeln, daß er die Entmuthigung überwunden
hätte. Vielleicht war auch der Mangel an historischen
Detailkenntnissen über jenen englischen König ein Grund,
der ihn an der Fortsetzung des Stückes hinderte. Die
wenigen Scenen, die er geschrieben hat, sind sowohl hin=
sichtlich des Aufbaues, als der Charakteristik der Personen
eines Shakespeare's würdig und erwecken bei dem Leser ein
unaussprechliches Bedauern, daß es dem Dichter nicht
vergönnt war, das Begonnene weiterzuführen.

XX.

Aufenthalt in Pisa. — Naturgedichte aus den Jahren 1819 und 1820. — Politische Gedichte und Satiren.

Am 26. Januar 1820 übersiedelte Shelley mit Frau und Kind (Miß Clairmont blieb in Florenz in einer Pension) nach Pisa, wo er auch die beiden nächsten Winter, die ihm noch zu leben beschieden waren, verbrachte. Während ihm das Klima von Pisa, wie das keines anderen Ortes, zusagte, obwohl es zu viel behauptet wäre, wollte man sagen, er wäre dort vollkommen gesundet, war der dortige Aufenthalt auch in geselliger Hinsicht für ihn von Vortheil. Er hatte bis dahin seit seiner Ankunft in Italien in großer Einsamkeit gelebt, und wir hatten Gelegenheit zu bemerken, daß dies eine Ursache der tiefen Verstimmung war, von der er in dem letzten Jahre oftmals heimgesucht wurde. In Pisa wurde es im Laufe der Monate um so lebhafter um ihn, in der ersten Zeit lebte er jedoch auch hier ohne Umgang. Dann aber wurde Lord Byron sein Nachbar, Medwin, der uns viele schätzenswerthe Details über Shelley's Leben in Pisa giebt, kam auf seine Einladung dahin, später fand sich auch Lieutenant Eduard Ellerker Williams, zuerst der Theilhaber an

Shelley's Leidenschaft für Bootfahrten, dann sein Todes=
gefährte, mit seiner Familie und schließlich Kapitän Tre=
lawney ein, dessen „Records" uns ein lebendiges Bild
von der letzten Lebenszeit Shelley's geben; einige Zeit
hatte Shelley Gelegenheit, mit dem Fürsten Alexander
Maurocordato zu verkehren, der sich mit anderen Griechen
in Pisa aufhielt; unter seinen italienischen Bekannten be=
vorzugte Shelley den berühmten Arzt Vaccà[1], dessen
politische Ansichten mit den seinen übereinstimmten und
der ihm den Rath gab, alles Mediziniren, sowie den
Gebrauch von Opium zu vermeiden. Häufig verkehrte er
auch mit Rossini, dem Verfasser von „La Monaca di
Monza", und mit dem Improvisator Sgricci[2], den er
höchlichst bewunderte und den er durch eine Kritik auch
in seinem Vaterlande bekannt zu machen wünschte. Doch
hat er dieselbe niemals geschrieben.

Im Frühling 1820 begab sich Shelley mit den
Seinen für einige Wochen nach Livorno, wo er die „Ode
an die Lerche", das populärste seiner kleineren Gedichte,
und die „Epistel an Maria Gisborne" dichtete, welche
zu seinen wenigst ansprechenden Leistungen zählt. Der
Sommer wurde in den Bädern von San Giuliano
verbracht. An einem heißen Augusttage begab sich
Shelley von hier auf die Spitze des Monte San Pelle=
grino und unmittelbar nach seiner Rückkehr schrieb er in
drei Tagen „Die Fee des Atlas", das phantastischste all'
seiner Gedichte. Er hatte den Gedanken dazu unterwegs
gefaßt.

---

[1] Medwin II, p. 45.   [2] Medwin II, p. 43.

Die Heldin dieser Dichtung ist eine Verkörperung
der geistigen Schönheit in einer mehr spielerischen Form.
Hier tändelt die Phantasie des Dichters so recht „wie ein
thörichtes, träumerisches Kind mit dem glänzenden Ge=
binde der Farben und Formen." Sie trägt hier Alles
zusammen, was sie ergötzt, um extravagante Gebilde
daraus zu formen. Mrs. Shelley bemerkt in ihrer Notiz
zu diesem Gedichte, daß sie ihren Gatten, nachdem die
Cenci Anklang gefunden, bestimmen wollte, seine Stoffe
fernerhin aus der Menschenwelt zu nehmen; sie konnte
demnach wenig mit einem Gedichte zufrieden sein, welchem
menschliches Interesse in höherem Grade fehlte, als allen
seinen früheren Dichtungen. Shelley schickte dem Gedichte
einige Strophen an Mary voraus, wo er sich auf ihren
Tadel bezieht und sich rechtfertigt. Mehr als je scheint
er gerade damals — der Erfolg der „Cenci" war noch
nicht entschieden — an der Möglichkeit gezweifelt zu haben,
populär werden zu können. Er sagt:

> „O laß mich nie im Wahne schweben,
> Daß, was von mir geschaffen, könnte leben."

Daß er aber, nachdem er die „Cenci" geschrieben, Freude
daran fand, nach einem Gebiete zurückzukehren, wie das,
welches „Die Fee des Atlas" vertritt, ist ein Zeichen,
daß dieses weit mehr seine Domäne war, als die mensch=
liche Sphäre. Lieblich ist in der „Fee des Atlas" die
Schilderung der Begrüßung, die der Fee, als sie zuerst
Gestalt annahm, von den Thieren der Wildniß, den
Waldgöttern und Nymphen zu Theil wurde. Sie wohnt
in einer Höhle des Atlas, wo sie allerlei wunderbare

Dinge in Hülſen verwahrt, wie Luftklänge, Träume,
Düfte, Schlummertränke und auch ſeltſame Rollen, denn
ſie iſt eine eifrige Leſerin. Selbſtverſtändlich befindet ſie
ſich auch im Beſitze eines Bootes, auf dem ſie weite
Fahrten unternimmt, und reizend iſt der Mythus, den der
Dichter von dieſem Boote zu erzählen weiß (Str. 31—33).
Ein anderes Vergnügen der Fee iſt das, auf den Wolken
die Himmelsräume zu durchziehen, wie Arion auf dem
Rücken des Delphins die Luft mit Klängen erfüllend oder
lachend, wenn hinter ihr der Donner murrt; auch liebt
ſie des Nachts die Wohnungen der Menſchen zu durch=
wandern, indem ſie die Schlummernden betrachtet und
ihnen ſanfte Träume ſpendet.

Wir wollen in dieſem Zuſammenhange eine Reihe
von Gedichten, die in den Jahren 1819 und 1820 ent=
ſtanden und deren Themen Naturerſcheinungen ſind, her=
vorheben: ſo die Ode an den Weſtwind, die Wolke, die
Ode an die Lerche, die Mimoſe.

Die dämoniſche, prachtvolle „Ode an den Weſtwind"
trägt ungleich mancher anderen Dichtung Shelley's nicht
den Stempel einer Improviſation, ſondern den eines
Kunſtwerkes. Der Grundgedanke des Gedichtes iſt der
Kreislauf der Erſcheinungen und Dinge; es nennt den
Herbſtwind den Zerſtörer und zugleich den Erhalter der
Natur, da er die Erde dem Frühlinge zuführt. Die erſte
Strophe beſingt ſein Wehen, ſeine ſtürmiſche Macht und
der tiefe Refrain „O höre mich!" klingt wie ein macht=
volles Echo. In der zweiten Strophe zeigt ſich wieder
Shelley's volle mythopoetiſche Kraft, wenn es heißt, daß
der Strom des Herbſtwindes die Wolkenſchaar von den

Wirrgezweigen des Himmels wie welkes Laub auf die
Erde schüttelt und das Gelock des Sturmes dahinfliegt
gleich dem Haare, das einer Bacchantin Haupt umflattert.
Jene Wiedergeburt, die der Herbstwind aber in der Natur
vollbringt, fleht der Dichter, möchte er in ihm selbst voll=
bringen. Denn er fühlt den Wind nicht als blinde
Naturmacht, er ist ihm ein lebendiger Geist, und in den
letzten, gluthvollen Strophen scheint er von ihm ergriffen,
Eins mit ihm zu sein:

„Laß gleich dem Wald mich deine Harfe sein,
Ob auch wie sein's mein Laub zur Erde fällt!
Der Hauch von deinen mächt'gen Melodein

Macht, daß ein Herbstton beiden tief entschwellt,
Süß, ob im Traum. Sei du, stolzer Geist,
Mein Geist! Sei ich, du stürmevoller Held!

Gleich welkem Laub, das neuen Lenz verheißt,
Weh' meine Grabgedanken durch das All,
Und bei dem Liede, das mich aufwärts reißt,

Streu', wie vom Herde glühender Funkenfall
Und Asche stiebt, mein Wort in's Land hinein!
Dem Erdkreis sei durch meiner Stürme Schall

Der Prophezeiung Horn! O Wind, stimme ein,
Wenn Winter naht, kann fern der Frühling sein?“

Die ganze primitive Frische der Shelley'schen Phantasie
zeigt sich in dem Gedichte „Die Wolke“, die er singen
läßt, welche Wonnen sie der Erde bringt: Regenkühle den
Auen, Schatten den Hainen, Thau den Knospen, bis sie
sich selbst ein Vergnügen bereitet, die Matten mit Hagel
schlägt, und indem sie diesen in Regen auflöst, mit dem

Donner lachend vorüberzieht; wie sie Nachts auf weichem
Schneepfühl in den Armen des Sturmes ruht, während auf
der Zinne ihrer Burg der Blitz Wache hält und der Donner
gefesselt im Kerker grollt; wie der „blutige Morgen" mit
den Meteoraugen und von Flammen umfaßten Schwingen
auf ihr Boot sich schwingt, wenn Lucifer erblaßt, und
wie „die Jungfrau, umkränzt vom silbernen Scheine",
welche die Menschen Mond nennen, auf ihrem Schleier,
den die Winde gebreitet, dahingleitet mit unsichtbaren
Füßen, deren Tritte nur den Engeln vernehmbar u. s. w.

Nie hat Shelley ein wonnevolleres Lied gesungen,
als „die Ode an die Lerche". Es drückt die ganze himm=
lische Heiterkeit seines Geistes aus, war er doch selbst
wie die Lerche, „die steigend immer singt und singend
immer steigt". „Hier ist es," sagt Brandes vortrefflich,
„als ob alle Winde von Melodien erklängen, als ob wir
in ein Meer morgenfrischer Töne hineinschwebten und
hinabgewirbelt würden." Wenn der Dichter sein Lied mit
der Strophe beschließt:

> „Halb nur deine Lust
> Wolle mit mir tauschen,
> Dann aus meiner Brust
> Sollt' ein Lied entrauschen,
> Dem würde, wie ich dir, die Erde lauschen,"

dann müssen wir hinzufügen, daß die Lust der Lerche in
diesem Liede lebt und daß die Welt dem Dichter kaum
mit geringerem Entzücken lauschte, als er selbst der Lerche
gelauscht hat. Denn das Lied ist, wie kein zweites Gedicht
Shelley's, populär geworden.

Vielleicht das feinste Beispiel der Naturdichtung

Shelley's, in Bezug auf die Geistigkeit seiner Auffassung der Natur, und seiner Neigung, die eigene Seele in die Dinge zu legen, ist „die Mimose". Die Mimose gilt ihm nicht nur als Symbol der eigenen Empfindsamkeit, indem er ihre Sensibilität als die Sehnsucht nach dem Schönen deutet, welches sie selbst nicht besitzt, wird sie ihm zum Symbol seines eigenen Verlangens nach der geistigen Schönheit:

> „Die Mimose glänzt nicht in Blüthenpracht,
> Mit Glanz, mit Duft ward sie nicht bedacht,
> Sie liebt, wie die Liebe, ihr Herz schwillt vor Sehnen,
> Von heißem nach dem, was ihr fehlt, nach dem Schönen."

Die Pflegerin und Hüterin des Blumenparadieses, in dem die Mimose steht, ist eine zum Genius des schönen Ortes, zur Göttin der schönen Jahreszeit sublimirte Sterbliche, die, ohne ein „Abglanz der nieerschauten Schönheit" zu sein, durch ihre idealen Züge doch in eine höhere Sphäre gerückt ist. Bevor das erste Blatt gewelkt, stirbt sie, und in überaus poetischer Weise wird der Verfall des Gartens geschildert. Im letzten Abschnitte des Gedichtes werden Dame und Mimose einander gegenübergestellt und ein Seufzer nach Unsterblichkeit wird ausgehaucht. Das Gedicht schließt mit den bedeutungsvollen Versen:

> "That garden sweet, and Lady fair,
> And all sweet shapes and odours there,
> In truth, have never passed away,
> 'Tis we, 'tis ours, are changed; not they.

> For love, and beauty, and delight,
> There is not death, not change; their might

20*

Exceeds our organs, which endure
No light, being themselves obscure."

In diesen Jahren entstand auch eine Reihe gluth=
voller Freiheitslieder, so die „Ode an die Streiter für
Freiheit", die „Ode an Neapel", das kurze Gedicht „Frei=
heit", und das machtvollste und größte dieses Characters,
die „Ode an die Freiheit", welche alle Zeugniß dafür
ablegen, wie feurig Shelley's Herz für das Wohl der
Völker schlug, wie tief er die damalige elende Lage der
armen Bevölkerung in England mitempfand, die von
Seuchen und Hungersnoth heimgesucht wurde und deren
insurrectionelle Gelüste in grausamster Weise nieder=
gehalten wurden, wie mächtig die große Freiheitsbewegung
im Süden Europa's, die, von Spanien ausgehend, bald
auch Italien ergriff und sich hier rasch von Süden nach
Norden verbreitete, in ihm wiederhallte.

In der „Ode an die Freiheit" offenbart Shelley's
Muse mehr Majestät, als ihr sonst eigenthümlich ist.
Dieses schwungvolle Gedicht ist ein Triumphlied auf die
großen Epochen der Geschichte. Sein Ausgangspunkt ist
die glorreiche spanische Freiheitsbewegung des Jahres
1820. Wir wollen nicht alle die vielen schönen Gedanken
und Bilder, welche das Gedicht enthält, sondern nur die
Verherrlichung Athens wiedergeben.

"Athens arose: a city such as vision
Builds from the purple crags and silver towers
Of battlemented cloud, as in derision
Of kingliest masonry: the ocean floors
Pave it; the evening sky pavilions it;
It's portals are inhabited

By thunder zonèd winds, each head
Within its cloudy wings with sun-fire garlanted
A divine work! Athens diviner yet
Gleamed with its crest of columns, on the will
Of man as on a mount of diamond set;
For Thou wert, and thine all-creative skill
Peopled, with forms that mock the eternal dead
In marble immortality, that hill
Which was thine earliest throne and latest oracle.

Within the surface of time's fleeting river
Its wrinkled image lies, as then it lay,
Immovably unquiet, and for ever
It trembles, but it cannot pass away.
The voices of thy bards and sages thunder
With an earth-awakening blast
Through the caverns of the past;
Religion veils her eyes, Oppression shrinks aghast:
A wingèd sound of joy and love and wonder,
Which soars where expectation never flew,
Rending the veil of space and time asunder,
One ocean feeds the clouds and streams and dew,
One sun illumines heaven; one Spirit vast
With life and loves makes chaos ever new; —
As Athens doth the world with thy delight renew."

An biefe Gruppe von Gedichen reihten sich politische
Fehdegedichte, die mit Ausnahme von „Dickfuß dem
Tyrannen", insgesammt auf der Villa Valsovano ent=
standen sind und unter denen das hervorragendste die
„Maske der Anarchie".

Der Anlaß zu diesem Gedichte war die Nachricht
von den Massacrirungen, die an der armen aufständischen

Bevölkerung von Manchester verübt wurden. Es wird
durch eine Vision eröffnet, in der wir die Phantasie
des Dichters von einer neuen Seite kennen lernen, als
Fähigkeit, characteristische Zerrbilder zu schaffen. In
einem processionalen Zuge sieht er Verkörperungen alles
Bösen vorüberziehen, voran Mord, Trug und Heuchelei,
in der Gestalt von Castlereagh, Eldon und Sidmouth,
den von ihm gehaßten Vertretern der Reaction:

> „Den Mord sah ich vorübergeh'n,
> Wie Castlereagh war er anzuseh'n;
> Gar sanft schaut er, doch heimlich grimm
> Bluthunde sieben folgten ihm[1] . . . . .

> Dann sah ich den Trug vorüberzieh'n,
> Wie Lord Eldon in Hermelin.
> Seine großen Thränen werden
> Zu Mühlsteinen auf der Erden.

> In der Bibel Licht gehüllt,
> Doch mit Finsterniß erfüllt,
> Wie Sidmouth kam die Heuchelei
> Auf einem Krokodil herbei.

Zuletzt kommt die Anarchie:

> „. . . Sie sitzt
> Auf weißem Rosse, blutbespritzt;
> Ihr Angesicht, ihre Lippen bleich,
> Dem Tod, den St. Johann sah gleich.“

---

[1] Anspielung auf Castlereagh's sieben Knebelgesetze.

Die nächsten Strophen schildern, wie Anarchie, ge=
folgt von ihren Söldnerheeren, von Meer zu Meere zieht,
und Alle sie als „Gesetz und Herrscher" preisen. Den
Wendepunkt des Gedichtes bildet die Stelle, wo die
Hoffnung als Wahnsinnige erscheint, zuerst fliehend vor
dem Zuge, dann sich vor ihm niederwerfend. Doch da
ersteht sofort ihr Retter, der Genius der Freiheit in Erz
gekleidet und beflügelt; die Anarchie und ihre Söldner
sinken in den Staub und die Hoffnung, nunmehr eine
stolze, stattliche Jungfrau, schreitet über ihre Leichen da=
hin. Wir sehen hier Shelley's glühendsten Wunsch in
eine neue, schöne Vision gekleidet. In der langen Rede,
welche die Freiheit an die Versammelten hält, sticht jene
Stelle am meisten hervor, wo sie passiven Widerstand
predigt. Dieser Passus erinnert an die Mahnungen in
den irischen Flugschriften und an „Laon und Cythna".

Offenbart Shelley in dem „Similes for two political
characters of 1819", wo er Castlereagh und Sidmouth als

"Two bloodless wolves whose dry throats rattle,
Two crows perched on the murrained cattle,
Two vipers tangled into one"

bezeichnet, etwas von der vernichtenden Satire des Archi=
lochus, so zeigt er sich in der kleinen Komödie „Dickfuß
der Tyrann" im Besitze eines wahrhaft aristophanischen
Witzes.

Diese Komödie entstand im August 1820 aus Anlaß
der unwürdigen Anklage, die Georg IV. gegen Königin
Karoline beim Oberhaus erhob, um ihrer ledig zu werden,
und der skandalösen Proceßverhandlungen, die sich daran

knüpften. Der unerhörte Skandal war der Gegenstand, von dem damals die Spalten aller englischen Zeitungen voll waren und um den sich die Gespräche aller Eng=länder drehten. Shelley war zu jener Zeit in den Bädern von San Giuliano und las eines Tages, als eben Markt unter seinen Fenstern war, einem Freunde die „Ode an die Freiheit" vor, wozu das Gegrunz der Schweine eine seltsame Begleitung bildete. Er verglich es mit dem Chore der Frösche des Aristophanes, und indem eine lustige Idee die andere gab, beschloß er ein politisch=satirisches Drama über die Tagesereignisse zu schreiben. Die englischen Bulls treten in dieser Komödie als Chor der Schweine auf, somit werden alle Institu=tionen als Schweinerei bezeichnet. Die Anklage, die hier gegen die Königin (Jona Taurina) erhoben wird, ist die, daß sie sich vom Minotaurus habe entführen lassen, und die Probe, der sie sich unterwerfen soll, besteht darin, daß sie mit dem Inhalt eines grünen Beutels (gemeint ist Castlereagh's berüchtigter grüner Beutel) bespritzt wird, der sie, wie der schlaue Minister Purganax den Schwei=nen weiß zu machen versteht, wenn sie unschuldig ist, in einen Engel, wenn sie schuldig ist, in eine Mißgestalt verwandeln soll. Der listigen Königin gelingt es jedoch im Augenblicke der Entscheidung, den Beutel in ihre Ge=walt zu bekommen, den heuchlerischen König und seine verlogenen Minister zu bespritzen und in häßliche Thiere zu verwandeln.

Schon vor „Dickfuß dem Tyrannen" hatte Shelley die literarische Satire „Peter Bell III." geschrieben, die gegen Wordsworth gerichtet ist, dessen poetische Kraft

Shelley ebenso bewunderte, wie er seinen Obscurantismus
verabscheute. Mrs. Shelley legt die Tendenz dieser
Satire mit folgenden Worten dar: „Dies Gedicht ist wie
alle anderen, die Shelley geschrieben, idealer Natur. Es
behandelt den Idealismus eines Dichters, der den hohen
Beruf, das Schöne und Gute zu finden und zu verkünden, aufgiebt, um alberne Vorurtheile und verderbliche
Irrthümer vorzubringen und zu verbreiten, der den Un-
gebildeten nicht jene Liebe für Wahrheit und Duldsamkeit,
welche Shelley als die Quelle der moralischen Verbesserung und des Glückes der Menschen betrachtete, sondern
falsche und nachtheilige Meinungen mittheilen will, wie,
daß das Böse gut, und daß Ignoranz und Stärke die
besten Verbündeten der Reinheit und Tugend seien.
Shelley's Anschauung war die, daß ein Mann, der wie
der Verfasser von „Peter Bell" mit den höchsten Anlagen
des Genies ausgestattet sei, verdummen müsse, wenn er
solche Irrthümer verbreitete. Das Gedicht war als eine
Warnung, nicht als Erzählung eines wirklichen Ereignisses
geschrieben." Humor, das Wort in seinem tiefsten Sinne
genommen, werden wir in „Peter Bell III." wohl kaum zu
entdecken vermögen, dagegen finden wir eine ungewöhnliche
vis comica, einen Witz von ganz eigenthümlicher Sorte.

So ist die Beschreibung der Hölle, in die Peter Bell
geräth, voll Komik:

> "Hell is a city much like London —
> A populous and smoky city;
> There are all sorts of people undone,
> And there is little or no fun done;
> Small justice shown, and still less pity."

.Jn bem letzten Abschnitt bes Gebichtes wird ber Fluch
ber Verbummung, ber Peter Bell trifft unb ber wie eine
ansteckenbe Krankheit auch bie Anberen bebroht, bie sich
in Peter Bell's Nähe wagen, brastisch geschilbert.

> "And yet a strange and horrid curse
> Clung upon Peter, night and day.
> Month after month the thing grew worse,
> And deadlier than in this my verse
> I can find strength to say. . . .
>
> No bailiff dared within that space,
> For fear of the dull charm, to enter;
> A man would bear upon his face,
> For fifteen months in any case,
> The yawn of such a venture.
>
> Seven miles above — below — around —
> This pest of dullness holds its sway;
> A ghastly life without a sound,
> To Peter's soul the spell is bound —
> How should it ever pass away?"

XXI.

Rückkehr nach Pisa. — „Epipsychidion." — „Adonais."

Im Herbst 1820 kam Kapitän Medwin auf Shelley's Einladung nach den Bädern von San Giuliano. Medwin sagt über die damalige Erscheinung Shelley's[1]: „Es waren fast sieben Jahre, daß wir uns getrennt, aber ich hätte ihn aus einem Menschengedränge sogleich heraus= gefunden. Er war abgemagert und etwas gebückt. . . . sein Haar, noch dicht und natürlich gelockt, war halb ergraut, aber sein Aussehen war jugendlich. Er hatte eine Frische und Reinheit der Gesichtsfarbe, die er nie verlor." Im Spätherbst wurden die Shelley's und ihr Gast durch das Austreten des Serchio genöthigt, die Bäder von Giuliano zu verlassen und nach Pisa zurückzukehren. Als Medwin hier erkrankte, pflegte ihn Shelley brüderlich und sorgte, solange Medwin an das Haus gebunden war, unablässig für ihn.

Eben damals litt Shelley unter einer großen Ent= muthigung. Die schamlosen Angriffe der Zeitungen, darunter solche auf seine Persönlichkeit, das kalte Lob seiner Freunde, vermochten zeitweise auch seinen Enthusias=

---

[1] II, p. 2.

muß zu dämpfen und ihn mißtrauisch gegen seine Kräfte zu machen. So schreibt er am 8. November 1820 an Peacock[1]: „Ich bin, aufrichtig gesagt, unfähig, einen Beschluß zu fassen. Ich habe große Pläne und schwache Hoffnungen, sie auszuführen . . . . Es ist gewiß, daß die Aufnahme, welche mir das Publikum bereitet hat, ganz dazu angethan ist, den Enthusiasmus eines Menschen zu dämpfen. Man lehrt mich — das mag zugestanden werden — was wahr ist: sehr wahr, ich zweifle nicht, aber das Wahrste das wenigst Angenehme." Und am 30. Januar 1821 schreibt er[2]: „Ich könnte mit der Hölle und dem Paradiese der Poesie zufrieden sein; aber die Qualen seines Fegefeuers reizen mich, ohne daß sie meine Kräfte genug aufregen, um diesem Aerger ein Ende zu machen." Solche Anfälle von Entmuthigung wiederholten sich in der Folge. So schreibt er am 19. Juli 1821[3]: „Die Entscheidung, ob ich ein Dichter bin oder nicht, wird von der Gegenwart der Stunde überlassen werden müssen, wo sich die Nachwelt versammelt. Dieser Gerichtshof ist aber sehr strenge, und ich fürchte, daß der Schiedsspruch lauten wird: ‚Schuldig — Tod!'"[4] Im Grunde seines Herzens wohnte freilich mehr Selbstvertrauen, und so sagte er zu Medwin einmal, daß in seinen Schriften etwas sei, was immer leben werde. Wie gering er die öffentliche Kritik an sich schätzte, das zeigen zahlreiche Stellen seiner Briefe[5];

---

[1] Forman VIII, p. 192. Vgl. Medwin II, p. 6.
[2] Memorials p. 136.   [3] Forman VIII, p. 207.
[4] S. auch die Briefe vom 22. Febr. 1821 (Memorials p. 155) und 25. Januar 1822 (Forman VIII, p. 252).
[5] S. die Briefe vom 6. April 1819 (Forman VIII, p. 105), 25. Jan. 1822 und 6. März 1820 (Memorials p. 137).

auch war es nicht der Mangel an Ruhm, der ihn schmerzte und niederdrückte, sondern der Mangel an Sympathie. Er sagt in einem Briefe: „Verstehe ich mich selbst, so habe ich weder um Gewinn noch um Ruhm geschrieben. Ich habe meine poetischen Werke und Publikationen nur als die Mittel zur Herstellung jener Sympathie zwischen mir und den Andern betrachtet, welche die glühende und ausbündige Liebe, die ich für meine Art hielt, zu erreichen trieb." Was er aber erlangte, war das Gegentheil von dem Gesuchten. Es mußten also zu jener Zeit, von der wir sprechen, damit er wieder schöpferisch wurde, äußere Ereignisse eintreten, die starke Empfindungen in ihm ent= fachten.

Das erste Ereigniß, welches ihm zu jener Zeit einen mächtigen dichterischen Impuls gab, war die Bekanntschaft mit Emilia Contessina Viviani. Emilia Viviani war von ihrem Vater in einem Kloster von Pisa untergebracht worden, um dort zu warten, bis er einen Gatten für sie erwählt hätte. Shelley hörte von ihr, wurde durch ihr Schicksal von Mitleid ergriffen und ließ sich zu ihr führen. Er fand oder wähnte in Emilia Viviani eine Verkörperung seines Frauenideals zu finden. Emilia war edel gesinnt, sie besaß einen hochgebildeten Geist und war schön wie eine griechische Muse.[1] Eine Rhapsodie an Venus Urania — il vero amore —, die von ihr herrührt, beweist, daß ihr Idealismus von der Art des Shelley'schen war. Shelley fühlte sich von ihr gefesselt und wurde ihr eifriger Besucher, führte seine Frau zu ihr und schickte ihr Bücher und

---

[1] Medwin II, p. 63.

Blumen. Emilia, durch die Theilnahme der Freunde be=
glückt, erwiederte im Carneval ihre Besuche, sowie auch
Shelley's Blumengeschenke. Es währte nicht lange, so
faßten der leicht entzündbare Dichter und das unglückliche,
nach Sympathie dürstende Mädchen eine ideale, plato=
nische, doch nichts destoweniger leidenschaftliche Liebe für
einander, und er gab der seinen in der Rhapsodie „Epi=
psychidion" einen hinreißenden und berauschenden Ausdruck.

Dieses Gedicht wird nur von Wenigen in seiner
wahren Bedeutung gewürdigt werden können. Es ist
hocherhaben über gewöhnliche Erotik und kann nur im
Zusammenhang mit der Stellung, die Shelley zu der
geistigen Schönheit einnahm, gewürdigt werden. Aus
„Alastor" geht hervor, daß das Suchen nach einer In=
carnation der göttlichen Schönheit auf einer Täuschung
beruhe, und in dem vielfach genannten Hymnus wird
diese Macht als etwas Transscendentales verherrlicht, deren
Schatten nur — und auch dieser nur vorübergehend —,
in der Erscheinungswelt sichtbar zu werden vermag. Ob=
wohl sich Shelley dies klar machte, beruhigte er sich doch
nicht, wie wir schon bei einer andern Gelegenheit hervor=
hoben. Sehr richtig sagt Todhunter: „Wenn er das
Unbefriedigende in der Liebe zu den endlichen und vor=
übergehenden Dingen fühlte, so fühlte er doch auch das
Unbefriedigende in der Liebe zu den unendlichen und
ewigen Dingen und schwankte zwischen beiden, indem er
sich nach einer Vereinigung mit einem Wesen sehnte, in
dem beide verschmolzen wären." Emilia Viviani ideali=
sirte er zu einem solchen Wesen. Diese Schwärmerei war
aber freilich kaum mehr als eine vorübergehende innere

Erregung, auf die sich, nachdem sie sich in glühenden Versen entladen, sehr bald das Gefühl der Enttäuschung und Ernüchterung einstellen mußte. Shelley deutet in einem Briefe an John Gisborne vom 19. Juni 1822 selbst darauf hin, indem er sagt: „Ich kann „Epipsychi= dion" nicht mehr ansehen; die Person, die es feiert, war eine Wolke anstatt eine Juno, und der arme Ixion erschrickt über den Centaur, welcher der Sprößling seiner eigenen Umarmung war." „Epipsychidion" ist indessen noch etwas Anderes, als eine Verherrlichung Emilia's. Shelley bemerkt in demselben Briefe: „Wenn Sie dennoch neugierig sind, zu erfahren, was ich bin und gewesen bin, so will ich Ihnen Näheres darüber sagen. Es ist die idealisirte Geschichte meines Lebens und meiner Empfindungen." Wir werden sehen, inwiefern dieser Ausspruch berech= tigt ist.

Shelley veröffentlichte die Rhapsodie als Nachlaß eines Dichters, der in Florenz gestorben sei.

In dem einleitenden Theile preist er Emilia als die höchste Verkörperung seines Ideals. „Seraph des Him= mels", apostrophirt er sie,

                              „überirdisch mild,
Ach, mit deiner Frauenschönheit Bild
Birgst alles du, was herrlich und geweiht
An Liebe, Licht und an Unsterblichkeit!
Du süßer Segen für den ew'gen Fluch!
Du Licht, das Glanz in's dunkle Weltall trug!
Mond im Gewölk! Im finstern Todtenhaus
Ein lebend Wesen! Stern im Sturmgebraus!
Du Wunder und du Schönheit und du Grauen!
Du Harmonie der Welt! In dir beschauen,

Hehr strahlend, wie vom Sonnenglanz erhellt
Sich alle Ding', auf die dein Auge fällt."

Er wünscht, sie wären ein Zwillingspaar, er wünscht,
daß der Name, den er für eine andere erkoren, diese
und Emilia schwesterlich vereinte. Er gehört nicht nur
ihr, er ist ein Theil von ihr. Ihre Leuchte hat seiner
Muse die Schwingen versengt, sonst würde diese alles ver=
künden, was die Geliebte ist. Er sucht überall nach einer
Bezeichnung für sie, doch findet er nur seine eigene Schwäche.
Doch versucht er ein Bild ihrer Schönheit zu geben:

„Sieh, dorten steht sie, eine hehre Schau!
Ein sterbliches Gebild im Wunderkleid
Von Liebe, Leben, Licht und Göttlichkeit,
Die wechseln kann, doch nicht dem Tod sich gatten;
Ein Bild der lichten Ewigkeit; ein Schatten
Von goldnem Traum, ein Glanz, der steuerlos
Die dritte Sphäre läßt im Himmelsschooß;
Ein Wiederschein vom ew'gen Mond der Liebe,
Der leis bewegt des Lebensmeers Getriebe;
Ein Bild von Jugend, Lenz und Morgenlicht,
Verkörperten Aprilmonds Traumgesicht,
Das weinend bald und lächelnd bald hinab
Den Winter lockt, das Frostgerivp in's Grab."

Er nennt sie Braut, Schwester, Engel, den Leitstern seines
Geschickes; er hätte vor ihr in den Gefilden der Unsterb=
lichkeit wie vor einem Götterbilde knien sollen, oder sie
wie der Schatten ihres Wesens durch's Leben begleiten.
Beide sind wie die Töne einer süßen Harmonie, um durch
die Welt ohne Mißklang zu wandern.

Während Shelley in diesem Gedichte insofern vom

Platonismus abweicht, als er in einem irdischen Wesen
die Incarnation der ewigen Schönheit zu erblicken glaubt,
während für Plato alle irdische Schönheit nur eine Vor=
stufe der ewigen Schönheit war, erweist er sich an der
Stelle, die nun folgt, doch als echter Platoniker.

> „Nie hab' ich mich zum großen Troß geschlagen,
> Der lehrt, es sollte jeder einen Freund,
> Ein Liebchen wählen, dem er treu sich eint,
> Und all' die Andern, wären noch so rein
> Und schön sie, frostigem Vergessen weih'n . . . .
> Darin ist wahre Lieb' ungleich dem Staub
> Und Gold, daß Theilung ihr kein schnöder Raub."

Diese Stelle ist zugleich als eine Rechtfertigung seiner
idealen Liebe zu. Emilia Viviani gegenüber seiner Be=
ziehungen zu Mary zu betrachten. Eheliche Liebe kann
ihm nur als eine besondere Form der Liebe gelten, welche
andere ideale Sympathien nicht ausschließen dürfe. Er
hält sich für befugt, sich der Schwärmerei für eine andere
Frau, die ihm als ein vollkommenerer Reflex der ewigen
Schönheit erscheint, als die eigene Herrin, rückhaltlos zu
überlassen, ohne befürchten zu müssen, die Rechte der letz=
teren zu schädigen. War seine eigene Herrin, fragen wir,
jedoch so groß, daß auch sie ihre Rechte durch seine
platonische Begeisterung, durch seine Flüge „in den freien
Aether der allumfassenden Liebe" nicht für geschädigt be=
trachtete? War sie so groß, einzusehen, daß er in Emilia
Viviani nur eine Vision seiner Phantasie liebte? daß diese
Liebe nur eine Täuschung seiner nach dem Unendlichen
dürstenden Seele war? Wir werden jedoch sogleich sehen,
daß sie auch ohne von engherziger Eifersucht gequält zu

werden, Grund hatte, sich über die ideale Untreue ihres
Ariel zu erzürnen.

Wir stehen vor dem zweiten Theile des Gedichtes,
wo Shelley in Form von räthselhaften Allegorien die
Geschichte seiner Enttäuschungen darstellt, die er erlitt,
bevor er Emilia fand, indem er nach einer Verkörperung
der geistigen Schönheit forschte. Es ist indessen ziemlich
müßig, in diesen Allegorien Anspielungen auf Personen
oder persönliche Erlebnisse zu suchen, die im Leben des
Dichters eine Rolle gespielt, und nur in wenigen Fällen
ist diese Bemühung von Erfolg. Es war offenbar gar
nicht Shelley's Absicht, ein wenn auch nur bis zu einem
gewissen Grade getreues Bild wirklicher innerer Erfahrungen
zu geben, denn wäre das Gegentheil der Fall, so hätte er
vor Allem den Gegenstand seiner ersten Liebe, Harriet Grove,
vorführen, sie an die Spitze der Gestalten stellen müssen,
die er hier darstellt. Die erste Gestalt, der wir begegnen,
hat jedoch durchaus keine Beziehung auf sie. Es leitete
ihn bei Ausführung dieses Theiles vielmehr hauptsächlich
die poetische Rücksicht, das Erscheinen der höchsten Voll=
kommenheit in Emilia Viviani durch unvollkommenere Er=
scheinungen vorzubereiten; diese sind aber fast durchaus
Phantasiegestalten und Personificationen. Deutlich können
wir im Grunde nur Mary erkennen, und wir werden auf
die Personification, in der wir sie zu erkennen haben,
sogleich zurückkommen.

Nachdem uns der Dichter mit zum größten Theile
unverständlichen Personificationen Räthsel aufgiebt, schildert
er schließlich das Erscheinen der vollkommenen Vision und
den Wandel, den sie in ihm vollbracht:

„Mild, wie die Sonne selbst, wenn sich ihr Licht
In Liebe wandelte, so schwebte dicht
Zu mir heran, wo in der Höhl' ich schlief,
Das wunderhehre Götterbild, und rief
Mich an, und wie der Rauch des Feuers Gluth,
So hat mein Geist den Leib von Schlaf umruht,
Ich stand erwacht in ihrer Schönheit Pracht,
Ich fühlte, daß das Licht verscheucht die Nacht.
Ich wußte, daß das Traumbild, lang verhüllt,
Ich schaute, daß ich sah Emiliens Bild!"

In dem nächsten Abschnitte werden Emilia und Mary
als Sonne und Mond einander gegenübergestellt und
angefleht, die Sphäre seines Lebens Tag und Nacht
zu sein.

Er läßt dem Erscheinen der göttlichen Schönheit in
Emilia's Gestalt eine Vision vorangehen, von der er sagt:

„Ein Wesen stand
Auf meinem Pfade, welches so verwandt
Der Hehren schien, die sich im Traum gezeigt,
Wie dort der Mond der ew'gen Sonne gleicht —
Der kalte, keusche Mond, der Nachts am Himmel
Als Königin beherrscht das Sterngewimmel ...
Verschönernd alles, was mit sanftem Schein
Sein Auge trifft, ein bleicher Flammenschein,
Der unstät irrt, mit wildem, frost'gem Schimmer,
Der, immer wechselnd, doch sich gleich bleibt immer,
Und nicht erwärmt, nur leuchtet" —

und wir können kaum zweifeln, daß mit dieser Vision
Mary gemeint sei. Während Emilia — die Sonne —
dem Dichter als Personification der göttlichen Vollkommen=
heit gilt, so Mary — der Mond — als diejenige der

21*

menschlichen Vollkommenheit, welche ihn aber nicht aus=
zufüllen vermochte. Hatte es aber nicht eine Zeit gegeben,
wo Mary die Stelle einnahm, die sie hier Emilia über=
lassen mußte? Wir begreifen, daß sie sich bei der Lectüre
dieses Gedichtes verletzt fühlte, und es brauchte nicht klein=
liche Eifersucht zu sein, was sie verhinderte, demselben
einige Worte beizufügen, wie sie es sonst bei allen größeren
Gedichten Shelley's that.

Der letzte Theil der Rhapsodie besteht in der Schil=
derung einer fernen Insel, wohin der Dichter Emilia mit
ihm zu fliehen beschwört, und ihrer seligen Vereinigung
daselbst. Diese Schilderung sucht, was Leidenschaft und
Phantasie anbetrifft, ihres Gleichen und kann als ideales
Gegenbild zu der Inselidylle in Byron's „Don Juan"
bezeichnet werden. Die Schlußverse mit ihrer fieberhaften
Bewegung sind von einer wahrhaft überwältigenden Be=
geisterung eingegeben:

> „Dann werden wir Ein Geist, Ein Odem sein
> In zweien Körpern, ach, warum in zwei'n?
> In Zwillingsherzen Eine Leidenschaft,
> Die wächst und wuchs mit stets erneuter Kraft,
> Bis, gleich zwei hellen Feuermeteoren,
> Die gluthentflammten Seelen traumverloren
> Sich treffen, einen, wandeln, holdverklärt,
> Stets brennend, aber ewig unverzehrt,
> Ein Hoffen in zwei Willen und Ein Wille,
> Bedeckt von zweier Seelen Schattenhülle,
> Ein Leben, Ein Tod, Eine Himmelsfreud',
> Ein Götterbild, Eine Unsterblichkeit,
> Eine Vernichtung! — Weh der Worte Schwingen,
> Auf denen meine Seele wollte dringen
> Zur höchsten Höh' der Liebeswelt hinauf,

Sie hemmen angſtvoll ihren Feuerlauf,
Gelähmt, verſengt in Flammendunſt und Rauche —
Ich keuche, ſtöhne, zitt're und verhauche.“

Vergleichen wir mit dieſen Verſen die Schlußverſe zu
den „Worten zu einer indiſchen Melodie“[1], ſo ſehen wir,
daß der Gipfel des Liebesglückes für Shelley in Ueberein=
ſtimmung mit ſeinem hingebenden Weſen in der Selbſt=
vernichtung durch das Uebermaß der Ekſtaſe beſtand.

Ein anderes Ereigniß, das Shelley einen mächtigen
Impuls gab, war der Tod von John Keats. Keats erlag
am 27. Dezember 1820 in Rom der Schwindſucht. Wie
wir ſahen, war Shelley ihm ſympathiſch zugeneigt; er
hatte ihn im Sommer 1820 nach den Bädern von San
Giuliano geladen, doch hatte Keats die Einladung ab=
gelehnt. Wie Viele, befand ſich auch Shelley in dem
Irrthum, daß eine hämiſche Kritik Keats den Todesſtoß
gegeben, und dieſe irrthümliche Anſchauung wurde der
Anlaß zu „Adonais“, der rührendſten und ergreifendſten
aller Todtenklagen, die im Mai 1821 entſtand. Es iſt
ein kleines Meiſterwerk. Shelley, der ſich, ſobald er ſich
mit andern Dichtern verglich, ſehr oft unterſchätzte, den
Werth ſeiner einzelnen Schöpfungen aber immer mit einer

---

[1]   „O heb' mich empor zu dir!
        Ich ſterb', ich verſchmachte hier!
        Auf Lippen und Augen laß
        Deine Küſſe regnen mir!
        Meine Wange iſt bleich und kalt,
        Wildſtürmiſch pocht die Bruſt!
        O ſchließ' es, mein Herz, an deins,
        Wo es brechen wird vor Luſt!“

Sicherheit ohne Gleichen beurtheilte, sagt über dies Gedicht: „Es ist ein fein ausgearbeitetes Kunstwerk (piece of art) und im Punkte der Composition vielleicht besser als irgend etwas, was ich geschrieben habe."[1] Es wogt hier dieselbe dunkle Gluth wie in „Epipsychidion". Der Dichter nahm zur Grundlage seines Todtenliedes Elegien von Moschos und Bion, aber wie hat er sie umgewandelt! Symonds bemerkt über diese Metamorphose: „Die Umsetzung der Mittel (jener Dichter) in die Substanz hochvergeistigter moderner Gedanken erinnert an die Macht von Prospero's Zauberstab. Das ist eine Metamorphose, wobei die Kunst ausgezeichneter, aber positiver Dichter in die Sphäre meta= physischer Träume umgewandelt ist. Urania nimmt die Stelle von Aphrodite ein, die Gedanken, Träume und Wünsche des todten Sängers stehen für die Cupido's, und an Stelle der Berghirten sind die lebenden Dichter Eng= lands um des Sängers Bahre versammelt." Unter den Dichtern, welche sich zur Bahre des todten Sängers be= geben, hat sich Shelley selbst in einem rührend schönen Bilde eingeführt.

> „Und Einer unter den Geringern geht,
> Ein Fremdling unter Menschen, schmerzgebeugt,
> Allein, gleich letzter Wolke, wenn ausweht
> Das Wetter, seinem Aug' sich hat, mir deucht
> Die nackte Schönheit der Natur gezeigt,
> Wie einst Aktäon. In die öde Weite
> Der Welt mit schwachen Schritten er entweicht,
> Verfolgt von der Gedanken wilder Meute,
> Der ihnen Vater war, den hetzen sie als Beute.

---

[1] Forman VIII, p. 203.

Ein Geist, gleich einem Panther schnell und schön,
Liebe gehüllt in Kummer — eine Macht
Von Schwäch' umgeben — fast möcht' er vergeh'n
In Ohnmacht vor der Stunden schwerer Tracht;
Fallender Regen, Licht vergehend in Nacht,
Brechende Wog' ist er, selbst wie wir reden
Sinkt er nicht hin? Die Sonne tödtend lacht
Auf welke Blumen, lebensvoll sie röthen
Die Wange kaum, indeß das Herz in Todesnöthen.

————

Sein Haupt umkränzt mit welker Veilchen Blässe
Und mit verblühendem Vergißmeinnicht;
Ein Speer, gekrönt vom Zapfen der Cypresse,
Um dessen Schaft sich dunkler Epheu flicht,
Dran noch des Thaues Tropfen funkeln licht,
Lebt in der Hand, der für so leichte Last gebricht
Die Kraft beinah — er kam gefährtenlos
Verlassen wie ein Reh, verletzt vom Jagdgeschoß."

Wie Todhunter mit Recht bemerkt, ist das Tiefste in dieser wunderwollen Threnodie die Erregung, mit der der Dichter in das Auge des Todes blickt. Die todte Erde ersteht unter dem Hauche des Frühlings zu neuem Leben, nur der Geist soll nicht mehr erwachen.

Nichts, was wir kennen, stirbt. Der Geist soll sein
Gleich einem Schwert, vor seiner Scheid' verzehrt
Von blauem Blitz? Des Gluthatomes Schein
Glänzt einen Augenblick — dann hüllt die Nacht es ein.
Dies Alles, als ob's nie gewesen wär',
Was theuer uns von ihm war, muß verblühn
Im Tod, selbst unser Schmerz."

Und nun ein ungestümes Aufwerfen der großen Fragen:

„Weh' mir! Woher,
Warum sind wir? Ob Masken welcher Bühn',
Ob Zuschauer?" . . . .

Im zweiten Theile des Gedichtes, der von dem erften
durch einen grimmigen Ausfall gegen den Kritiker getrennt
wird, der, wie Shelley vermeinte, den Tod von Keats
beschleunigt hatte, verwandelt sich der Ausdruck leiden=
schaftlicher Klage in den einer nicht minder leidenschaft=
lichen Hoffnung. Nie hat Shelley seinem Vertrauen in
die Unzerstörbarkeit des Geistes einen phantasiereicheren
und glühenderen Ausdruck verliehen, als es hier ge=
schieht. Zuerst spricht er den Gedanken aus, daß die
Seele des Todten Eins mit dem Weltall geworden, daß
er ein Theil jener Sphäre sei, die er selbst geschaffen.
Allein der menschliche Geist begnügt sich nicht mit der
Vorstellung, daß er als ein Theil der Weltseele fort=
bestehen soll, er sehnt sich nach einem individuellen Weiter=
bestehen. Deshalb läßt Shelley Adonais von andern, in
jungen Jahren dahingerafften Dichtern, im Himmels=
raum empfangen und zum Beherrscher des Abendsterns
erhoben werden. Adonais zu folgen, sein Loos zu theilen,
nichts kann begehrenswerther sein, nach Rom zu ziehen
und an dem Orte, der Adonais birgt, Ruhe zu finden,
ein höheres Ziel ist nicht erreichbar. Durch diese Wen=
dung ist Shelley die Gelegenheit gegeben, den englischen
Friedhof in Rom abermals zu schildern. Aber nachdem
der Gedanke von der Schönheit des Todes ihn einmal
ergriffen, verwandelt sich derselbe alsbald in enthusiastische
Sehnsucht nach dem Tode, und es ist, als ob das Ver=
langen nach einer höheren Welt die Fesseln seines Körpers
zersprengte, wenn er in den letzten Strophen ausruft:

„O sprich, mein Herz, warum du zögernd zagst?
  Dein Hoffen ging voran; es wandte sich

Vor Allem hier! Auch du jetzt scheiden magst!
Ein Licht in Zeit und Menschenwelt verblich. —
Er ruft dir: Länger nicht zu folgen, meide,
Was einen kann der Tod, nicht länger Leben scheide!...

Der Geist, deſſ' Macht ich anrief im Gesang,
Beherrscht mich, meines Geistes Nachen jagt
Weit von der Küste, weit vom zagen Drang,
Der nimmer sich im Sturm hinausgewagt,
Aufthut sich Erd' und Himmel! Mein Geist zagt,
Wie ihn pfadlose Finsterniß umschlingt;
Doch leuchtend durch des Himmels tiefste Nacht,
Ein Stern mir, Adonais' Seele, blinkt,
Und wie vom Heimatsort der ewigen Geister winkt."

XXII

„A Defence of Poetry." — „Hellas." — Besuch in
Ravenna bei Lord Byron. — Letzter Aufenthalt in Pisa.

Zu Beginn des Jahres 1821 schrieb Shelley die
bedeutendste all' seiner Prosaschriften, „A Defence of
Poetry",[1] die jedoch leider das Schicksal der meisten anderen
theilte, indem auch sie Fragment geblieben ist. Sie war
eine Erwiderung auf einen Artikel Peacock's „The four
Ages of Poetry", der in Ollier's „Literary Miscellany"
erschien, wo auch Shelley's „Defence" hätte erscheinen
sollen, wäre die Zeitschrift nicht vorher eingegangen.-
Shelley's Abhandlung zeichnet sich durch Origi=
nalität der Anschauungen, Schärfe der Definitionen,
begeisterte Darstellung und stilistische Meisterschaft aus.
Sie legt die Elemente und Principien der Poesie dar und
führt den Beweis, daß die Dichtung eine gemeinschaftliche
Quelle mit allen anderen Formen der Schönheit hat.
Die Gedanken über den Ursprung der Poesie, über die
Unterscheidung zwischen Prosa und Poesie, zwischen Philo=
sophie, Geschichte und Poesie, die Auseinandersetzungen

---

[1] S. über die Entstehung und die Schicksale dieser Schrift
Forman VII, p. 98.

über die Veranschaulichung des Charakters eines Zeit=
alters durch die Poesie und die ethische Wirkung der
Poesie auf ihre Zeit, die Darlegung der Entwickelung der
griechischen Dichtung und des Einflusses des Christen=
thums auf die Dichtkunst — alles dies ist lichtvoll und
bedeutend.

Ohne den Gedankengang dieser Abhandlung ver=
folgen und auf die einzelnen Ideen näher eintreten
zu wollen, sei nur die Stelle hervorgehoben, in welcher
Shelley in enthusiastischer Weise seiner Anschauung von
dem Werth und der Bedeutung der Dichtkunst Ausdruck
verleiht.[1] „Poesie ist in der That etwas Göttliches. Sie
ist zugleich das Centrum und die Peripherie der Er=
kenntniß; sie ist das, was alle Wissenschaft umfaßt, und
das, worauf alle Wissenschaft zurückgeführt werden muß.
Sie ist zur selben Zeit die Wurzel und die Blüthe aller
anderen Gedankensysteme; sie ist das, woraus alles ent=
springt, und das, was alles schmückt, und das, wenn
es verdirbt, die Frucht und den Samen verweigert, der
unfruchtbaren Erde die Nahrung versagt und dem Baume
des Lebens das Gedeihen des Sprößlings. Sie ist die
vollkommene und vollendete Außenseite und Blüthe von
allen Dingen; sie verhält sich zur Wirklichkeit wie der
Duft und die Farbe der Rose zur Zusammensetzung der
Elemente, aus denen sie besteht, wie die Form und der
Glanz unverwelkter Schönheit zu den Geheimnissen
der Anatomie und der Verwesung. Was wäre Tugend,
Liebe, Patriotismus, Freundschaft, — was wäre der Anblick

---

[1] Forman VII, p. 137 ff.

dieses schönen Universums, das wir bewohnen; was wären
unsere Tröstungen auf dieser Seite des Grabes — und
was unsere Hoffnung über dasselbe hinaus, wenn Poesie
nicht emporsteigen würde, um Licht und Feuer von ewigen
Regionen zu bringen, wohin der Eulenflug der Berechnung
niemals emporbringen kann? Poesie ist nicht wie der
Verstand eine Kraft, welche sich den Bestimmungen des
Willens gemäß zu äußern vermag. Ein Mensch kann
nicht sagen: „Ich will dichten", nicht einmal der größte
Dichter kann es sagen, weil der Geist im Zustande der
schöpferischen Thätigkeit wie eine verglühende Kohle ist,
welche irgend ein unsichtbarer Einfluß, gleich einem un-
beständigen Windhauch, zu vorübergehendem Erglühen
entfacht; diese Kraft steigt von innen auf, ähnlich der Farbe
einer Blume, welche welkt und wechselt, wenn sie entfaltet
ist, und unser Bewußtsein vermag über das Kommen oder
Schwinden derselben nichts vorherzusagen . . . .

Poesie ist die Erinnerung an die besten und glücklichsten Augenblicke der glücklichsten und besten Geister.
Wir wissen von dem vorübergehenden Auftreten von Gedanken und Gefühlen, die zuweilen mit einem Ort oder
einer Person verknüpft sind, zuweilen sich nur auf unsern
eigenen Geist beziehen und immer unvorgesehen aufsteigen
und von selbst schwinden, aber über allen Ausdruck erhebend und wonnevoll sind, so daß selbst in dem Verlangen und dem Bedauern, das sie hinterlassen, nur Vergnügen enthalten ist. Es ist wie das Eindringen einer
höheren Natur in die unsere, aber ihre Fußstapfen sind
wie die eines Windes auf dem Meere, welche die nächste
Ruhe wieder auslöscht, und deren Spuren nur im ge-

wellten Ufersand bemerkbar sind .... Solche und ähnliche
Erregungen erfahren insbesondere jene Menschen, die mit em=
pfindlichster Sensibilität und mit der elastischsten Phantasie
begabt sind, und der geistige Zustand, in dem sie sich befinden,
ist der Todfeind aller niedrigen Antriebe. Der Enthusias=
mus für Tugend, Liebe, Patriotismus und Freundschaft
ist wesentlich mit solchen Erregungen verknüpft, und so
lange sie währen, verhält sich das Ich zu ihnen wie ein
Atom zum Universum. Die Dichter sind als Geister von
feinster Organisation nicht nur solcher Erfahrungen theil=
haftig, sie vermögen auch alles, was sie combiniren, mit
dem schwindenden Hauch jener ätherischen Welt zu färben.
Ein Wort, ein Zug in der Darstellung einer Scene oder
Leidenschaft vermag die Saite zu berühren und in denen,
welche jemals solche Erregungen erfahren haben, das
schlummernde, das kalte, das eingesargte Bild der Ver=
gangenheit neu zu beleben .... Poesie macht alle Dinge
lieblich; sie steigert die Schönheit des Schönsten und ver=
schönert das Häßliche; sie versöhnt Entzücken und Schrecken,
Schmerz und Vergnügen, Ewigkeit und Wechsel; sie vereinigt
alle unversöhnbaren Dinge unter ihr leichtes Joch. Sie
wandelt alle Dinge um, indem sie sie berührt, und jedes Ding,
welches in dem Lichte ihrer Gegenwart strahlt, ist durch
eine wunderbare Sympathie zu einer Verkörperung des
Geistes umgesetzt worden, den sie athmet; ihre geheime
Alchymie verwandelt das giftige Wasser, welches der Tod
durch das Leben strömt, in trinkbares Gold; es streift
den Schleier der Familiarität von der Welt und macht die
nackte und schlummernde Schönheit, welche der Geist der
Formen ist, sichtbar." Die Abhandlung sollte aus drei

Theilen bestehen[1]; zum Schluſſe des erſten Theiles giebt Shelley das Programm des zweiten, der jedoch nicht zur Ausführung gekommen iſt. Dieſer Theil ſollte eine An= wendung derjenigen Principien, welche im erſten Theil aufgeſtellt wurden, auf die Cultur und Poeſie der Gegen= wart enthalten, ſowie eine Vertheidigung des Verſuches, moderne Sitten und Meinungen poetiſch zu idealiſiren.

Zu Beginn dieſes Jahres wurden die Shelley's durch Medwin mit dem Lieutenant Eduard Ellerker Williams und deſſen Frau, Mrs. Jane, bekannt, die mit ihren beiden Kindern nach Piſa gekommen waren. Bald ver= band beide Familien eine innige Sympathie. Eduard Williams hatte zuerſt bei der Marine, dann beim achten Dragonerregiment in Indien gedient; er ſtand in Shelley's Alter und ſollte mit ihm den Tod in den Fluthen finden. Mrs. Shelley ſagt, daß es keinen Mann gab, der „liebens= würdiger, großmüthiger und furchtloſer geweſen wäre" als er, und ganz ſo äußert ſich Medwin.[2] Er beſaß ein ſchönes Talent zum Zeichnen und auch poetiſche Begabung.[3] Er theilte Shelley's Leidenſchaft für das Bootfahren und wurde ſein Gefährte auf dem Serchio und Arno und ſpäter in der Bucht von Spezzia. Mrs. Williams können wir nicht beſſer ſchildern, als indem wir ſagen, daß Shelley in ihr das Ebenbild jener ätheriſchen Geſtalt ſah,

---

[1] S. den Brief an Peacock vom 21. März 1821 (Fraser's Magazine, März 1860, p. 135). Vgl. Forman VII, p. 98.

[2] II, p. 115. Medwin behauptet, Williams wäre bruſtkrank geweſen; Trelawney ſpricht jedoch nicht davon.

[3] Er ſchrieb in der Zeit, während er mit Shelley verkehrte, ein Drama Namens „Gonzaga, Duke of Mantua", das Shelley's Beifall fand.

die er in der „Mimose" verherrlicht.[1] Sie besaß ein
ungewöhnliches musikalisches Talent und bezauberte den
Dichter durch ihr Guitarrespiel. Es währte nicht lange,
so beschäftigte sie ihn nicht weniger als Emilia Viviani,
bis das Bild der letzteren schließlich ganz vor dem ihren
zurücktrat, obwohl die ideale Sympathie, die er für Mrs.
Jane faßte, niemals einen so leidenschaftlichen Charakter
annahm, wie diejenige, die er für Emilia gefaßt. Wir
sehen dies, wenn wir die stürmische Rhapsodie „Epipsychi=
dion" mit den elfenhaft zarten Gedichten an Mrs. Jane
vergleichen, die eine wundervolle Gruppe bilden. Nur die
Edelsten vermögen derartige poetische Sympathien zu
empfinden, die an der Grenze von Liebe und Freund=
schaft stehen, nur die Edelsten können sie verstehen; es
war ein Glück, daß sowohl der Gatte Jane's, als auch
Mrs. Shelley Verständniß dafür besaßen; denn der erstere
fand in der Bewunderung, die Shelley seiner Frau zollte,
keinen Grund, sich zurückzuziehen, und Mrs. Shelley blieb
mit Mrs. Williams nicht nur in gutem Einvernehmen,
sondern es scheint sogar eine innige Freundschaft zwischen
beiden Frauen bestanden zu haben. Wir sehen, daß sich
Shelley für berechtigt hielt, das Schöne und Edle zu
lieben, wo er es fand, ja, daß er sich dessen rühmte,
nicht zum großen Troß zu gehören,

> „Der lehrt, es sollte Jeder Einen Freund,
> Ein Liebchen wählen, dem er treu sich eint;"

wir dürfen daher annehmen, daß er, gesetzt, er hätte bei

---

[1] S. den Brief vom 19. Juni 1822 an Leigh Hunt bei Forman VIII. Vgl. den Brief vom 18. Juni 1822 an Mr. Gisborne.

Mary auch nicht einen Mangel an hingebender Herzlich=
keit empfunden, gleichwohl zu einer gewissen idealen Un=
treue geneigt hätte, denn kaum hätte ihn irgend eine Frau,
kaum hätte eine Incarnation einer seiner poetischen Frauen=
gestalten ihn dauernd und vollständig zu fesseln vermocht.
Er hat dies selbst eingesehen. „Manche von uns," sagt
er in einem Briefe, „haben in einem früheren Existenz=
zustande mit einer Antigone gelebt, und das ist die Ur=
sache, daß wir in einer irdischen Verbindung keine volle
Befriedigung finden." Aber gerade zu jener Zeit fühlte
er sich oft unglücklich im eigenen Hause, gerade damals
fühlte er sich durch Mary's Kälte — wie das Gedicht
an Eduard Williams uns sagt —, oft schmerzlich berührt.
Er schreibt zu jener Zeit in Bezug auf Mary: „Es ist
Tantalus' Fluch, daß ein Geschöpf, das so ausgezeichnete
Anlagen und einen so reinen Geist besitzt wie sie, nicht
die Sympathie einzuflößen vermag, die unentbehrlich ist,
damit jene Vorzüge im Familienleben zur Geltung kommen."
Mrs. Mary mochte aber durch die platonischen Begeiste=
rungen ihres Gatten doch zuweilen beunruhigt werden,
so daß sie sich immermehr in sich zurückzog. Gleichwohl
war ihre Ehe selbst in dieser Zeit keine unbeglückte. Lebten
sie auch nicht immer in vollkommener Harmonie, so ge=
hörten ihre Herzen doch zusammen, und Shelley kehrte
von seinen freien Flügen immer wieder zu Mary zurück,
da er wohl fühlte, daß Niemand ihn verstand wie sie.

Im Winter 1821 machte Shelley auch die Bekannt=
schaft des Fürsten Alexander Maurocordato, der sich mit
verschiedenen anderen Griechen in Pisa aufhielt. Am 1. April
1821 kam Maurocordato mit der Proclamation seines

Vetters, des Fürsten Ypsilanti, zu ihm und verkündete mit Begeisterung, daß Griechenland frei sei. Diese Nachricht zündete in Shelley's Phantasie und wurde die Veranlassung zu dem lyrischen Drama „Hellas".

Shelley eroberte mit dieser Dichtung wieder ein neues, poetisches Gebiet. Er bezeichnet sie im Vorwort als „eine bloße Improvisation, die auf Eingebung des Augenblicks geschrieben wurde". Ebenda heißt es ferner: „Aeschylos' „Perser" dienten mir als erstes Modell zu meiner Dichtung, obgleich die Unentschiedenheit des in Griechenland wüthenden glorreichen Kampfes eine Katastrophe verbietet, die der Rückkehr des Xerxes und der Verlassenheit der Perser parallel wäre. Ich habe mich daher begnügt, eine Reihe von lyrischen Gemälden zu schildern und auf den Vorhang der Zukunft, welcher nach der unvollendeten Scene fällt, solche unbestimmte Gesichte und Bilder zu malen, die den endlichen Erfolg der Griechen als eine Sache der Civilisation und des gesellschaftlichen Fortschrittes darstellen." Wie „Königin Mab", „Laon und Cythna" und der „Entfesselte Prometheus" ist auch „Hellas" ein Gesang der Hoffnung. Shelley hat das Gedicht ursprünglich nach einem weit großartigeren Plane ausführen wollen, wie das Prolog=Fragment zu demselben beweist. Hier erscheinen Christus, Satan und Mahommed als Bewerber um Griechenland; Christus als Repräsentant der Freiheit und Menschlichkeit.

In dem Gedichte wechselt plastische Epik mit wundervoller Lyrik. Während die erstere durch die Schlachtenberichte des Rathgebers des Sultans und durch die Botenberichte repräsentirt wird, so die letztere durch die

Gesänge des Chores der gefangenen Griechinnen, welche
die wechselnden Gefühle des Schmerzes und der Hoffnungs=
freude ausdrücken. Sie gehören in Bezug auf Rhythmus
zu dem Kunstvollsten, was Shelley gedichtet hat. Beson=
ders schwungvoll ist das letzte Lied, welches mit der
Strophe anhebt:

> "The world's great age begin's anew
> The golden years return,
> The earth doth like a snake renew
> Her winter weeds ontworn:
> Heaven smiles, and faiths and empires gleam
> Like wrecks of a dissolving dream."

Im August 1821 unternahm Shelley einen Ausflug
nach Ravenna zu Lord Byron, der dort in einer Quasiehe
mit der Gräfin Teresa Guiccioli lebte. Shelley fand,
daß Lord Byron ein „tugendhafter Mann" geworden sei,
konnte aber freilich den Verdacht nicht unterdrücken, daß
Gräfin Guiccioli, die sich des Geliebten wegen von ihrem
Gatten hatte scheiden lassen und ihm dadurch ein großes
Vermögen geopfert hatte, Ursache haben würde, diese
Uebereilung zu bereuen. Die Gräfin weilte während
Shelley's Besuch gerade in Florenz. Sie und ihre Brüder
beabsichtigten nach der Schweiz zu übersiedeln, ohne daß
Lord Byron mit diesem Plane einverstanden gewesen
wäre. Er veranlaßte Shelley deshalb, einen Brief an
die Gräfin zu richten und ihr von diesem Vorhaben ab=
zurathen. Der Brief hatte die gewünschte Wirkung und
wurde von der Gräfin mit der Bitte erwidert, daß
Shelley nicht ohne Lord Byron Ravenna verlassen möge.
Shelley hätte weniger ritterlich sein müssen, um diesem

Wunſche nicht, ſoweit es in ſeinen Kräften ſtand, zu ge=
horchen. Er behielt Lord Byron im Auge, und ſie kamen
überein, daß letzterer gleichfalls nach Piſa überſiedeln
ſollte.

Lord Byron trug ſich ſchon ſeit einiger Zeit mit dem
Plane, eine Vierteljahrsſchrift in's Leben zu rufen, die
vor Allem ſeine neueſten Schöpfungen, dann aber auch
die Werke ſeiner literariſchen Freunde aufnehmen ſollte.
Er hatte zuerſt Thomas Moore die Redaction angeboten,
die von dieſem jedoch abgelehnt wurde. Nun beſchloſſen
Byron und Shelley, Leigh Hunt zur Uebernahme der
Stelle zu beſtimmen, und zugleich wurde Shelley von
Byron aufgefordert, ſeine Werke künftig in dem „Liberal“
erſcheinen zu laſſen. Shelley war über den Plan inſo=
fern erfreut, als er hoffte, derſelbe könnte ſeinem Freunde
Hunt, deſſen Wohl ihm ſo ſehr am Herzen lag, von
Nutzen ſein, obwohl gleich anfangs dieſe Hoffnung einen
ſtarken Beiſatz von Furcht hatte. Er ſelbſt gab Lord Byron
zunächſt kein Verſprechen und erwähnt in dem Briefe an
Hunt am 26. Auguſt 1821, in dem er dieſem den Antrag
Byron's vermittelte, daß er für ſeine Perſon keinen
Gewinn aus dem Unternehmen zu ſchlagen gedenke, noch
von dem Ruhme eines Partners, wie Lord Byron, borgen
wolle.[1] Leigh Hunt ging, als er den Antrag erhalten,
mit großem Leichtſinn vor. Während Byron und Shelley
denſelben in der Vorausſetzung an ihn gerichtet hatten, daß
ſeine Stellung beim „Examiner“ unverändert bliebe, brach
Hunt ſofort alle Beziehungen zu dieſem ab und ſetzte ſeine

---

[1] Forman VIII, p. 235.

und seiner Familie Existenz auf ein Unternehmen, das noch gar nicht in's Leben gerufen war. Er wurde schon im Herbst 1821 in Italien erwartet, doch setzten sich seiner Abreise von England so viele Hindernisse entgegen, daß er erst im Juni 1822 in Genua eintraf. In der Zwischen=zeit stellte er Shelley's langmüthige Freundschaft wieder=holt auf harte Proben, und die Vermittlerrolle, welche dieser zwischen Hunt und Byron zu spielen hatte, war keine leichte und wurde besonders dann eine sehr schwie=rige, als Hunt endlich in Italien anlangte und sich der eigentliche Sachverhalt herausstellte.

In Ravenna hörte Shelley durch Lord Byron von einer schändlichen Verleumdung, deren Gegenstand er war, deren Inhalt wir jedoch nur vermuthen können. Die Er=bitterung Shelley's war so groß, daß er, dem misanthro=pische Anwandlungen sonst so fern lagen, in einem Briefe vom 7. August an seine Frau schrieb: „Mein innigster Wunsch wäre, mich mit Dir und unserem Kinde nach einer einsamen Insel im Meere zurückzuziehen, ein Boot zu bauen und hinter unserem Zufluchtsort das Fluththor der Welt abzusperren. Wenn ich meiner Phantasie lausche, so sagt sie mir, daß da nur einer oder zwei erwählte Gefährten außer Dir sein werden, die ich wünschen würde. Aber ich will nicht auf sie hören: wo Zwei oder Drei beisammen sind, ist der Teufel unter ihnen."[1] In einem anderen Briefe[2] vermuthet Shelley in dem Schmähgerücht, welches über ihn im Umlauf war, die Quelle eines skan=dalösen Artikels, den die Literary Gazette am 19. Mai 1821

---

[1] S. Forman VIII, p. 231.   [2] S. Forman VIII, p. 214.

gebracht hatte, worin Shelley für fähig erklärt wurde,
sich aller Formen des Incestes schuldig zu machen.[1] Wir
dürfen daher mit Rossetti wohl vermuthen, daß das Ge=
rücht ihn eines verbrecherischen Verhältnisses mit Miß
Clairmont bezichtigte und als Vater Allegra's denunzirte.
Seine Widersacher hätten jedoch Lämmer, nicht Wölfe sein
müssen, wenn sie den Umstand, daß Miß Clairmont, eine
auffallende, glänzende Erscheinung, mit ihrem unehelichen
Kinde längere Zeit in seinem Hause lebte, nicht gierig
aufgegriffen und zu ihren Zwecken ausgebeutet hätten.
Shelley exponirte sich in seiner Arglosigkeit zu sehr, es
war ihm nicht möglich, sich in das Bewußtsein seiner
boshaften, feindseligen Mitmenschen zu versetzen oder ver=
schmähte es, auf dieselben zu achten. Während er sonst
über die Ausfälle der Zeitungen zu lachen pflegte, war
er, als er von den schmachvollen Angriffen jenes Artikels
hörte, doch heftig erzürnt. Er schreibt seinem Verleger
am 11. Juni 1821: „Ich höre, daß die Verleumdungen
gegen mich alle Grenzen übersteigen: bis jetzt habe ich
gelacht, doch wehe den Wichten, wenn ich einmal aus
dem Gleichgewichte komme." Schließlich verschmähte er
es jedoch immer wieder, seine Verleumder zu züchtigen,
was er aber darin hätte leisten können, wenn er es nicht
verschmäht hätte, sagen der fürchterliche Ausfall wider
den Recensenten in „Adonais", die Invectiven gegen Lord

---

[1] „Für einen solchen Mann, lesen wir hier, wäre es durch=
aus nichts Besonderes, einen vertrauensvollen Vater seiner Töchter
zu berauben und mit allen Mitgliedern einer Familie, deren Sitt=
lichkeit durch die nichtswürdige Sophisterei ihres Verführers zerrüttet
worden, in Blutschande zu leben."

Eldon und seine politischen Gedichte. Wie schmerzlich mußte er es empfinden, daß er, der die Sympathie seiner Mitmenschen zu gewinnen gesucht, ihren Haß auf sich ge= laden hatte. Von den Engländern, denen er in Italien begegnete, wurde er geflohen oder roh behandelt. Er schreibt einmal von Rom an Peacock: „Ich werde von Allen, die von mir wissen oder von mir gehört haben, ich glaube mit Ausnahme von fünf Individuen, als ein seltener Ausbund an Laster und Befleckung betrachtet, dessen An= blick schon verunreinigt," und als er eines Tages auf dem Postbureau in Pisa nach einem Briefe fragte und seinen Namen nannte, rief ein englischer Offizier, der in portu= giesischen Diensten stand: „Wie, ist das der verfluchte Atheist Shelley?" und streckte ihn mit einem Faustschlage zu Boden; dann aber machte er sich eiligst davon, so daß es Shelley's Nachforschungen nicht gelang, ihm auf die Spur zu kommen.[1]

Im November 1822 kam auch Lord Byron nach Pisa und bewohnte in Gemeinschaft mit Gräfin Guiccioli und ihren Brüdern den Palast Lafranchi am Lung Arno, während Shelley mit den Seinen die Tre Palazzi inne hatte; im selben Hause wohnten die William's. Shelley verbrachte nur täglich einige Stunden mit Lord Byron, die dem Gespräche, dem Reiten oder dem Pistolenschießen gewidmet waren. Shelley war kein vorzüglicher Reiter, maß sich aber als Schütze mit Lord Byron, der als solcher berühmt war. Zu dem Pistolenklub Lord Byron's gehörten noch Medwin, Williams und ein Mr. Taaffe,

---

[1] Medwin II, p. 9.

ein impotenter, anmaßender Literat, später auch Trelawney. Shelley und Byron erfanden eine besondere Sportsprache, die im Wesentlichen aus italienischen Worten mit eng= lischen Endungen bestand.[1] Jede Woche gab Byron ein Gastmahl und zu Shelley's Verzweiflung währte das Gelage oft bis zum dämmernden Morgen.[2] Shelley führte in dem Freundeskreise von Pisa die beiden charak= teristischen Namen „Ariel" und die „Schlange". Der erste wurde ihm übrigens, wie wir sahen, schon von seinen Freundinnen in London beigelegt, den zweiten empfing er von Lord Byron. Als Shelley eines Tages den Prolog im Himmel aus Faust in englischer Ueber= setzung vorlas, und zu den Worten des Mephistopheles: „Wie meine Muhme, die berühmte Schlange" kam, rief Lord Byron übermüthig: „Dann sind Sie Ihr Neffe!"[3] Man muß die Briefe Shelley's aus jener Zeit lesen, um zu sehen, daß von einem intimen Verhältnisse zwischen ihm und Lord Byron damals jedoch so wenig die Rede war, wie zu einer anderen Zeit. Ja, sie scheinen einmal nahe daran gewesen zu sein, zu brechen.[4]

Am 14. Januar 1822 erhielt die Gesellschaft von Pisa einen frischen Zuwuchs durch den Capitän Edward John Trelawney, einem Freunde von Lieutenant Williams. Trelawney zählte 28 Jahre, hatte als Seemann ein freies Leben, reich an Abenteuern, in allen Welttheilen geführt

---

[1] Medwin II, p. 144.
[2] S. über sein Zusammenleben mit Lord Byron in Ravenna den Brief an Peacock vom 11. Januar 1822 bei Forman VIII, p. 249 ff.
[3] Trelawney I, p. 84.   [4] Forman VIII, p. 258.

und trat mit unbefangenem Blick in den literarischen Kreis von Pisa. Seine „Records" zeigen, daß er für Shelley in ebenso hohem Grade intellectuelle Sympathie besaß, wie sie ihm für Byron fehlte. Trelawney war dermaßen von Shelley's Persönlichkeit bezaubert, daß er ein höherer Mensch zu werden scheint, sobald er auf ihn zu sprechen kommt. Er hatte schon vor der ersten Begegnung mit Shelley Manches über dessen Anschauungen und Lebens= schicksale gehört und war nicht wenig erstaunt, als er ihn das erste Mal sah und so ganz anders fand, als er sich den Atheisten, den Erzfeind der Tyrannen vorgestellt haben mochte. Die Schilderung dieser ersten Begegnung ist zu interessant, als daß wir uns versagen könnten, sie wenigstens theilweise wiederzugeben. Trelawney erzählt, wie er eben von den Williams empfangen worden und sich in lebhaftem Gespräch mit ihnen befand, „als ich ein wenig abgelenkt wurde, indem ich in der Nähe der offenen Thür mir gegenüber ein Paar leuchtende Augen bemerkte, die fest auf die meinen gerichtet waren; es war zu finster, um auszumachen, wem sie angehörten. Mit dem Scharfsinn einer Frau folgte Mrs. Williams der Richtung meiner Augen, und indem sie zur Thür ging, sagte sie lachend: ‚Kommen Sie herein, Shelley! Gerade ist unser Freund Tre angekommen!' Schnell hereingleitend, erröthend wie ein Mädchen, ein großes zartes Bürschchen, hielt er mir beide Hände entgegen, und obwohl ich nicht glauben konnte, als ich sein mit Roth übergossenes, weibliches und einfaches Gesicht sah, daß er der Dichter sei, erwiderte ich seinen warmen Druck. Nach den üblichen Begrüßungen und Artigkeiten setzte er sich nieder und hörte zu. Ich

schwieg vor Staunen; war es möglich, daß dieser sanft=
blickende, bartlose Jüngling wirklich das Ungeheuer war,
das mit aller Welt im Kriege lebte? verstoßen von den
Kirchenvätern, seiner bürgerlichen Rechte durch den Macht=
spruch eines schrecklichen Lordkanzlers beraubt, von jedem
Mitglied seiner Familie geflohen[1] und von den neben=
buhlerischen Größen unserer Literatur als der Gründer
der satanischen Schule benuncirt? Ich konnte es nicht
glauben, man mußte mir einen Possen spielen. Mrs.
Williams sah meine Verlegenheit, und um mir zu
helfen, frug sie Shelley, was für ein Buch er in den
Händen habe? Sein Gesicht leuchtete, und er ant=
wortete schnell:

„„Calderon's ‚Magico Prodigoso‘, ich übersetzte Einiges
daraus.""

„„Oh! lesen Sie es vor!""

„Da er so vom Strande gewöhnlicher Dinge, die ihn
nicht interessiren konnten, abgestoßen hatte und einem
Thema, das ihn interessirte, glücklich zugeführt worden
war, vergaß er sogleich alles, außer sein Buch. Die
meisterhafte Art, mit der er das Genie des Autors analy=
sirte, seine lichtvolle Interpretation der Geschichte und die
Leichtigkeit, mit der er die subtilsten und phantasievollsten
Stellen des spanischen Dichters übersetzte, war bewunde=
rungswürdig, ebenso wie es seine Beherrschung beider
Sprachen war. Nach dieser Probe seines Genies zweifelte

---

[1] Dem war jedoch nicht ganz so und eben so wenig war
Shelley von den „Kirchenvätern" verstoßen worden, wie Tre=
lawney meint.

ich nicht länger an der Jdentität. Todtenstille trat ein; als ich aufblickte, frug ich:

„Wo ist er?"

Mrs. Williams sagte: „„Wer? Shelley? Oh! er kommt und geht wie ein Geist, Niemand weiß woher und wohin.""

Was Trelawney über Shelley's Seelenadel, über dessen Selbstlosigkeit und Herzensreinheit, über das Be= strickende in seiner Persönlichkeit, über das originelle Ge= präge seiner Jndividualität, über seinen philosophischen Ernst und seine wundervolle Beredsamkeit sagt, wollen wir hier nicht wiedergeben, da wir sonst bereits Gesagtes wiederholen müßten. Auch die interessanten Anekdoten, die Trelawney über Shelley's Vorliebe für den Aufent= halt im Freien und in Einsamkeit, über seine Scheu vor Gesellschaften, seinen unstillbaren Wissensdurst erzählt, mögen bei ihm selbst nachgelesen werden.[1] Es ist Tre= lawney's Verdienst, erkannt zu haben, daß Shelley's Leben selbst ein Gedicht war, in dem seine Schöpfungen nur eine Phase bildeten.

Wie wir schon früher bemerkten, schrieb Shelley zu Beginn des Jahres 1822 die Scenen von „Charles I." nieder, der nach seinem eigenen Ausdruck als Kunstwerk einen höheren Rang einnehmen sollte als die „Cenci".[2] Er war jedoch zu sehr entmuthigt, so daß er das Stück bald wieder bei Seite legte.[3] Zu Beginn dieses Jahres

---

[1] S. I, p. 103, 86, 93.
[2] S. den Brief vom 25. Januar 1822 bei Forman VIII, p. 253.
[3] S. Forman VIII, p. 280.

trug er sich auch mit dem Plan, einen modernen „Timon"
zu schreiben.[1]

In dem Winter 1821/22 war Shelley nahe daran,
mit der Behörde in Conflict zu gerathen. Im Dezember
1821 wurde ein Mann in Lucca, welcher sich eines
Kirchenfrevels schuldig gemacht, zum Feuertode verurtheilt.
Das war ein triftiger Grund, um Shelley's Blut siedend
zu machen. Er schlug Byron und Medwin vor, nach
Lucca zu reiten, den Mann zu retten und über die Grenze
zu schaffen, und zugleich wandte er sich zu Gunsten seines
Schützlings an den englischen Gesandten in Florenz.
Rechtzeitig traf jedoch die Nachricht ein, daß der Schieds=
spruch widerrufen worden sei und der Kirchenschänder
auf die Galeeren geschickt werde.

In diesem Winter wurde die Gesellschaft von Pisa
auch durch eine unangenehme Begegnung mit einem öster=
reichischen Dragoner=Korporal in Unruhe versetzt; dieselbe
hatte die Ausweisung der Familie Gamba aus Pisa zur Folge.
Da das Ereigniß für Shelley selbst wenig Bedeutung
hat und überdies von Allen, welche auch nur oberflächlich
mit Byron's Biographie vertraut sind, gekannt wird,
so wollen wir hier auf die Mittheilung desselben ver=
zichten.

Shelley schiffte in Pisa mit Lieutenant Williams
täglich auf dem Arno oder Serchio. Einmal wäre er im
Arno fast das Opfer eines mißglückten Schwimmversuches
geworden, wenn ihn Trelawney nicht herausgefischt hätte.

---

[1] S. Williams' Journal vom 30. December bei Forman VIII
und Trelawney I, p. 119.

Die Leidenschaft Shelley's für das Wasser wurde immer
größer, und nur zu bald sollte sie sein Verderben werden.
Das Meer, das er so schwärmerisch liebte, sollte ihm den
Tod bereiten.

Wir nähern uns jener Katastrophe, welche stets der
Gegenstand des unaussprechlichen Bedauerns aller wahren
Bewunderer des Genius sein wird.

Auf Anregung Trelawney's entschloß sich Shelley, ein
offenes Segelboot, Lord Byron einen gedeckten Schooner
bauen zu lassen und zwar wurde die Herstellung beider Schiffe
durch Vermittlung eines Capitän Roberts (eines Freundes
von Trelawney) einem Genueser Schiffsbaumeister über=
geben. Gegen den Willen des Capitän Roberts mußte Shel=
ley's Schiff nach einem Modelle, das Williams mitgebracht
hatte und das der Gegenstand des Entzückens beider
Freunde war, construirt werden, da alle Mühe, ihnen die
Mängel des Modells begreiflich zu machen, vergeblich
war. So entstand der „Don Juan", welcher Shelley und
Williams in den Tod führen sollte, und der „Bolivar",
mit welchem Lord Byron nach Griechenland segelte, also
gleichfalls seine letzte Meeresfahrt unternahm.

XXIII.

Die letzten Tage.

Als mit dem Vorrücken des Frühlings die Hitze in Pisa lästig zu werden begann, faßten sowohl Lord Byron als auch Shelley mit seinem nächsten Freundeskreise den Plan, nach der schönen, malerischen Bucht von Spezzia zu übersiedeln. Doch stellte sich heraus, daß nur ein einziges bewohnbares Haus, die Villa Magni nämlich, dort vorhanden war, obgleich auch sie mehr einem „Boote oder einem Badhause als einem Orte, um darin zu wohnen," ähnlich sah. Sie wurde von Shelley gemiethet, während Lord Byron unter solchen Verhältnissen einen anderen Sommeraufenthalt erwählen mußte. Die Villa Magni war ein mäßig großes Gebäude mit Bogen, das hart am Meeresstrande stand, und war einst ein Jesuitenkloster gewesen.[1] Es hatte ein Stockwerk, das in einen Saal und vier kleine Zimmer getheilt war. Sein einziger Vorzug bestand in einer Veranda, welche die ganze Länge des Hauses einnahm und auf das Meer hinausging. Man lebte dort wie in einer Wildniß. „Wären wir nach einer

---

[1] Leigh Hunt, Correspondence (1862) I, p. 191.

Infel der Süd=See verfchlagen worden," bemerkt Mrs.
Shelley, „jo hätten wir uns nicht ferner von Civilifation
und Comfort.fühlen können." Von einem Haushalt konnte
kaum die Rede fein, Lebensmittel mußten von einem ent=
fernten Orte herbeigefchafft werden.

Die Ueberfiedelung nach biefem zwar uncomfortablen,
aber überaus romantifchen Ort erfolgte am 20. April in
Begleitung der Williams, die man zu Gafte geladen.
Auch Miß Clairmont fand fich in Villa Magni ein.
Trelawney und Capitän Roberts kamen oft von Genua
herüber.

Bald lief auch „Don Juan" in der Bucht von Spezzia
ein. Lord Byron war es, der das Schiff fo benannte.
Am 16. Mai fchrieb Shelley an Trelawney: „Don Juan
ift angekommen, und nichts kann folche Verwunderung
erregen, wie er fie erregt hat.... Williams fagt, er fei
vollkommen, und ich nehme an biefem Enthufiasmus in
dem Maße Theil, als es für einen, der nicht Seemann
ift, fchicklich .ift." Die Schiffsmannfchaft beftand aus
Shelley, Williams und einem jungen englifchen Schiffer,
Namens Charles Vivian. Shelley zeigte wenig feemän=
nifches Talent. Trelawney bemerkt: „Es war ein großer
Spaß zuzufchauen, wie Williams dem Dichter fteuern und
andere feemännifche Dinge lehrte. Wie gewöhnlich hatte
Shelley ein Buch in der Hand, indem er fagte, er könnte
zur felben Zeit lefen und fteuern, weil das Eine geiftig,
das Andere mechanifch fei." Aber er war fo angeregt,
von den feemännifchen Ausbrücken fo bezaubert, daß er
feinen geliebten Plato oft in der Tafche ließ und fich ganz
dem Scherz und Gelächter hingab.

Der Aufenthalt in der Bucht von Spezzia vereinigte viele Bedingungen, um Shelley zu beglücken. Er lebte hier in einer Gegend von zauberischer Schönheit, im Angesichte des geliebten Meeres, auf dem er den längsten Theil des Tages verbrachte, entweder auf Segeltouren mit Williams, oder indem er sich auf einem Canoë, das Williams aus Flechtwerk für ihn gemacht, vom Winde forttreiben ließ, während er an den Abenden auf der Veranda dem Guitarrespiel von Mrs. Jane lauschte, sich mit seinen Freunden unterhielt oder ihnen vorlas. Auch fühlte er sich, wie aus seinen eigenen, sowie aus Mrs. Shelley's Aeußerungen hervorgeht, glücklich. Seine Gesundheit war verhältnißmäßig gut, seine Stimmung glänzend. Nur das Gefühl · der Entmuthigung wollte ihn nicht verlassen. So schreibt er Mrs. Gisborne am 18. Juni: „Es ist nicht möglich, etwas zu schaffen, außer unter dem Zauber der Gewißheit, Sympathie für seine Leistungen zu finden. Stellen Sie sich Demosthenes vor, der an die Wellen des Atlantischen Meeres eine Philippika richtet." Während er sich jedoch in dieser Weise äußerte, arbeitete er an jenem Werke, das weit großartiger geworden wäre, als seine früheren Leistungen, wäre es ihm vergönnt gewesen, es weiterzuführen, und dessen Fragment vielleicht das tiefsinnigste, was uns von ihm erhalten ist, nämlich der „Triumph des Lebens". Seltsam contrastirt mit der heitern Stimmung, in der Shelley sich zu jener Zeit befand, der düstere ·Gedankengehalt dieses Gedichtes. Mrs. Shelley bemerkt: „Wenn Shelley am Bord (des „Don Juan") war, hatte er Papier mit sich, und ein großer Theil vom „Triumph des Lebens" wurde geschrieben, als er auf jenem Meere segelte und umherstrich, welches ihn bald verschlingen sollte."

Man könnte auf die Vermuthung gerathen, jenes Gedicht bezeichne einen Umschwung in den Ideen Shelley's. Es handelt sich hier nicht um den Sieg der Willenskraft, es werden keine Perspectiven auf eine glorreiche Zukunft der Menschheit eröffnet; was uns vorgeführt wird, ist vielmehr der Triumph der zerstörenden und zermalmenden Mächte des realen Lebens, der Triumph der Leidenschaften, die auf irdischen Besitz gerichtet sind. Es ist jedoch wohl denkbar, daß der Dichter auf die düsteren, tragischen Bilder, die er darin vorführt, und in denen er nur einen kleineren Theil seiner Conception ausgeführt haben kann, auf die Bilder, in denen er Vergangenheit und Gegenwart darstellt, sonnige Zukunftsträume, Visionen eines prometheischen Zeitalters folgen lassen wollte. Die Dichtung ist in Bildern von processionaler Größe gedacht, es dünkt uns, als hätte der Dichter nie machtvollere gefunden, und wundervoll corresponbirt mit denselben die klangvolle Bewegung der meisterhaft behandelten terze rime. Der Beginn des Gedichtes gehört zu den herrlichsten Beispielen Shelley'scher Naturpoesie; wir geben ihn in der Ursprache wieder, da keine genügende Uebersetzung desselben vorhanden ist.

"Swift as a spirit hastening to his task
Of glory and good, the Sun sprang forth
Rejoicing in his splendour, and the mask

Of darkness fell from the awaken'd Earth —
The smokeless altars of the mountain snows
Flamed above crimson clouds, and at the birth

Of light the Ocean's orison arose,
To which the birds temper'd and their matin lay,
All flowers in field or forest which unclose.

Their trembling eyelids in the kiss of day,
Swinging their censers in the element,
With orient incense lit by the new ray.

Burn'd slow and inconsumably, and sent
Their odorous sighs up to the smiling air;
And, in succession due, did continent,

Isle, ocean, and all things that in them wear
The form and character of mortal mould,
Rise on the Sun their father rose, to bear

Their portion of the toil, which he of old
Took as his own, and then imposed on them.
But I, whom thoughts which must remain untold

Had kept as wakeful as the stars that gem
The cone of night, now they were laid asleep
Stretched my faint limbs beneath the hoary stem

Which an old chesnut flung athwart the deep
Of green Apennine: before me fled
The night; behind me rose the day; the deep

Was at my feet, and heaven above my head;
When a strange trance oven my fancy grew
Which was not slumber, for the shade it spread.

Was so transparent that the scene came through,
As clear as, when a veil of light is drawn
O'er evening hills, they glimmer; and I knew

That I had felt the freshness of that dawn
Bathe in the same cold dew my brow and hair,
And sate as thus upon that slope of lawn

Under the self-same bough, and heard as there
The birds, the fountains, and the ocean hold
Sweet talk in music through the enamour'd air.

And then a vision on my brain was roll'd."

Er sieht ein Gewühl von Menschen aller Alters=
stufen, zahllos wie Mücken auf der staubbedeckten Straße
dahinziehen, ohne daß einer das Ziel, das Woher? oder
Warum? der Reise kennen würde. Ohne Empfindung
für die Reize und Annehmlichkeiten der Umgebung ziehen
die einen langsam, haften die anderen oder fahren ziellos
hin und her. Inmitten dieses Gewühles bewegt sich ein
Wagen, der einen kalten Mondenglanz ausstrahlt, welcher
jedoch, greller als Tageslicht, die Sonne umhüllt. Darin
sitzt eine dämonische Gestalt,

„Mit Doppelschleiern, altersschwach gebeugt,
Wie in des Todes nahem Grauen."

Es ist das Leben. Während in „Epipsychidion" der Monden=
glanz das Symbol für die irdische Welt schlechtweg ist,
ihre idealen Elemente inbegriffen, ist er es hier nur
für die wilden Begierden, die den Menschen beherrschen,
um ihn zu zerstören. Der Mondenglanz überstrahlt hier
den Sonnenglanz — die ideale Welt —, zum Zeichen,
daß das Böse die Oberherrschaft führe. Der Wagenlenker
des Lebens wird als ein „Schattenbild mit einem Janus=
antlitz" bezeichnet, um dessen Augen sich dichte Schleier
schlingen —, ein Bild, dessen Sinn leicht zu errathen ist. Alle
aber, welche nach Ruhm gehascht, alle, welche überhaupt
mehr nach den sinnlichen und vorübergehenden Gütern,

als nach den idealen und dauernden gestrebt, folgen dem
Wagen.

> „Alle, nur nicht
> Die heil'gen Wen'gen, die sich nie dem Droh'n
> Des Siegers beugten, und wie sie mit Licht
> Belebt die Welt, gleich Adlern rückentfloh'n
> Zur lichten Heimath . . . .“

Und nun schildert der Dichter mit einschneidender Plastik,
wie bald Jünglinge und Mädchen, bald Greise und
Greisinnen in orgiastischen, wilden Tänzen mit rasenden
Geberden und Evolutionen den Wagen umkreisen, bis sie
wie Mücken von seinem Glanze verzehrt in Staub zer=
fallen. Als der Dichter, über diesen Anblick erstaunt, frägt:
„Weß Gestalt im Wagen thront?“ da antwortet ihm
eine Stimme: „Das ist Leben!“ Er sieht sich um und
gewahrt in dem, was er ursprünglich für eine wunder=
bar gekrümmte Wurzel gehalten, einen Menschen. Es ist
Rousseau, der gleichfalls das Opfer des „Lebens“ gewor=
den und von diesem derart verunstaltet worden ist. Ihr
Gespräch bildet den übrigen Theil der Dichtung. Auf
die Frage des Dichters, wer er sei, antwortet Rousseau:

> „Eh' du gedacht,
> Hab' ich gebangt, gesehnt, geliebt, gehaßt,
> Gelitten, bis mich hüllte Todesnacht.
> Und war die Gluth, die meinen Geist beseelt,
> Mit reineren Gefühlen angefacht,
> Es wäre nicht so viel dem Tod vermählt,
> Von dem, was einst Rousseau: nicht hätt' dies Kleid
> Der Schmach, der es verschmähen sollt', gewählt.“

Und wenn Rousseau später sagt: „Mich hat gestürzt mein
eigen Herz,“ so haben wir hier wieder einen Fall, wo

Shelley seine Anschauung von der essentiellen Güte der menschlichen Natur aufgiebt, und es ist wohl denkbar, daß er dieselbe in reiferen Jahren ganz fallen gelassen hätte.

Rousseau deutet die Gestalten, welche auf der Straße dahinziehen. Diejenigen, welche den Wagen des Lebens führen, sind:

> „Die Großen, Ew'gen, deren Stirn umwunden
> Helm, Mitra, Krone, Strahlenkranz als Zeichen
> Der Geistesherrschaft — Eins nicht erkunden
> Sie konnten „sich selbst" . . . ."

Da sind nicht nur Napoleon, Friedrich, Leopold, Paul, Katharina, alle Tyrannen von Cäsar bis Konstantin, Päpste, wie Gregor und Johann, an den Wagen gebun=den, sondern auch Plato und Aristoteles. Als der Dichter müde des „einen Schmerzgedankens" Rousseau frägt, woher er komme? wohin er gehe? giebt dieser ihm seine idealisirte Lebensgeschichte. Er erzählt, wie er einst in seiner Jugend an einem Lenzesmorgen am Rand eines Berges erwachte und die Vision einer Lichtgestalt hatte, die einen krystallenen Krug trug, in dem Nepenthe schäumte. Sie forderte ihn auf, zu trinken, und als er es gethan, so schaute er plötzlich eine andere Vision. Der Wagen des Lebens fuhr den Hain entlang, umgeben und gefolgt von seinen Sklaven, denen schließlich auch Rousseau sich an=reihen mußte. Da stellt sich ihm ein neues wunderbares Schauspiel dar. Er sieht die Ausströmungen der Seelen von denen, welche den Wagen des Lebens umkreisen, in Form häßlicher Phantome die Luft erfüllen und das Licht verfinstern, und diejenigen, welche die größte Zahl dieser

Mißgestalten aushauchen, deren Schönheit welkt am schnell=
sten, sie sterben am ehesten. In der Schilderung dieser
Gestaltenwelt zeigt Shelley etwas von Dante's Phantasie.
Mit der Frage des Dichters: „Was ist Leben?" bricht
das Gedicht ab, das man mit Recht mit dem Torso eines
phidiassischen Gottes verglichen hat. Weniger glücklich
hingegen scheint uns die Zusammenstellung des Gedichtes
mit der panathenäischen Pompa, die man aus anderen
Rücksichten gemacht hat; viel eher ließe es sich einem Dio=
nysoszug mit seinen wildbewegten Gestalten, seinem orgia=
stischen Taumel und rasendem Gejauchze vergleichen.

Während Shelley in der Dichtung die Frage nach
dem Leben aufwirft, beschäftigte er sich in Wirklichkeit
viel mit dem Tode. Am 18. Juni schrieb er an Tre=
lawney, der in Genua weilte, daß er ihm dankbar wäre,
wenn er ihm Blausäure verschaffen wollte. „... Ich
möchte etwas um diese Medizin geben," sagt er, „... Ich
brauche Ihnen nicht zu sagen, daß ich jetzt nicht die Absicht
habe, mir das Leben zu nehmen, aber ich gestehe, es
wäre mir eine Annehmlichkeit, diesen goldenen Schlüssel
zu dem Gemache ewiger Ruhe zu besitzen."[1] Als er mit
Mrs. Williams und ihren Kindern eines Tages auf dem
Boote fuhr, rief er plötzlich: „Nun lassen Sie uns das
große Geheimniß ergründen," und es bedurfte all' der
Geistesgegenwart von Mrs. Williams, ihn von diesem
Gedanken abzuziehen.[2] Ein Vorspiel ging seiner Katastrophe
voraus: er schlug mit seinem kleinen Boote in der Nähe
seines Hauses um und wäre rettungslos verloren gewesen,

---

[1] Forman VIII, p. 277.   [2] Trelawney I, p. 158 fl.

wenn ihm Trelawney nicht wieder beigesprungen wäre.
Trelawney erzählt, daß Shelley mehr um das Boot, als
um sich selbst besorgt gewesen, und daß er nicht vor Furcht,
sondern vor Vergnügen geschrieen, als sich die schäumenden
Wellen über seinem Haupte kräuselten.[1] Während er
sich in Lerici verhältnißmäßig wohl befand, stand es
um die Gesundheit von Mrs. Mary um so schlimmer.
An einem Tage schwebte sie während sieben Stunden in
Todesgefahr und wurde nur durch ein kühnes Experiment,
das Shelley wagte, wiederhergestellt. Die Sorge um
Mary, sowie auch die Einsamkeit und die Nähe des
Meeres hatten die Folge, daß er wieder von nervösen
Zuständen und Visionen gequält wurde, wie in den schlimm=
sten Zeiten. Als er eines Abends beim Mondenschein mit
Williams auf der Terrasse stand, sah er die kleine Allegra,
— die ein Jahr vorher gestorben war —, aus dem Meere
steigen, ihm zulächeln und mit den Händen winken; auch
sah er auf der Terrasse seine eigene Gestalt, die ihm sagte:
„Wie lange glaubst du noch zufrieden zu sein?"[2] Ferner
wurde er von seltsamen Träumen gequält. So träumte
er kurz vor seinem Tode, nach der Darstellung von Mrs.
Shelley, daß Mr. und Mrs. Williams in schrecklicher
Verunstaltung, mit zerfleischten Gliedern, mit bleichen,

---

[1] I, p. 154.

[2] S. den Brief von Mrs. Shelley an Mrs. Gisborne vom
15. August 1822 bei Forman VIII, p. 331. Schon früher war
seine Phantasie von dem Gedanken der Doppelgängerei ergriffen
worden. Im „Entfesselten Prometheus" spricht er davon, wie

"The Magus Zoroaster
Met his own image walking in the garden."

blutbespritzten Gesichtern an sein Bett getreten seien und
ihm gesagt haben: „Stehen Sie auf, Shelley, das Meer
überfluthet das Haus, und Alles geht unter."[1] Shelley
glaubte, daß er aufstand, auf die Terrasse ging und die
Wellen hereinstürzen sah. Aber plötzlich wechselte die
Vision, und er sah seine eigene Gestalt, welche sich an=
schickte, Mrs. Shelley zu erdrosseln. Er rannte in das
Zimmer von Mrs. Shelley, wo er erwachte.[2] Das Merk=
würdigste ist, daß er auch seinen Freunden in Gesichten
erschien. So sah ihn Mrs. Williams auf der Terrasse
gehen und plötzlich verschwinden, während er an einem
andern Orte weilte, und ebenso sahen ihn Freunde in
einem Walde bei Lerici, während er sich thatsächlich
anderswo befand. Es sei in diesem Zusammenhange er=
wähnt, daß er am Abend vor seinem Tode bemerkte:
„Wenn ich morgen sterbe, habe ich länger als mein Vater
gelebt," und Mrs. Williams schrieb in ihrem letzten Briefe
an ihn die Worte: „Werden Sie sich zu Ihrem Freund
Plato gesellen?" die eine fürchterliche Bedeutung bekommen
sollten. In der Nacht seines Todestages träumte eine
Freundin, Mrs. Mason, von ihm, daß er mit bleichem
Antlitz und von schrecklicher Melancholie befallen zu ihr
gekommen und dann, daß der kleine Percy gestorben sei.
Sie erwachte schluchzend aus diesem Traum und sagte zu
sich selbst, daß sie in Wirklichkeit den Tod des kleinen
Knaben nicht so herb empfinden würde. Wir dürfen nicht

---

[1] A. a. O.

[2] Ungenau erzählt diesen Vorfall Medwin II, p. 300, dem
sich Lady Shelley (Memorials p. 191 ff.) anschließt. Vgl. Trelawney I, p. 163.

vergessen, hervorzuheben, daß Mrs. Shelley auf Villa
Magni nicht nur leidend, sondern auch im Gegensatz zu
ihrem Gatten wie im Vorgefühl nahenden Unheils von
einer unüberwindlichen Melancholie befallen war. „Worte
können nicht ausdrücken,“ sagte sie später, „wie ich unser
Haus und die Gegend haßte.“ Es war nicht nur die
Einsamkeit, der Mangel an jeglichem Comfort, der sie
verstimmte, sondern auch der Charakter der Landschaft.
„Die Schönheit der Wälder,“ sagte sie, „machte mich
weinen und schaudern.“

Mitte Juni traf Leigh Hunt mit seiner schwerkranken
Frau und seinen sieben Kindern in Genua ein und begab sich
von hier nach Livorno. Am 1. Juli segelte Shelley mit
Williams und Capitän Roberts auf dem „Don Juan“ dahin,
um den ersehnten Freund zu begrüßen. Er sollte nie wieder
nach Villa Magni zurückkehren. Mrs. Shelley war in Ver=
zweiflung über seine Abreise. Sie sagte in einem Briefe
an Mrs. Gisborne: „Ich konnte es nicht ertragen, daß
er mich verließ. Ich rief ihn zwei= oder dreimal zurück
und sagte ihm, daß ich, sollte ich ihn nicht bald sehen,
mit dem Kinde nach Pisa kommen würde . . . . Ich weinte
bitterlich, als er wegfuhr.“ Shelley stürzte Leigh Hunt
in Livorno in die Arme und rief: „Ich bin so glücklich,
ich kann Dir nicht sagen, wie glücklich ich bin.“ Er be=
gleitete Hunt in glänzender Stimmung nach Pisa, wo er
ihn im Erdgeschosse von Lord Byron's Palast, das er
mit seiner Frau für ihn eingerichtet, unterbrachte. Lord
Byron hatte inzwischen den Ruf, den er an Leigh Hunt
ergehen lassen, längst bereut und fand es höchst unbe=
quem, „einen Mann mit einer kranken Frau und sieben

unerzogenen Kindern" zu Hausgenossen zu haben. Unter
solchen Umständen befand sich Shelley, der die Angelegen=
heit seines Freundes Hunt vertrat, Lord Byron gegenüber
in einer sehr schwierigen Lage.· So sehr ihn die Unter=
handlungen mit Lord Byron auch verstimmten, so freute
er sich doch über die langentbehrte Gesellschaft seines
Freundes. Er wurde sein Führer durch Pisa, und sie
verbrachten, trotz aller Uebelstände, einige vergnügte Tage
zusammen.

In der Nacht des 7. Juli fuhr Shelley mit der Post
nach Livorno und segelte am Nachmittag des 8. Juli
mit Williams und Charles Vivian heimwärts. Es hatte
schon längere Zeit eine große Hitze und Dürre geherrscht,
und Williams' letzte Notiz in seinem Tagebuche lautet:
„Processionen von Priestern und Frommen hatten vor
einigen Tagen um Regen gebeten, aber entweder war
Gott böse oder die Natur zu mächtig." Trelawney und
Capitän Roberts blickten dem Boote mit Ferngläsern
nach, bis es im Nebel verschwand. Ermüdet durch die
drückende Hitze begab sich Trelawney nach einer Kajüte
des· „Bolivar" und schlief dort ein. Bald aber wurde er
durch den Lärm der Schiffsmannschaft aufgeweckt, welche
Vorbereitungen für ein bevorstehendes Ungewitter machte,
das bald auch mit Sturm und Regen, mit Blitz und
Donner losbrach. Nachdem es vorüber war, spähten
Trelawney und Roberts abermals nach dem Schiffe, in
der Hoffnung, daß ihre Freunde zurückkehren würden.
Doch war jede Spur von ihnen verschwunden. Nachdem
Trelawney noch zwei Tage in Livorno verharrt und sich
bei allen einlaufenden Schiffen ohne Erfolg nach dem

„Don Juan" erkundigt, ritt er nach Pisa und theilte Lord Byron und Leigh Hunt seine Befürchtungen mit. Lord Byron's Lippen zitterten und seine Stimme bebte, als er es hörte; Leigh Hunt wurde sprachlos. Trelawney sandte einen Courier aus, die Küste bis Nizza zu untersuchen, ließ den „Bolivar" am Ufer kreuzen und ritt selbst nach Via Reggio. Unterdessen vermochten Mrs. Shelley und Mrs. Williams die Ungewißheit nicht länger zu ertragen. Sie wußten nicht, daß Shelley und Williams am 8. Livorno verlassen hatten, als am 12. ein Brief von Leigh Hunt an Shelley eintraf und ihnen diesen Umstand verrieth. Verzweiflungsvoll, doch nicht ganz hoffnungslos fuhren sie noch am selben Tage nach Pisa und langten um Mitternacht im Palaste Lafranchi an. Marmorbleich trat Mrs. Shelley in das Zimmer Lord Byron's, eher einem Geiste als einem menschlichen Wesen ähnelnd, heftig um Auskunft nach ihrem Gatten begehrend, die ihr jedoch nicht gegeben werden konnte. Nun sandten auch die beiden Frauen Couriere aus, die Küsten zu durchforschen. Noch gaben sie die Hoffnung nicht auf und meinten, das Schiff könnte nach Elba oder Corsika verschlagen worden sein. Als sie auf der Rückkehr von Pisa nach Lerici Via Reggio erreichten, hörten sie die erste Nachricht, welche sie zu den schlimmsten Befürchtungen veranlassen mußte; sie erfuhren von Trelawney, mit dem sie dort zusammentrafen, daß ein Schiffchen, ein Wasserfaß und Flaschen gefunden worden seien, die er in Sicht genommen und als zu Shelley's Schiff gehörig befunden hatte. Trelawney war es auch, welcher alle ferneren Nachforschungen machte. Viele Tage patrouillirte er selbst mit den Küstenwächtern

die Küsten entlang. Endlich, am 22. Juli, wurden zwei
Leichname am Ufer entdeckt, einer in der Nähe von Via
Reggio, der andere drei Meilen von ihm entfernt, in der
Nähe der Stadt Migliarino. Trelawney nahm sie in
Sicht, und seine schlimmsten Befürchtungen zeigten sich
als begründet. Er erkannte in dem ersten Leichnam
Shelley, in dem zweiten Williams. Shelley's Gesicht
und Hände und die Körpertheile, welche nicht durch die
Kleidung geschützt gewesen, waren vollständig fleischlos.
Er hatte „einen Band Aeschylos in der einen Tasche, die
Gedichte von Keats in der anderen," und scheinen die
letzteren in der Hast eingesteckt worden zu sein. Williams'
Leichnam war bei Weitem mehr entstellt und aller Klei=
dung entblößt, so daß ihn Trelawney nur an dem Schnupf=
tuch, das er um den Hals geschlungen, und an einem
Schuh erkennen konnte. Eine Woche später wurde vier
Meilen von den anderen entfernt ein dritter Körper ge=
funden, wahrscheinlich derjenige von Charles Vivian,
der jedoch nur mehr ein Skelett war, so daß die Identität
nicht festgestellt werden konnte.

Alle Autoritäten stimmen in der Ansicht überein, daß der
„Don Juan" nicht ein Opfer des Sturmes und der Wellen
gewesen sei. Capitän Roberts, der das Wrack des „Don
Juan" entdeckte und ihn nach dem Golf brachte, bemerkte, daß
viele Balken des Steuerbordes gebrochen waren, was nur
aus dem Umstand erklärt werden kann, daß das Schiff von
einem andern niedergerannt worden sei. Es ist dies allem
Anschein nach mit Absicht geschehen. In dem Postscript
jenes denkwürdigen Briefes von Mrs. Shelley an Mrs.
Gisborne, in dem sie das Verhängniß ihres Lebens mit

dramatischer Lebendigkeit erzählt, wird bemerkt, daß ein
Fischerboot den „Don Juan" sinken sah. Obwohl die
Mannschaft leugnete, daß das Wrack desselben sichtbar
war, sah Capitän Roberts, der auf das Bord des Fischer=
bootes ging, doch einige Ruder, welche er als zu dem
„Don Juan" gehörig erkannte. Dieser Umstand ist
noch schwerwiegender als das Geständniß, das ein alter
italienischer Fischer vor einigen Jahren auf dem Sterbe=
bette gethan hat, daß er einer von jenen gewesen sei,
welche Shelley's Boot niederrannten, in der Meinung, der
reiche Lord Byron befinde sich mit Geldsäcken darauf.[1]

Trelawney hatte nun die Pflicht, den beiden jungen
Wittwen, welche diese lange Zeit in der Seelenpein der
Verzweiflung verbracht, die letzte schreckliche Wahrheit zu
enthüllen, und er unterzog sich dieser Pflicht mit Zartheit
und Festigkeit. „Am nächsten Tage," sagt er, „schlug ich
ihnen vor, nach Pisa zurückzukehren. Den Jammer dieser
Nacht und der Reise am nächsten Tage, und vieler Tage
und Nächte, die folgten, kann ich weder beschreiben noch
vergessen." Es wurde bestimmt, daß die Leichname nach
antiker Sitte verbrannt würden, und Trelawney, der Alles
leitete, wandte sich an den englischen Gesandten, Mr.
Dawkins, die Erlaubniß hierzu zu erwirken. Der Energie
des letzteren gelang es auch, alle Schwierigkeiten zu be=
siegen, welche man einem solchen in diesen Gegenden un=
erhörten Vorgehen entgegensetzte. Am 15. August wurde
Williams' Leichnam verbrannt, am nächsten Tage fand
die Verbrennung von Shelley's Ueberresten statt, eine

---

[1] Trelawney I, p. 196 ff.

Vernichtung, die wohl ganz nach seinem Sinne war. Als der Leichnam aufgefunden worden war, waren drei weiße Hölzer in den Sand gesteckt worden, um den Ort zu be= zeichnen, wo er lag; da die Hölzer aber weit von einander waren, so brauchte es am Tage der Verbrennung eine Stunde, bis man die Stelle wiederfand. Indessen waren Byron und Leigh Hunt in der Equipage des ersteren angekommen, begleitet von Soldaten und einem Sanitäts= offizier. „Die einsame und großartige Landschaft, die uns umgab," sagt Trelawney, „stimmte so vollkommen zu Shelley's Genius, daß ich mir einbilden konnte, sein Geist schwebe über uns. Die See mit den Inseln Gor= gona, Capri und Elba lagen vor uns; alte mit Zinnen versehene Wachtthürme erstreckten sich die Küste entlang, im Hintergrunde die Marmorhäupter der Apenninen in der Sonne leuchtend, malerisch in der Mannigfaltigkeit ihrer Formen, und weit und breit keine menschliche Woh= nung. Als ich dachte, welch' ein Entzücken Shelley, als er lebte, in solchen einsamen und großen Gegenden fühlte, dachte ich, daß wir nicht besser wären, als eine Heerde Wölfe oder ein Rudel wilder Hunde, weil wir seinen zerstörten und nackten Körper aus dem reinen gelben Sand zogen, der so leicht auf ihm ruhte, um ihn wieder an's Tageslicht zu schleppen; doch der Tod hat keine Stimme, und ich hatte keine Macht, die entweihende Handlung zu hindern. Das Werk geschah in dem tiefen, nachgiebigen Sand, kein Wort ward gesprochen ... Byron war schweig= sam und gedankenvoll. Wir erschraken und fuhren zu= sammen, als bei dem Schlag der Hacke ein dumpfer, hohler Laut entstand; das Eisen hatte den Schädel getroffen,

und der Körper war bald freigemacht ... Als das Feuer
stark brannte, wiederholten wir die Ceremonie vom vor=
hergehenden Tage, und es wurde mehr Wein auf Shelley's
todten Körper gegossen, als er jemals im Leben genossen
hatte. Der Wein, das Oel und Salz bewirkten, daß die
gelben Flammen glänzten und zitterten. Die Hitze der
Sonne und das Feuer waren so stark, daß die Luft bebte
und wogte ... sie war so heftig, daß sie wie Weißglühhitze
auf Eisen wirkte und seine Ueberreste zu grauer Asche ver=
brannte. Die einzigen Theile, die nicht verzehrt wurden,
waren Stücke der Beine, der Kinnlade und des Schädels;
was uns aber Alle verwunderte, war, daß das Herz ganz
blieb. Indem ich dies Ueberbleibsel aus dem feurigen
Ofen rettete, verbrannte ich mir sehr stark die Hand ..."

Lord Byron, auf welchen der Anblick zu überwäl=
tigend wirkte, zog sich bald nach der Küste zurück, wo
der „Bolivar" lag; Hunt blieb im Wagen.

Hunt wurde das Herz Shelley's übergeben, und von
ihm gelangte es nicht ohne unziemlichen Streit in die
Hände derer, die das höchste Anrecht darauf hatte.
Trelawney sammelte die Asche in einer Urne, die er auf
dem „Bolivar" nach Livorno führte, wo er sie an Mr.
Freeborne, dem englischen Consul in Rom, sandte. Erst
in der ersten Dezemberwoche 1822 traf sie jedoch dort
ein. Obwohl Trelawney den Consul gebeten, die Urne
bis zu seiner Ankunft in Rom aufzubewahren, war dieser
doch genöthigt, die Beisetzung auf dem neuen englischen
Friedhofe schon vorher vorzunehmen. Es geschah am
21. Januar 1823. Als Trelawney im Frühling dieses
Jahres endlich nach Rom kam, fand er das Grab

Shelley's inmitten einer Menge anderer Gräber. Er ließ
die Urne deshalb exhumiren und unter der Pyramide des
Cestius beisetzen, unter der sich damals noch wenig Gräber
befanden. Hunt verfaßte die Grabschrift, welche lautet:
„Percy Bysshe Shelley, Cor Cordium, Natus IV. Aug.
MDCCXCII. Obiit VIII. Jul. MDCCCXXII." Trelawney
fügte pietätsvoll drei Zeilen aus Shakespeare's „Sturm"
bei, eine Dichtung, welche Shelley im Leben besonders
geliebt:

> "Nothing of him that doth fade
> But doth suffer a sea-change
> Into something rich and strange."

Trelawney war es auch, welcher um das Grab Shelley's
Cypressen pflanzte.

Es liegt etwas mächtig Ergreifendes in dem Gedanken,
daß Shelley ·in dem Elemente den Tod fand, das er im
Leben so schwärmerisch geliebt, daß er dahinging, um mit
dem griechischen Dichter zu sprechen, wie ein Liebling der
Götter, in jungen Jahren, mit ungebrochenem Glauben
an seine Ideale. Allein ist der Gedanke auch schön, so
vermag er uns doch nicht über den Verlust zu trösten,
den die Welt durch diesen vorzeitigen Untergang erlitten.
Shelley's früher Tod gehört zu den beklagenswerthesten
Ereignissen in der Geschichte der Helden dieser Welt. Er,
der dazu berufen gewesen, den höchsten Lorbeer in der
Poesie zu erringen, wurde hinweggerafft, bevor sein Genie
seinen Gipfelpunkt erreicht, und eine Welt, deren Größe
und Schönheit wir nur ahnen können, wurde von den
Wellen verschlungen und zerstört.

Nichts aber wäre ungerechter und unangemessener,

als ein Buch über Shelley mit der Klage um dessen früh=
zeitiges Ende beschließen zu wollen, würde ein solcher
Abschluß doch den grundfalschen Gedanken enthalten, als
hätten sich die Persönlichkeit und schöpferische Thätigkeit
Shelley's, wenn sie auch eine seltene Entwickelung für
die Zukunft versprachen, während seiner kurzen Lebenszeit
doch als etwas Unfertiges dargestellt.

Wo wir Shelley's Leben, seine Anschauungen und
seine Werke kennen gelernt, erübrigt uns noch die Aufgabe,
Werth und Bedeutung seiner Persönlichkeit, seines Den=
kens und Dichtens schärfer zu bestimmen, als dies im
Verlaufe unserer Darstellung möglich gewesen ist.

XXIV.

Schlußwort.

Shelley gehört zu den merkwürdigsten Gestalten dieses
Jahrhunderts, und, fügen wir hinzu, er war nur in diesem
Jahrhundert möglich, und manche Züge, die er offen=
barte, konnten nur zu Beginn desselben in Erscheinung
treten. Sein Wesen trug durchaus den Stempel der Ori=
ginalität, er war im höchsten und besten Sinne des Wortes
eine Einzigkeit. R. Garnett hat mit Recht darauf auf=
merksam gemacht, daß man gewisse Züge in Shelley's
Wesen, wie z. B. den weltflüchtigen Drang, die Milde,
das weibliche Element, zu stark betont und darüber ver=
gißt, daß auch die Gegensätze bei ihm vorhanden waren.
Und an Contrasten, an seltsamen Widersprüchen war
Shelley's Wesen ungemein reich.

Wer ihn persönlich kennen lernte, sah sogleich Eins:
daß er anders war als die Anderen. Er offenbarte die
Merkmale und Eigenschaften der Künstlernatur in eigen=
thümlichster und ausbündigster Weise, deshalb hat auch
sein Leben einen romantischen und hochpoetischen Charakter
und bildet einen seltsamen Gegensatz zu den gewöhnlichen
Menschenleben. Wie sollen wir uns Shelley an Ausübung

eines äußeren Berufes gebunden denken, der regelmäßige
Thätigkeit und Concentration auf ein begrenztes Gebiet
erfordert hätte? Er besaß eine entschiedene Abneigung
gegen eine derartige Beschränkung und konnte sich selbst
dann nicht zur Uebernahme einer solchen entschließen,
wenn er dadurch ideelle Erfolge hätte erringen können,
wie wir z. B. aus seiner Unfähigkeit ersehen, sich für die
parlamentarische Laufbahn zu entscheiden.

Faßt man Shelley's moralische Natur ins Auge, so
ist das Erste, was man hervorheben muß, seine Liebes=
fülle. Cor cordium war die treffendste Bezeichnung für
ihn. Liebe gab seinem Leben, seinen Anschauungen und
seiner Poesie im Wesentlichen ihre Färbung. Sein ausbün=
diger Liebestrieb ist vom psychologischen Standpunkte aus
betrachtet ebenso interessant, als er vom ethischen aus be=
trachtet erhebend ist. Seine Sympathie war kein passives
Mitgefühl, es war werkthätige Liebe. Eine größere Selbst=
entäußerung, eine innigere Hingebung an Andere, eine
energischere Bethätigung des Mitgefühls ist nie dagewesen.
Diese nach außen drängende Liebesfülle hätte sein Wesen
zerstören müssen, hätte nicht ein ebenso glühender
persönlicher Freiheitstrieb in ihm gelebt, der das
Gleichgewicht wieder herstellte. Nehmen wir zu diesem
Liebes= und Freiheitsdrang — sofern der letztere aus
einer reinen Quelle kam — seine Einfachheit und An=
spruchslosigkeit, seine Toleranz, seine Kindlichkeit und
Unschuld hinzu, so bekommen wir das Bild einer Persön=
lichkeit, die ihres Gleichen sucht, wie sie schöner kaum
gedacht werden kann. Doch war Shelley nicht fehlerlos,
sein Leben nicht frei von Irrungen. Diese aber wur=

zelten fast insgesammt in seinem Widerstandsgeiste, insofern
derselbe nicht aus einer reinen Quelle kam. Er verfiel
oft in blinde Oppositionssucht, er gab den Antrieben seines
eigenen Herzens zu leicht nach; er, der Toleranz predigte,
verfiel selbst häufig in Intoleranz und bekundete oft einen
Mangel an natürlicher Pietät. Andere Fehler als diese
werden wir indeß kaum in seinem Wesen entdecken können.
Diese Irrthümer aber mußte er schwer büßen. Sein Leben
ist eine Tragödie, und wenn er fehlte, trug er immer mit
heroischem Muthe die Folgen.

Shelley war hervorragend philosophisch, noch mehr
aber war er reformatorisch veranlagt. Diese Vereinigung
ist eine seltene. Der Philosoph verfolgt in der Regel
nicht die Tendenz, praktisch auf die Gemüther einzuwirken,
dem Reformator fehlt gewöhnlich der weite Blick des
Philosophen. Vom Philosophen hatte Shelley den Drang,
über die Erscheinungswelt hinauszugehen und nach einem
Welturgrund zu forschen, sich auf allen Gebieten zum
Allgemeinen zu erheben, die Neigung zum Argumentiren
und zur scharfen Begriffsbestimmung, das Bedürfniß,
über den Menschen und dessen Bestimmung zu reflectiren.
Indeß war er im Bereiche philosophischer Ideen weder
hervorragend productiv, noch besaß er wissenschaftliche
Genauigkeit genug, um sich zu bemühen, eine rationelle
Basis für seine Anschauungen zu gewinnen. Ein Grundzug
seines Wesens war die Abneigung gegen Details, gegen
das Sammeln und Zusammenstellen von Thatsachen. Diese
Eigenschaft war ein Hauptgrund, weshalb er es in der
Wissenschaft zu keinem hervorragenden Erfolge brachte,
weshalb ihm auch der Name eines wissenschaftlichen Philo=

sophen versagt werden muß, muß der wissenschaftliche
Denker außer der Fähigkeit, Ideen zu bilden, doch auch
das Bestreben besitzen, in der Wirklichkeit eine Grundlage
für diese Ideen zu gewinnen. Wie William Blake hatte
er ein festes Zutrauen zu den Eingebungen seiner Phan=
tasie und vernachlässigte darüber die Prüfung und Be=
gründung derselben durch die Organe der wissenschaftlichen
Erkenntniß. Ist seine philosophische Begabung daher nur
eine halbe zu nennen, so offenbart er dagegen alle Züge
des Reformators, wie festen Glauben an die eigenen An=
schauungen (gegenüber denjenigen der Welt) und den eigenen
reformatorischen Beruf, Ueberzeugungstreue, Consequenz
und den Muth, gegen eine Welt in die Schranken zu
treten. Man vergißt, indem man Shelley mit Ariel,
Mignon und anderen Gestalten der Poesie vergleicht, nur
zu leicht, daß der Ernst des Priesters und die Herzens=
gluth und die Glaubensstärke des Reformators und Pro=
pheten in ihm wohnten.

Von Jugend auf fühlte Shelley den Drang, seine
Empfindungen in Lehren, Maximen und Principien zu
verwandeln. Shelley war vielfach ein Nachfolger und
Geistesverwandter Rousseau's, so schon in Bezug auf den
Charakter der Denkweise, den vollkommenen Subjectivis=
mus. Merkwürdig ist, nebenbei bemerkt, daß sich Shelley
weit mehr von William Godwin abhängig fühlte, der ja
auch in mancher Hinsicht, als Erbe und Nachfolger
Rousseau's bezeichnet werden muß, als von Rousseau selbst.
Shelley's Anschauungen über den Menschen, seine Ver=
werfung der Gesellschaft, sein Appell an die Natur, sein
republikanisches Staatsideal, all' das war Rousseauisch.

Dagegen wich er von seinem großen Vorbild auch wieder
ebenso wie Godwin in manchen Punkten ab, so z. B. durch
seinen Glauben an die Vervollkommnungsfähigkeit der
Menschheit. Shelley stand im Gegensatz zu Rousseau auf
der Seite des Fortschrittes. In „Königin Mab" fällt ihm das
Millennium allerdings noch mit der Rückkehr zum Natur=
zustande zusammen. Allein er gelangte später zu einer höheren
Anschauungsweise. Sein Zukunftsstaat, dessen politische
Form die Republik, verbindet die ganze Menschheit zu
einer großen Brüderschaft. Das Grundgesetz dieses
Staates, welches alle bestehenden gesellschaftlichen Ein=
richtungen und Gesetze ausschließt, sowie es die absolute
Freiheit in sich schließt, ist die Liebe, und zwar die zum
bewußten Princip des Lebens erhobene Liebe Aller für
Alle. Es regelt das Verhältniß der Einzelnen zu ein=
ander wie zum Ganzen, sowie es auch die innere Ent=
wicklung jedes Einzelnen bestimmt, indem jeder seine
geistigen und sittlichen Anlagen, zum Wohle der An=
deren möglichst übt und stärkt. Bevor Shelley das Bild
seines Idealstaates aufstellte, mußte er das Bild eines
Idealmenschen haben. Shelley's Idealmensch war er selbst.
Die künftige Menschheit, von der er träumte, war
eine Gesellschaft von Shelley's. Selten fand ein Refor=
mator, ein Denker so viel trefflichen Stoff in sich
selbst, um ein Ideal daraus zu bilden; kaum hat ein
Denker und Reformator seine Lehren und Principien im
Leben mit solcher Consequenz durchgeführt wie Shelley.
Freilich ging er sowohl auf der positiven als auf der
negativen Seite seiner Anschauungen viel zu weit. Bei der
ungestümen und schrankenlosen Freiheits= und Menschen=

liebe, die ihn verblendete, verdammte er so manche Einrich=
tungen, welchen der Philosoph, der Ausnahmsmensch, wohl
entrathen kann, die aber für die Menge eine nothwendige
Fessel, ein unentbehrlicher Halt sind, und die kaum je
werden beseitigt werden können, soll die Lage der Gesell=
schaft nicht noch mehr verschlimmert werden. Er glaubte
durch Wegräumung jeder Schranke den Gott im Menschen
zu erlösen und sah nicht, daß manche Schranke bestehen
müsse, um das Thier in ihm niederzuhalten. Wir dürfen
jedoch nicht vergessen, daß Shelley ein Feind von Ge=
waltmaßregeln war, daß er sich den künftigen Welt=
umschwung auf dem Wege einer inneren Revolution,
einer inneren Befreiung der Menschheit zu bewerkstelligend
dachte, welche die äußere Freiheit zur Folge haben sollte.
Durch dies Betonen einer Umgestaltung von innen nach
außen zeigt er sich als Geistesverwandter Goethe's und
Schiller's, wie sehr sein Mensch auch von dem der
deutschen Dichterheroen, und besonders von demjenigen
Goethe's, verschieden war. Shelley wünschte nicht wie
Rousseau, daß die Menschheit im Naturzustande geblieben
wäre und er ·sah ein, daß eine Periode der Bevorrechtung
eintreten mußte, bevor eine Periode gebildeter Gleichheit
existiren konnte. Nur meinte er, daß der Uebergang der
Menschheit von der „Gesellschaft" in jene höchste Ent=
wicklungsphase schon längst hätte erfolgen können. Shelley
war ganz unhistorisch angelegt, er sah nicht, daß sich mit
der Geschichte füglich nicht rechten lasse, daß jede Ent=
wicklungsstufe der Menschheit ihre Berechtigung habe und
daß selbst scheinbar verderbliche Einrichtungen oft noth=
wendig sind und einen guten Keim in sich bergen. Aber seine

Opposition hatte auch viel Wahres und Berechtigtes. Der
Muth, mit dem er gegen die Despotie der Regierungen,
gegen die Intoleranz, gegen all die politischen und socialen
Gebrechen, die zu jener Zeit entweder England allein
oder dem ganzen Europa anhafteten, auftrat, und deren
theilweise Beseitigung den Freiheitsbewegungen in der
ersten Hälfte dieses Jahrhunderts gelungen ist, wird ihn
stets zum Gegenstand unserer begeisterten Verehrung
machen. Er hat dem modernen Freiheitsgefühl den
idealsten und schwungvollsten Ausdruck gegeben und
ist dadurch eine der hinreißendsten Gestalten der mo=
dernen Welt geworden. Auch auf der positiven Seite
seiner Anschauungen liegt viel Falsches. Es gehört all'
sein Optimismus dazu — und er ist durch diesen so
recht ein Sohn der ersten Jahrzehnte dieses Jahrhun=
derts —, um sich bei der Lehre vom Geiste der Liebe
und Schönheit beruhigen zu können, und ein objectiver,
ein wissenschaftlicher Beurtheiler der menschlichen Natur
wird Shelley's Ideen von der ursprünglichen und essen=
tiellen Güte des Menschen, von der Willensfreiheit
und der höchsten, allgemeinen Fortschrittsfähigkeit der
Menschheit nicht theilen können. In die Region eines
Fourier und anderer Utopisten geräth Shelley geradezu,
wenn er sich in Träume vom tausendjährigen Reiche,
von dem wunderbaren Wechsel in der Natur, der mit
einem solchen des menschlichen Herzens Hand in Hand gehen
soll, verliert. Es muß eine eigenthümliche Atmosphäre ge=
wesen sein, die zu Beginn dieses Jahrhunderts, wenn ein
so klarer Geist, wie derjenige Shelley's, an solchen Vor=
stellungen Gefallen finden konnte. Allein mögen wir auch

weit davon entfernt sein, seine Anschauungen zu theilen —
und er selbst hatte Augenblicke, wo die Einwendungen
seines scharfen Verstandes Zweifel in ihm aufregten —,
so wird uns das Bild des Idealmenschen und Ideal=
staates, das er aufgestellt, doch erquicken. Shelley war
seinen Zeitgenossen zu weit voraus, als daß er auf
dieselben hätte einwirken können. Erst für die Nach=
welt ist er wirksam, ist er ein Reformator geworden, in=
sofern nämlich, als er immer Menschen zur inneren Be=
freiung verhelfen und sie zum Bewußtsein ihrer höchsten
Menschenziele geleiten wird. Sein Lebenswerk war nicht
umsonst gethan, für die Nachwelt ist sein Idealismus zur
praktischen Macht geworden. Aber noch hat derselbe eine
andere Beziehung zur modernen Welt. Shelley fühlte die
Liebe als tiefstes Weltgesetz; von einem Geiste der Liebe
dachte er sich die Welt durchpulst, der endliche Sieg der
Liebe war seine höchste Hoffnung. In einem beschränkten
Sinne ist Shelley, wie wir einräumen müssen, immerhin
Prophet gewesen, erwägen wir, daß das Mitleid heute
in der That eine größere Rolle spielt als ehedem, daß
die Menschen mehr für einander sorgen und an einander
denken, daß sich unsere Zeit humaner Einrichtungen und
Stiftungen rühmen kann, die früheren Epochen vollständig
fremd waren. Wer aber will sagen, ob dieser schöne Zug
mit den Generationen wachsen und sich verallgemeinern
wird, ob diejenigen, welche von der Religion nicht mehr
befriedigt und für die Philosophie doch nicht geschaffen
sind, dereinst in dem Shelley'schen Geiste der Liebe Ersatz
für die Religion finden werden?

Wenden wir uns zu dem Organ, durch welches

Shelley der Welt seine Ideen und Wünsche mittheilte: zu
seiner Poesie. Shelley würde es einem Beurtheiler wenig
gedankt haben, der seine Dichtungen nur nach ihrem künst=
lerischen Werthe geschätzt hätte. Nach den letzten Worten
seiner „Defence of Poetry" sind die Dichter die „un=
gekannten Gesetzgeber der Welt". In seinen Augen galten
deshalb nur jene dichterischen Schöpfungen für voll, welche
einen größeren Gedankengehalt besitzen, durch den sie
reformirend auf das Bewußtsein der Menschen einzuwirken
vermögen. Er betrachtete seine eigene Poesie im Wesent=
lichen nur als Mittel, seine Mitmenschen in dieser Weise
zu beeinflussen. Seine Anschauung von der Kunst war also
der Gegensatz von jener akademischen, welche dieselbe als
Selbstzweck betrachtet und ihr Wesen ausschließlich in die
Form legt, während sie den Inhalt für gleichgiltig
erklärt.

Shelley war als Dichter kein Talent, er war ein
Genie. Damit ist nicht gesagt, daß sein dichterisches Wesen
nicht große Fehler gehabt hätte, die er mit fortschreitender
Entwickelung zu überwinden hatte. Er schuf allerdings
unter dem Zauber einer hinreißenden Inspiration, aber
in seinen Jugendgedichten zumal zeigt sich im Gedankengange
oft eine gewisse Hast und Ueberstürzung, ein Mangel an
Wahrheit und an logischem Zusammenhang, auch fehlt
dem Ausdruck derselben oft die Correctheit und Bestimmt=
heit. So kommt es, daß manche seiner Dichtungen
mehr den Eindruck von Naturerzeugnissen als von Kunst=
werken machen. In „Königin Mab", in „Laon und Cythna"
zeigte er noch nichts von künstlerischer Ruhe und Besonnen=
heit. „Laon und Cythna" besonders ist voll von

Ungereimtheiten, und es ist nicht möglich, bei diesem Gedichte
zu einem reinen Genusse zu gelangen. Andere Fehler, die
Shelley zu überwinden hatte, waren Weitschweifigkeit und
der Hang zur Didaktik. Letzterer macht sich in „Königin Mab"
in geradezu widerwärtiger Weise geltend. Aber er überwand
ihn rasch, und im Vorworte zum „Entfesselten Prometheus"
drückte er seinen Abscheu vor didaktischer Poesie aus.
Rügt man jene Fehler der Shelley'schen Dichtung, so
muß man immer beifügen, daß sie hauptsächlich Fehler
seiner Jugendgedichte waren, und daß er unablässig bemüht
war, sie abzustreifen. Es ist wahr, Shelley zeigte sich
der Welt nicht sogleich als Künstler, aber er war von
dem Eifer beseelt, ein solcher zu werden. Auch sein
künstlerischer Entwickelungsgang ist ein Beweis für seine
rastlose Energie.

Durch seinen großen Gedanken- und Gefühlsreichthum
wurde Shelley auf die Lyrik gewiesen, das Wort im
weitesten Sinne genommen. Seine größten Leistungen
liegen auf diesem Gebiete. Er war der größte Lyriker
Englands und einer der größten aller Zeiten. Seine
Seele strömte wundervolle Musik aus und zwar die reinste,
zaubervollste, ätherischste, die je einem Dichterherzen ent-
rauscht ist; seine Seele war wie eine Aeolsharfe, der
jeder Impuls herrliche Melodien entlockte. Lied, Elegie,
Hymne, Dithyrambus und Rhapsodie finden wir in seiner
Lyrik und jede dieser Arten durch unsterbliche Gedichte
vertreten. Wenn er den sanfteren Wellenschlag der Gefühle
mit einem Schmelze ganz eigener Art ausdrückt, und wenn
dann sein Geist wie eine rein-leuchtende Flamme gegen
Himmel zu steigen scheint, so hat hingegen der Ausdruck

feiner Leidenschaft oft eine dunkle, fieberhafte Gluth, einen verzehrenden, einen dämonischen Charakter. Doch sind seine Empfindungen oft mehr innig und feurig, seine Gedanken oft mehr schön und hoch als tief. Der Schritt seiner lyrischen Muse ist meist graziös. Sie ist flüchtig wie die Libelle, aber sie kann auch Majestät entfalten. Als Rhythmiker nimmt Shelley vielleicht die erste Stelle in der englischen Literatur ein.

Wollen wir die Gebiete bezeichnen, in welchen sich Shelley am wohlsten fühlte, so waren dies Mythus und Natur. Er war nächst William Blake der größte Mytho=poet Englands. Während Blake's Mythopoesie einen orientalischen Zug hat, nähert sich diejenige Shelley's der griechischen. In Bezug auf Naturempfindung steht Shelley unter allen Dichtern einzig da. Während Words=worth's Naturgefühl einen moralischen und pietistischen Beigeschmack hatte, betete Shelley die Natur wie eine Geliebte an. Er konnte sich mit Aktäon vergleichen, den der Anblick der nackten Natur zerrissen hat. Man kann bei anderen Dichtern leidenschaftlichere und wohl auch tiefsinnigere Apostrophen an die Natur finden, keiner aber liebte sie mit einer so innigen, so umfassenden Liebe, keiner durchdrang sie derart mit Geist und Seele.

Obwohl Shelley's Phantasie einen weltflüchtigen Zug hatte, war sie doch auch in der Menschenwelt heimisch. Er hat in „Julian und Maddalo" ein Lebensbild von einer idealen Feinheit geschaffen, daß sich ihm in der englischen Poesie nichts an die Seite stellen läßt, und in den „Cenci" ein Drama, das in Aufbau und Charakte=ristik die Meisterhand verräth. Seit Shakespeare war

in England kein größeres Drama geschrieben worden.
Besonders der letzte Akt dieser Dichtung zeigt eine delikate
Naturtreue, eine Fähigkeit, seine Seelenprocesse und allmäh=
liche Empfindungsübergänge nachzufühlen, wie wir Aehn=
liches nur bei Shakespeare finden. Dieser Akt, sowie die we=
nigen Scenen von „Charles I." beweisen, daß Shelley dazu
berufen gewesen wäre, in der Reihe der ersten Dramatiker
zu stehen.

Mit Lyrik, Lebensbild und Drama sind aber seine
Gebiete noch nicht erschöpft; es kommt hierzu noch die
Satire, die allerdings selbst gewissermaßen in den Bereich
der Lyrik gehört. Shelley griff nur selten zu dieser Waffe,
wenn er es aber that, so konnte er furchtbar werden und
Bilder und Bezeichnungen für seine Opfer finden, die die=
selben für immer brandmarkten. Er war in der Satire
direkt und antik. Es war etwas von Archilochos' ver=
nichtender Wucht und von Aristophanes' Genie für die
Caricatur in ihm. Dagegen besaß Shelley einen voll=
ständigen Mangel an Humor, der für ihn als Engländer
besonders auffallend ist. Dieser Mangel wird uns haupt=
sächlich aus seinen Briefen klar.

Shelley knüpfte an keinen anderen Dichter, an kein
bestehendes poetisches System an. Schon in seinem Jugend=
werke „Königin Mab" offenbarte er eine bemerkenswerthe
Originalität und ist Originalität doch das, was man bei
jungen Dichtern am seltensten findet. Zugleich zeigte er
sich schon bei seinem ersten Auftreten dem Klassicismus
entwachsen, dessen Gegner er auch Zeitlebens blieb. Ob=
wohl Shelley in so hohem Grade ursprünglich war, hat
er doch auch mit anderen Dichtern Züge gemein. So

zeigt seine Phantasie zuweilen eine gewisse Verwandtschaft
mit derjenigen Blake's, wie auch mit derjenigen Dante's.
Ueber den griechischen Charakter seiner Mythopoesie und
seiner Satire haben wir eben gesprochen, auch durch sein
feines, empfindliches Schönheitsgefühl nähert er sich den
Griechen. Von einer directen Einwirkung, die er von
anderen Dichtern empfangen, kann nur wenig die Rede
sein. Die „Cenci" erinnern zwar an die Schauer=
tragödien des alten Ford, diese Aehnlichkeit ist jedoch eine
mehr äußerliche und gewiß ist, daß Shelley das schreck=
liche Thema der „Cenci" unabhängig von jenem Dra=
matiker ergriffen und behandelt hat. Hingegen hat
er sowohl in den „Cenci", als auch in den Scenen von
„Charles I." Impulse von Shakespeare empfangen, aber
die Rückstrahlung derselben ist durchaus originell. Es ist
bedeutsam, daß sich unter der Unmasse von verläum=
derischen Beschuldigungen, welche zu seinen Lebzeiten von
der englischen Journalistik gegen ihn erhoben worden sind,
die des Plagiats nicht befindet.

Ein Vorwurf, den man häufig gegen Shelley's Poesie
erhebt, ist der, daß ihr die Plasticität fehle. Er ist jedoch
ungerecht und beruht auf einer Verwechslung von Plasti=
cität und Realismus. Realistische Plastik finden wir bei
Shelley allerdings nicht oder selten, dagegen ist er doch
in seiner idealen Sphäre plastisch. Allerdings wirkt er
vornehmlich musikalisch, deshalb ist aber die feste Form
doch nicht in Musik bei ihm aufgelöst. Oder sollen wir
lieber sagen, Shelley zeichnete scharf und bestimmt, als
er bildete plastisch? Allerdings ähneln viele seiner Schil=
derungen eher seinen Federzeichnungen als plastischen Ge=

bilden. Wie nebelhaft, wie verschwommen die Umrisse von „Laon und Cythna" auch sind, so finden sich doch auch hier schon Einzelheiten, welche die Meisterhand verrathen, die eines Blake würdig wären. Im „Entfesselten Prometheus", im „Triumph des Lebens" ist, obwohl die Gebiete dieser Dichtungen Mythus und Allegorie, doch alles klar vor= stellbar, überall feste Form, und manche Bilder sind mit geradezu bewundernswerther Feinheit und Präcision ausgeführt. Welche Schilderungskraft offenbaren ferner die Schlachtenberichte in „Hellas". In den „Cenci" end= lich hat Shelley Gestalten mit Fleisch und Blut dargestellt, und man sollte sich in Anbetracht dieser Dichtung allein besinnen, bevor man Shelley die Gabe der Plasticität abspricht.

Mehr Berechtigung hat der Vorwurf: daß Shelley's Poesie zu geistig, zu ideal sei. Jene Dichtung wird den harmonischsten und künstlerischsten Eindruck auf uns machen, bei welcher sich das reale und das ideale Moment im Gleichgewicht befinden. Können wir es nicht billigen, wenn das erstere zu sehr die Oberhand hat, so empfinden wir es doch auch als etwas vom künstlerischen Standpunkte aus Unzukömmliches, wenn das letztere zu sehr vorherrscht. In Shelley's Dichtungen ist das reale Element fast aus= gelöscht. Wohl war Shelley's Gesang der reinste, der himmlischste, der ätherischste, der je erklungen ist, aber wir verlangen von einem Dichter im Grunde Menschen= und nicht Engelsgesang. Sehr richtig bemerkt Masson, daß Shelley's Poesie wie ein geistiger Aether ist, den man geathmet, in dem man einige Zeit gelebt haben muß, bevor sein Einfluß fühlbar wird. Diese Unzugänglich=

keit unterscheidet Shelley aber in künstlerischer Hinsicht nicht zu seinem Vortheile von anderen großen Dichtern. Indessen wird der reine Kunstgenuß durch die un= gewöhnliche ideale Höhe, zu der wir uns bei Shelley zu erheben haben, beeinträchtigt, so weht eben auf dieser Höhe eine Luft, so stark, so elektrisch, so rein, daß wir eine seltsame Erquickung und Stärkung durch sie erfahren.

Unter den großen englischen Dichtern zu Beginn dieses Jahrhunderts ist Shelley derjenige, der durch seinen hinreißenden Idealismus am meisten Bedeutung für sein Vaterland bekommen hat. Denn an jener Eigenschaft, die er selbst in fast überschwänglicher Weise besaß, ist seine Nation arm und ein Geist wie er thut ihr Noth. Er ist eine merkwürdige Erscheinung unter den Engländern und er war nahe daran, sich von allen Schranken des englischen Nationalgeistes zu befreien. Vergleichen wir ihn mit den anderen zeitgenössischen englischen Dichtern, so sehen wir, daß er sie alle außer durch seine ideale Kraft durch die Größe seines lyrischen und dramatischen Genies, durch die Vielseitigkeit seiner dichterischen Anlagen, durch die Weite des Blickes übertroffen hat. Am meisten Ver= wandtschaft zeigt Byron mit ihm, trotz der tiefgehendsten Verschiedenheit, die in Bezug auf Temperament, Empfin= dungsweise, Charakter und Weltanschauung zwischen ihnen herrschte. Beide waren sie vornehmlich Lyriker, beide waren Sänger der Freiheit, beide waren macht= volle revolutionäre Geister, beide lebten mit der eng= lischen Gesellschaft in Fehde und forderten Fürsten und Potentaten vor den Richterstuhl der Gerechtigkeit. In=

deß war Shelley bei Weitem der kühnere, er geht in
seiner Opposition viel weiter als Byron und seine Frei=
heitsliebe war größer und reiner. Byron gab ihren ge=
meinschaftlichen Tendenzen vermöge seiner wuchtigeren,
jedoch weniger edlen Individualität aber den gewaltigeren
Ausdruck und deshalb war er es und nicht Shelley, der
seine Zeitgenossen aus ihrem Schlummer aufrüttelte. Eng=
lische Verehrer Shelley's pflegen diesen auch als Dichter
über Byron zu stellen, als Mensch wird ihn selbstver=
ständlich jeder Unbefangene als den größeren betrachten.
Diese Rangordnung ist jedoch nicht ganz gerecht. Ueber=
ragte Shelley Byron auch in mancher Hinsicht, so erreichte
der letztere doch Gipfel, die der erstere nicht erklimmen
konnte. Offenbar hätte sich niemand mehr über jene Rang=
stellung verwundert als Shelley selbst. Es ist wahr,
Shelley unterschätzte sich, wenn er sich mit anderen Dich=
tern verglich, nur zu leicht; die Muthlosigkeit, die sich
seiner bemächtigte, sobald er in der Nähe Lord Byron's
lebte, war aber dennoch nicht unbegründet. Shelley über=
flügelte Byron allerdings, wie wir oben sahen, in man=
cher Hinsicht, dagegen entfaltete Byron oft eine Majestät,
eine Pracht des Gedankens und Ausdrucks, eine Tiefe
und Macht der Empfindung, ein glückliches Gleichgewicht
von sinnlichem Zauber und idealer Größe, daß er uns dann
als der größere Dichter erscheint. Einen anderen Rivalen
hatte Shelley unter den englischen Dichtern seiner Zeit nicht.
Durch seinen kraftvollen Freiheitsenthusiasmus reiht sich
an Shelley und Byron Savage Landor, dessen „Gebir"
Shelley liebte. Mit Wordsworth und Coleridge berührt
sich Shelley durch seine Lehre von der Weltseele. Bevor

Shelley den Geist der Natur verherrlichte, war der
Pantheismus durch Wordsworth und Coleridge in die
englische Poesie eingeführt worden. Beide Dichter waren
von Schelling's Naturphilosophie angeregt worden und
es ist nicht unwahrscheinlich, daß Shelley durch die Lec=
türe ihrer früheren Dichtungen rascher zum Bewußtsein
jener Weltanschauung gelangt ist, zu , der er vermöge
seiner gesammten geistigen Veranlagung kommen mußte,
daß er also mittelbar gleichfalls durch Schelling beeinflußt
worden ist. Was bei den Lakisten aber nur eine vor=
übergehende philosophische Erregung war, von der sie
wieder in den Schoß der Orthodoxie zurückkehrten, das
war bei ihm Ausfluß seines eigensten, tiefsten Wesens,
das war seine Religion; war es jenen versagt, zu einer
wirklichen Durchgeistigung und Vergöttlichung der Natur
zu gelangen, so konnte er sich vermöge seines innigeren
Gefühls und seiner elastischeren Phantasie dazu erheben.
Eine gewisse Verwandtschaft zeigt, beiläufig bemerkt,
Shelley's innig empfundener Pantheismus mit Novalis'
Mysticismus. Man wollte diese beiden Dichter überhaupt
als Seelen= und Geistesverwandte nebeneinander stellen,
eine falsche Parallele, die eine Ueberschätzung Shelley's
als Mensch, Dichter und Denker in sich schließt. Wie
verschieden von seinem eigenen Wesen Tendenzen und Rich=
tungen anderer Dichter auch waren, so urtheilte er doch
stets objectiv. Er zollte dem süßen Liedersänger Moore
und dem realistischen Plastiker Keats, wie ferne ihm der
weiche Schmelz des ersteren, der Sensualismus des letzteren
auch lagen, gleichwohl Bewunderung. Wir müssen lächeln,
wenn Shelley den „Sohn Erne's" (Thomas Moore)

neben dem „Pilger der Unsterblichkeit" (Lord Byron) an
der Todtenbahre des Adonais erscheinen läßt, während
er sich selbst unter den „Geringeren". anführt. In Ueber=
einstimmung mit der Stellung, die er hier Moore ein=
räumt, ist ein Passus in einem Briefe, wo er Moore als
einen ihm weit überlegenen Geist bezeichnet. So konnte
dieser seine Beurtheiler eigener und fremder Schöpfungen
sich täuschen.

Während Lord Byron unter den großen Dichtern
des Auslandes Nachfolger gefunden hat, wogegen in seinem
Vaterlande kein Dichter von Bedeutung seine Richtung fort=
gesetzt hat, ist die gesammte moderne Literatur Englands
von dem Geiste Shelley's durchdrungen. Fast alle be=
deutenderen englischen Dichter der Gegenwart ergeben
sich socialistischen Träumen, fast alle sind Sänger der
Hoffnung, fast alle predigen ein Evangelium der Liebe.
Auf den heterogensten Gebieten der Poesie zeigt sich der=
selbe humane Shelley'sche Zug. Am intensivsten offen=
bart sich dies Betonen der Sympathie bei Robert Brow=
ning, der auch die metaphysische Richtung mit Shelley
gemein hat. Shelley geistesverwandt ist auch Browning's
Gattin, die geniale Elisabeth Barrett, und zwar durch die
Schönheit ihrer Phantasie, durch die Subtilität ihrer Ge=
danken und die Neigung, moderne Ideen in antike Mythen
zu kleiden. Kein anderer zeigt aber eine vielseitigere innere
Verwandtschaft mit Shelley, als der neue Stern der eng=
lischen Poesie: Charles Algernon Swinburne. Sein exal=
tirter Freiheitsenthusiasmus, sein Atheismus, sein Drang,
der Märtyrer seiner Ueberzeugungen zu sein, seine hervor=
ragende lyrische Begabung, mit der ein starkes dramati=

sches Talent Hand in Hand geht, seine wundervolle Be=
herrschung von Sprache und Rhythmus, all' das macht ihn
zum Nachfolger des von ihm hochverehrten Meisters.

So ist Shelley, der, so lange er lebte, von seinen
Landsleuten verfolgt wurde, zum gefeierten Liebling der
Hochgebildeten, zum Abgott der modernen Dichter seiner
Nation geworden. Sein Geist, den man haßte und fürchtete,
beherrscht die gesammte Entwickelung der neuen englischen
Poesie und die Liebe, die er, so lange sein Herz schlug,
vergebens ersehnt, wird ihm nun in vollem Maße zu
Theil. Aber um so herber erscheint uns das Lebensschicksal,
das ihm beschieden war, je größer seine Bedeutung ist, je
größer die Verehrung und Liebe sind, die ihm in besserer
Erkenntniß erst die Nachwelt darbringt.

Verlag von **Robert Oppenheim** in Berlin.

ten **Brink, Bernhard, Geschichte der englischen Litteratur.** Erster Band: Bis zu Wiclif's Auftreten. gr. 8. VIII u. 470 S. Preis ℳ 8,00.

Burns, Robert, Lieder und Balladen. Deutsch von Adolf Laun. 8. XXVII u. 204 Seiten. Preis geh. ℳ 2,00, fein in Goldschnitt geb. ℳ 3,00.

Elze, Karl, Lord Byron. Zweite, vermehrte Auflage. 8. 499 Seiten. Preis ℳ 6,00.

Fitger, A., (Verfasser des Trauerspiels „Die Hexe"), Winternächte, Gedichte. 8. VI u. 227 Seiten. Auf feinstem Velinpapier. Preis geh. ℳ 4,00, in reichem Einbande mit Goldschnitt ℳ 5,00.

Hillebrand, Karl, Zeiten, Völker und Menschen.
Bd. I. Frankreich und die Franzosen. Dritte gänz-
lich umgearbeitete Auflage. 8. XX u. 396 Seiten.
Preis ℳ 6,00.
„ II. Wälsches und Deutsches. 8. XII u. 463
Seiten. Preis ℳ 6,00.
„ III. Aus und über England. 8. VIII u. 408
Seiten. Preis ℳ 6,00.
„ IV. Profile. 8. VIII u. 376 Seiten. Preis ℳ 6,00.
„ V. Aus dem Jahrhundert der Revolution. 8.
VIII u. 368 Seiten. Preis ℳ 6,00.
„ VI. Zeitgenossen und Zeitgenössisches. VIII
u. 400 Seiten. Preis ℳ 6,00.

Laun, Adolf, Washington Irving. Ein Lebens- und Charakterbild. 8. 2 Bde. Preis ℳ 7,00.

Lewes, G. H. (Verf. von „Goethe's Leben"), Geschichte der Philosophie von Thales bis Comte. Bd. I. Geschichte der alten Philosophie. In's Deutsche übertragen von Arnold Ruge. gr. 8. VIII u. 533 S. Preis ℳ 8,00.
— — **Bd. II. Geschichte der neueren Philosophie.** In's Deutsche übertragen von Arnold Ruge. gr. 8. 811 Seiten. Preis ℳ 13.00.

Zwölf Briefe eines ästhetischen Ketzers. 2. Auflage. 12. IV u. 118 Seiten. Auf feinstem Velinpapier. Preis geh. ℳ 2,00. Fein geb. ℳ 3,00.

Berichtigungen.

S. 22, Z. 9 v. u.: „Prince" statt „Pince".

„ 47, „ 5 v. o.: „Gebundenheit" statt „Gemeinschaft".

„ 54, „ 15 v. u.: „hatten" statt „hatte".

„ 55, „ 5 v. o.: „sie" statt „diese".

„ 56, „ 3 v. o.: „Warsaw" statt „Warschau".

„ 69, „ 10 v. o.: „von Holcroft" statt „der Holcraft".

„ 73, „ 12 v. u.: „Wat Thler" statt „Wat Thlor".

„ 98, „ 6 v. o.: „den" statt „dem".

„ 138, „ 11/12 v. u.: „diese Fahrt" statt „die Reise".

„ 163, „ 11 v. o.: Statt dem „Fragezeichen" ein „Schluß=
punkt" zu setzen.

„ 164, „ 6 v. o.: „schönen" statt „herrlichen".

„ 164, „ 7 v. o.: „dieser" statt „der".

„ 172, „ 8 v. o.: „Neigung" zu streichen.

„ 186, „ 9, S. 203, Z. 20 und S. 210, Z. 6 v. o.: „Rosa=
linde und Helena" statt „Helena und
Rosalinde".

„ 208, „ 11 v. u.: „Mrs. Shelley" statt „Mr. Shelley".

„ 227, „ 13 v. o.: nach „Während er" ist „jedoch" ein=
zufügen.

„ 237, „ 2 v. o.: „Engelskind" statt „Engelkind".

„ 239, „ 11 v. u.: nach „Poesie" ist „denjenigen" ein=
zufügen.

„ 239, „ 10 v. u.: vor „Periode" ist „anderen" einzufügen.

S. 241, Z. 3 v. o.: „Leopardi" statt „Leopardo".

„ 265, nach Z. 11 v. o. der Vers: „Doch in der Tiefe der geliebten Augen" einzufügen.

„ 265, „ 12 v. o.: vor „Noch immer" ist „Las ich" einzufügen.

„ 280, „ 14 v. o.: „συνετοί" statt „σύνετοι".

„ 285, „ 7 v. o.: „Schrecken" statt „Schranken".

„ 286, „ 14 v. o.: „that" statt „the".

„ 309, „ 1 v. u.: nach „die" ist „1819" einzufügen.

„ 347, „ 7 v. o.: „sieben" statt „siebend".

„ 350, „ 8 v. u.: „den Dichter" statt „dem Dichter".

„ 367, „ 11 v. u.: „dieser Gedanke" statt „der Gedanke".